Dant am Ddant
Cefin Roberts

Dant am Ddant
Cefin Roberts

© Cefin Roberts
© Gwasg y Bwthyn, 2025

ISBN: 978-1-917006-29-3

Mae Cefin Roberts wedi datgan ei hawl dan Ddeddf Hawlfreintiau,
Dyluniadau a Phatentau 1988 i gael ei gydnabod yn awdur y llyfr hwn.

Cedwir pob hawl.

Ni chaniateir atgynhyrchu unrhyw ran o'r cyhoeddiad hwn na'i gadw mewn
system adferadwy, na'i drosglwyddo mewn unrhyw ddull, na thrwy unrhyw
gyfrwng, electronig, electrostatig, tâp magnetig, mecanyddol, ffotogopïo,
recordio, nac fel arall, heb ganiatâd ymlaen llaw gan y cyhoeddwyr.

Cyhoeddwyd gyda chymorth ariannol Cyngor Llyfrau Cymru

Darlun y clawr: Harri Owain (Wizadry Studio)
Teiposod a dyluniad clawr: Dafydd Owain (Cyngor Llyfrau Cymru)

Cyhoeddwyd gan:
Gwasg y Bwthyn, 36 Y Maes, Caernarfon, Gwynedd LL55 2NN
post@gwasgybwthyn.co.uk
www.gwasgybwthyn.cymru

Diolchiadau

Cyflwynaf y nofel hon er cof am Leah Owen. Cydymaith caredig pan oeddwn yn eisteddfodwr ifanc, cerddor hyd at flaenau ei bysedd, datgeinwraig o'i chorun i'w sawdl, a cherdd dantwraig a Chymraes o waelod ei henaid.

Diolch am dy holl gyfraniad, Leah.

Carwn hefyd ddiolch i Wasg y Bwthyn am roi eu ffydd yndda i a'r egin syniad yma yr ydw i wedi bod yn potsian hefo fo ers blynyddoedd lawer. Fedrwch chi ddim bod yn eisteddfodwr a cherdd dantiwr heb fod yn ysu am droi'r cyfan yn stori ar ryw ben o'ch taith.

Diolch hefyd i Mari Emlyn, fy ngolygydd yng Ngwasg y Bwthyn, a gytunodd i rannu'r siwrna wallgo yma efo fi, yn trio fy ffrwyno rhag mynd rownd corneli go astrus ar ormod o gyflymder rhwng y groes o gyswllt a'r groes acen. Roedd yn hwyl dy gael ar hyd y daith.

Diolch i'r Cyngor Llyfrau am eu hymddiriedaeth a'u cymorth hwythau, yn ogystal â'u crib mân.

Diolch i Mair Carrington a Gwennant Pyrs am y sgyrsiau, y cyngor a'r straeon difyr. A hefyd i'm cyfreithwraig annwyl, Sara Lloyd Evans, am ei hawgrymiadau ar ambell fanylyn oedd y tu hwnt i'm profiad. Ac i Rhiannon Elis-Williams, Awen Menai, am bob cefnogaeth.

Yn bennaf, diolch i Rhian am ddiodda gwrando ar y straeon a'r darllen dibaid – ac am rannu yn yr hwyl.

Ac yn olaf, diolch i chi am brynu llyfr Cymraeg arall. Mae nifer wedi deud hyn o 'mlaen i, wrth gwrs, ond dach chi werth y byd – bob un ohonoch chi. Daliwch ati i gefnogi a gwario yn eich siop lyfrau. Mae eich llenyddiaeth eich angen chi!

Carys

Gallai Carys Cae Haidd hitio *bottom* G cyn y medrai gerdded. Byddai ei mam yn ei hatgoffa o hynny'n achlysurol wrth iddyn nhw bori drwy ambell albwm teuluol yn hel atgofion. 'Carys Rhiannon wrth y piano.' 'Carys Rhiannon ar ben cadair yn morio canu.' 'Carys Rhiannon wrth y delyn yn nhŷ Anti Meirwen.' 'Carys Rhiannon yn ennill y "Bonnie Baby" yng ngharnifal Rhoshirwaun.'

'Ydi hi wedi gwllwn eto?' holai ambell i gymydog. 'Naddo,' fyddai'r ateb yn ddeddfol, 'ond mi fedra hi ganu "Fflat Huw Puw" o'i dechra i'w diwadd heb lyncu'i phoer unwaith.'

A chyn pen dim, o'i bygi Silver Cross ail law, byddai Carys yn bloeddio canu i'w chynulleidfa gegrwth. Mi gasglodd Rhiannon Prysor, mam Carys, bob ceiniog a roddwyd i'r fechan am ganu a'u cadw yn y pisar hel mwyar duon oedd yn crogi ar fachyn yn y briws. Ac wedi casglu digon, y peth cyntaf a wnaeth ei mam oedd prynu'r Curwen Modulator a'i gael wedi ei lamineiddio yn y llyfrgell, lle gweithiai

Meirwen, ei chwaer ieuengaf. Doedd fiw iddyn nhw gael y mymryn lleia o saim yn agos i'r Modiwletor a oedd yn dal i grogi uwch ben y popty ers yr holl flynyddoedd. A phetai Cae Haidd yn mynd ar dân, y Modiwletor fyddai un o'r petha cyntaf a achubai'r ddwy.

Er iddi ddysgu cerdded maes o law, ddaeth hynny ddim yn agos at restr blaenoriaethau'r alto orau a fu'n aelod o Genod Colmon o'r cychwyn. Cerdded hyd y caeau a bustachu o'r Ship i Gae Haidd oedd unig ddiben ei deudroed erbyn hyn. Cerdd dant, cwrw a charu oedd ar dop ei rhestr ers amser maith – y tair C. Bachai Carys ar bob cyfle i atgoffa'i ffrindiau mai 'caru' oedd ar ei rhestr ac nid 'cariad.' I be goblyn fyddai hi'n cymhlethu ei bywyd drwy glymu ei hun i'r un hen ddyn am weddill ei bywyd? Amrywiaeth oedd ei nod, nid carchar. Roedd ganddi well defnydd i gyffion na'r rheiny â'i clymai wrth sinc a phopty. Gallai rywun laru'n yfed yr un hen gwrw neu ganu'r un hen dôn drwy'r amser heb sôn am syrffedu ar yr un hen ddyn. Y nefoedd a'i gwaredo, doedd hi ddim yn mynd i adael i hynny ddigwydd. Byth. Ac felly, yn union fel gwenynen yn mela o'r naill flodyn i'r llall, felly y mynnai Carys Cae Haidd fod gyda'i dynion hefyd.

''Sa chdi hyd yn oed yn syrffedu ar "Llety'r ffwcin Bugail" tasa chdi'n gorfod gosod bob uffar o bob sill arni, yn basat?' oedd ei ffordd hi o ddehongli'r cyfryw greaduriaid a elwid yn 'ddynion.'

Ar ôl ambell noson hwyrach na'i gilydd yn y Ship, gallai Carys fynd yn llawer is na *bottom* G. Yn is o beth mwdril. Wedi'r nosweithiau afreolus hynny, tueddai i ganu'r llinell fas yn yr oedfa yng Nghapel Pisgah y boreau Sul canlynol, a doedd *bottom C* ddim yn bell o'i gafael bellach. Mi ofynnodd

Alun Bryn Gwynt iddi unwaith os byddai hi'n styried ymuno â Chôr Meibion Madryn. 'Dim uffar o beryg,' oedd ei hateb heb lyfu ei gwefla. 'Mond un defnydd sgin i i Feibion Madryn; a dydi'ch hannar chi fawr o gop am hynny chwaith 'di mynd.'

'Fydd 'na hen swnian arnan ni pan ddaw hi'n wanwyn yn bydd, Cae Haidd?' oedd y gorau allai Alun ei gynnig.

'Rioed 'di gorfod swnian ar 'run ohonach chi'r penci. Os oes gin ti reitiach petha i'w gneud na geni ŵyn, paid â dŵad ar cyfyl. A chofia fod 'na fwy nag un "Dic" yn Abardaron! Felly, rho honna'n dy bwrs a godra hi!'

Hyd yn oed â'r pen mawr anferthaf, ni chollai Carys oedfa'r bore yn Pisgah os medrai hi beidio. Prin iawn oedd yr achlysuron hynny lle methodd ddod ati ei hun yn ddigon da i lusgo o'i gwely a llithro'n slei i'r sedd deulu yn yr unig gapel a oedd yn dal ar ei draed yn Llanfeudwy bellach. Rhoddodd ei gair i'w mam ac i'r Bod Mawr flynyddoedd yn ôl, pa ffordd bynnag arall y byddai llwybrau bywyd yn ei hudo, y byddai hi'n aros yn driw i'w chapel am weddill ei hoes.

Gan fod Genod Colmon yn ymarfer yn rheolaidd yn festri Pisgah hefyd, teimlai Carys ei bod yn gneud mwy na'i siâr i gadw'i gair i'w mam yn ogystal â chadw'i sedd yn gynnes yn y byd a ddaw. Roedd yn cyffesu ei phechodau mewn un saethweddi wythnosol ac yn cyfrannu'n ddigon hael at yr achos i gyfiawnhau gwneud fel ag y mynnai â gweddill ei hwythnos. Pawb yn hapus ac yn llawen. Amen! Dyn pren, hitio mochyn ar ochr 'i ben!

I gadw'i hun yn ddiddig weddill yr oedfa, mi edrychai Carys ar linell yr alto i'r emyn dôn nesaf a cheisio'i chanu yn ddistaw bach iddi hi'i hun, yn enwedig os byddai'r dôn fymryn yn ddiarth. Os byddai digon o altos yn yr oedfa mi fentrai ar y llinell denor i'r diawl. Bas os byddai'n rhaid.

Medrai Carys ddarllen hen nodiant ar yr olwg gyntaf, ond roedd sol-ffeuo'n sgìl angenrheidiol i ddod yn aelod cyflawn o Genod Colmon. Ond gan ei bod wedi bod yn llawer rhy ifanc i fod wedi cael y cyfle i fynd i'r Band-o-Hôp, lle'r arferid waldio'r tonic sol-ffa yn wythnosol i blant y werin dlawd, gofalodd ei mam y byddai Carys yn ymgyfarwyddo â holl gymhlethdod y Modiwletor ar ei haelwyd yng Nghae Haidd. Wrth aros i'r uwd dwchu ac i'r te fwydo, byddai ei mam yn pwyntio at yr amryfal nodau gyda llwy bren, tra neidiai Carys o'r naill nodyn i'r llall fel wiwer yn dringo talcen y tŷ, a buan y gallai Rhiannon Cae Haidd bwyntio at unrhyw nodyn ar y siart a byddai ei merch yn gallu ei hitio ar ei ganol yn ddi-ffael. Nid yn unig y doh, me, soh, doh, ond y me, ba, se, lah hefyd, heb simsanu nac amau ei hun am eiliad.

O fewn dim roedd Carys yn giamsdar ar yr holl figmans angenrheidiol i gerdd-danta. Meistrolodd y llafariaid ymwthiol ar eiriau megis 'oer' ac 'aur' a gallai lyncu llond sgyfaint o anadl a'i galluogai i gynnal soned gyfan, petai raid. Fe ddysgodd y triciau i gyd. Gwyddai y byddai'n well i chi farw na thorri brawddeg wrth fireinio'ch dehongliad. Ac roedd Awen Mai, arweinydd Genod Colmon, wedi deud wrthi ar sawl achlysur ei bod yn werth ei phwysau mewn aur yn ei pharti.

Ond byrhoedlog iawn fu gyrfa Carys fel unawdydd. Yn Eisteddfod y Ffôr y digwyddodd y bwdfa fawr. Roedd ganddi bum rhuban ar ei brest erbyn i'r cwarfod pnawn ddirwyn i ben: bob-o-un am yr unawd, yr alaw werin, y cerdd dant, y llefaru, a darllen darn heb ei atalnodi.

Yn syth wedi'r feirniadaeth olaf, aeth Carys a'i mam ar eu hyll am baned i'r festri, ac yno, wrth iddynt archebu dwy frechdan gaws a nionyn a phacad o *salt'n vinegar* i'w rannu, yr edrychodd ryw hen begor oedd yn cystadlu ar yr emyn dros drigain ar Carys a deud:

'Ylwch rhubana sgin hon ar 'i brest! Fydd hi fawr o dro'n ennill y *best in sh*ow ryw ddwrnod; yn byddi 'mechan i?'

Wyddai Carys ddim lle i roi ei gwyneb a rhuthrodd am y tŷ bach cyn i'r gwrid ledu dros ei gruddiau na cholli'r un deigryn. Ac yno, yng ngeudy'r merched yng Nghapel Ebenezer, y Ffôr, y penderfynodd Carys Cae Haidd na fyddai hi, byth eto, yn ennill unrhyw ruban yn unman. Aeth ei hyder, gyda'i charthion, i lawr tua môr mawr Pwllheli.

Doedd Carys ddim dros ei phwysau o gwbwl ond mi roedd hi'n hogan gre. Blynyddoedd o weithio ar y ffarm wedi dangos ei ôl ar ei hosgo a'i chyhyrau, a feiddiai'r un adyn byw, dyn neu ddynes, awgrymu bellach y gallai Carys Cae Haidd gael ei hystyried am y *best in show*.

***

Gwyddai Carys cyn agor ei llygaid fod ganddi gur pen oedd angen ei drin efo cyllell a fforc. Yn fwy na'r cur pen, roedd garddwrn ei llaw dde yn bynafyd hefyd. A gallai glywed sŵn y môr yn torri ar draethell garegog yn rwla. Ond yn lle?

Mentrodd agor un llygad i gychwyn, yn ara deg, gan adael y mymryn lleiaf o olau i mewn. Gwawriodd arni nad oedd hyd yn oed wedi llwyddo i gau'r cyrtans yn iawn neithiwr. Rhywbeth na fyddai Carys byth wedi neud tasa hi'n ei llawn betha. Llenni pinc digon pỳg oeddan nhw, a thafod o ddrafft yn ffeindio'i ffordd drwy'r ffenestri a ddrymiai i gyfeiliant y tonnau a chwiban y gwynt.

Wrth i'w threm ostwng i archwilio mymryn mwy ar ei garddwrn, sylwodd ar drôns Ben Sherman coch a phâr o *chinos* glas tywyll oedd wedi cael ffluch dros y gadair Lloyd Loom laswyrdd gyferbyn â hi. Y trôns a'r *chinos* y tu chwith allan, yn amlwg wedi eu tynnu mewn un symudiad, gan fod coesau'r trowsus yn dal yn un â'r mymryn trôns; a'r ddwy esgid a'r sanau hwnt ac yma hyd y carped patrymog oedd wedi gweld dyddiau gwell. Roedd rhywun ar frys i fynd i'w wely.

Yna sylwodd nad oedd ei phyjamas amdani a bod blaen ei garddwrn yn gignoeth. Symudodd ei choes yn nes at ganol y gwely a daeth ebwch wantan o'r pen arall wrth i'w throed gyffwrdd croth coes go flewog. Llifodd popeth yn ôl fel fflodiart yn chwalu. Deio Llwyd Owain oedd y dyn y pen arall i'w gwely yng ngwesty'r Kingsbridge yn Aberystwyth.

Ond roedd un peth arall oedd tipyn gwaeth na'r cur pen a'r giamocs dan y gobennydd a'r boen aruthrol yn ei garddwrn. Mi fasa hi wedi medru stumogi'r rheiny tasan nhw ond wedi cael ryw lun o wobr ar y parti cerdd dant yn yr ŵyl y noson cynt. Er y basa dod yn ail wedi bod yn braf, mi fasa trydydd wedi gneud y tro yn iawn – am leni. Dangos rhyw gynnydd. Unrhyw beth yn well na'r llynedd, a'r blynyddoedd cyn hynny. Roedd hi hyd yn oed wedi gweddïo unwaith neu ddwy yn Pisgah, gan drio'i gora i ddarbwyllo duw mai dros Awen Mai yr oedd hi'n gofyn am y ffafr ac nid er ei mwyn ei hun. Ond nid oedd ei duw, mwy na'r un duw arall, wedi ateb yr un o'i gweddïau taer. Pedwerydd oedd Genod Colmon eleni – eto.

Ar funudau gwan, breuddwydiai am godi cwpan arian uwch ei phen a'i llenwi i'r ymylon yn y bar wedi dychwelyd i'r gwesty. Tasan nhw ond wedi cael ryw gydnabyddiaeth lleia fyw am eu holl ymdrechion. Ond y cyfan gawson nhw oedd dwy frawddeg dila o feirniadaeth gan yr hulpan 'na o Gorwen, ac mi oedd y rheiny'n cynnwys y geiriau 'trueni' a 'gallasech' ac 'edrychwch eto'. Ast! Mi oedd hi hefyd wedi deud rwbath am y corfannu ac mi bletiodd Awen Mai ei cheg bryd hynny, anadlu i mewn drwy'i thrwyn a dal ei gwynt am sbelan go faith.

Yr ail Sul ym mis Tachwedd oedd hi. Penwythnos mawr i bob cerdd dantiwr gwerth ei halen. A gwyddai'n iawn beth fyddai gan ei mam i'w ddeud wrthi fel y byddai'n camu dros riniog Cae Haidd a'i gwep fel pen ôl iâr ddandan wedi rhw'mo: 'Gawsoch chi gam, Carys bach. Ond ma 'na bob amsar flwyddyn nesa.' Ond ar ei phen i'r Siambar Sori yr anelai Carys drannoeth pob siom, i fwytho'i chur pen a cheisio treulio rhywfaint ar ei siom.

Suddodd ei chalon cyn teimlo llaw gynnes Deio Llwyd Owain yn anwesu ei phen ôl ac ogla saim becyn yn llenwi ei ffroenau. Caru! Un allan o'r tri pheth a allai leddfu'r mymryn lleia ar ei loes. Cwrw a chanu oedd y ddau beth arall wrth gwrs, ond doedd hi ddim am gael yr un o'r rheiny am sbelan go lew. Ond lasai brechdan becyn wneud iawn am hynny. Gafaelodd yn y llaw a anwesai ei thin a'i harwain at frasach porfa.

Awen Mai

Roedd tair allan o'r pedair wal ym mharlwr ffrynt Awen Mai wedi eu plastro â thystysgrifau cenedlaethol mewn fframiau arian. Câi'r ddwy dystysgrif ryngwladol le mwy amlwg, mewn fframiau aur, bob yn ochr i'r drych uwch ben y silff ben tân. A dau gwpwrdd gwydr o boptu i'r rheiny yn orlawn o gwpanau, tarianau a medalau a gasglodd Awen Mai Deiniol-Huws dros yr holl flynyddoedd o fynd o steddfod i steddfod. Pob un tlws yn pefrio arnoch wrth i chi gerdded i mewn i'r stafell a gadwai ei pherchennog fel pìn mewn papur, fel gweddill stafelloedd Llety'r Bugail.

Ar y wal gyferbyn â'r lle tân y safai'r Steinway ddu, dalsyth, ac ar honno yr oedd y ddau dlws a enillodd Awen ar yr unawd alaw werin dan ddeuddeg a than bymtheg oed yn wythdegau'r ganrif ddwytha yn Eisteddfod Ryngwladol Llangollen. Cadwodd y profiad am y wefr honno yn saff yn y cof dros y blynyddoedd gan roi'r un sglein iddo'n achlysurol ag a rôi i'r llu tlysau ar silffoedd y cypyrddau gwydr.

Tynnu llwch, polisio'r tlysau a sythu ambell ffrâm oedd y cyfan a wnâi Awen. Meurig, ei gŵr, fyddai'n gwneud y gweddill. Roedd yn giamstar ar yr hwfro, y golchi llestri a'r smwddio. Fo hefyd fyddai'n cario'r holl betheuach fyddai Awen eu hangen i gyrraedd y llu rhagbrofion, pafiliynau a neuaddau mewn pryd. Roedd yn ddigon i Awen gael ei hun yn sych ac yn lân cyn unrhyw ragbrawf heb orfod llusgo a chario affliw o ddim byd. Hi oedd arweinyddes Genod Colmon, a doedd fiw i'r un blewyn fod allan o'i le pan amserai ei chyrhaeddiad i'r eiliad. Hynny bob amser wedi i un parti o leia gyhoeddi eu bod i gyd yn bresennol a chytuno i ganu'n gyntaf. Dim ond wedyn y byddai Awen yn cyhoeddi bod aelodau Genod Colmon i gyd yno.

Meurig a feddyliodd am yr enw 'Llety'r Bugail' i'w roi ar eu cartref ysblennydd a edrychai allan dros y morfa ar un o olygfeydd harddaf Cymru. Fo hefyd a gynlluniodd yr arwydd gyda dwy delyn aur o boptu'r enw ar dabled go nobl o lechen Chwarel y Penrhyn. Wrth ei wylio'n gosod yr enw ar eu cartref newydd, gwyddai Awen ei bod wedi gwneud y peth iawn wrth ddewis gŵr. Er ei fod yn agos at bymtheg mlynedd yn hŷn na'i wraig, byddai ganddi was bach ffyddlon a pharod i'w dandwn nos a dydd pe byddai'n rhaid. A mwy na hynny, doedd Meurig, fel hithau, ddim isio plant. Roedd Cilmeri Mêw, y gath Siämaidd, yn fwy nag y gallai'r cwpwl ymdopi â hi yng nghanol eu prysurdeb. Rhwng ei gwaith cyfansoddi, gosod, gwersi piano a hyfforddi unigolion a'i pharti cerdd dant, roedd gan Awen fwy na digon ar ei phlât. Ac er bod Meurig wedi ymddeol o'i swydd fel cyfreithiwr ers sbel bellach, roedd cadw Llety'r Bugail yn ddifrycheulyd, yr ardd yn Eden o liwiau, a rhedeg tacsi yn ôl galw'i wraig, yn ogystal â bod yn fwtler, macwy a gŵr iddi Sul, gŵyl a gwaith, yn hen ddigon o faich iddo yntau.

Addaswyd un o'r stafelloedd gwely sbâr yn ofod gorlif i wardrob Awen Mai. Stafell sbâr arall i Meurig gysgu ynddi pan fyddai gan Awen gur pen. A'r llall yn stiwdio fechan i Awen recordio traciau ymarfer i'w pharti a'i disgyblion. Felly, o ystyried llawnder eu horiau a'u cartref, fyddai gan Awen a Meurig ddim amser i feddwl am fagu teulu, heb sôn am ffeindio lle iddynt gysgu.

***

Ac ar y bore Sul tywyll hwnnw, ganol fis Tachwedd gwyntog, gorweddai Awen yn ei gwely yng ngwesty'r Kingsbridge yn syllu ar ei phaned lugoer yn melynu'n gen yn ei chwpan. Tynnodd ei masg melfed du yn ei ôl dros ei llygaid a mwythodd ei phwdfa dan y gobennydd.

Dychmygai'r genod yn deffro fesul un yn y gwesty i siom y sylweddoliad na chawson nhw unrhyw fath o wobr yn yr Ŵyl eto eleni. Gallai deimlo distiau'r gwesty'n gwegian dan bwysau'u siomedigaeth. Wedi'r holl waith, yr holl oriau o ymarfer a mireinio a dim hyd yn oed sytifficet i ychwanegu at ei chasgliad. Er cystal yr edrychai wal ei pharlwr i bawb ddeuai i Lety'r Bugail, doedd y dystysgrif y byddai Awen yn rhoi silff ei thin i'w chael yn pefrio'n eu plith – tystysgrif fod Genod Colmon wedi cyrraedd safon cenedlaethol – fyddai hynny ddim yn digwydd eleni eto fyth; dim hyd yn oed un am ddod yn drydydd. Felly byddai'n dychwelyd, fel bob tro arall, yn ôl i Lety'r Bugail yn waglaw, yn drist, ac yn ystyried unwaith yn rhagor i roi'r ffidil yn y to.

Ond roedd yna bwysau tipyn trymach na'r arfer ar ei hysgwyddau eiddil eleni. Roedd y genod wedi gwneud mwy o lanast na'r arfer yn y bar fel yr oedd y noson feddw yn tynnu at ei therfyn. Gan fod bar y gwesty lle roedd Lleisiau'r Gelynen – y parti a ddaeth i'r brig yn y gystadleuaeth – yn aros ynddo wedi cau'n fuan, roeddan nhw wedi cael yr hyfdra i ddod draw i westy Genod Colmon i ddathlu eu buddugoliaeth. Ac fel tasai hynny ddim yn ddigon, i rwbio halen yn y briw, roedd Lleucu Garmon, hyfforddwraig Lleisiau'r Gelynen, wedi llusgo'r gwpan arian yno efo nhw a'i llenwi i'r ymylon efo Bacardi a rỳm Barti Ddu. Fel y rhannwyd y gwpan o gwmpas y bar, sylwodd Awen fod ambell aelod o'i pharti hi yn llowcio mwy na'u siâr o'r ffiol, yn enwedig Carys Cae Haidd. Ac fel roedd y 'gymundeb' feddw yn mynd o ddrwg i waeth, fe ddechreuodd Lleisiau'r Gelynen ganu eu gosodiad buddugol hwy o'r darn prawf. Tywalltwyd mwy o Barti Ddu i'r gwpan a mwy na phinsiad o halen ar friw'r Colmoniaid.

Wedi'r datganiad boddwyd cymeradwyaeth lugoer y genod gan weiddi afreolus y buddugwyr, hwythau erbyn hyn yn dechrau colli rheolaeth arnynt eu hunain wrth iddynt forio ar don eu buddugoliaeth. Cymerodd Awen lymaid o'i dŵr pefriog i arbed iddi orfod curo'i dwylo'n rhy hir ac edrychodd ar draws y bar lle roedd Lleucu Garmon yn syllu arni. *Am weld beth oedd ei hymateb*, tybiodd Awen. Gwnaeth ryw siâp ceg bach 'da iawn' ar Ms Garmon gan droi at Meurig a deud ei bod yn mynd i'w stafell i wrando ar Only Men Aloud.

Bob tro y clywai Meurig yr enw fe wyddai ei bod yn amser iddo chwilio am handbag Awen a deud wrth bawb fod ganddo alwad buan a bod angen gwely cynnar arno. Ond fel roedd y ddau yn codi i ymadael neidiodd Carys ar ei thraed i neud araith, a daliodd Awen ei gwynt. Byddai Cae Haidd bob amser yn llwyddo i ddeud ryw air i gysuro'r genod ar achlysuron pan nad oedd petha wedi mynd y ffordd y bydden nhw wedi ei ddymuno. Ond, efo'r rhan fwyaf o Leisiau'r Gelynen yn bresennol, a fyddai Carys yn ddigon call i gynilo chydig ar ei harddull a mygu mymryn ar ei siom? Tarodd Cae Haidd ei gwydr peint ar y bwrdd i fynnu nad oedd Awen Mai i symud modfedd nes y byddai hi wedi gorffen.

'Dwi jesd isio deud wbath, ocê? A dwi'm isio'i hwn swnio fatha grawnwin surion na'm byd, 'de, achos tydi o ddim. Ffwc o ots gin i pwy ffwc enillodd na'm byd felna'n 'de, achos, mond tast llond dwrn o feirniaid oedd hynny eniwe, 'de. Dwi jesd isio gofyn un peth 'de, ocê ... ocê? Ond ... oeddach chi'n meddwl bod Meibion Brithdir *way* allan o diwn yn yr englyn?'

Daeth rhywfaint o gytundeb i hyn o sylw gan ambell aelod o'r Gelynens yn ogystal â'r Colmoniaid. Roedd Meibion Brithdir yn gantorion digon tebol, gwyddai pawb hynny'n dda, ond doeddan nhw ddim bob amser yn gallu mynd dan groen y geiriau a thueddent, ar y darnau dramatig, i organu a sharpio.

Roedd Carys wedi cael ychydig o wynt dan ei hwyliau erbyn hyn, yn enwedig o glywed ychydig o borthi o gyfeiriad yr hen elyn, a ddaliai ar bob sillaf o'i haraith erbyn hyn. Aeth yn ei blaen:

'Eniwe. Dwi isio cynnig llwncdestun.' Cododd Carys ei gwydr Bacardi *chaser* gan golli ei hanner wrth wneud. Cododd pawb arall eu gwydrau hwythau i'w chanlyn. Roedd angen codi calonnau'r Colmoniaid ac fe aeth yn ei blaen:

'A mi oedd y petha Pontypridd 'na 'di mynd â hi lot rhy

slô 'fyd. Ycin el! Be oedd hynna i fod? Dwi'n gwbod bod Gerallt yn medru codi'r blydi felan ar adega, ond feddylish i'n siŵr 'u bod nhw'n mynd i ddŵad i sdop ar yr hir-a-thoddaid. Buwch dach chi i fod i odro, dim ffycin Llywelyn Fawr.'

Parodd hyn fymryn o biffian chwerthin ac ambell un yn curo'u dwylo a theimlodd Carys don o hyfdra newydd yn gafael ynddi. Cynulleidfa! A honno'n ymateb. Yn wir, i'w chlustiau hi, yn bwyta o'i dwylo erbyn hyn. I glustiau Awen, roedd yn arwydd fod petha ar fin mynd dros ben llestri.

'Na, wir rŵan genod. O ddifri. O'n i'n meddwl bo' ni 'di ca'l hwyl arni. Oeddach chi ddim?'

Daeth mwy o ymateb gan y Colmoniaid ond ychydig yn gyndyn oedd y 'Gelynesau' i gytuno â hi bellach. Yn raddol, daeth gwydrau pawb yn ôl i lawr gan fod Carys, yn amlwg, wedi anghofio'n llwyr am ei llwncdestun.

'So ... dwi jesd isio cynnig ... Pam ffwc dach chi 'di rhoi'ch gwydra i lawr? Dwi isio cynnig tôsd, medda fi!'

Cododd pawb eu gwydrau am yr eildro a gosododd Meurig yr handbag yn ei ôl i lawr a chodi gwydr ei ddŵr pefriog.

'I ni!' bloeddiodd Cae Haidd, fel petai hi wedi bod yn cael gwersi preifat gan y Führer ei hun.

'I ni!' bloeddiodd pawb arall yn uwch, a diolchodd Awen i'r nefoedd y gallai pawb yn y stafell ddehongli'r 'ni' yna yn ôl ei fympwy ei hun. Chwyddodd y gymeradwyaeth ac am ryw ennyd obeithiol daeth undod dros y bar. Ond ennyd fer iawn oedd hi. Yn raddol, dechreuodd yr oslef amrywio ar y 'ni' a phan welodd Cae Haidd ryw dair o Leisiau'r Gelynen yn wynebu ei gilydd a deud 'I ffycin wel NIIIII', fe ddeffrowyd ynddi'r cythraul hwnnw sy'n llechu'n ddyfn ym mhob cerdd dantiwr gwerth ei halen.

'O! Naci-ffycin-wel-DDIIIIM! I NIIIIII!'

Mae'n eitha posib mai camgymeriad mwya'r noson oedd i Carys geisio taro i mewn i'w gosodiad nhw o 'Cilmeri'. Gwyddai Awen o'r nodyn cynta ei bod wedi ei phitsio'n llawer rhy isel. Rhygnai Cae Haidd i waelodion ei sodlau am ambell nodyn a phan geisiodd godi'r traw i'r ail bennill mi chwalodd petha'n llwyr ac aeth yn draed moch. Sylwodd ar un neu ddwy o Leisiau'r Gelynen yn crechwenu a dyna pryd y sibrydodd Awen yng nghlust Meurig unwaith eto ei bod yn mynd i'w stafell i wrando ar Only Men Aloud. Cododd Meurig yntau'n syth a dilyn ei wraig i fyny grisiau'r gwesty fel dafad i'w chorlan. Er na fu Awen yn ffan o unrhyw gôr meibion erioed, fe wyddai Meurig yn union beth oedd ystyr cudd y gorchymyn pe crybwyllid enw Only Men Aloud: 'O 'MA!'

O fewn dim newidiodd y chwaeroliaeth a lanwai'r bar ychydig funudau ynghynt yn ddrychiolaeth o gyflafan na fedrai hyd yn oed Hieronymus Bosch wneud cyfiawnder â'i beintio. Gadawodd Awen yn ei dagrau i gyfeiliant gwydrau yn malu a chawodydd o gwrw a gwin yn sbrencs hyd ei ffrog hufen newydd. Ffrog yr oedd wedi edrych arni ychydig nosweithiau ynghynt yn dychmygu ei hun yn ysgwyd llaw efo Dei Tomos ar ei dehau, a John Eifion ar ei haswy yn cyflwyno clamp o gwpan arian iddi. Yr union gwpan a oedd bellach wedi ei tholcio ac yn gorwedd mewn môr o rỳm, chŵd a gwin ar lawr y Kingsbridge.

Yng nghanol y gyflafan, dihangodd Awen a Meurig i'w hystafell wely yn gobeithio i'r nefoedd y byddent yn deffro'n y bore gan sylweddoli mai hunllef oedd y cyfan. Ychydig a wyddai'r ddau ar y pryd nad oedd y smonach yn y bar ond megis dechrau.

***

Wrth i'r ddau sleifio allan i'w car y bore wedi'r drin, clywodd Awen lais Non Parciau'n ceisio dal pen rheswm â pherchennog y gwesty'n y dderbynfa. Gan fod Meurig eisoes wedi talu eu dyledion hwy doedd Awen ddim â'r wyneb na'r galon i aros i wrando beth oedd achos y ffrae. Ond fel y cerddai'n ofalus ar flaenau ei thraed fe glywodd Non yn deud, 'Dwi'n barod i dalu'n siâr ni am y rỳm a'r Bacardi, ond no wê dwi'n talu am y carpad.'

Ac fel tasa hynny ddim yn ddigon o gur pen, i ychwanegu at ei gofidiau, wrth iddi fustachau i gadw'i hurddas yn ei sodlau uchel i lawr grisiau'r Kingsbridge ym mreichiau Meurig, clywodd ddau neu dri phâr o sodlau eraill yn martsio tua'r gwesty. Doedd dim rhaid iddi edrych yn fanwl i ddyfalu pwy oedd yn dod tuag atynt. Byddai wedi nabod y gôt Faux Astrakhan werdd yna'n rwla. Lleucu Garmon a'i chiwed! Brasgamodd y ddau fel un tua'r car ac roedd Meurig wedi tanio'r injian ac yn ei bomio hi i lawr y prom cyn i chi fedru deud, 'O 'MA!'

Roedd yr hen Feurig wedi bwcio bwrdd am ginio dydd Sul i'r ddau ym Mryn Cynan, ond fe wyddai'n iawn na fyddai Awen awydd gweld neb a oedd yn debygol o'u nabod ar y bore arbennig hwnnw, felly ar eu pennau am adre'r aethon nhw, a chynffon Awen druan yn dynn rhwng ei gafl.

Yn syth wedi iddyn nhw gyrraedd Llety'r Bugail gwnaeth Meurig botel dŵr poeth a dwy banadol i'w gymar ddagreuol. Falla y byddai hi'n teimlo'n well wedi cael napan a darllen yr holl negeseuon a dderbyniodd yn deud cymaint o gam yr oedd hi wedi ei gael a bod pawb yn y byd cerdd dant yng ngharpad bag ei gilydd fyth dragywydd. Roedd ei mam wedi deud wrthi ers cantoedd mai '*Who you know* ydi hi'n y byd canu penillion ddiawl 'ma' ers y dechra.' Cofiodd hefyd fod rhywun â dipyn o statws yn y maes wedi deud rhywbryd nad acronym o Cymdeithas Cerdd Dant oedd C.C.D. ond mai Cythraul Canu Diawledig oedd ei ystyr o go iawn. Yn ddiamau, ddaeth peth felly ddim i fodolaeth heb reswm.

Roedd hi eisoes yn ei phyjamas fflîs *candy stripe* pan gyrhaeddodd Meurig gyda'i phaned a'i phanadol. Goleuodd gannwyll Jo Malone wrth i Awen lithro i'w chuddfan dan y cynfasau a'r garthen Melin Tregwynt o liwiau'r hydref.

'Mi archeba i jicin corma *extra mild* a dwy nan blaen i ni'n dau erbyn tua'r saith 'ma. Cofia bod gynnon ni bennod gyfan o *Strictly* yn disgwl amdanan ni – ac wedyn gawn ni'r *Results* yn syth ar 'i ôl o.' Fe wyddai Meurig yn iawn sut i roi balm ar friwiau'i siomedigaeth. Roedd wedi hen arfer.

Lapiodd Awen y cwrlid yn dynn amdani ei hun tra ymbalfalai Meurig drwy'i chês bach am ei mwgwd melfed er mwyn cau'r byd creulon allan yn llwyr o'i gŵydd – ynghŷd â'i gwrthwynebwyr. Gwasgodd ei photel dŵr poeth yn dynnach at ei bron, a chyn pen dim roedd yn chwyrlïo drwy'r awyr ym mreichiau Johannes a Nikita dros lawr y ddawns i freichiau cyhorog Gorka. Byddai'n dipyn o glewtan i ddeffro o'i seithfed nef i wirionedd y noson cynt. Ond byddai Meurig yno i'w dal gyda'i gorma a'i *remote control*.

Non Events

Pan fydd Non yn trefnu unrhyw ddigwyddiad i godi arian i Genod Colmon, yfith hi'r un dropyn o'r ddiod feddwol ar y nosweithiau arbennig hynny. O'u sioe ffasiwn flynyddol i'r cwis tafarn, mae'n troi'n llwyr ymwrthodwraig nes bydd y noson ar ben. Deallodd ers tro byd nad ydi codi bys bach cyn codi i ddeud gair yn gyhoeddus yn beth doeth i'w fentro. Dysgodd y wers honno'n y ffordd galetaf bosib yn eu sioe ffasiwn pan ddudodd y dylai pawb gael 'o leia un Gok Wan yn ei wardrob.'

Yr unig eithriad a wnaiff i'w rheol ei hun fydd yn eu parti Dolig blynyddol. Er mai hi fydd yn gyfrifol am bob manylyn – o dalu'r bil i archebu'r bwyd, ac o rannu'r stafelloedd i neud yn siŵr y bydd Barry Bib-bîb yn eu pigo i fyny o sgwâr Llanfeudwy – unwaith y bydd pob un o'r genod wedi cael eu hallwedd i'w stafelloedd bydd Non yn eistedd wrth y bar cyn i chi fedru deud 'Codiad yr Ehedydd'. Bydd wedi trefnu pwy sydd i neud y diolchiadau ac i gyflwyno anrheg i Awen Mai a thusw o flodau i Sian Armon, eu cyfeilyddes. Mi fydd wedyn yn rhydd o unrhyw ddyletswyddau am weddill y noson; gall roi ei thraed i fyny a chodi bys bach uwch ei gwydryn proseco gan ddymuno 'Dolig Llawen' heb boeni 'run ffeuan. 'Gewch chi neud be liciwch chi rŵan, y ffernols. Rhyngthach chi a'ch petha.'

Gweithio'n swyddfa farchnata Bragdy'r Brython oedd Non. Yn wir, hi *oedd* y swyddfa farchnata. Ac er bod yn gas ganddi yfed cwrw ei hun, llwyddai i'w werthu fel lli'r afon. Roedd ganddi frith gof o yfed llath o'r diawl peth yn ystod Wythnos y Glas pan aeth hi i'r coleg ym Mangor ym mil naw naw saith. Mi yfodd y cwbwl yn dwt ar ei thalcen ac yna mi chwydodd y cyfan yn ei ôl i'r gwydryn hirfain heb golli'r un diferyn. Prawf, yng ngeiria Non ei hun, na wnaiff hi gychwyn yr un dim heb ei orffen. Mae'n bosib y chwydith y cyfan yn ôl yn ei gwyneb yn achlysurol, ond fel mae hi'n 'i ddeud yn amal: 'I've started, so I'll finish!' Proseco yw ei llymaid ers y dyddiau gwallgo hynny, a joch go helaeth o *crème de cassis* yn ei lygaid.

Er ei bod hi'n cwyno ambell waith mai hi sy'n gneud (yn ei geiria hi) 'bob ffwc o bob dim blaw am arwain a chyfeilio i Genod Colmon', fasa hi ddim yn breuddwydio derbyn cymorth gan neb arall o'r aelodau, serch hynny. Yn drefnydd ac yn ysgrifennydd y parti o'r cychwyn, doedd fiw i neb arall gynnig gneud dim drosti, ond am ambell fara brith a fictoria sbynj i'w Ffair Aeaf. Dyna pam y bedyddiwyd hi'n 'Non Events' gan y genod.

Gofynnodd am gael symud o'r altos i'r seconds unwaith, wedi iddi gael llond bol ar ganu, yng ngeiria Non ei hun: 'Mond dô-dô-tî-dô-dô-rê-ffycin-dô. Brynish i rownd i'r altos i gyd noson o 'blaen mond achos bo ni 'di ca'l dô-tî-tâh-lah!'

Ond pharodd hi ddim yn hir iawn yn canu'r llinell ganol gan na fedrai hi'n ei byw a chadw at y nodyn. Câi ei thynnu at y llinell dop neu'r waelod bob gafael nes yr aeth i warblo fel dryw bach rhwng y naill linell a'r llall, a buan y sylweddolodd hefyd na allai hi ganu hanner cystal heb gael Cae Haidd wrth ei hymyl yn morio'n ei chlust. "Uda i 'tha chdi un peth, 'de. Gin i uffar o barch at seconds byth ers i mi ga'l go ar ganu hefo nhw. Sut ffwc ma nhw'n neud o, *search me?*'

***

Drannoeth y gyflafan fawr, tra oedd Non druan yn trio dal pen rheswm â Gerwyn, rheolwr y Kingsbridge, taranodd Lleucu Garmon i mewn gyda'i chiwed i'w chanlyn. *Pam goblyn ma hi'n gwisgo sbectol haul ar ddwrnod mor fwll?* meddyliodd Non. *Ma raid fod ganddi chwip o Benmaenmawr i neud peth mor hurt.*

Meinir Glyn, aelod blaenllaw arall o Leisiau'r Gelynen, oedd y gyntaf i agor ei cheg, tra syllai'r Garmon fel gwiber i mewn i enaid Non. Syllodd hithau'n ei hôl gan roi'r argraff ei bod yn hidio'r un ffeuen am yr un ohonyn nhw, ond yn gobeithio i'r nefoedd y deuai rhywun o'i chriw hi i lawr i frecwast i fod yn gefn iddi'n reit fuan. Fflachiai ambell atgof o'r noson cynt a'r darlun a ddaeth iddi'n gynta oedd o Cae Haidd yn anelu dwrn tuag at Lleucu a breichiau dau barti cerdd dant yn ymestyn i drio gwahanu'r ddwy.

'We've come to recover our cup,' meddai Meinir Glyn, a'i llygaid yn tremio hwnt ac yma hyd y bar yn y gobaith y byddai'r gwpan yno'n aros amdani.

'Ma'r dyn yn siarad Cymraeg glân gloyw, i chdi ga'l dallt,'

eglurodd Non. 'Ond ma siŵr na fasat ti'm yn cofio hynny'n na 'sat, 'nôl y cyflwr oedd arnat ti'n mynd o 'ma.'

'Un dda i siarad,' meddai Ann Ednyfed, aelod arall o barti Lleucu Garmon, oedd bellach ar ei gliniau ar lawr yn ymbalfalu dan y byrddau a'r stolion.

'O, weli di'm ohoni'n fanna, ma hynny'n saff,' meddai Non, oedd â'i golygon yn dal wedi eu cloi ar lygaid Lleucu Garmon. Er gwaetha'r sbectol haul fe wyddai'n iawn fod honno'n chwarae rhyw hen gêm syllu wirion arni.

'Dim am y blydi gwpan dwi'n chwilio, i chdi ga'l dalld,' meddai Ann Ednyfed.

'Am be 'ta?' holodd Non.

'Dim o dy fusnas di,' saethodd Meinir Glyn heb lyfu'i gwefla.

'O's ots 'da chi os torra i ar eich traws chi am funed, ferched?' holodd Gerwyn o du ôl y bar. 'Ai gydag un ohonoch chi'ch tair wy'n gadel y bil i'ch parti chi?'

'Bil?' holodd Lleucu, gan dorri'r clo ar y gêm syllu am eiliad.

Rhyfadd, meddyliodd Non. *Pam yn y byd mawr ma Lleucu Garmon yn pletio'i cheg mor dynn wrth siarad?* Ac wrth iddi droi ei threm i wynebu Gerwyn fe sylwodd fod gwefus uchaf arweinydd Lleisiau'r Gelynen wedi chwyddo'n o ddrwg, a daeth fflach o'r atgof o ddwrn Carys yn saethu drwy'r awyr i gyfeiriad Lleucu yn ôl iddi. *Tybad?* petrusodd.

Gosododd Gerwyn y bil ar blât bach arian ar y cownter gan egluro mai'r hyn oedd yn ddyledus am weddill y gwirod a fu'n llenwi'r gwpan golledig drwy'r nos oedd ar y bwrdd.

'Fe adawaf fi'r bil yn fan hyn a gewch chi ddadle mysg eich gilydd pwy sy'n mynd i dalu am lanhau'r carped,' ac ymadawodd â'r stafell gan ddeud y byddai'n dychwelyd wedi iddo glirio'r llestri brecwast.

Bu ennyd o ddistawrwydd rhwng y pedair ac yna dechreuodd Ann Ednyfed ailafael yn y chwilio a'i llaw dde yn crafu fel crib mân dan bob cadair a soffa yn y bar fel tasa hi'n chwilio am fodrwy neu un o'i chlustdlysau.

'Be oedd o'n feddwl, "llnau'r carpad"?' holodd Meinir Glyn.

'Y carpad yn y lownj. Ollyngsoch chi'r gwpan yn llawn o rỳm a Bacardi drosdo fo.'

'Sgin i'm math o go' i ni neud ffasiwn beth,' meddai Ann Ednyfed, fel bwled llawn celwydd.

'Dwi 'di talu am hannar y rỳm a'r Bacardi oedd yn y bali gwpan,' eglurodd Non. 'Ond doedd 'na 'run ohonan ni'n agos i'r lownj. Mi arhoson ni'n fama ar ôl y ffrae ac mi aethoch chitha ar 'ych hyll i'r lownj. Siawns nad oes 'na un ohonach chi'n cofio hynny?'

Roedd pawb yn fud am sbel a Non yn mwynhau'r ennyd o euogrwydd ar wyneb y tair. Collodd Lleucu Garmon yr awydd i barhau â'r gêm syllu, ac aeth Ann Ednyfed yn ei blaen i chwilio ar hyd rimyn y carped fel tasa hi'n chwilio am bìn mewn tas wair. Rowliodd Meinir Glyn ei llygaid ddwywaith, dair, cyn mwmblian rwbath dan ei gwynt yn deud y byddai hi'n trefnu wip rownd wedi iddi fynd yn ôl i'r gwesty. Doedd ganddi hi ddim math o gof i'r un ohonyn nhw wneud y ffasiwn beth ond fe gytunodd, wysg 'i thin, i setlo'r bil am y diod a'r carped.

'Ond nid i setlo bilia y deuthon ni yma mewn gwirionedd,' ychwanegodd y Feinir Finiog (llysenw'r Colmoniaid ar brif unawdydd Lleisiau'r Gelynen – neu Lleisiau'r Gelynion fel y'u hadnabyddid hyd ochrau Llanfeudwy), 'yn naci, Lleucu?' ychwanegodd.

'Naci,' atebodd Lleucu, yn gyndyn iawn, am unwaith, o agor ei cheg ryw lawer. Pe na bai gweld Deio Llwyd Owain yn sleifio'n ddistaw allan o'r gwesty a lwmp ar ei dalcen wedi tynnu sylw Non y bore hwnnw, efallai y byddai wedi sylwi ar yr union reswm pam nad oedd Ms Garmon yn deud rhyw lawer yng nghanol yr holl ddadlau.

'Dwi 'di ffeindio fo!' gwaeddodd Ann Ednyfed, gan ddal i fyny rwbath a ymdebygai i ddarn o gneuen Brasil i Non.

'O! Diolch byth am hynna!' meddai Lleucu, gan roi ochenaid o ryddhad a chipio'r 'gneuen' oddi wrth Ann Ednyfed a'i rhoi yn ei phwrs. 'A 'tha well iti ddybuddio'dd Gae Haidd 'na i ddithgwl llythydd gin fy tholithidydd i cyn diwadd dd'wthoth,' ychwanegodd. 'A bil denduthd hefyd!'

A dyna pryd y gwawriodd ar Non be'n union oedd Ann Ednyfed wedi ei ffeindio o dan garped bar y Kingsbridge. Daeth y fflach o Carys Cae Haidd yn lluchio dwrn i gyfeiriad Lleisiau'r Gelynion y noson cynt yn ei ôl iddi eto. Tynnodd Lleucu Garmon ei sbectol haul i ddatgelu llygad ddu fel plwmsan fawr chwyddedig.

Yn sydyn taranodd y Feinir Finiog tuag at Non a meddyliodd yn siŵr ei bod hithau ar fin colli un o'i dannedd. Ond anelu am y bil a'i gipio oddi ar y plât ddaru hi ac yna syllu'n gyhuddgar i lygaid Non, ychydig fodfeddi o'i thrwyn.

'A rŵan, lle ma'r gwpan?' holodd yn gyhuddgar.

'Be?' gofynnodd Non yn anghredinol. 'Be uffar sy'n gneud i chdi feddwl y basa hi gin i?'

'Dach chi ddigon dethbddet i ga'l un, dydach?' poerodd Lleucu (yn llythrennol), a hanner gwên yn bygwth ymddangos ar ymyl ei gwefus dew. Llwyddodd Non i roi'r argraff nad oedd hi'n hidio 'run ffeuen am y tair oedd yn syllu arni fel tasan nhw'n trio'i chael i gyfadda'u siom.

'Ti'n meddwl 'mod i'n poeni am ryw fymryn o dlws, w't ti? Gin i well petha i'w llnau na thamad o gwpan arian 'di tholcio diolch yn fawr.'

Clywodd Non gês yn drybowndian o'r ail lawr a gwyddai mai Carys oedd yr un oedd yn ei lusgo, gan mai hi oedd yr unig un nad oedd eto wedi codi i frecwast.

'Ti'n gwbod yn iawn y batha Awen Mai yn ddhoi shilff 'i thin i ga'l 'i bacha add y gwpan 'na. Wath ti heb â ...'

Ond cyn i Lleucu gael cyfle i orffen ei brawddeg roedd Non wedi diflannu o'r bar ac yn rhuthro fesul dwy ris tuag at ei chyfaill i'w rhybuddio.

'Ia! Dos 'ta! I lyfu dy ddoluria,' galwodd Ann Ednyfed ar ei hôl. Ond roedd Non hanner ffordd i fyny'r ail set o risiau erbyn hynny, lle roedd Carys yn stryffaglio efo'i chês a'i chur pen.

'Fyswn i'm yn mynd i lawr grisia rŵan taswn i'n chdi.'

'Pam ddim?' holodd Carys, 'dwi 'di ordro becyn bap. Dwi ar 'y nghythlwng!'

'Dos yn ôl i dy stafall rŵan, Carys – cyn i ti neud rwbath arall bydd 'difar gin ti.'

***

Wedi cau'r drws ar ei hôl aeth Cae Haidd yn syth i agor y ffenestri rhag ofn i Non snwyro dyn. Eglurodd ei ffrind iddi be'n union oedd Lleucu Garmon wedi ei chyhuddo hi, Carys, o fod wedi'i neud yn ystod y ffrae. Mi ddudodd fod ganddi glamp o lygad ddu, chwydd anferth ar 'i gwefus a dant ar goll. Ac er nad oedd Non yn cofio gweld dim byd o'r fath yn digwydd, roedd hi'n cofio gweld rhywfaint o Genod Colmon yn mynd i'r afael â'r lleill.

'O'n i'n un ohonyn nhw?' holodd Carys.

'Wel, oeddat siŵr ddyn. Siawns bo chdi'n cofio rwbath?' meddai Non.

'Dwi'n cofio ryw fath o sgrap, ond dwi'm yn cofio hitio neb.' Yna edrychodd i lawr ar ei garddwrn unwaith eto gan geisio celu'r dystiolaeth amlwg oddi wrth ei ffrind. *Shit*, meddyliodd.

***

Mond syllu ar y môr ddaru Carys am sbel, a gwrando ar y cerrig mân yn cael eu sugno yn ôl i Fae Ceredigion, fel tasa'r eigion yn eu llyncu i ebargofiant fesul llyfiad. Mor chwantus ydi'r môr pan mae o ar drai. Roedd yn well ganddi wylio'r llanw na'r trai bob amser, ond nid dyna oedd hi'n ei wylio wrth eistedd yn y gadair Lloyd Loom binc y bore hwnnw.

'Braf 'sa bod yn wylan, 'de?' meddai, maes o law.

'Gas gin i wylanod,' atebodd Non. 'Mi fachodd 'na un bacad cyfa o jips o 'nulo i'n ffair Pwllheli pan o'n i'n hogan bach. Rioed 'di madda i'r diawliad ers hynny.'

'Ia, ond ydyn nhw'n poeni am hynny, deud i mi? Nac'dyn siŵr Dduw. Ma nhw jesd yn cario mlaen i chwilio am fwy o jips. Ac os byddan nhw'n hedfan uwch dy ben di ar ôl iddyn nhw lowcio'r bali lot mi gachan nhw fo i gyd yn ôl ar dy ben di hefyd os cawn nhw hannar cyfla.'

'Llgada milan sgynnyn nhw.'

'Gin Lleucu Garmon rei hefyd.'

Chwarddodd Non ar y gymhariaeth. Ond cafodd bwl go ddrwg o dagu'n sgil hynny a theimlodd ei brecwast yn trio deud rwbath wrthi.

Tra oedd Non yn cyfogi'n y tŷ bach gwelodd Carys y tair Celynen yn brasgamu yn ôl i gyfeiriad y dref. *Braf arnyn nhw*, meddyliodd. Fasa hi'n fodlon colli mwy na daint i gael 'i bacha ar y gwpan arian 'na – lle bynnag uffar oedd honno erbyn hyn. Yna daeth ambell atgof niwlog yn ôl iddi y byddai'n well ganddi eu hanwybyddu, am rŵan.

Doedd hi ddim am boeni'n ormodol am y gwffas neithiwr chwaith. I be? Bygwth gwag oedd o i gyd, siŵr o fod. Fasa Lleucu Garmon, o bawb, ddim am dynnu gwarth arni ei hun yn cyfadda ei bod wedi bod mewn ymrafael yn y Kingsbridge noson yr Ŵyl Cerdd Dant – nefar! Mi fasa'n fêl ar fysadd rhai o wariars y cyfryngau cymdeithasol tasa'r stori am ddau barti cerdd dant yn mynd benben â'i gilydd yn ffeindio'i ffordd i'r gweplyfr, neu'n waeth fyth, ar Rhwydwaith Menywod Cymru.

Sŵn Non yn tynnu tsiaen y lafytri ddaeth â Carys yn ôl i'r presennol, ac roedd gas ganddi feddwl am yr hyn oedd o'i blaen am weddill y dydd. Chwilio am rwla i gael cinio yn Aberystwyth ar bnawn dydd Sul tamp ym mis Tachwedd. Barry Bib-bîb yn galw pawb i'r bỳs a dim hwylia ar y snichyn hwnnw chwaith. Siwrna droellog, hirfaith yn ôl i Lanfeudwy. *Ai ein gwlad fach ni ydi'r unig un yn y byd lle mae'n cymryd dros deirawr i deithio saith deg o filltiroedd?* holodd ei hun. O roi'r penwythnos arbennig yma'n y fantol, daeth i'r casgliad fod Cymru'n wlad *shit*.

Daeth Non o'r stafell molchi a golwg y diawl arni. *Fydd 'na hen stopio'r bỳs ar y ffor yn ôl os ydi gweddill y parti unrhyw beth yn debyg i hon*, meddyliodd Carys. Daliai Non rywbeth rhwng ei bys a'i bawd a golwg ddryslyd arni. Edrychodd ar ei ffrind yn amheus a gofyn:

'Ers pryd w't ti'n gwisgo *cufflinks*?'

Meurig

Edrychodd Awen drwy'r *picture window* anferth a edrychai allan dros yr Eifl a thuag at Iwerddon. Mor wahanol fyddai ei byd heddiw pe bai wedi dilyn gwahoddiad Brendan i fynd ar eu hald i chwilio am eu breuddwydion ar yr Ynys Werdd. Dyna, yn ei eiriau o, oedd dyhead mawr Brendan Murphy, pan oedd y ddau ar eu blwyddyn olaf yn y Coleg Brenhinol ym Manceinion. 'I'd love to travel my Emerald Isle with a Celtic, mystical goddess.' Pwy tybed sy'n gwisgo'r goron honno erbyn hyn? Nid hyhi, yn sicr. A chafodd hi wisgo'r un goron dros y penwythnos chwaith. Dim byd, dim ond y bennyd o ddychwelyd i Lety'r Bugail i lyfu ei doluriau a pharatoi i dderbyn ei disgyblion piano nad oedd yn ymarfer yn debyg i ddim o un pen yr wythnos i'r llall.

Gostyngodd ei golygon tua'i gardd, lle roedd Meurig eisoes yn plannu'r bylbiau cenin Pedr ar gyfer y gwanwyn. Doedd dim byd a rôi well hwb i enaid rhywun ym mis Ionawr na gweld yr egin cynnar cyfarwydd yn bwrw'u pennau drwy'r pridd. Dyna fydd yn rhaid iddi hithau neud cyn bo hir;

codi ei phen ac ailafael ynddi. Ond am y bore 'ma, roedd hi am swatio a byw mewn gobaith y byddai un neu ddau o'i disgyblion wedi cael y ffliw ac yn methu dod i'r wers.

Cofiodd yn sydyn ei bod wedi gadael ei chês cerddoriaeth ym mŵt y car. Galwodd Meurig ar ei ffôn symudol, gan ei bod yn llawer rhy oer i fentro agor y ffenest heb sôn am fynd allan i'r ardd yn ei slipars. Fyddai hi byth, ar boen ei bywyd, yn gneud peth felly.

Gwyliodd ei gŵr yn plannu ei drywel yn y pridd ac yna'n estyn ei ffôn o'i boced ôl i'w hateb. Gwelodd enw'i wraig ar sgrin ei ffôn a gwenodd. Edrychodd i fyny arni wedi ei fframio fel duwies yn y ffenest anferth o'i flaen. Cododd ei law arni a chwifiodd hithau fysedd ei llaw dde yn ôl arno fel petai'n eu trilio ar ei phiano. Rhoddodd fysedd ei llaw chwith ar ei cheg i ystumio ei bod yn teimlo ychydig o gywilydd ei bod mor ddiog yn ei ffonio o'r tŷ.

'Be sy?' holodd Meurig yn annwyl.

'Fasat ti'n dod â 'mriffces i o'r bŵt pan ti'n dod yn ôl i mewn?' gofynnodd, efo mymryn o felyster blinderog yn ei llais.

'Mi ddo i â fo rŵan os nei di roi'r teciall ymlaen,' dwedodd yntau, yr un mor felys.

'O, Meurig,' meddai'n gyflym cyn iddo ddiffodd ei ffôn.

'Ia, 'nghariad i?'

'Ti 'di rhoi'r saffrwm i lawr eto?'

'Na, dim eto, pam?'

''Swn i'n licio'r rheiny'n nes at y drws ffrynt leni, os oes 'na le iddyn nhw.'

'Wrth gwrs, cariad. Rwbath i chdi,' atebodd Meurig, yn gwenu arni o waelod yr ardd.

'Be gymi di efo dy banad, Bourbon 'ta Garibaldi?' gwenodd hithau'n ei hôl.

'Oes 'na rywfaint o dy *hazelnut florentines* di ar ôl, Aws?'

Er na chaniatâi Awen i Meurig ei galw hi'n 'Aws' yn gyhoeddus, o fewn tiriogaeth Llety'r Bugail, pan nad oedd ond y ddau ohonyn nhw a'r gath o fewn clyw, gallai ddefnyddio 'Aws' fel y mynnai. O fewn y terfynau hynny byddai clywed Meurig yn ei galw'n 'Aws' yn tanio rhywbeth yn ei thu mewn. Cynhesai ei pherfeddion a byddai'n mynd yn wan drwyddi. Ac wrth gwrs fod ganddi *hazelnut florentines* yn y tun bisgedi. Roedd ganddi'r cyfryw bethau o fewn cyrraedd yn wastadol. Gwyddai o'r gorau eu bod fel abwyd i Meurig pan fyddai hi angen cysur. Dwy neu dair o'i hoff fisgedi a phaned wan o de a byddai yno ar ei galwad. Gwyddai Meurig hefyd fod ei glywed yn ei galw'n 'Aws' yn tanio rhyw awydd yn ei wraig na allai dim gair arall ei gynnau ynddi. Yr unig beth na wyddai oedd mai yn Spar Pwllheli y byddai Awen yn prynu ei *florentines*. Ond os oedd ychydig o gelwydd golau yn mynd i ychwanegu mymryn o siwgwr a sbeis i'w bywydau, yna bydded i gelwyddau golau barhau.

Aeth i'r gegin ar ei hunion i estyn paced newydd o'r *florentines* o'u cuddfan yn y pantri. Tarodd y tegell ymlaen a chynhesu'r tebot fel y glaniodd Meurig o'r ardd. Clywodd ei gŵr yn crafu'r pridd o'i welingtons y tu allan i'r drws cefn ac yna'n eu rhedeg dan y tap cyn eu taro ar lechi'r porticol i waldio rhywfaint o'r diferion oddi arnynt. Roedd pâr o slipars glân yn ei aros fel y deuai i mewn i'r tŷ. Casaf peth gan Awen oedd dyn yn nhraed ei sanau. Byddai'n haws ganddi ddyn troednoeth na gweld un yn nhraed ei sanau.

Rhoddodd Meurig gês miwsig ei gymar ar fwrdd y gegin yn ogystal â bocs gydag enw Llety'r Bugail arno.

'Argo! Be 'di hwnna?' holodd Awen.

'Dim syniad,' atebodd ei gŵr. 'Dyn y Kingsbridge helpodd fi gario petha i'r car. Sylwis i ddim arno fo tan rŵan. O'n i'n meddwl falla basat ti'n gwbod be oedd o.'

'Nefi, na, sgin i'm math o syniad be fedra fo fod. Agor o, i ni ga'l gweld.'

Roedd y bocs wedi ei lapio'n drylwyr gyda thâp trwchus ac aeth Meurig i'r drôr i nôl siswrn. Ymddangosai fel bocs llawn cnau polisteirin i gychwyn. Yna tyrchodd drwy'r talpiau gwynion, gwichlyd, gan estyn cwpan arian oedd yn drewi o rỳm a Bacardi.

Dychrynodd Awen am ei hoedl a theimlodd ei phenagliniau'n rhoi o'dani.

'O, nefi wen!' meddai. 'Pwy fasa'n ddigon dan din i neud peth fel'na i mi?' Syllodd ar y gwpan ddrewllyd o'i blaen a theimlodd ddeigryn yn cronni yng nghornel ei llygad. Cododd y tegell i'w ferw ffrwtllyd.

'Meurig, nei di plis ganslo 'ngwersi i i gyd. Dwi'm isio gweld neb am weddill yr wsos, iawn.'

'Iawn, Awen bach.'

Cliciodd y tegell a meiriolodd y byrlymu ar ei union. *Biti nad oes modd rhoi taw ar y tymhestloedd sydd y tu mewn i ni yr un mor sydyn,* meddyliodd Meurig. Anghofiwyd am y baned. O leia fe wnâi'r dŵr berw botel dŵr poeth i Awen druan.

'Dwi'n mynd i 'ngwely i bendroni dros betha,' meddai.

'Popeth yn iawn, Awen bach,' prysurodd Meurig i'w chysuro. Yr 'Aws' wedi cilio oddi ar ei wefusau erbyn hyn. Gwyddai'n iawn mai 'Awen bach' oedd ei angen arni rŵan.

Wedi rhedeg i roi'r botel yn ei gwely cyn i Awen ddod o'r gawod aeth Meurig yn syth allan i'r ardd i blannu'r saffrwm o dan y *picture window*, lle gallai Awen eu gweld yn blaguro pan ddeuai mymryn o dro yn eu rhod hwy a'r hin. Gwyddai yn iawn fod rhai yn meddwl mai ci bach Awen oedd o erbyn hyn ac nid gŵr. Ond doedd o ddim yn grwgnach i neb honni hynny o gwbwl. Roedd gwaeth petha o lawer yn yr hen fyd 'ma na chael eich cymharu i fod yn anifail anwes i'r berl o ddynes a gawsai'n wraig.

Wedi iddo fynd yn ôl i'r tŷ, chwistrellodd ychydig o ogla da dros y gegin i gael madael â'r arogl rỳm a Bacardi. Aeth ati i falu'r bocs carbord y glaniodd y gwpan ynddi. Fe wnâi wrtaith da ar ben y dail a oedd wedi eu casglu ar ei dwmpath compost dros fisoedd yr hydref. Byddai'n pi-pi dros y cardfwrdd y peth dwytha cyn troi am y gwely cyn ei haenu dros y deiliach. Chaech chi ddim byd gwell na hylif dynol i droi'r brwgaij yn bridd. Ond fyddai Meurig ddim yn breuddwydio cyfaddef wrth ei wraig beth oedd ei gyfrinach i greu'r gwrtaith gorau yn y cwm – os nad ym Mhen Llŷn i gyd. Chyffyrddai hi ddim pen ei bys yn y riwbob a'r cyrainj duon byth eto heb sôn am eu bwyta mewn tarten pe deuai i wybod fod Meurig yn gneud dŵr ar ei wrtaith.

Gwelodd, wrth iddo falu'r cardfwrdd, fod yna amlen ar waelod y bocs na sylwodd arni ynghynt. Y tu mewn iddi roedd cerdyn gyda llun telyn a'r geiriau 'Cymru fach i mi, Cartref Crwth a Thelyn' wedi eu hysgrifennu mewn aur oddi tani. Hoff bennill Awen druan.

Agorodd Meurig y cerdyn a'r cyfan oedd y tu mewn iddo oedd cwpled reit enwog a glywodd yn cael ei chanu sawl gwaith.

'Dwi'n geiban ond dwi'n gwbod
Mai yma wyf inna i fod.'

Ar yr olwg gyntaf, doedd i'r geiriau ddim unrhyw ystyr cudd o gwbwl – hyd y gallai Meurig ddyfalu. Ond bu'n cnoi cil dros bob sill o'r ddwy linell o gynghanedd a dechreuodd deimlo fod rhywun yn rwla'n trio deud rhywbeth wrthyn nhw. Doedd yr un o'r genod wedi llyncu gymaint o'r ddiod feddwol ar noson yr ŵyl â'r gwpan ei hun. Ai'r gwpan oedd yn deud ei bod yn geiban? Roedd hi yno o'i flaen yn dal i ddrewi o rỳm. Ai'r tlws ei hun oedd yn trio deud wrthyn nhw mai yno, yn Llety'r Bugail, yr oedd hithau i fod?

Cae Haidd

Bu'n anodd ailgydio ym mhetha'r wythnos wedi'r ŵyl. Rhyfedd sut mae cael rhywbeth i anelu ato bob amser yn eich cario chi drwy'r cyfnodau llwm. Y paratoi. Y dysgu. Y dychmygu. Y chwaeroliaeth. Y cynnwrf. Y mireinio. Yna'r holl gyfri'r dyddiau hyd at drothwy'r digwyddiad. Ond, waeth befo'r canlyniad, mae hi'n 'drannoeth y ffair' ar bob Dôn, Nic a Nansi, wedi dychwelyd adre. Ond mae'r felan seithgwaith yn waeth os na chafwyd unrhyw lwc arni.

Teimlai Carys y dyddiau'n llusgo a'r gwaith yn fwy o faich nag o her ar adegau felly. Â'r dyddiau'n byrhau, roedd torchi llewys yn anos, a 'dilyn yr og ar ochr y glog' ddim yn swnio hanner mor ddengar ag a wnâi pan genid hi gan ambell fariton go swynol ar lwyfan eisteddfod am un o'r gloch y bore.

Chlywodd hi'm ebwch gan yr un o'r genod chwaith – mwy nag y gwnaeth hithau anfon sill atynt hwythau. Pawb fel tasan nhw wedi mynd i'w siambar sori i lyncu eu mulod eu hunain. A chan iddyn nhw dderbyn neges WhatsApp gan Meurig yn deud fod yr ymarferion wedi eu canslo am y pythefnos nesa, doedd hi ddim yn debygol o glywed gan yr un ohonyn nhw am sbelan eto, beryg. Ar funud go wan, ar gefn ei thractor y bore hwnnw, y sylweddolodd Carys gymaint oedd cael canu efo'r genod yn ei olygu iddi.

Nid yr ennill oedd y cymhelliad i fynd i'r ymarferion drwy law a hindda o gwbwl. Nid y clod a'r mawl oedd yn gneud llusgo i festri Pisgah wedi diwrnod caled o waith yn werth yr holl ymdrech, ond y cwmni, y nosweithiau hwyr yn y Ship a'r cyngherddau bach hwnt ac yma'n diddanu'r gymuned.

Cofio Tesni Puw yn gwirfoddoli i drio ffrog newydd i'r parti unwaith ac yn rhoi ei phen rownd drws y festri i ddeud nad oedd hi'n ffitio'n bob man.

'Be ti'n feddwl "bob man"?' holodd Awen.

'Dwi'n siŵr nad ydi hi i fod cweit mor ... dwn i'm.'

'O, ty'd i ni ga'l gweld 'ta, Tesni,' galwodd Non arni. 'Fedrwn ni'm deud nes gwelwn ni drostan ni'n hunan, yn na 'drwn?'

Ffrog â chefn go isel iddi oedd y ddewisiedig wisg, ond gan i Tesni druan ei gwisgo â'i thu ôl ymlaen, doedd ryfedd nad oedd hi'n 'ffitio'n bob man', yn enwedig a hithau'n 38GG. A phan ymddangosodd o'r tu ôl i'r drws, ar ôl hir betruso, mi syrthiodd ambell un oddi ar eu seddi.

'Dwn i'm lle ma mŵbs i i fod i fynd,' meddai Tesni yn ei phenbleth, gan drio tynnu ryw damaid o'r brethyn o dan ei cheseilia i guddio'i bronnau.

Roedd hynny 'nôl yn y dyddiau pan oedd bob parti gwerth ei halen yn gwisgo'r un ffrog ac yn troi'r llwyfan yn ardd flynyddol o fagnolia, *hydrangea* a rhosod mynydd. Doedd dim rhaid ichi fynd i Langollen bryd hynny i weld llwyfan eisteddfod yn sbloets o betalau. Roedd yna hen siarad pan ymddangosai unrhyw barti gyda rigowt newydd ambell flwyddyn, ac fe rôi hynny oriau o destun siarad i'r arweinyddion llwyfan a'r cyflwynwyr teledu. Waeth i chi befo am ddehongliad unrhyw un o'r darnau gosod, roedd patrwm a defnydd y ffrogiau yn destun trafod llawer pwysicach na chynnwys ryw bwt o gywydd.

Ond yna, dros nos, mae'n rhaid bod rhywun wedi deud mewn un ymarfer yn rwla, 'Be am i ni sdicio at un lliw a pheidio cyboli cael yr un ffrog y flwyddyn yma?' Ac fe wawriodd oes newydd ar fyd y partïon cerdd dant. Aeth y tom-toms ar led drwy Gymru ben baladr mai 'bloc lliw' fyddai hi o hyn ymlaen, ac o fewn cwta flwyddyn gwywodd y blodau'n llwyr a daeth bob parti i'r llwyfan mewn llwyd neu ddu. Prin y gallech chi wahaniaethu rhwng Lleisiau'r fan a'r fan a Genod y lle a'r lle.

Ond wele syniad arall yn dod fel fflach i'r merched. Ac erbyn hynny, merched *oedd* cerdd dant. Diflannodd y corau meibion mor sydyn â'r deinosoriaid – os nad yn gyflymach. Bu adeg pan na chaech chi ddynes yn agos at fwrdd y beirniaid cerdd dant mewn unrhyw eisteddfod na gŵyl yn y dyddiau fu. Dynion oedd y rhan fwyaf o'r hyfforddwyr a'r gosodwyr hefyd. Ond torrodd gwawr newydd ar fyd y canu penillion a daeth bellach yn dipyn o destun siarad os ceid dyn yn agos i'r panel beirniaid.

Mentrodd ambell barti dynion yn ôl i'r ras yn gwisgo jîns a chrysau gwynion ac fe grëwyd ryw grych dros dro o gynnwrf ar wyneb y dŵr fod y dynion am geisio ymladd eu ffordd yn ôl. Ond crych digon gwantan oedd o wedi'r cwbwl. Roedd mwy o grychau yn y parau jîns eu hunain, a buan y gwthiwyd y dynion yn ôl i waelodion yr ail gynghrair.

A'r fflach newydd a ddaeth i'r merched oedd: 'Be am i ni wisgo mwclis coch efo'r ffrogiau du?' Ac i wahaniaethu rhwng parti a pharti fe gaed mwclis melyn, a mwclis oren, a phiws a glas a gwyrdd. Aeth y mwclis yn glustdlysau ac yn fangls, ac os oeddech chi am fod yn uffernol o fentrus fe welech ambell glip neu flodyn yn y gwallt.

Doedd dim stop ar yr arbrofi mewn du a lliw. Aeth y mwclis yn flows ac aeth y clustdlysau yn fŵts, sgarffiau, a hyd yn oed yn farnish ewinedd! Daeth creadigrwydd yn ôl i'r cynllunio, ac roedd gan y cyflwynwyr reitiach pethau i sgwrsio amdanynt na chynghanedd a chywydd unwaith yn rhagor. Pwy faliai fod yr hir-a-thoddaid yn her aruthrol i'w chynnal, neu'r englyn yn anodd i'w gosod yn erbyn ambell gainc, pan oedd gennych chi gyfuniad mor amrywiol o siapiau a phatrymau ffrogiau i'w trafod?

A'r gystadleuaeth bwysicaf, o ddigon, oedd cael gafael ar y ffrog fwyaf trawiadol yn yr ŵyl. Doedd dim cyfyngder bellach ar batrwm y byddai'n rhaid glynu ato. Mond i chi gadw at lwyd neu ddu ac mi gaech chi dorri'r cyt fel y mynnech, a mynd amdani o dan yr hen drefn. Aed drwy siopau o Gaer i Gaerdydd ac o Lerpwl i Lundain gyda chrib mân i ddod o hyd i'r rigowt mwyaf trawiadol y gallech chi roi eich pump arno. Ymchwyddodd y mwclis ac aeth ambell barti mor bell â chomisiynu gemydd i gynllunio rhai'n arbennig ar eu cyfer. A phetai gwobr i'w chael am wneud hynny fe fyddai gan Genod Colmon siawns go dda o ddod i'r brig. Yr unig amser lle bu bron i betha fynd o chwith iddynt oedd pan ddewisodd Awen liw mwstard fel eu hail liw, ac fe glywyd ambell barti gefn llwyfan yn dechrau'u galw'n 'Genod Colman's'.

Nid fod Carys ei hun wedi arwain y ffordd yn yr adran ffasiwn erioed. Blows go blaen a throwsus du oedd y pellaf a fentrai hi'n flynyddol. Ac os oedd angen ychwanegu lliw yna fe roi studsan newydd yn ei thrwyn i gyd-fynd â pha bynnag liw fyddai'r genod wedi ei ddewis y flwyddyn honno. Fe weddïai i'r Bod Mawr ambell fore ym Mhisgah na ddychwelai'r dyddiau blodeuog i'r byd cerdd dant byth eto – byth bythoedd, Amen.

***

Edrychodd Carys allan dros Gae Melyn a theimlodd fymryn yn siomedig nad oedd ond hanner ei defaid wedi cael myharen a hithau bellach yn ganol mis Tachwedd. Fel Genod Colmon, roedd wedi dewis lliw oren i'w roi yn harnais y myheryn eleni, ac roedd ar ei ffordd i roi creon newydd ynddynt. Wedi'r glaw mawr ddechrau'r mis roedd y lliw wedi gwanhau'n gynt nag arfer yn yr harneisi ac felly doedd dim dal os oedd ambell ddafad wedi cael myharen ai peidio. Roedd yn bosib fod un o'r ddwy fyharen wedi bod ar gefn ambell ddafad ond heb adael ei farc am nad oedd lliw ar ôl yn ei harnes. *Dyfal donc*, meddyliodd, cyn neidio ar ei beic cwod a'i hanelu hi 'nôl am Gae Haidd.

Cofiodd drio egluro i'r genod unwaith yn yr ymarferion pam oedd ei dwylo'n staen coch drostyn; mai'r lliw roedd hi newydd ei roi yn harnes y meheryn oedd ar ei bysedd.

'Be?' holodd Tesni dan wenu, 'Dyna su' ti'n gwbod bod na fyharan wedi bod ar gefn dy ddefaid di?'

'Ia,' atebodd Carys, a bu hen biffian chwerthin ymysg y genod am weddill yr ymarfer. Cochi at eu clustiau ddaru

Awen a Helen Traed Oer – aelodau mwyaf sydêt y parti.

'Arglwydd, Cae Haidd!' gwaeddodd Non. 'Diolcha na sgin Hogia'r Bonc Fawr ddim harnes! Ne fasa chdi'n sdremps drostat erbyn hyn.'

'Cau hi!' torrodd Carys ar ei thraws. 'Fasat titha'm yn "wyn fel y lili fach dyner" chwaith, i bawb ga'l dalld!'

***

Pan gyrhaeddodd adre, roedd Rhiannon Prysor yn eistedd o flaen y teledu gyda'i chwaer, Meirwen, yn gwylio'r ailddarllediad o'r ŵyl am y pumed tro y diwrnod hwnnw. Er bod Carys wedi trio dangos i'w Hanti Meirwen sawl gwaith sut i ailchwarae rhaglenni S4C ar ei theledu hi ei hun, doedd hi ddim fel tasai hi'n prosesu'r cyfarwyddiadau'n iawn. Ond roedd yn esgus i'r hen Feirwen ddod draw i Gae Haidd i gadw cwmni i'w chwaer yn amlach, ac felly ddaru hi ddim ailadrodd y wers i'w modryb.

'Nefi wen, Carys,' oedd cyfarchiad cyntaf Meirwen pan gerddodd i mewn i'r gegin i olchi'r haen oren oedd ar ei dwylo, 'fydda i'n meddwl weithia na tydi'r beirniaid 'ma ddim yn clŵad yr un fath â phawb arall 'di mynd.'

'Sbia!' ychwanegodd Rhiannon, 'tydi hon efo'r ruban gwirion 'na yn 'i gwallt ddim hyd yn oed yn gwbod 'i geiria!'

Fel y digwyddai fod, Lleucu Garmon oedd y ddynes gyda'r 'ruban gwirion' ar y sgrîn ac edrychodd Carys yn fanwl ar ei dannedd. Doedd dim dwywaith mai dau grown oedd ei dau ddant blaen gan eu bod gryn dipyn yn wynnach na gweddill ei dannedd. *Pam goblyn fod deintyddion yn gneud y dannedd newydd gymaint yn wynnach na'r rhai gwreiddiol?* holodd Carys ei hun, cyn i'w modryb dorri ar draws ei meddyliau.

'Ydyn nhw'n dalld rwbath am be ma nhw'n 'i ganu, deud i mi?'

Gwenodd Carys ac aeth ati'n syth i nodi'r manylion am y defaid ar ei chyfrifiadur a gweld fod ganddi e-bost gan Meurig. Edrychodd yn fanylach. Roedd y genod i gyd wedi derbyn yr un e-bost, a synhwyrodd yn syth na fyddai'n newyddion da:

Annwyl genod,

Ymddiheuriadau am anfon gair atoch dros y penwythnos fel hyn. Ond gan fod wythnos bellach wedi mynd heibio ers yr ŵyl, doeddwn i ddim yn awyddus i fwy o amser basio cyn cysylltu.

Wedi hir ystyried, dwi wedi penderfynu rhoi'r gorau i arwain Genod Colmon. Er cymaint o bleser dwi wedi ei gael yn eich cwmni, mae'r diflastod a deimlais wedi i ni gyrraedd adref o Aberystwyth wedi gwneud i mi sylweddoli nad yn y maes cerdd dant y mae fy mhriod le fel cerddorwraig. Cymaint o bethau wedi fy mrifo i.

Rwy'n gobeithio'n wir y byddwch yn dewis aros gyda'ch gilydd, gan fod yna gymaint o rinweddau yn eich canu a'ch ysbryd fel parti. Diolch i chi hefyd am eich ffyddlondeb a'ch gwaith caled dros yr wyth mlynedd y bûm i wrth y llyw. Gobeithio y cewch chi rywun newydd i afael yn yr awenau; rhywun a fydd yn eich ysbrydoli i lwyddiannau arbennig yn y dyfodol. Dyna'ch haeddiant, yn fy marn i. Mi fyddaf yn dilyn eich hanes gyda diddordeb mawr.

Hyn gyda'm cofion annwyl atoch,

Awen Mai.
x x x

(Meurig a Chilmeri Mêw yn anfon cusan yr un hefyd)

Roedd llaw amlwg Meurig wedi bod ar waith yn llunio'r neges yma, meddyliodd Carys. Er yn giamstar mewn brawddeg gerddorol, doedd Awen ddim yn feistr geiriau mwy na hithau. Dyna'r tro cyntaf iddi dderbyn neges e-bost oedd yn defnyddio hanner colon.

Estynnodd Carys yn syth am ei ffôn symudol ac anfon WhatsApp cyflym i Non.

> Ti di cal negs AM?

Daeth yr ateb yn ôl ar ei union.

> Do ... Cachu hwch! 💩

> Ship?

> Prd?

> 10 mun?

Cododd Carys fawd melyn i selio'r trefniant a thynnodd ei hesgidiau gwaith a'i hofyrols a'i chychwyn hi am y stafell molchi.

'Sud w't ti'n rhoi ffasd fforwyrd ar hwn, Carys? Dwi'm isio

gweld rhein yn sôn am 'u ffrogia am un pum munud, w't ti Meirwen?' holodd ei mam, cyn i Carys ei baglu hi am y llofft.

'Nefi wen, nagoes,' atebodd ei chwaer. 'Fuo tri munud ohonyn nhw'n canu'n ddigon i 'myddaru i.'

Pwniodd Carys y botwm i wibio heibio cyfweliad Lleisiau'r Gelynen a theimlodd rhyw dro yn ei stumog yn gwrando ar yr un ymateb gan bob blydi parti fu ar deledu erioed yn ei roi: 'Os 'dan ni 'di plesio'n harweinyddes yna 'dan ninna'n hapus hefyd.' Wedyn y chwerthin mawr arferol cyn torri 'nôl i'r stiwdio am ragor o chwerthin a phawb yn cael hwyl di-ben-draw am liwia ffrogia a pha mor hir mae o'n ei gymryd i ddysgu'r darn.

Pam mai dim ond mewn steddfod y cewch chi rywun yn gofyn petha mor wirion o arwynebol ar deledu? meddyliodd Carys. *Tasach chi'n gwatsiad gêm bêl-droed, fasan nhw'm yn trafod pa mor ddel mae'r tîm yn edrych mewn coch, yn na 'san? Pa ddiben sy 'na i holi'r pyndits am reola'r gêm? Nhw 'di'r arbenigwyr, ffycsêcs. Dach chi'n talu iddyn nhw atab cwestiyna gwell na hynna. Ma pobol sy'n gwylio pêl droed yn deall rheola pêl-droed, yn union fel ma pobol sy'n gwylio'r blydi ŵyl cerdd dant yn deall rheola cerdd blydi dant!*

Roedd Genod Colmon ar fin dod i'r llwyfan a chyn iddyn nhw orffen canu'r cywydd roedd Carys wedi tynnu bob pilyn oddi amdani a lluchio mymryn o ddŵr dan ei cheseilia, taro jîns a chrys T glân ymlaen a bachu allweddi'r car oddi ar wal y bwtri.

'Wela i chi wedyn!' galwodd ar ei mam a'i modryb a'i heglu hi am y drws ffrynt.

'Wel, os dwi 'di'i ddeud o unwaith, mi duda i o gan gwaith. Mi gawsoch gam, Carys. A deud di hynna wrth yr Awen Haf bach 'na tro nesa gweli di hi,' meddai ei modryb.

'Awen *Mai*, Anti Mei!'

'Ia, honno. Deud di wrthi am beidio cymyd sylw o'r cnafon.'

'Gnaf siŵr,' meddai Carys, gan droi yn ôl ar ei sawdl i nôl ei ffôn. Byddai'n rhaid cael copi o e-bost Awen wrth law i drio datgymalu bob sill efo Non.

'Peth bach dymunol 'di'r Deio Llwyd Owain 'ma hefyd, yntê Carys?' meddai Rhiannon Prysor.

'Ma isio i rywun roi crib drw'i wallt o, serch hynny,' ychwanegodd Meirwen.

'Tei ddel gynno fo,' meddai Rhiannon.

'Ti'n treiglo ar ôl "tei"?' holodd ei chwaer.

'Bydda. Fyddi di ddim? Hogan 'di "tei" ia ddim?'

'O'n i wastad wedi meddwl mai hogyn oedd o.'

'Be 'sa ti'n 'i ddeud am "dei" Carys? Dwy 'ta dau?'

'Dwy,' meddai Carys gan ailgychwyn am y drws a phwyso'r botwm ar allweddi ei char fel y gallai neidio i mewn yn syth a'i 'nelu hi am y Ship.

Arhosodd hi ddim digon hir i glywed Deio Llwyd Owain yn trafod dehongliad Genod Colmon. Roedd o o'r farn fod hwn yn osodiad mentrus na fyddai at chwaeth pawb, efallai, ond bod iddo gyffyrddiadau arbennig iawn a oedd wedi creu argraff arno. Canmoliaeth na chlywsai'r un o'r genod – oherwydd eu bod wedi pwdu'n rhemp – air ohoni.

Yn fwy na hynny, doedd Awen Mai ddim wedi gwrando arno chwaith. Roedd honno'n eistedd adref ar ei soffa foethus yn mwytho Cilmeri Mêw yn gwylio Gorka ac Amy Dowden yn gwneud yr Argentine Tango tra oedd Meurig yn paratoi siocled poeth a *marsh mallows* iddi. Er gwaetha'r ddawns nwydwyllt, doedd ei meddwl hi ddim ar ei heulunod y noson honno. Yn ei dychymyg hi roedd hi'n gweld y genod i gyd yn agor eu he-byst fesul un ac yn trio dyfalu beth fyddai eu hymateb. Daeth rhyw ebwch bach o dristwch o'i chalon a rhoddodd Cilmeri Mêw ei phawen dros ei llaw yn dyner. Gwahanodd Amy a Gorka'n ddagreuol gan gerdded i'r naill gyfeiriad heb droi yn ôl am nac edrychiad na choflaid gan y llall. Wylodd Awen, hithau, ddeigryn hallt.

Y Ship

Roedd Non wedi cyrraedd y Ship ryw chydig funudau o flaen Carys ac wedi archebu peint yr un i'r ddwy ym mharlwr cefn y dafarn. Roedd y Ship yn gwerthu cwrw Bragdy'r Brython neu fyddai Non ddim yn mynd ar gyfyl y lle. Roedd hi a Rhodri Peips, rheolwr y dafarn, yn deall ei gilydd yn dda; yn gariadon ar un amser, cyn i betha fynd yn flêr rhyngddynt ryw dri Dolig ynghynt.

'Pam ti'n ista'n fama ar ben dy hun bach?' holodd Peips. Cymerai falchder yn safon y gwasanaeth a gynigai – yn enwedig y cwrw. Roedd tafarndai'r gymuned yn cau fesul un, ond roedd cwrw da a pheips glân yn golygu fod y Ship yn dal i fordwyo'n lled gyfforddus. Ond dibynnai'n bennaf ar fisoedd yr haf er mwyn cadw'r cwch rhag suddo. Nid ar beips glân yn unig y bydd byw tafarn.

'Biti na fasat ti'r un mor ofalus efo dy beipan dy hun!' bloeddiodd Non arno'r Dolig hwnnw pan ddaliodd hi Gwen Caeau Llwydion y tu ôl i un o'r casgenni'n rhwbio mwy na pheipan gwrw'r rheolwr mwyn. Esgus Rhodri oedd fod

Non ac yntau ar frêc bryd hynny ond dylsai fod wedi dewis callach lle na'r selar gwrw i adael i Gwen Caeau Llwydion o bawb fod yn chwarae efo'i beipan.

Roedd y ddau yn gneud yn o lew efo'i gilydd erbyn hyn a phan ddwedodd Non wrtho fod Carys a hithau isio rwla iddyn nhw'u hunain heno i roi'r byd yn ei le, rhoddodd Peips fwy o lo ar y tân a deud wrth Non am roi bloedd arno os byddai hi angen rwbath arall.

'A dwi'n 'i feddwl o sdi, Non,' ychwanegodd. 'Rwbath.'

'Wyt, dwi'n gwbod dy fod di'n 'i feddwl o, Rhodri. Diolch,' atebodd hithau.

Oedodd Rhodri cyn mynd yn ôl at y bar, troi yn ei ôl a gofyn:

'Ti'n meddwl ella ...'

'Wath ti heb â mynd i fanna, iawn Peips?' torrodd Non ar ei draws. 'Dwi 'di madda i chdi, ond dwi'm 'di anghofio. A dwi'm yn wirion.'

Sychodd Rhodri dop y bar ar ei ffordd allan gan arogli persawr melys y sawl yr oedd wedi'i cholli. *Basdad gwirion,* meddyliodd amdano'i hun. *Gwen Caeau Llwydion 'di troi'n ddyn erbyn hyn. Mi ddechreuodd alw'i hun yn Ogwen a symud i'r Felinheli i fridio ceffyla a gwerthu bwyd cŵn.*

Ond mi ddiflannodd Rhodri'n reit sydyn pan welodd o Carys yn glanio a'i gwynt yn ei dwrn. Roedd hi wedi bod yn warchodol iawn o'i ffrind pan aeth petha'n ffradach rhwng y ddau, a doedd llosgi'ch bysadd efo Cae Haidd ddim yn rwbath y byddech yn ei neud o ddewis. Llugoer fu cyfeillgarwch Peips a Cae Haidd byth ers hynny.

'Ers pryd ma hyn 'di cychwyn?' holodd Carys, pan welodd ddau wydr peint ar y bwrdd o flaen Non.

'Heno,' atebodd Non. 'Fasa gwydriad o broseco'n para dim i mi'n na'sa, felly dwi am drio licio'r basdad peth 'ma. Os dwi'n trio'i werthu fo, wath mi drio'i licio fo ddim.'

Gwenodd Carys a chymryd llwnc go hegar o'i pheint. Erbyn iddi gymryd yr ail lwnc roedd wedi yfed hanner ei gwydryn.

'Be ti'n feddwl, 'ta?' holodd, wrth sodro'i pheint yn ôl ar y bar.

'*Shit*, 'de?'

'O'n i 'di ryw hannar 'i ama fo hefyd, cofia.'

'Finna 'run fath,' ategodd Non. 'Ond do'n i'm 'di ddisgwl o mor fuan â hyn.'

'Na ... na finna,' meddai Carys, gan syllu ar yr hanner peint oedd ar ôl yn ei gwydr a theimlo'r hanner arall yn dechra gneud ei waith. Ymlaciodd. Roedd yn dda cael bod yn ôl allan er gwaetha'r pwnc dan sylw.

'Mi fydd yn fêl ar fysadd Lleisia'r Gelynion, yn bydd?' ychwanegodd Non.

'Ffycars uffar!' crafodd Cae Haidd, y sŵn yn dod o rwla yng ngwaelod ei bogel fel hen ffarmwr yn trio codi llysnafedd.

Llowciodd y ddwy'n o helaeth o'u peintiau ac roedd blas mwy ar y cwrw. Wyddai Non ddim yn iawn p'run ai'r effaith neu'r blas ei hun oedd yn dechrau cydio ynddi, ond cyn pen dim roedd y ddwy yn taro'u gwydrau ar y bar 'run pryd ac yn awchu am yr ail.

'Gawn ni dacsi adra, ocê. Drefna i,' meddai Non, gan ganu'r gloch am wasanaeth. 'Ma raid i ni ga'l cynllun, achos no wê ma hi'n mynd i ga'l rhoi'r gora iddi rŵan, siŵr Dduw. A beth bynnag, 'dan ni 'di talu am swpar Dolig i'r ddau a noson yn Castall Deudraeth. Dwi'm yn canslo hwnnw rŵan, nac'dw? 'Sa'r genod yn gandryll. Uchafbwynt 'u blwyddyn nhw. Dwi'n mynd i bi-pi. Tu'laen, *thinking cap* mlaen, Cae Haidd. Dau ben yn well nag un, meddan nhw. Tala di am y peint ac mi dala inna am y tacsi, iawn.'

Dwedodd hyn i gyd wrth frasgamu tua'r toilet. Doedd ei phledren hi ddim wedi arfer â'r fath bwysa o hylif ers tro byd.

***

Syllu ar y swigod yn codi'n feddw o waelod ei gwydr yr oedd Carys pan ddychwelodd Non o'r geudy. *O lle ddiawl y daw'r holl aer i greu bob swigen? Ma nhw fel tasan nhw'n ymddangos o nunlla.* Cymerodd ei llymaid cyntaf o'r ail wydryn gyda hanner yr awch y llowciodd hi'r cynta. *Pam nad ydi'r ail beint byth cystal â'r cynta, tybad?*

'Rhodri!' galwodd Non ar y rheolwr. 'Ma un o doileda'r merchaid 'di blocio.'

'*Shit!*' meddai Rhodri.

'Hollol,' meddai Non.

Dadberfeddu'r noson feddw'n y Kingsbridge ddaru'r ddwy am sbel wedyn. Synio falla mai hynny, yn fwy na'r canlyniad, oedd wedi peri'r mwyaf o loes i Awen Mai. Bu'r ddwy yn beio'u hunain a'r giwed arall am yn ail. Tasa Lleisiau'r ffycin Gelynen wedi aros yn eu gwesty eu hunain fyddai'r ffrae ddim wedi digwydd o gwbwl. 'Nôl a mlaen y pendiliai'r ddwy rhwng amddiffyn ac erlyn eu hunain am y llanast.

Tybed os oedd Awen wedi cael achlust ei bod wedi troi'n gwffas yn y bar? Neu'n waeth fyth, ei bod wedi clywed fod Lleucu Garmon wedi colli ei dant a'i bod yn cyhuddo Carys o ymosod arni ac yn bygwth mynd â hi i gyfraith? Neu'n waeth na hynny, hyd yn oed, be tasa hi wedi cael llythyr yn deud fod y parti cyfan wedi eu gwahardd o'r gwesty am greu y fath lanast? A beth pe bai hynny'n cyrraedd clustiau'r cyfryngau?

'Paid â bod yn wirion!' dadleuodd Non. 'Fi fasa wedi derbyn llythyr yn deud ein bod ni wedi'n banio siŵr, dim Awen. Ac eniwe, oedd boi bach y Kingsbridge yn *champion* efo fi. Chath o'm cystal hwyl ers i'r Orsedd aros yno ym mil naw naw dau, medda fo. 'Di o rioed wedi medru dal gwynab syth pan mae o'n gweld y Corn Hirlas byth ers hynny. Dyna'i union eiria fo.'

'Pam? Be ddigwyddodd?' holodd Carys yn daer.

'Nath o'm deud,' atebodd Non. 'Mi ddudodd bod rywun go uchal yn yr Orsedd wedi'i rybuddio fo ar ddiwadd yr wsos: 'What goes on tour, stays on tour' – ac mi fuo raid iddo fo dyngu llw o flaen yr Arwyddfardd a bob dim. 'Di o'm 'di colli dim un seremoni'r Orsedd ar y teli byth ers hynna. Mae o'n dal i ga'l cardyn Dolig gin amball un, medda fo.'

'Felly 'di o'm byd i neud efo'r Kingsbridge?' holodd Carys eto.

''Nes i'm deud hynny'n naddo. Deud 'nes i basa ddowt gin i'n bod ni 'di ca'l 'n banio o'no.'

'Be ti'n feddwl sgini hi dan sylw'n fama, 'ta?' holodd Carys, gan edrych ar y frawddeg ar ei ffôn unwaith eto i neud yn siŵr ei bod yn ei ddyfynnu'n gywir: 'Cymaint o betha wedi 'mrifo i.'

Roedd y ddwy yn dawel am sbel. A mwya'n byd yr oeddan nhw'n cnoi cil dros y frawddeg, anodda'n y byd oedd dod o hyd i'r ateb iawn. Wrth gwrs bod y feirniadaeth wedi ei brifo; roedd Awen wedi bod yn un wael am hynny erioed, ond mae hi wedi bownsio 'nôl bob tro arall hefyd. *Be fasa wedi peri i'r tro yma fod mor wahanol, meddach chi?* Hynny oedd yn mynd drwy feddwl Non. Ond roedd Carys i'w gweld fel tasa'i meddylia hi yn rwla arall.

'Be sy'n dy feddwl di?' holodd Non.

'Dwi'n teimlo'n uffernol, Non,' meddai Carys, gan sodro'i dwy benelin ar y bwrdd a rhoi ei phen yn ei dwylo. Edrychodd i mewn i'w gwydr peint. Roedd y swigod wedi arafu erbyn hyn a doedd dim math o awydd ei yfed arni. Teimlodd fymryn o gnoi yn ei stumog a gwthiodd y gwydryn i'r ochr. Rhoddodd ebwch fechan, rhwbio'i llygaid ac eistedd yn ôl yn ei sedd a rhoi ei dwylo tu ôl i'w phen. Edrychai fel plentyn bach wedi pwdu a'i hanfon i gefn y dosbarth.

'Deud, Carys. Be sy?'

''Di gneud rwbath gwirion dwi,' atebodd Cae Haidd, gan ddal i edrych ar ei pheint. Fedrai hi ddim dal llygaid ei ffrind.

'Efo'r boi *cufflinks*?'

Rhoddodd Carys ryw wên fach ddigon tila. Gwyddai'n iawn fod Non wedi dyfalu pwy oedd perchennog y *cufflinks* ond roedd hithau wedi gwrthod datgelu unrhyw beth pellach am hynny wrthi. Roedd yn gas ganddi rannu unrhyw fanylion am ei bywyd carwriaethol – hyd yn oed efo'i ffrind gora.

'O, em, jî!' meddai Non. 'Dwi'n dilyn blydi sgwarnog yn fan hyn, tydw?'

'Wyt,' oedd ateb unsill ei ffrind.

Cymerodd Carys swig arall o'i pheint yn y gobaith y medrai fagu digon o blwc i gyfaddef wrthi be'n union oedd hi wedi neud. Cymerodd lwnc arall; un mwy y tro hwn. Pob llwnc fel petai'n ei sobri yn hytrach na lleddfu'i chydwybod. Edrychodd drwy gornel ei llygad ar Non. Oedd, roedd yn dal i syllu arni ac yn aros am ryw fath o ateb.

Yn ystod y tawelwch daeth Rhodri o'r selar efo'i blynjar ac anelu am y toiledau. A hithau hyd yn oed yn gwybod beth oedd o flaen y creadur hwnnw, byddai Carys wedi newid lle efo fo ar amrantiad tasa hi'n cael sbario bod yn ei hesgidiau hi ei hun y funud honno.

'Ti'm yn disgwl babi'r twat, yn nag wyt?' holodd Non.

'Ffyc off!' chwarddodd Carys, gan daro gweddill ei pheint ar un cegiad a sodro'i gwydr ar y bwrdd yn reit hegar.

Saib hir. Gwyddai Non fod rhywbeth ar ddod. Yna:

'Fi ddaru ddwyn y gwpan o'r Kingsbridge,' meddai Carys mor gyflym â saeth o fwa.

Bu eiliad o dawelwch cyn i Non ffrwydro chwerthin nes yr oedd ei hochrau'n hollti. Roedd yna hen ddyfalu wedi bod y bore wedyn am y gwpan a phawb o'r genod wedi gwadu iddyn nhw hyd yn oed ei gweld, heb sôn am ei dwyn; Carys ei hun yn eu mysg. Roedd fel petai hynny'n gneud yr holl beth hyd yn oed yn ddigrifach fyth i Non. Os cofiai'n iawn, fe daerai fod Carys wedi deud ar y bỳs ar y ffordd adre ei bod yn cofio'n glir iddi weld Meinir Glyn yn ei chario hi dan ei chesail o'r gwesty am bedwar o'r gloch y bore.

'O'n i'm yn mynd i gyfadda o flaen pawb, yn nag o'n?'

'Mi fasat ti wedi medru deud wrtha fi'n basat.'

'Pryd?'

'*Wedyn*, 'de,' mynnodd Non.

Roedd yn dal i biffian chwerthin gan na wyddai weddill y stori eto. Roedd dychmygu Carys yn gweld y gwpan ac yn penderfynu mynd â hi i'w chuddio yn ddarlun gwerth ei rewi mewn ffrâm yn ei dychymyg.

'Be nes di efo hi, 'ta?'

'Oeddan nhw wedi anghofio amdani, Non. Oedd hi'n dal ar lawr y lownj ar ôl iddyn nhw fynd. Dyna faint o feddwl oedd gynnyn nhw ohoni. Basdads.'

'So, be ddigwyddodd?' holodd Non.

'Syniad Deio ffycin Llwyd Owain oedd o, dim fi,' meddai Carys, fel tasa hi'n trio amddiffyn ei hun mewn Llys Barn.

'Pa syniad?'

Un peth oedd cyfaddef i Non iddi ddwyn y bali tlŵs; mater cwbwl wahanol fyddai cyfaddef lle roedd y gwpan erbyn hyn.

'Be am i ti ddechra'n y dechra, ia Carys?'

Roedd yn gwestiwn digon teg, ond bu'r ateb yn sownd yng nghorn clag Carys am sbel, fel tamaid o gneuen wedi mynd i lawr y ffordd anghywir a mynd yn sownd yno. Pesychodd unwaith neu ddwy i glirio'i gwddw. Doedd hi ddim isio tagu ar ganol y cyfaddefiad, neu byddai'n rhaid iddi ei ddeud am yr eildro.

'Llety'r Bugail.'

Llwyddodd i'w ddeud mor sydyn ag y medrai – ond yn ddigon eglur i'w ddeall y tro cyntaf. Cyn pen dim roedd Non ar lawr unwaith eto yn cwffio am anadl. Roedd ei chwerthiniad mor angerddol fel na allai Carys neud dim ond ymuno â'r rhialtwch. A phan lwyddon nhw i ddod i fyny am aer yn ysbeidiol, doedd ond yn rhaid iddyn nhw ddal llygaid ei gilydd nes oeddan nhw ar lawr unwaith eto.

'O, ffycinel, Carys. Honna 'di'r ora eto.'

***

Roedd y trydydd peint yn rhagori ar y cynta hyd yn oed; a rhwng ambell bwl arall o chwerthin llwyddodd Carys i ddeud y stori yn ei chyfanrwydd wrth Non.

Gan fod a wnelo dipyn go lew o helynt y gwpan â Deio Llwyd bu'n rhaid iddi gyfaddef wrth Non i'r ddau archebu potel o Jack Daniels a photel fawr o Coke wedi i bawb arall ond Barry Bib-bîb fynd i'w gwlâu ar y noson dan sylw. Roedd ganddi frith gof fod hwnnw'n dal yno'n sipian 'i beint a chyn pen dim roedd yn chwyrnu cysgu'n y gornel.

Mi aeth hi a Deio i eistedd i'r lownj i orffen y noson a chyn pen dim mi ddechreuson lapswchan yn flêr ar y soffa, a'r funud nesa mi oeddan nhw ar lawr yn mynd i'r afael â'i gilydd yn nwydwyllt. Fel roedd petha'n dechrau poethi mi gnociodd Deio Llwyd ei ben yn y bwrdd coffi a daeth petha i stop am sbel. Wrth godi i gynnau'r golau, baglodd Carys ar y gwpan a syrthio'n glewt dros y cerdd dantiwr nwydwyllt, a dyna pryd y gwnaed y darganfyddiad. Cyneuwyd y golau, ac yno, o'u blaenau, y gorweddai'r greal y breuddwydiodd y genod gymaint am gael ei hennill.

'Pam na fasach chi jesd 'di gadal hi lle'r oedd hi, 'ta?' gofynnodd Non, yn dal i weld yr holl beth yn ddigri.

''Di meddwi oeddan ni, 'de. Do'n i'm isio i'r ffycars erill 'na 'i cha'l hi 'nôl mor hawdd â hynna'n, nag o'n? O'n i isio iddyn nhw chwsu'n meddwl be 'sa Menai Wilias yn 'i ddeud tasa hi'n dŵad i wbod bod 'na dlws ar goll.'

'Be oedd gin Deio Llwyd i ddeud?'

''I syniad o oedd o'n y lle cynta!'

'Syniad?'

'Ffeindiodd o focs ar y landing a gofyn i mi pwy o'n i'n feddwl fasa'n licio'i cha'l hi.'

'Carys, nes di ddim.'

'Fo sgwennodd 'i henw hi ar y bocs *a* sgwennu'r nodyn i'r Gerwyn bach 'na'n gofyn iddo fo roi'r parsal i Meurig yn y bora. Oedd o'n teimlo fel syniad hilêriys ar y pryd. 'Nes i'm meddwl bysa fo'n glanio 'mŵt 'i gar o'n naddo. Dim dyna oedd y plan.'

'Be oedd y plan, 'ta?'

'Jesd chydig o hwyl, Non. Meddwl 'sa ni'n codi'n bora a cha'l uffar o laff dros frecwast am y peth.'

'Nes di'm codi digon buan i *ga'l* brecwast.'

'Egsacdli! Ond pan *'nes* i godi a gweld bod 'na'm cwpan ar gyfyl y lle ges i uffar o sioc.'

Ceisiodd Non glymu llinynnau stori'r noson feddw at ei gilydd er mwyn ceisio gweld y darlun mawr.

'So, dyna pam oedd gin Deio Llwyd lwmp ar 'i ben.'

'Lwmp?'

'Welish i o'n sleifio allan o'r gwesty 'mhell cyn i chdi neud dy ymddangosiad.'

'Cwbwl 'nes *i* oedd sgwennu nodyn i'w roi yn y bocs efo'r gwpan.'

'Nodyn?'

'Cwpled.'

'Pa gwpled?'

Daeth clo ar ei chorn gwddw unwaith eto. Fedrai hi ddim credu pa mor ofnadwy o ddigri oedd bob dim wedi ymddangos iddi gwta wythnos yn ôl. A rŵan, mewn gwaed oer, roedd hi'n cywilyddio am yr hyn a wnaeth hi fel na allai yngan y geiriau.

'Ffycinel, Carys, wath ti ddeud ddim. Ti'm 'di lladd neb sdi, hogan.'

'Dwi'n geiban, ond dwi'n gwbod mai yma wyf inna i fod.'

Os oedd ei chwerthin wedi bod yn afreolus cynt, roedd y pwl yma'n llawer gwaeth. Chwerthin nes oedd hi'n dal ei hochrau mewn poen. Daeth Rhodri allan o'r tai bach. '*Job done*,' meddai. Ond roedd y ddwy'n rhy sâl yn chwerthin i sylwi arno.

'Un cwestiwn ar ôl, Carys. Sud w't ti'n gwbod mai yn Llety'r Bugail ma'r gwpan 'ma?'

Daeth pwl o chwys oer dros Cae Haidd yn syth wrth gofio'r union foment y sylweddolodd fod ei chwarae wedi troi'n chwerw iawn. Cofiodd edrych i'r union fan gwag lle gosodwyd y bocs ym mar y Kingsbridge y noson honno.

'Ofynnish i i Gerwyn lle oedd y bocs bora wedyn ac mi ddudodd 'i fod o 'di'i roi o ym mŵt car Meurig. Meddwl 'i fod o'n helpu.'

'Felly, wydda Meurig ddim 'i fod o yno nes cyrhaeddodd o adra?'

'Jôc oedd o i fod, Non, dim *Happy* ffycin *Valley*. Ofynnish i am faddeuant yn Pisgah bora 'ma,' meddai Carys.

'Ges di o?'

'Dwi'm yn meddwl. Dwi'm yn ama i'r Bod Mawr *roi* 'i gosb i mi'n barod.'

'Be sy 'di digwydd?' holodd Non.

'Dwi 'di ca'l dwy fyharan gachu dêr leni. Tydyn nhw'n boncio debyg i ddim.'

'Sud ti'n gwbod? Ti'm yn cuddiad tu ôl i clawdd yn sbecian arnyn nhw fatha hen ddyn budur, w't ti?'

'Ti'm yn gwbod uffar o'm byd am ffarmio w't ti, Non?'

''Di gwbod y gwahaniath rhwng cachu defaid a chachu gwarthaig yn cyfri?'

'Neith am rŵan. Peint?'

'Peint,' meddai Non, ac aeth i dynnu'r cwrw ei hun. Doedd hi'm ffansi meddwl am Rhodri'n tynnu peint a hithau'n gwbod lle roedd ei ddwylo wedi bod.

Y Bwtri

Roedd Carys yn hanner disgwyl y llythyr cyfreithiwr a laniodd ar y cocomatin y bore wedi'r sesh efo Non. Diolchodd ei bod wedi cael ei phump arno cyn i'w mam ei weld, neu fe fyddai yna hen holi am ei gynnwys wedi bod.

Collodd Rhiannon Prysor ei gŵr, Glyn, pan oedd Carys yn dal yn ei chlytiau. Damwain tractor a'i cipiodd oddi arnynt mor sydyn â diffodd cannwyll, gan adael cysgod anferth dros Gae Haidd byth ers hynny. Brawd ei thad, Yncl Meirion, fu'n gefn i'r ddwy i gadw Cae Haidd rhag mynd i'r gwellt neu i ddwylo estron. Torchodd Rhiannon, hithau, ei llewys i gadw'r tŷ a'r tir mewn trefn efo'i brawd yng nghyfraith ac yna, yn eu cysgod hwythau, daeth Carys i feistroli bob rhan o'r gwaith yn ei thro. A bellach, â'i mam yn arafu'n ei chamre, Carys oedd yn bennaf gyfrifol am y gwaith ffermio. Cyflogai ddau was a byddai ei hewyrth yn dal i alw heibio i helpu sgafnu'r baich yng nghyfnod yr wyna a'r gwair.

Ond roedd y reddf warchodol yn dal mor gryf ag erioed ym mêr esgyrn Rhiannon Prysor. Yn ferch ffarm, o ochrau Trawsfynydd yn wreiddiol, a chael ei hun yn weddw ifanc ymhell o gartref, aberthodd ei bywyd i fagu ei hunig blentyn a chadw'i haelwyd a'i chynefin yn union fel y byddai ei gŵr wedi ei ddymuno iddi neud.

Bellach roedd rhod eu bywydau wedi troi'n llwyr. Carys oedd rŵan yn bennaf gyfrifol am reolaeth y ffarm, a dyna pam yr oedd hi heddiw yn rhynnu'n y bwtri yn ceisio meddwl sut yn y byd y gallai hi gadw hen annifyrrwch fel hyn o ŵydd ei mam.

Darllenodd y llythyr am yr eildro:

Annwyl Ms Carys Prysor,

Par – Ymosodiad yng Ngwesty'r Kingsbridge, Aberystwyth

Rydym yn ysgrifennu ar ran ein cleient, Miss Lleucu Garmon, mewn perthynas â'r ymosodiad a gyflawnwyd gennych chi ar 10fed Tachwedd 2025 yng Ngwesty'r Kingsbridge, Aberystwyth am 2.15yb. O ganlyniad uniongyrchol i'ch gweithredoedd, dioddefodd fy nghleient anafiadau difrifol i'r wyneb, gan gynnwys difrod deintyddol sylweddol, a oedd angen triniaeth frys ar gost o £3,000. Gallwn ddarparu anfoneb gan Deintyddfa Gwyrfai pe bai angen.

Bu i chi daro ein cleient yn ei hwyneb gan achosi niwed i'w dannedd, gan gynnwys colli un dant. Roedd y weithred yma yn ymosodiad sifil a batri sy'n golygu bod gan ein cleient yr hawl i dderbyn iawndal. Yn unol ag egwyddorion cyfreithiol sefydledig, mae gan ein cleient yr hawl i adennill y costau deintyddol hanfodol oedd yn deillio o'ch gweithredoedd anghyfreithlon.

Yn unol â hynny, mae ein cleient yn ceisio taliad o £3,000 o fewn 14 diwrnod o ddyddiad y llythyr hwn. Dylid talu y swm i'n cyfrif banc:

Rhif Cyfrif – 23468679
Rhif Didoli 24-09-87
Cyfeirnod – G456/1

Os byddwch yn methu â gwneud taliad llawn o fewn yr amserlen hon, ni fydd gan ein cleient unrhyw ddewis ond cychwyn achos cyfreithiol ffurfiol yn eich erbyn heb rybudd pellach. Mewn digwyddiad o'r fath, bydd fy nghleient hefyd yn ceisio adennill ffioedd llys, costau cyfreithiol, ac unrhyw iawndal ychwanegol y bernir ei fod yn briodol.

Rydym yn eich annog yn gryf i drin y mater hwn gyda'r brys sydd ei angen ac i setlo'r hawliad hwn yn brydlon.

Yn gywir
J. Aelwyn Jones
Cyfreithiwr & Cyfarwyddwr
Cwmni Aelwyn Jones a'i Fab.

***

Rhoddodd y llythyr yn ei ôl yn yr amlen a cheisiodd feddwl lle fyddai orau i fynd i forol am gyngor. Doedd fiw iddi fynd at ei chyfreithiwr teulu neu fe fyddai hwnnw wedi ei chynghori'n syth i rannu ei thrafferthion â'i mam.

'Mêl 'ta triog melyn gymi di hefo dy uwd?' galwodd Rhiannon arni o'r gegin.

'Mêl, plis Mam,' atebodd hithau gan wasgu'r llythyr i'w phoced ôl.

'Dwn i'm sud nad w't ti 'di sythu'n yr hen fwtri 'na, Carys bach. Be goblyn ti'n neud?'

'Dŵad rŵan,' atebodd ei merch, gan gymryd cip ar ei ffôn wedi iddi ei glywed yn dirgrynu'n ei phoced. Roedd newydd dderbyn neges gan Non.

> Di trfnu i fnd i Llet Bug heno, OK?

Shit! Na! Dydi ddim yn ocê! meddyliodd Carys. *Be uffar? No wê!* Do, mi gytunodd mai cyfarfod Awen wyneb yn wyneb fyddai orau, ond ddim heno? *What! Shit! Na!*

'Carys bach, ma dy uwd di'n oeri.'

Ond roedd meddwl Carys yn rasio o'i blaen. *Be os bydd Awen yn deud mai gweld y gwpan oedd wedi ei gwthio dros y dibyn? Fi felly fyddai'n gyfrifol am yr holl lanast. O fewn chydig ddyddia mi ddoith pawb i wbod am yr ypsét, y gwpan, y daint, y llythyr cyfreithiwr – ac, o bosib, am Deio Llwyd-ffliwjin-Owain hefyd.*

Daeth ei mam drwodd i'r bwtri efo'r bowlen uwd yn ei llaw.

'W't ti isio hwn, 'ta be?'

'W'chi be, Mam, dwi'm yn meddwl medra i stumogi o bora 'ma. 'Di o ots gynnoch chi?'

Roedd arogl melys yr uwd a'r mêl yn troi arni. Saethodd heibio'i mam ac ar ei hunion i'r tŷ bach a chyfogi fel tasa'i thu mewn hi am ei gadael.

'Ti isio mi alw'r doctor, Carys bach?'

'Asu, nagoes! Cwrw'r blincin Ship 'na 'di o ma raid.'

'Mi sleisia i chydig o fanana am ben hwn i chdi, yli, i ti ga'l chydig o gynhaliath yn yr oerfal 'ma.'

Cyfogodd eilwaith wrth ddychmygu mêl, banana ac uwd yn gymysg oll i gyd.

Llety'r Bugail

'Be ro i amdana i, Meurig?' holodd Awen, wrth ymbalfalu drwy ei thrydedd wardrob am rwbath addas i'w wisgo ar gyfer yr ymweliad.

'Be am y ffrog 'na nes di wisgo i'r gwasanaeth diolchgarwch? Oedd honno'n ddigon o ryfeddod amdanat ti.'

'Doedd hynny prin dair wsos yn ôl. A beth bynnag, dwi'n meddwl dylwn i fynd yn dwllach na hynny. Dwi isio rwbath sy'n cydweddu â'r ffor dwi'n teimlo.'

'Be am yr un bach ddel 'na brynis di 'Nghaer, 'ta?'

'Dwi'm am fynd i ddu, chwaith. Does 'na neb 'di marw.'

'Chdi sy'n iawn, Awen bach. Mi adawa i'r dewis i chdi felly.'

Ar orchymyn ei wraig, newidiodd Meurig i'w grys a'i dei, taro'r bwydiach pigo yn y popty ar gant a deg a tharo hŵfyr dros garped y stafell ffrynt unwaith eto – jesd i neud yn siŵr.

Clywodd Awen y gloch drws cefn yn canu a llais Meurig yn croesawu Carys a Non i'r tŷ. Er ei bod yn barod ers deng munud a mwy, ei bwriad oedd dod i lawr unwaith y byddai'r genod wedi setlo. Doedd gan Awen ddim amynedd gyda'r manion cychwynnol fyddai pawb yn ei wneud a'i ddweud wrth lanio yn nhai ei gilydd. Doedd hi ddim yn arbenigwraig ar fân siarad.

***

Yn gyndyn iawn o fynd, prin y cafodd Carys amser i gael ei hun yn barod, ac mi roedd yna gen o gachu gwarthaig yn dal i lynu fel gele dan ei hewinedd a rhwng rhychau croen ei dwylo. Chwistrellodd bersawr drostyn nhw cyn gadael y tŷ. Gwyddai y byddai Awen yn eu snwyro'n syth mewn hanner anadliad os na fyddai'n ofalus. Bob tro y deuai Carys i'r ymarferion yn syth o'r caeau, byddai Awen yn mynnu agor ffenestri'r stafell i gael 'ychydig o awyr iach i'n ffroena'. Ffordd gynnil yr arweinyddes lanwaith o awgrymu bod ychydig gormod o arogl ffarm wedi ffeindio'i ffordd i'r festri oedd hynny. *Mi fedra honno arogli rhech llgodan yn yr Albert Hall heb sôn am chwys a baw hogan ffarm mewn festri capel fechan, glòs,* meddyliodd.

Roedd Meurig, yn ôl y gorchymyn, wedi setlo'r ddwy yn y gegin a chanddynt jin a thonig yr un o'u blaenau pan ymddangosodd Awen Mai yn ei chafftan felfedaidd lliw euraidd oedd yn graddoli'n frown tua'i godre a sbectol haul grwbanog, ddrud. Ymddiheurodd i'r genod am eu cadw, gan egluro mai'r meigryn oedd yn ei llethu ryw fymryn, ei llais yn wantan a'i gwedd yn welw.

'Diolch am gytuno i'n gweld ni ar gymaint o fyr rybudd, Awen,' rhuthrodd Non gyda'i hymateb gan godi o'i sedd i'w chofleidio. Ond roedd iaith gorfforol Awen yn deud yn amlwg nad oedd hi eto'n barod i fynd mor agos â hynny at unrhyw un. Ni symudodd Carys o'i sedd gan nad oedd ganddi hi fwriad o fath yn y byd i fynd mor agos â hynny at neb.

'Te gyma i, os gweli di'n dda, Meurig,' meddai Awen, gan eistedd fymryn yn bellach na'r gongl yr oedd y gweddill wedi ei dewis o gwmpas y wenithfaen. 'Pellter Covid' fel y byddai hi a Meurig yn ei alw pan fyddai ei angen arnyn nhw.

'Dach chi 'di altro rhywfaint ers pan fuon ni yma ddwytha, dwi'n siŵr. Yn do, Meurig?' gofynnodd Carys.

'Mond ryw lyfiad o baent ar y walia,' atebodd yntau.

'Lliw da, be 'di o?' holodd Non.

'Juniper Ash,' atebodd Awen, 'Little Greene.'

'Nefi, oes 'na wyrdd ynddo fo, oes?' holodd Carys.

'Enw'r cwmni ydi Little Greene, Carys,' atebodd Meurig.

'Juniper Ash ydi enw'r lliw,' ategodd Awen.

'Dewr. Dewr iawn ddudwn i,' ychwanegodd Non. 'Faswn i byth 'di mentro mynd mor dywyll â hynna mewn cegin.'

'Ma gofyn *bod* yn ddewr weithia,' bachodd Awen ar ei chyfle'n syth i awgrymu i ba gyfeiriad yr oedd hi am i'r sgwrs fynd. Doedd hi ddim wedi meddwl y deuai iddi wrth drafod lliw paent ond fe aeth yn ei blaen. 'Waeth ichi heb â phendilio wrth i chi drio gneud penderfyniad, neu yno byddwch chi yn methu gneud eich meddwl i fyny. Ac os oedwch chi'n rhy hir a pheidio mynd amdani, mi newch chi'r dewis anghywir yn y pen draw.'

Daeth mudandod dros y stafell fel niwl sydd weithiau'n dod o'r môr i lyncu'r Eifl. Prin iawn y daw o gyfeiriad y tir mawr. O'r Iwerddon y daw'r niwl bob gafael i'r parthau yma. Niwl rhywun arall yn meddiannu'r mynyddoedd ac yn gyndyn o fynd. Ond doedd Non ddim yn un i hel dail a gwelodd hithau ei chyfle i fynd yn syth i lygad y ffynnon:

'Wath i ni heb â thrio newid y'ch meddwl chi felly, Awen?'

Tynnodd Awen ei sbectol a gadael iddyn nhw grogi o'u cadwyn aur ar ei mynwes fechan. Gollyngodd ebwch go drist gan edrych i'r llawr. Yna cododd ei golygon i gyfeiriad y ddwy a syllu am sbel. Llwyddodd i ennyn rhyw gysgod o ddeigryn i gornel ei llygad hyd yn oed. Gallai wneud hynny weithiau – pan fyddai angen. Gwyddai, o edrych ar y ffordd y syllai Non a Carys arni, ei fod wedi cael yr effaith a ddymunai arnyn nhw. Syrthiodd euogrwydd fel cen dros wep y ddwy.

'Fel dudis i yn fy e-bost, dwi wedi fy mrifo,' meddai'n dawel.

'Gawson ni dipyn o siom rhwng bob dim,' ychwanegodd Meurig. 'Ond dwi ddim yn meddwl fod Awen isio mynd i ormod o fanylion ynglŷn â'r holl beth ar hyn o bryd. Dwi'n siŵr y'ch bod chi'n deall.'

'Ydan, ydan siŵr,' oedd ymateb Carys, gan obeithio felly na fyddai'n rhaid mynd i drafod unrhyw un o ddigwyddiadau'r gyflafan mewn manylder. Daeth hyn fel dipyn o ryddhad iddi.

'Ma wirioneddol ddrwg gynnon ni, Awen,' ategodd Non.

'Ydi ... oes ... ydan,' porthodd Carys yn llai siŵr o'i phetha.

'Mi aethon ni dros ben llestri'n do a ... wel ...'

'Mwy na dros ben llestri ddudwn i, Non,' meddai Awen, a thywalltodd Meurig ei phaned iddi. Dim rhy wan a dim rhy gry.

'Diolch, Mei,' meddai, â rhyw hanner gwên o werthfawrogiad ar gyrion ei gwefus. Roedd y sgwrs yn mynd yn union fel yr oedd wedi ei obeithio.

'Felly, newch chi ddim ailystyried?' holodd Non yn drist.

'Dach chi'n meindio os agorith Meurig y ffenest ryw fymryn?' holodd Awen. 'Ma hi fymryn yn fyglyd yma, ydi ddim?'

Cododd Meurig a chilagor un o'r ffenestri. Gwingodd Carys yn ei sedd a sylwodd fod 'na faw gwartheg o dan ei hesgidiau hefyd. Collwyd gafael ar y cwestiwn oherwydd hyn ac ni thrafferthodd Awen i'w ateb.

'Ga i roi o fel hyn i chi, 'ta Awen?' Ceisiodd Non arallgyfeirio'i chwestiwn. 'Fasach chi a Meurig yn dal i ystyried dod i ginio Dolig Genod Colmon yng Nghastell Deudraeth?'

Edrychodd Meurig ac Awen ar ei gilydd fel petaen nhw wedi paratoi eu hunain ar gyfer y cwestiwn yma.

'Mi fyddai hynny'n anodd iawn i ni,' atebodd Awen. 'Yn bydda, Meurig?'

'Anodd?' holodd Carys.

''Dan ni 'di bwcio i fynd ar fordaith dros y gwylia, dach chi'n gweld,' atebodd Meurig. 'Wedi bod yn ysu i fynd ers blynyddoedd. Fyddwn ni ddim yma o'r pymthegfed o Ragfyr tan y degfed o Ionawr, ma arna i ofn.'

'Teimlo'n bod ni angen brêc ar ôl hyn i gyd,' ychwanegodd Awen, gan afael mewn copi o *Golwg* a dechrau ffanio ei hun gyda'r papur. Chaech chi'm gwell papur i ffanio na *Golwg*.

''Dan ni 'di symud y penwythnos, Awen,' rhuthrodd Non i egluro. 'Mi ges i gynnig bargan "Felan Ionawr" yng Nghastell Deudraeth ac mi es i amdani.'

Daliodd Awen a Meurig eu llygaid am eiliad cyn i Meurig roi ei big i mewn.

'O'n i'n meddwl mai i Landudno oeddach chi'n mynd?' meddai'n ffwndrus.

'Doeddan nhw'm yn cêtro i fejis yn diwadd,' atebodd Non.
'Ond ... fi oedd yr unig lysieuwraig oedd gynnoch chi.'
'Second Linda 'di penderfynu troi'n un wsos dwytha,' meddai Carys. ''Di canslo'i thyrci Dolig a bob dim. Ddoth â llond 'i haffla o jicin wings, *pigs in a blanket* a llwythi o sosij rôls 'di rhewi i mi ddoe. Am roi'r gorau'n llwyr i gig, medda hi.'
'Gath hi wenwyn bwyd ar ôl y *spare ribs* gath hi'n Aberystwyth. Fuo raid i'w brawd hi ddŵad i lawr i Fachynllath i'w nôl hi'n diwadd. Fasa hi'm 'di para milltir arall hefo Barry Bib-bîb.'
'Ond fydd o ddim yn swpar Dolig os mai ym mis Ionawr fydd o, yn na fydd?' holodd Meurig.
'Lot yn 'i neud o rŵan chi, Meurig,' atebodd Non. 'Rhatach yn Ionawr. Ma Côr Seiriol yn 'i neud o ers tro byd.'
Doedd gan Meurig nac Awen atebion parod i'r newid sydyn yma a dychwelodd y mudandod am ychydig eiliadau wrth i'r ddau ymbalfalu am esgus arall i'w harbed rhag derbyn gwahoddiad i beth a fyddai'n saff o droi yn alanastra meddwol arall.
'Fasan ni wrth y'n bodda tasach chi'n dod yn wraig wadd i ni, Awen. 'Dan ni 'di'ch rhoi chi'ch dau yn y *penthouse* tasach chi'n derbyn. Mi fasach chi'n gneud y penwythnos i ni.'
'Be ti'n deimlo, cariad?' holodd Meurig.
'Wel, mae o fymryn yn fyr rybudd, ond ...'
Doedd gan Awen ddim math o awydd derbyn i gychwyn, ond doedd penwythnos yn y *penthouse* yng Nghastell Deudraeth ddim yn rwbath i'w wrthod ar chwarae bach. Ac roedd yn rhaid iddi gyfaddef iddi ei hun fod cael ei galw'n 'wraig wadd' yn gorwedd yn esmwyth iawn ar ei chlust.

Synhwyrodd Meurig fod Awen yn simsanu rhywfaint ac fe wyddai mai'r ffordd orau i symud ymlaen oedd deud y bydden nhw'n ystyried y cynnig a dod yn ôl atyn nhw mewn ryw ddiwrnod neu ddau. Gwyddai hefyd mai yn ei gwendid y bu i Awen anfon ei hymddiswyddiad i'r parti a bod ganddi, mewn gwirionedd, feddwl y byd o'r genod. Byddai ei hwyliau'n codi bob nos Sul pan ddeuai adre o'r ymarferion. Teimlai felly mai oedi'r penderfyniad am ychydig oedd y peth gorau i'w neud a rhoi amser i Awen bendroni.

'Diolch, Meurig, mi fasan ni'n gwerthfawrogi hynny'n arw. Dwi'n gwbod y bysa'r genod i gyd wrth 'u bodda tasach chi'n gweld 'ych ffordd yn glir i dderbyn. Deud y gwir, mi fasa'n fraint.'

Falla bod Non yn taenu'r jam fymryn yn rhy dew ar y frechdan grafu tin erbyn hynny ond roedd yn gweithio wrth i Awen fwynhau bob sill o'r ymgreinio.

'Ti'n cytuno, 'nghariad i?' holodd Meurig.

Rhoddodd Awen ei chopi o *Golwg* yn ôl ar y wenithfaen. Roedd yn hynod siomedig nad oedd ein papurau cenedlaethol yn rhoi nemor ddim sylw i'r Ŵyl Cerdd Dant erbyn hyn. Wedi ei archebu'n arbennig yn y gobaith o weld llun o'r genod ar y ddalen flaen, a'r gair GOLWG mewn oren i fatsio'u mwclis a wnaeth hi, ond diolchodd am drugareddau bychain erbyn hyn nad oedd unrhyw sylw wedi ei roi i'r ŵyl ynddo eto eleni. Byddai gweld llun o Leisiau'r Gelynen yn eu coch ar ei glawr wedi dod â'r tarw allan ohoni.

'Mi edrycha i'n y dyddiadur,' atebodd. 'Dwi'm yn hollol siŵr os 'dan ni'n rhydd eto.'

'Ia. Na, dim brys o gwbwl,' cytunodd Non. 'Cymwch

chi'ch amsar, Awen. 'Dan ni'n dalld yn iawn 'ych bod chi'n ddynas hynod o brysur a ...'

'Awn ni drwadd i'r parlwr 'ta, ia Meurig?' Torrodd Awen ar ei thraws, gan ddod â'r sgwrs am y gwahoddiad i ben a'i gadael hi'n fan'na. Doedd hi ddim ar frys i dderbyn yr union foment honno. Ond roedd penwythnos yng Nghastell Deudraeth yn apelio fwyfwy ati fesul eiliad. A byddai, fe fyddai'n 'fraint' iddyn nhw 'i chael hi'n 'wraig wadd'.

'Ewch chi drwadd, 'ych tair,' meddai Meurig, gan glirio'r cwpanau oddi ar y wenithfaen 'run pryd, ac arweiniodd Awen y genod drwodd i'r parlwr, lle roedd yna syrpréis go letchwith yn eu haros.

***

''Sa'n well i ni dynnu'n sgidia dudwch, Awen?' gofynnodd Carys, gan roi'r brêcs ymlaen fodfeddi o ymyl y carped gwyn trwchus a agorai fel môr o lyn llefrith o'i blaen. Doedd arno'r un smotyn o lwch a thynnodd Non, hithau, ei hesgidiau cyn mentro ar y cwmwl nefolaidd a doddai dan ei thraed. Edrychodd y ddwy o gwmpas y stafell; sgleiniai'r delyn o'i chornel gyferbyn â'r ffenest enfawr o'u blaenau. Ond doedd dim byd a sgleiniai'n fwy na'r gwpan arian loyw a ddaliai'r golau gan wincio arnynt o'r bwrdd coffi o'u blaenau.

'Steddwch,' meddai Awen, gan ddal y foment bleserus o edrych ar wynebau'r ddwy yn syllu ar y gwpan.

'Bib-Bîb!' canodd Meurig o'r tu cefn iddynt, a dau blât o fanion bwydiach yn ei ddwylo. Dychrynodd y ddwy am eu hoedl gan i'w gwestai ddynwared, yn fwriadol, y corn yn llawer uwch nag oedd ei angen. Gan eu bod wedi eu dal fel cwningod mewn llif olau neidiodd y ddwy allan o'u crwyn, a fedrai Carys ddim stopio ei hun rhag ymateb yn ei modd arferol pan gâi unrhyw fraw.

'Ycinel!' meddai, gan fethu rheoli ei hun rhag ysgwyd fel petai sioc drydanol wedi mynd drwyddi.

Gwich fach ryfedd roddodd Non, a rhoi ei dwylo am ei phen fel tasa 'na fwncath ar fin ymosod arni.

'Ddrwg gin i, genod,' meddai Meurig. 'Do'n i'm 'di bwriadu'ch dychryn chi.'

Cerddodd heibio iddynt gan osod y bwydiach ar y bwrdd coffi, un bob ochr i'r gwpan.

'O, steddwch!' meddai Awen am yr eildro gan adael y ddwy a mynd drwodd i'r gegin i nôl y gwin.'

Wrth blygu i osod y platiau ar y bwrdd, edrychodd Meurig ar y ddwy gan wenu.

''Stynnwch atoch,' meddai, fel petai'n sibrwd wrth ddwy hogan fach oedd wedi dod i'r stafell athrawon a ddim yn siŵr pam yr oeddynt yno. 'Helpwch 'ych hunain; fel tasach chi adra.'

Rhoddodd winc fach chwareus arnynt a'u gadael yno ar y soffa i stiwio am ychydig.

***

Drwodd yn y gegin roedd Awen yn ymladd â hi ei hun i gadw'i chwerthin rhag ffrwydro. Caeodd Meurig y drws ar ei ôl a daeth yntau ati gan stwffio napcyn i'w geg fel yr arferai wneud yn yr ysgol Sul ers talwm pan fyddai un o'r hogia'n taro rhech ddistaw ar ganol y weddi. Roedd yn gystadleuaeth rhyngddynt bryd hynny pa un ohonynt allai daro'r rhech ddistawaf, hwyaf neu fwyaf drewllyd. Collid marc am unrhyw sŵn a chaech eich diarddel o'r gêm os byddai unrhyw un o'r athrawon yn ei chlywed. Penodwyd Meurig yn feirniad gan nad oedd yn awyddus i rechan yn gyhoeddus. Doedd o erioed wedi rhechan o flaen Awen chwaith, ac yn sicr, ni tharodd Awen rech o fath yn y byd yng ngŵydd ei gŵr erioed. Tan heddiw. Wrth gwffio i ddal ei chwerthin yn ei thu mewn, daeth mymryn o wynt allan o'r pen arall a chlywodd Meurig ei phwmp yn swnio'n union fel yr utgorn bychan oedd ganddo ar ei feic cyntaf. 'Wps!' meddai Awen, ac am ennyd fe deimlodd fod diwedd y byd wedi dod i'w rhan. Ei gŵr wedi ei chlywed yn taro rhech!

Teimlodd Meurig yntau ei chywilydd yn ei gwasgu a thosturiodd wrthi. Ond yna, gwelodd yr ochr ddigri i'w cyfyng-gyngor. Daeth angen diawledig drosto i chwerthin unwaith eto ac yn ei ymdrech enfawr i arbed ei wraig rhag teimlo mwy o gywilydd fe drawodd yntau rech – un hwy na'i wraig – ac uwch.

'Wps,' meddai yntau drachefn.

Ac felly y bu i'r ddau ildio i'r sylweddoliad mai hwn oedd diwrnod gorau eu bywyd priodasol. Dychmygent y ddwy arall yn eistedd yn y parlwr yn corddi mewn euogrwydd tra gorweddent hwy yno'n cwffio i beidio chwerthin ac yn rhechan am yn ail ar lawr eu cegin. 'Wps,' meddai Awen eto. 'Wps, wps,' rhechodd Meurig gan golli rheolaeth lwyr ar betha. Cododd rhyw bwysau mawr oddi ar eu hysgwyddau nes y snwyrodd Meurig arogl llosgi. Roedd y *vol-au-vents* yn golsyn.

***

Eisteddai'r ddwy alto euog yn syllu ar y gwpan yn fud ac yn welw; calon y ddwy yn eu gyddfau a'u hysbryd yn eu sodlau. Doedd petha ddim yn mynd yn dda hyd yma.

'Be ffwc 'dan ni'n mynd i neud, Non?' gofynnodd Carys dan ei gwynt.

Edrychodd Non yn hurt ar ei ffrind. 'Gwranda, Cae Haidd!' sibrydodd. 'Sgin y bali gwpan 'na bygyr ôl i neud hefo fi. Cofio?'

'Be *dwi*'n mynd i neud, 'ta? Helpa fi, hogan.'

'Fydd raid i chdi ddeud bob dim wrthyn nhw'n bydd.'

'Be? Am Deio Llwyd a bob dim?'

'Am y gwpan, 'de.'

''I syniad o oedd o'n y lle cynta'n 'de.'

'Yli, ti un ai'n cymyd y bai i gyd dy hun ne'n deud y gwir, yr holl wir a dim byd ond y gwir.'

'*Shit*, taw nei di, Non! Ti'n gneud i mi deimlo fatha 'mod i mewn llys barn.'

'Carys, ma hyn yn *waeth* na bod mewn llys barn.'

'Dy syniad di oedd dŵad yma.'

'Mi gytunon ni'n dwy ar hynny, Carys, os cofi di.'

'Ia, ond ... Ti'n clŵad ogla llosgi?'

Agorodd Meurig y drws gyda photel o win mewn bwced o rew yn ei law a gwên lydan ar ei wyneb.

'Sori am hynna,' meddai, 'ychydig o anffawd hefo'r *vol-au-vents.*'

Dilynodd Awen ei gŵr efo platiad anferth o amrywiol salami, olewydd a chaws ffeta. Aeth Meurig yn ei ôl i'r gegin i nôl y caws a'r bisgedi a'r bara.

'Argo,' meddai Non, gan glirio'i gwddw yn syth ar ôl iddi ddechrau siarad. Y nerfusrwydd wedi peri i'r 'Argo' swnio'n fwy fel petai hi'n garglo. 'Dach chi 'di mynd i draffath, Awen.'

'Meurig sy 'di bod wrthi, nid fi. Dwi 'di bod yn gosod drw'r dydd fel mae'n digwydd.'

'Gosod?' holodd Carys, oedd wedi colli ei stumog yn llwyr. Methai'n lân â gwybod sut y gwnaen nhw gyfiawnder â'r holl fwyd oedd o'u blaenau a'i stumog yn ei gwddw. Ond roedd y gair 'gosod' wedi symud y sylw oddi wrth y gwpan am dipyn.

'Ia,' meddai Awen. 'Lot o ryw swnian 'radag yma o'r flwyddyn am osodiada i'r Urdd. A chan fod gin i dipyn bach mwy o amser ar 'y nulo rŵan, dwi 'di gorffan ryw ddau neu dri yn barod.'

Tywalltodd Meurig y gwin a gofynnodd Carys am ddropyn bach, bach, bach, gan mai hi oedd yn gyrru. *Sawl 'bach' sydd angan i rywun ddeud i gael gwydryn bach o win?* meddyliodd Awen. 'Smijyn,' meddai Carys wedyn. Petai hi, Awen, yn tywallt, byddai wedi rhoi dropyn yn llythrennol i Carys i weld beth fyddai ei hymateb. Ond roedd yn mwynhau ei gweld yn gwingo yno o'i blaen yn cael ei bwyta gan ei heuogrwydd.

Eisteddodd pawb yn sipian a chnoi am ychydig yn syllu'n syth o'u blaenau; pawb yn edrych i gyfeiriad y bwrdd coffi a'r gwpan yn serennu arnynt fel greal wenwynig o ganol y salami a'r cawsiach.

Bu'n saib hir. Hir iawn.

'Tydi hi'n gwpan hardd?'

Mudandod llwyr.

Ennyd arall ac mi fyddech wedi medru rhoi cyllell fenyn drwyddi gan mor drwchus y tensiwn. Roedd yn rhaid i rywun ddeud rwbath, ond freuddwydiodd neb mai dyna ddeuai allan. A doedd neb wedi meddwl am chwinciad mai o enau Awen Mai Deiniol-Huws y caent eu hynganu.

Edrychodd Non allan drwy'r ffenest yn smalio'i bod hi *yn* y cwch hwylio a welai draw ar Fôr Iwerydd yn canu 'Fflat Huw Puw' ar dop ei llais. Roedd yn rhaid iddi ddianc i rwla.

Daeth sŵn bach rhyfedd o stumog Carys, fel gwynt yn trio symud. Yna'n sydyn, fel o unman, y cyfaddefiad:

'Iawn. Ocê, Awen. Fi nath.'

Roedd Non erbyn hyn wedi cyrraedd Harbwr Corc, ac er nad oedd pawb yn llawen yno roedd o'n ganwaith gwell lle i fod nag ym mharlwr Llety'r Bugail yr eiliad honno. Roedd yn sgrechian canu yn ei phen: O *hogie bach, ryw fore gyda'r dydd!*

Cododd Meurig ac ail-lenwi gwydryn pawb, gan gynnwys un Carys, ac aeth i agor potel arall.

Tarodd Awen ei gwin hi ar ei thalcen gan sodro'i gwydr ar y bwrdd coffi ac edrych i fyw llygaid Carys.

'Dwi wir yn sori, Awen. Ro'n i *mor* feddw do'n i ddim yn gwbod be ddiawl o'n i'n 'i neud, ond doeddan ni ddim wedi bwriadu i betha droi allan fel ddaru nhw.'

'A phwy 'di'r "ni" 'ma felly, Carys? Oeddat titha'n rhan o hyn?' holodd Awen gan edrych ar Non.

'Nagoedd,' neidiodd Carys i mewn i arbed mymryn ar groen ei ffrind. 'Plis gadwch i mi orffan.'

'Dwi'n glustia i gyd.' Cododd Awen ei gwydr fel yr oedd Meurig yn dychwelyd gyda'r ail botel win. Croesodd ei choesau i wneud ei hun yn gyfforddus. Ac fel tasa'r holl beth wedi camu allan o ffuglen, neidiodd Cilmeri Mêw ar ei glin a chanu grwndi'n braf. *'Fire away*, Cae Haidd.'

Cymerodd Carys lwnc mawr, mawr, mawr o'r hyn a fu gynt yn 'ddropyn bach, bach, bach' o'i gwydr. Sylweddolodd Non y byddai'n rhaid iddyn nhw gael tacsi adre, gan ei bod hithau bellach wedi drachtio'n go helaeth o'r hyn a gafwyd ac yn dal i ganu mewn ryw far pellennig yn rwla: '*O Twm co bach,*' medd Morus, '*O Morus!*' *medde Twm, medde Twm!*

'Dwi'm yn gwbod lle i ddechra, Awen. Ddim yn fama, o flaen pawb. O'n i jesd mor ddiawledig o flin fod y giwad 'na 'di dŵad draw i'n gwesty ni i rwbio'n trwyna ni yn 'n collad ac i lenwi'r shitin gwpan 'na o'n blaena ni i ddathlu. O'n i jesd mor ffy ... llin flin. Ac wedyn, y fflipin hyfdra o'i gadal hi ar ôl a'i swanio hi o 'no'n waglaw dan ganu.'

'Ddaru nhw?' holodd Meurig.

'Be?' gofynnodd Carys, gan ddrachtio'n hegar pan ddaeth ei chyfle i gael ei gwynt ati.

'Ddaru nhw fynd dan ganu? Chlywson ni 'run nodyn ar ôl i ni fynd i'n gwlâu.'

'Mond ffraeo,' ychwanegodd Awen fel diweddeb fach amherffaith. Y cyfan fedrai Carys neud oedd cymryd llwnc arall o'i gwin. Ond, a'i gwydr eisoes yn wag, teimlai'n rêl ffŵl gan fod Meurig ac Awen yn dal i syllu arni.

'Un bach arall?' cynigiodd Meurig.

'Smijyn bach, ia plith,' llwyddodd i ofyn, a'i thafod yn twchu wrth y funud.

Llanwodd Meurig ei gwydr ac estynnodd Non ei ffôn i chwilio am dacsi.

'Mi a i â chi adra, Non,' cynigiodd Meurig, gan lenwi ei gwydr hithau a chodi i agor potel arall.

Yn sydyn, bu'n rhaid i Carys gymryd llond sgyfaint sydyn o'i hanadl a llanwyd ei holl enaid â hunandosturi na theimlodd ers Eisteddfod y Ffôr pan alwodd rhyw fasdad hi'n *best in show*. Dechreuodd grio fel babi blwydd.

Daeth llong Non yn ôl o Harbwr Corc yn waglaw.

Torrodd Meurig dalpyn helaeth o gaws Caerffili iddo'i hun ac estyn napcyn i Carys sychu'i thrwyn.

Dyfalodd Awen beth fyddai'n ei wisgo i fynd yn wraig wadd i Gastell Deudraeth.

Y Kingsbridge

Roedd Gerwyn Rhys wrthi'n hŵfro lownj y Kingsbridge ar ôl iddo ffarwelio â chriw o Ffermwyr Ifanc oedd wedi dod i Aber i chwarae mewn twrnament rygbi. Doeddan nhw byth yn benwythnosau hawdd i Gerwyn pan fyddai'r gwesty'n llawn testosteron a gwaed poeth bechgyn yn eu hugeiniau cynnar yn byrlymu'n eu gwythiennau. Ond wedi'r holl brofiadau a gafodd dros benwythnos yr Ŵyl Cerdd Dant, roedd yn barod am unrhyw beth. Doedd llnau mymryn o chŵd o sinc, colli ambell dywel yma ac acw a chadw'r bar ar agor tan berfeddion ond megis ymarfer gwisg o'i gymharu â phenwythnos o gerdd danta iddo bellach.

Edrychodd allan ar y prom. Roedd Seindorf Arian Aberystwyth eisoes yn cynhesu yn y bandstand ac edrychodd ar y tonnau'n hyrddio ar waliau'r morglawdd o flaen y gwesty. Diolchodd na fyddai'r llanw'n un rhy uchel heno. Ar nosweithiau felly byddai nerth ambell don yn codi'n uwch na tho'r gwesty, a ymestynnai dros bum llawr, ac yn lluchio'r cerrig mân i'w canlyn. A rhai nad oedd mor fân â hynny hefyd. Roedd y môr, fel Genod Colmon, wedi gadael ei ôl ar yr hen westy'n saff.

A'r rheswm pam yr oedd y penwythnos gwallgof hwnnw yn dal ar ei feddwl oedd am fod Meurig wedi cysylltu ag o ryw chydig nosweithiau ynghynt i ofyn am ffafr. Doedd o ddim am drafod unrhyw fanylion dros y ffôn, dim ond y byddai wnelo'r sgwrs â phenwythnos Genod Colmon yn y gwesty. Roedd yn swnio'n eitha pryderus a chytunodd Gerwyn iddo ddod draw y Sul canlynol i'w weld.

Doedd Meurig ddim yn dda iawn am barcio a chan fod Aberystwyth yn hunllef i wneud y cyfryw beth roedd o hanner awr yn hwyr yn cyrraedd y Kingsbridge â'r parsel dan ei fraich. Mi adnabyddodd Gerwyn y pecyn yn syth. Sut y gallai ei anghofio?

Gwahoddodd Meurig y rheolwr i agor y parsel a chafodd Gerwyn dipyn o sioc pan welodd mai'r gwpan arian gamp a rhemp oedd ynddo. Crychodd ei dalcen gan edrych yn reit ddryslyd ar Meurig.

'Ro'n i'n meddwl taw'r merched eraill o'dd wedi ennill hon.'

'Nhw ddaru,' atebodd Meurig. 'Dyna pam y dois i â hi yn ei hôl.'

Mor syml ag y gallai, adroddodd y manylion am siwrne'r gwpan o'r gwesty i Lety'r Bugail wrth Gerwyn. Erbyn hyn, roedd wedi cael sgwrs fanwl â Carys wedi iddi ei ffonio drannoeth y drin ar ei haelwyd. Bwriodd ei chalon iddo'r bore wedyn – a mwy. Dwedodd wrtho'r holl hanes am y ffrwgwd a'r llanast. Llwyddodd i gynnwys y rhan a chwaraeodd Deio Llwyd yn y miri hefyd, gan hepgor yr hyn a ddigwyddodd ar garped y lownj a rhwng y cynfasau wrth reswm pawb.

Yno, yn ei chyffesgell yng nghegin Cae Haidd y dadlwythodd Carys ei holl ofidiau i Meurig.

'Ma 'na rwbath arall sy wedi 'mhoeni'n ofnadwy ers yr ŵyl hefyd, 'chi Meurig a ... wel ... fedra i'm meddwl sud goblyn dwi'n mynd i ddeud wrth Mam am y peth ... a ...'

Diflannodd ei llais yn ddim wrth feddwl beth fyddai ei mam druan yn ei ddeud tasa hi'n gwybod fod yna lythyr wedi cyrraedd Cae Haidd, o bob man, yn bygwth cyfraith ar ei merch. Meddalodd Meurig yn syth wrth weld deigryn yn cronni yn llygaid Carys unwaith eto. Arferai ryfeddu at ei gwytnwch a'i dyfalbarhad i gadw Cae Haidd i fynd. Roedd yn ferch galed, gre. Nid hon oedd y Carys yr oedd o wedi ei nabod dros y blynyddoedd.

'Be sy ar 'ych meddwl chi, Carys?' Fel cyn gyfreithiwr roedd wedi gweld sawl deigryn yn cael eu tywallt dros y blynyddoedd. Dagrau edifeirwch, bai ar gam, hunandosturi – y cyfan oll. Ond Carys Cae Haidd?

Dangosodd y llythyr gan gyfreithiwr Lleucu Garmon iddo ac estynnodd Meurig am ei sbectol. Aeth Carys i daro'r tegell ymlaen. Roedd ei mam a'i Hanti Meirwen wedi mynd i Gaer efo Bysys Clynnog and Trefor i siopa Dolig, felly roedd hi'n eitha saff y caen nhw'r tŷ iddyn nhw'u hunain. Eisteddodd Meurig wrth fwrdd y gegin, ei aeliau'n codi'n raddol wrth iddo ddarllen ymlaen.

Er ei fod yn dandwn i'w wraig o fore gwyn tan nos, roedd gan Carys feddwl y byd o Meurig. Cadwai ei urddas bob amser, a fo oedd yr unig ddyn ymhlith holl wŷr y Colmoniaid a oedd yn gwbwl gyfforddus yng nghwmni'r genod. Doedd dim byd yn ei gynhyrfu. A be goblyn sydd yna o'i le mewn dyn sy'n rhoi ei wraig yn gyntaf? Rhoddai'r byd am ddod o hyd i rywun cyffelyb ei hun. Cymro Cymraeg oedd yn caru ei wlad a'i iaith, gŵr bonheddig oedd yn hoff o gerdd dant ac na fyddai byth yn codi ei lais ar unrhyw achlysur. Bosib bod Awen eisoes wedi bachu'r unig sbesimen o'i fath ar ôl ar y ddaear 'ma. *Braf arni,* meddyliodd.

Ymddiriedodd ynddo'n llwyr y diwrnod hwnnw. Falla y mentrai hi hyd yn oed sôn wrtho am y myheryn nes ymlaen.

***

Rhoddodd Gerwyn y gwpan i sefyll ar y bar a gwenodd wên lydan, ac yna trodd y wên yn chwerthiniad reit harti.

'Be sy?' holodd Meurig yn ddryslyd.

'Felly, 'na beth o'dd yn y parsel roies i ym mŵt eich car chi?'

'Dwi'n falch 'ych bod chi'n gweld yr ochor ddigri i betha, Gerwyn, ond ... wel ... doedd Awen druan ddim yn ei gweld hi'n yr un gola pan agoron ni'r bocs, ellwch fentro.'

'Na, wy'n siŵr na nath hi. Wy jesd yn wherthin achos dath merched y parti arall i gyd yn ôl *en masse* y bore wedi 'ny i whilo amdani wedi i chi i gyd fynd gytre. Ro'n nhw'n grediniol taw chi o'dd wedi 'i dwgyd hi.'

'Ac mi oeddan nhw'n iawn, wrth gwrs. Mewn ryw ffordd od.'

'So, beth alla i wneud i chi, Mr Huws?'

Anadlodd Meurig anadliad ddofn. Ei obaith oedd y byddai Gerwyn yn cysylltu'n ôl efo Lleisiau'r Gelynen yn deud wrthyn nhw fod y gwpan wedi dod i'r fei yn rwla'n y gwesty a'i bod hi ganddo fo'n aros amdanyn nhw.

'Chi'n gofyn i fi weud celw'dd, 'te?'

'Wel, ydw mewn ryw ffordd – celwydd gola, falla?'

'Beth wedoch chi o'dd enw'r ferch o'dd wedi'i dwgyd hi 'to?'

'Carys,' atebodd Meurig. 'Ma hi wedi difaru'i henaid erbyn hyn wrth gwrs, a doedd hi ddim wedi breuddwydio y bydda hi'n glanio'n y bŵt heb sôn am Lety'r Bugail.'

'O'dd hi'n dipyn o gês, o'n do'dd hi?'

'Wel, ia, ydi – ydi ma Carys ar 'i phen 'i hun.'

'Wy 'di wherthin nes bo fi'n dost yn gwylio'r fideo, alla i weud 'thoch chi nawr.'

Fideo? meddyliodd Meurig. *Oedd Carys wedi deud rwbath doniol yn un o'r cyfweliada bondigrybwyll 'na yng nghefn llwyfan yr ŵyl, falla?*

'Fuoch chi'n gwylio'r ŵyl ar y teledu, felly?' holodd Meurig.

'O na, gwylio'r merched ar y CCTV 'nes i'r w'thnos wedi 'ny. Fe fownsodd taliad y merched eraill am y diod a'r carped ac o'n i jesd moyn tsieco'n iawn pwy o'dd wedi gneud y mès cyn cysylltu 'nôl gyda nhw.'

CCTV? meddyliodd Meurig. Rhyfedd fel mae un peth weithiau'n gallu newid trywydd petha'n llwyr. Roedd ei glustiau cyfreithiwr yn cosi.

'CCTV?' Rhoddodd Meurig lais i'w feddyliau.

'Ie,' atebodd Gerwyn, yn dal i wenu. 'Wy 'di gweld lot o fechgyn mowr, cyhyrog yn mynd benben â'i gilydd mewn sgarmes, ond weda i un peth 'thoch chi'n streit. Sdim byd mwy doniol na dou barti cerdd dant o fenwod yn ffeito. Fi a 'mhartner wedi watsio fe boyti ugen o withe'n barod.'

'Felly *mi* ddaru nhw gwffio?' holodd Meurig yn ofalus.

'Wel, chi'n gwbod. Pelto, slapo, cico, sgratsio, math 'na o beth.'

'Glywish i fod 'na ddyrnu wedi bod?' holodd ymhellach.

'Falle,' atebodd Gerwyn. 'O'dd e'n edrych yn wath na beth o'dd e. 'Sa i'n credu fod neb wedi'i nafu.'

'Ddalldish i fod 'na.'

'O, ie ... do,' cofiodd, 'gwmpodd un o'n nw ar 'i ffordd mas. Weles i 'ny ar CCTV'r coridor.'

'Cwmpo?'

'Ie,' cadarnhaodd Gerwyn. 'O'dd hi'n feddw dwll a baglodd hi ar y ffordd mas.'

'Oes gynnoch chi bolisi fel gwesty i ganiatáu i rywun arall weld cynnwys y CCTV?' holodd Meurig, gan wybod ei fod yn gwthio'i lwc braidd erbyn hyn. Ond mae digwyleiddra'n rhan annatod o waith cyfreithiwr – hyd yn oed i Meurig.

'Na, sdim polisi 'da *ni* fel y cyfryw, Mr Huws. Ond wy'n gwbod y bydden i'n torri'r gyfreth tasen i'n dangos y *footage* ichi.'

'O, fyddech chi?' Ceisiodd Meurig swnio'n hollol ddiniwed, fel tasa ganddo fo ddim math o wybodaeth am fanylion tor cyfraith. Ychwanegodd ryw binsiad o siom i'w ymateb hefyd.

'Bydden,' atebodd Gerwyn, ond synhwyrai fod Meurig yma i achub cam rhywun arall, ac mai dipyn o Samariad oedd y dyn cwrtais yma gyda'i gais rhyfedd. Roedd wedi mynd i'r drafferth o ddychwelyd cwpan arian nad ei le o oedd gneud. Roedd wedi achub cam rhywun oedd wedi chwarae jôc arno fo a'i wraig ac roedd wedi rhoi diwrnod cyfan o'i amser i neud hynny. *Be'n union oedd cymhelliad y dyn?* pendronodd.

'Deall yn iawn. Wna i ddim cymyd rhagor o'ch amser chi felly, Mr Rees. Ydi hi'n iawn i mi adal y gwpan hefo chi, felly?'

'Wrth gwrs,' meddai, gan roi'r tlws yn ôl yn ei focs dan wenu. 'Alla i weud bach o "gelwydd gole", dim problem.'

'A gwrandwch,' ychwanegodd Meurig. 'Ynglŷn â'r carped. Dwi'n siŵr nad oedd ein genod ni yn hollol ddilychwin yn hynny o beth chwaith. Alla i neud cyfraniad i chi am 'i llnau?'

Gwyddai Meurig yn union sut oedd chwarae'r gêm i'w heithaf ond gwrthod y cynnig wnaeth Gerwyn. Roedd yn cofio, meddai, nad oedd yr un o Genod Colmon yn agos i'r lownj pan ddigwyddodd y ddamwain. Ysgwydodd y ddau ddwylo'i gilydd a diolchodd Meurig o galon i Gerwyn am ei ffafr.

'O! Un peth arall, Mr Huws. Alla i ofyn ffafr fach i chi nawr?'

'Wrth gwrs,' atebodd Meurig ar ei union. 'Cân di bennill fwyn i'th nain – beth bynnag fedra i neud.'

'Wy moyn popo mas am ddwy funed. Allech chi jesd sefyll 'ma am ychydig i gadw llyged ar bethe? Os daw rhywun i mewn, jesd gwedwch wrthon nhw na fydda i'n hir.'

'Wel, wrth gwrs,' atebodd Meurig, gan feddwl ei fod yn gais ychydig bach yn od.

'Ma 'mhartner i yn y Ffair Nadolig lan yng Nghanolfan y Celfyddyde, chi'n gweld. Ma hi'n gwerthu 'i chardie Nadolig 'i hunan. *Sideline.*'

'A, wela i,' atebodd Meurig. 'Iawn, dim problem, siŵr. Ewch chi.'

Aeth Gerwyn i'w swyddfa fechan y tu ôl i'r bar a diffodd rhyw beiriant cyn cychwyn am allan.

'O, a gyda llaw,' meddai cyn ymadael, 'ma'r peiriant CCTV jesd drwyddo'n fan'na. Alla i ddim rhoi'r cyfrinair i chi gan taw f'enw i am yn ôl yw e a rhif ffôn y gwesty wrth 'i gwt e.' Cychwynnodd allan unwaith eto a gweiddi wrth fynd, 'Ma'r rhife yn mynd am yn ôl 'fyd ond 'nes i ddim gweud 'ny 'thoch chi'n naddo fe? Hwyl!'

Roedd Meurig yn arbenigwr ar gamerâu CCTV a buan y sylweddolodd nad oedd y cyfrinair yn cynnwys y côd i Aberystwyth. Y peth rhwydda'n fyw iddo wedyn oedd weindio camerâu'r bar yn ôl i'r degfed o Dachwedd, noson yr Ŵyl Cerdd Dant.

Deallodd Meurig mai mynd i ddiffodd y camera yn y bar wnaeth Gerwyn cyn iddo fynd allan, fel na fyddai'r un arlliw o dystiolaeth ohono'n rhoi'r wybodaeth i Meurig ar dâp. Felly roedd ganddo'r swyddfa i gyd iddo fo'i hun am ryw ugain munud, tybiodd.

Fe welodd y cyfan. Roedd yn amlwg mai dadlau yr oeddan nhw am sbelan go hir nes i Carys gydio yng ngholer Lleucu Garmon a dechrau ei hysgwyd gerfydd ei sgrepan. Yna fe ddechreuodd y dwylo a'r breichiau ymestyn o bob cyfeiriad a chyn pen dim roedd hi'n rhydd i bawb beltio a chrafu yn union fel yr oedd Gerwyn wedi ddeud. A deallodd hefyd pam yr oedd hwnnw wedi gwylio'r cyfan drosodd a throsodd a'i gael yn adloniant pur. Ond roedd o hefyd yn dystiolaeth amlwg nad oedd dim yma i brofi mai Carys oedd yn gyfrifol am ddant colledig Lleucu Garmon. Y drws oedd yr unig beth y llwyddodd Carys i'w ddyrnu a'r cyfan wnaeth y gryduras wedi hynny oedd gwingo mewn poen.

Fel roedd ar fin edrych ar y ffilmio o'r coridor yn union wedi i Leisiau'r Gelynen adael y bar yn eu pwdfa, sylwodd fod botwm sain i'r system hefyd. Ailweindiodd y ffrwgwd yn y bar eto er mwyn clywed beth oedd yn cael ei ddeud a beth a'u sbardunodd i droi'n ffeit. Fel ag y tybiai, Carys a Lleucu

Garmon oedd ucha'u clych yn union cyn i'r gwffas gychwyn, ond gan fod dipyn o ddadlau'n mynd ymlaen rhwng pawb, roedd yn anodd deall be'n union oedd yn cael ei ddeud. Ond daeth rhyw ennyd o dawelwch pan gododd Carys ei llais yn uwch na phawb arall, a daeth yn gwbwl glir i Meurig pam yr aeth petha i lawr allt o'r foment honno ymlaen.

'Ylwch y ffycars!' bloeddiodd Carys. 'Mi ddaethoch yma'n unswydd i droi'r llwy bren yn y'n gwyneba ni'n do. Rhwbio halan i'r briw a dechra dangos 'ych hunan efo'ch ffycin cwpan.'

'Tydach chi'n uffar o gollwrs gwael?' meddai Ann Ednyfed.

'Oedda chdi'n 'i feddwl o go iawn y dyliach chi fod yn y ffrâm heno, Cae Haidd?' gwaeddodd Lleucu.

'*Piss off*!' ymatebodd Carys, a'r gweddill o'r genod yn ei phorthi.

'Ti'n meddwl y medar mwclis orinj neud unrhyw wahaniath i glustia beirniaid sy'n gwbod 'u petha? W't ti? Fedar Awen Mai ddim gosod mwy nag y medar y blydi mat cwrw 'na!'

A dyna pryd y cydiodd Carys yng ngholer Lleucu Garmon. Rhewodd Meurig y llun gan edrych ar fynegiant y merched a ddaeth yno i fwrw sen ar ei wraig.

Rhuthro'n ei gwylltineb i amddiffyn enw da Awen ddaru Carys a maddeuodd y cyfan iddi mewn un llun wedi ei rewi ar sgrin cyfrifiadur.

Ailchwaraeodd y cyfan unwaith eto gan recordio'r cwbwl ar ei ffôn symudol. Gwnaeth yr un peth yn y coridor lle baglodd Lleucu Garmon yn glewt ar ei gwyneb. Roedd y giwed i gyd yn amlwg yn rhy feddw i sylweddoli fod eu harweinydd wedi colli ei dant. Roeddan nhw'n dal i faglu i lawr grisiau'r gwesty yn canu 'Yma o Hyd' mewn o leia pum cyweirnod gwahanol.

Wrth iddo neud ychydig o nodiadau cyn diffodd popeth, tynnwyd sylw Meurig yn ôl tua'r sgrin unwaith yn rhagor. Doedd y ddrama ddim drosodd eto.

Carys ddaeth i'r ffrâm yn gyntaf, yn cario dau wydr go nobl a'r hyn a dybiai Meurig oedd yn botel o Bacardi yn y llaw arall. Chwifiodd y botel ar rywun nad oedd yn y llun eto fel petai hi'n trio'i hudo i'w chanlyn. Carys wahanol iawn oedd hon.

'Cym intŵ mei pahlyr sed ddy sbeidar tŵ ddy fflei!' rhygnodd Carys yn ei llais alto isel, yn grediniol ei bod yn swnio fel cyfuniad o Edith Piaf a Marlene Dietrich ar noson go boeth. Siglodd ychydig ar ei chluniau a diflannodd y demptreg i'w 'pharlwr' gyda'r botel Bacardi.

Yn fuan wedyn daeth y person arall i'r ffrâm – yn sigledig iawn ar ei draed. Hyd yn oed o'r cefn roedd yn gwbwl amlwg pwy oedd y dyn meddw oedd yn trio canlyn Carys i'r lownj. Roedd hwnnw mor feddw fel iddo gychwyn am y drws ffrynt yn hytrach na throi i'r chwith am y parlwr a daeth Carys yn ôl o'r lownj i'w achub rhag iddo yntau syrthio'n glewt i'r pafin. Gwenodd Meurig. Y dyn parchus oedd wedi bod yn trafod croes acen, corfannu a chroes o gyswllt ar y teledu ychydig oriau ynghynt fel tasa menyn ddim yn toddi'n ei geg: Deio Llwyd Owain – allan o'i ben yn llwyr. *Wel, wel. Pwy fasa'n meddwl?*

Wedi iddo ffeindio'i draed ar 'i ffordd yn ôl i'r stafell, gafaelodd Carys yn ei dei a'i sodro yn erbyn y wal.

O enau'r dyn gwybodus daeth llais fel plentyn ysgol deuddeg oed oedd wedi cael ei alw i'r staffrŵm gan athrawes go filain: 'Be dach chi isio i mi neud, Miss?', meddai mor ddiniwed ag oen swci.

'Ar dy ffwcin linia'r bwbach!' gorchmynnodd Carys, gan wthio'r arbenigwr cerdd dant nes yr oedd yn penlinio o'i blaen yn barod i neud beth bynnag yr oedd ei feistres yn gofyn iddo'i neud.

Wedi dipyn o lyfu a phwnio a rhagor o orchmynion daeth y cyfan i stop pan ddaeth sŵn o rwla i fyny'r grisiau. Mor ddigri mae dyn yn edrych â'i drowsus hanner ffordd i lawr i'w fferau yn trio symud ar frys i guddio. Cododd Carys ei nicyrs yn ôl am ei chanol a'r panig rhyfedda dros ei gwyneb.

Diflannodd Deio Llwyd i'r lownj yn trio codi'i drowsus tua'i afl ac aeth Carys i neud yn siŵr fod popeth wedi tawelu eto. Yna aeth hithau'n syth i'r lownj a chau'r drws yn sownd. Ond roedd y sain yn dal yn ddigon clir i glywed ei gorchymyn ola.

'Rŵan, tynna'r ffycin nicyrs bach 'na sgin ti amdanat a gwna be dwi'n ddeud!'

'Ond, Miss! Ma'r llawr 'ma'n socian!'

'Paid â bod yn gymaint o fabi'r bwbach hyll!'

Clywodd Meurig sŵn slap ar ben ôl a llais Deio'n gweiddi, 'Awtsh, Miss! Dach chi 'mrifo i.'

'Gwranda arna i, 'ta, ne mi cei di hi nes byddi di'n tincian!'

Daeth dwy slap arall ac 'awtsh' bach i'w canlyn.

'W! Wwwwwwh! Dyna chdi. Ia, fan'na. Ti'n hogyn da, rŵan. W! Da, was! Da a ffyddlon!'

Yna fe sylwodd ar gysgod rhywun arall yn gwrando tu allan i ddrws y lownj, ond allai o ddim dyfalu pwy oedd hwnnw. Yna diflannodd y cysgod a gadael yr un mor llechwraidd.

Rhewodd Meurig y llun a'r sain. Roedd wedi clywed

digon, er ei fod hefyd yn meddwl fod ganddo dipyn i'w ddysgu.

Gadawodd y swyddfa yn union fel y'i cafodd hi. Ar ei ffordd adre roedd wrthi'n cyfansoddi ei lythyr i Ms Lleucu Garmon yn ei ben. Llythyr a fyddai'n rhoi taw ar ei herlyniad yn erbyn Carys Cae Haidd am byth.

Cae Melyn

Edrychodd Carys dros Gae Melyn gan deimlo'n eitha c'lonnog. Roedd dipyn mwy o oren i'w weld ar gefnau'r defaid erbyn hyn. Ond 'nid da lle gellir gwell' oedd hi arni serch hynny. Roedd yna o leia hanner cant o'r praidd nad oeddynt eto wedi gweld arlliw o'r myheryn.

Crychodd ei thalcen wrth edrych i ben pella'r cae a methu'n glir a dirnad be'n union oedd hi'n 'i weld ar gefn un o'r defaid. Oedd ei llygaid yn dechrau chwarae mig â hi? Neidiodd ar gefn ei chwad er mwyn mynd yn nes at y ddafad oedd wedi dal ei sylw.

Fel roedd hi'n nesu fe ddaeth yn amlwg nad *oedd* ei llygaid yn ei thwyllo. Roedd yna farc gwyrdd mor amlwg â'r dydd ar gefn un o'i defaid. *Sut ddiawl medra hyn fod wedi digwydd? Lle uffar oedd hon wedi bod yn crwydro?* Gwyddai fod Bryn Uchaf yn defnyddio staen gwyrdd ar eu myheryn hwy, ond sut goblyn y gallai un o'r rheiny fod wedi bod ar gefn un o'i defaid hi? Roedd cae agosaf Bryn Uchaf o leia hanner milltir i ffwrdd.

Yna sylwodd ar un arall oedd â staen gwyrdd arni'n un stremp. Tybiodd fod honno wedi ei chael hi o leia ddwywaith – os nad tair. I ychwanegu mwy o ddryswch i'r pair fe basiodd un ddafad oedd â gwyrdd *ac* oren dros ei chefn. *Be uffar sy 'di bod yn mynd ymlaen?*

Craffodd i ben arall y cae a sylwodd fod y myheryn yn cysgodi dan y coed wrth dalcen y beudy. *Diawlad diog.* Neidiodd yn ôl ar ei chwad i weld sut siâp oedd ar y rheiny. Bu bron iddi â cholli rheolaeth ar ei beic pan ddaeth yn ddigon agos at yr hyrddod i weld fod cefnau'r ddwy yn oren. *Be ffwc? What? Oes bosib fod un o'r myheryn ma'n gê?*

Neidiodd oddi ar ei beic a mynd i gael golwg mwy manwl ar betha. Oedd, yn bendant roedd y rhain wedi bod ar gefna'i gilydd.

Fel yr oedd yn trio dyfalu os mai breuddwyd oedd hyn i gyd neu a oedd y byd i gyd wedi dechrau mynd yn wallgof, fe ddirgrynodd y ffôn ym mhoced bib ei dyngarîs John Deere. Neges ar e-bost gan Meurig:

Annwyl Carys,

Gair cyflym i'ch hysbysu y gallwch gysgu'n dawel yng Nghae Haidd heno. Dwi'm yn credu y clywch chi air pellach gan gyfreithiwr y dywededig Ms Lleucu Garmon byth eto. Os hoffech air ymhellach ar y mater yna mae croeso ichi gysylltu 'nôl â mi ar hyn ac fe drefnwn gyfarfod ar amser a fydd yn gyfleus i'r ddau ohonom. Ni fydd ffi am ddelio â'r mater hwn gan mai dim ond un alwad ffôn fu'n rhaid imi ei gwneud. A chan imi gael y pleser rhyfedda yn edrych i mewn i'r achos yma ar eich rhan, ni fydd unrhyw gost ychwanegol am hynny chwaith, gan ei fod wedi bod yn dipyn o addysg i mi'r un pryd tra'n gweithio ar eich achos.

Gyda diolch o galon ichi am ymddiried ynof fi i weithredu drosoch ar y mater hwn.

Yr eiddoch yn gywir,
Meurig Huws.

Waeth befo lliw ei defaid, fe gododd cwmwl anferth oddi ar ysgwyddau Carys yng Nghae Melyn y bore hwnnw. Byddai'n rhaid iddi roi galwad i Gari Bryn Ucha i'w holi os oedd un o'i fyheryn wedi dianc; mae'n siŵr fod yna ryw esboniad yn rwla am y gymysgfa. Ydi myheryn yn mynd ar gefna'i gilydd weithia? Byddai'n rhaid iddi wneud dipyn o ymchwil i weld.

Anfonodd neges sydyn at Non i adael iddi wybod am y newyddion da. Er nad oedd ganddi syniad eto sut yn y byd mawr y gallai Meurig fod mor hyderus a'i sicrhau na fyddai'n clywed dim byd am y mater byth eto, roedd yn bendant sicr na fyddai'n deud hynny wrthi oni bai ei fod yn siŵr o'i betha.

> Haia Non – Newyddion da am y gloman gelynen ddi-ddaint. Meurig di ffendio ffor o gau ceg y sguthan. Dwin mynd i agor potal o win os ti ffansi dod draw i helpu fi i'w gwagio hi. Cx (Gyda llaw, dwin meddwl fod gin i fyheryn gê – ne defaid hyll uffernol!)

***

Wedi parcio'i chwad aeth yn syth ar ei gliniadur a chwilio am unrhyw wybodaeth ar natur hyrddod. Gwyddai nad oedd diben gŵglo yn Gymraeg, ond mynnodd ei chydwybod iddi roi un cynnig arni a theipiodd 'myheryn hoyw' i'r diawl. Ac fel yr ofnai, y cwbwl a gafodd yn ei hôl oedd: 'Did you mean Myron Howe?'

Aeth i lygaid y ffynnon yr eildro a gofyn yn blwmp ac yn blaen: 'Can two rams mount each other?' Ymddangosodd miloedd o gynigion am wybodaeth a fyddai'n ddigon iddi sgwennu traethawd doethuriaeth arno. Ond mi gafodd dipyn o sioc pan ddaeth cadarnhad pendant y *gallai* ei myheryn *fod* yn hoyw:

> Homosexual behavior in sheep has been well documented and studied. The domestic sheep is the only species of mammal except for humans which exhibits exclusive homosexual behavior. About 10% of rams (males) refuse to mate with ewes (females) but do readily mate with other rams. Such rams prefer to court and mount other rams only, even in the presence of estrous ewes. Moreover, around 18–22% of rams are bisexual.

Wel, *fuck me pink*! meddyliodd Carys. Felly dyna oedd *wedi* digwydd. Pa mor anlwcus oedd ca'l nid jesd un fyharan hoyw, ond *dwy*!

Daeth ei Mam â phaned iddi a gweld ei merch yn ebychu mewn rhwystredigaeth uwchben ei gliniadur. Caeodd ei gaead yn glep a rhoi ei phen yn ei phlu.

'Be sy, Carys bach?' holodd Rhiannon Prysor.

'Y myheryn sy'n gwrthod gneud be dalish i amdanyn nhw *i* neud.'

''Di ca'l rei homo secs w't ti, ma siŵr sdi.'

Edrychodd Carys yn wirion ar ei mam. Roedd *hi*, os gwelwch yn dda, yn *gwbod* am natur hyrddod! A hithau, Carys, ddim! Sut ddiawl y gallai hi fod wedi bod yn ffermio ers pan oedd hi'n ddim o beth a rioed wedi clywed am arferion caru myheryn? A'i mam yn ei drafod fel tasa hi'n deud fod iâr yn dodwy wy!

'Reit, ia siŵr. 'Nes i'm meddwl am hynna,' atebodd Carys yn ddryslyd, gan nad oedd ganddi'r wyneb i gyfadda'i hanwybodaeth i'w mam, o bawb. Rhiannon fu'n bennaf gyfrifol am yr wyna hyd yn ddiweddar, a falla mai dyna sut na ddaeth Carys i wybod am eu natur tan heddiw. Ond byddai'n rhaid iddi holi rhywun arall am y lliw gwyrdd ar y defaid. Doedd hi ddim am ddangos mwy o'i hanwybodaeth i'w mam mewn un noson.

Daeth ping arall ar ei ffôn symudol. Neges syml gan Non a thair calon werdd, oren a melyn wrth ei chwt.

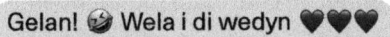

Stafell wely sbâr Llety'r Bugail

Tarodd Meurig ei siaced nos Oliver Brown amdano. Yn syth wedi cyrraedd yn ei ôl o'i lonc nosweithiol o bedair milltir, byddai'n mwynhau ei gawod a'i orig iddo'i hun cyn swper. Hwn oedd ei amser i gymoni o'i gorun hyd at ewinedd ei draed.

Ei anrheg Nadolig y llynedd gan Awen oedd y siaced nos – neu *smoking jacket* fel y mynnai Awen ei galw. Melfed trwchus coch tywyll oedd y siaced, a gyrhaeddai i lawr at ei ben glin. Cordyn pleth hufen a du hyd ymyl ei phegynau gyda belt a thoslyn i fatsio. Trowsus du plaen a phâr o slipars Oliver Brown o'r un lliw â'r siaced. Gwyddai Awen sut i'w blesio – a phlesio ei hun ar yr un pryd.

Byddai Meurig yn symud yn achlysurol i'r stafell sbâr i gysgu yn y cyfnodau hynny pan fyddai Awen ar ei phrysuraf – neu pan fyddai ganddi gur pen. Roedd Tachwedd a Rhagfyr yn un o'r cyfnodau prysur hynny, gan fod arholiadau ei disgyblion piano yn cael eu cynnal yn ystod misoedd y gaeaf, yn ogystal â'r holl waith gosod oedd ganddi i'w gyflawni i'r cerdd dantwyr cyn i firi'r steddfodau cylch gychwyn. Roedd galw arni hefyd fel cyfeilydd yn yr eisteddfodau a'r cyngherddau lleol a oedd yn dal i fritho'i dyddiadur.

Gwrthodai bob cais i drefnu alawon gwerin i bartïon a chorau erbyn hyn. Byth ers iddi gael ei diarddel o gystadleuaeth am beidio 'parchu'r alaw' mewn trefniant o 'Yr Eneth Gadd ei Gwrthod'. *Er mwyn y mawredd*, meddyliodd, *does gan rai o'n halawon gwerin ni ond dwy frawddeg gerddorol yn perthyn iddyn nhw. Ac yn achos 'Yr Eneth Gadd ei Gwrthod' mae pob un o'r brawddegau hynny yn cael eu hailadrodd o leia unwaith – o fewn yr un pennill.* Ond fiw i chi arbrofi pan yn trefnu alaw werin Gymraeg. Mae o fel mynd i gaffi go gyfyng a gweld mai dim ond bîns a thost sydd ganddyn nhw i'w cynnig. Yn y caffi hwnnw mi gewch chi fîns ar eich tost, tost ar eich bîns, bîns gynta a thost wedyn, tost gynta a bîns wedyn; unrhyw gyfuniad liciwch chi. Ond os y gofynnwch chi am fymryn o gaws ar ben y bîns (neu'r tost) mi gewch eich lluchio allan yn syth bin. Felly'n union mae hi yn y byd alawon gwerin. Meiddiwch chi roi unrhyw gwafars ac mi gewch eich crogi ar y pren gŵsberis agosa cyn i chi ddeud hop-y-deri-dando. Teimlai Awen mai hi *oedd* 'yr eneth gadd ei gwrthod' gan y criw canu gwerin, ac fe wrthododd bob cais i drefnu unrhyw beth i unrhyw un byth ers hynny.

***

Gwrandawodd Meurig ar Awen yn canu drwy un o'i gosodiadau i'r plant Blwyddyn 2 ac Iau: 'Sam y Ci bach Drwg'.

> Mae gen i gi bach digri,
> Ei enw ydyw Sam.
> Fe'i cefais ef yn anrheg
> Pen blwydd gan 'nhad a'm mam.
>
> Mae'n hoff o chwarae cuddio,
> A chwarae pêl bob dydd.
> Mae'n hoffi rhedeg hyd y cae
> Lle bydd yn gwbwl rydd.
>
> Mae weithiau'n cuddio'r slipars,
> Un felly ydi Sam.
> A phan ddaw 'nhad yn ôl o'r gwaith,
> Fi gaiff y bai ar gam!
>
> Ond, Ow! Mae'n gi bach hoffus;
> O'm ffrindiau oll i gyd
> Fo yw'r ffyddlonaf un, a wir,
> Mae Sam yn werth y byd!

Er bod geiriau pob unawd wedi swnio'n union yr un fath ers blynyddoedd i'r oedrannau cynradd – yr un stori, yr un mydr, yr un hen geinciau – pan fyddai Meurig yn gwrando ar Awen yn canu drwy'i gosodiadau, waeth pa mor syml y geiriau, fe ddeuai deigryn bach i gornel ei lygaid bob tro.

Ond roedd ganddo un her i'w goresgyn gyda'i wraig heno. Derbyniodd neges gan Non yn gofyn a fyddai modd iddyn nhw wneud penderfyniad ynglŷn â'u parti Nadolig yng Nghastell Deudraeth yn weddol fuan, os gwelent i fod yn dda. Byddai gofyn iddyn nhw gael siaradwr gwadd arall os oedd Awen yn bwriadu gwrthod. Roedd Meurig yn amau nad oedd Awen wedi gneud ei meddwl i fyny eto a'i bod yn cael ei thynnu'r ddwy ffordd.

Ei gyfyng-gyngor oedd y gwyddai y byddai Awen yn maddau'n llwyr i'r genod petai hi'n gwybod mai cwffio am ei henw da hi wnaeth y merched yn y gwesty'r noson honno. Er gwaetha'i stad feddw, amddiffyn enw da Awen oedd wedi cymell Carys i fynd amdani. Roedd yn gwbwl amlwg iddo bellach fod gan Genod Colmon feddwl y byd o'i wraig, ond byddai deud yn union beth ddwedodd Lleucu Garmon am allu Awen i gerdd danta yn torri ei chalon. Byddai'n rhaid iddo fod yn ofalus.

***

Pan gyrhaeddodd Meurig y gegin aeth ati ar ei union i roi goleuadau ar y goeden Nadolig. Roedd o eisoes wedi rhoi'r goeden 'go iawn' i fyny yn y stafell fyw. Penderfynodd Awen y byddai goleuadau ac addurniadau honno'n amryliw; holl liwiau'r enfys, oni bai am las, arian, copr a llwyd; lliwiau'r gegin fyddai'r rheiny, a goleuadau gwynion oedd yn wincio'n araf. Doedd fiw i unrhyw set o oleuadau wincio'n gyflym. Wnâi hynny mo'r tro o gwbwl. Un ai fflachio'n araf neu ddim o gwbwl. A dyna fel y byddai hi eto eleni yn Llety'r Bugail.

Rhoddodd CD o garolau Gilmor ymlaen yn ddigon uchel i Awen eu clywed o'r llofft. Goleuodd gannwyll pin ac ewcalyptws a throi'r gwres ryw ronyn yn uwch. Llanwodd y bwced rhew â chiwbiau ac estyn dau wydr yr oedd wedi eu rhoi yn yr oergell rhyw awr ynghynt. Tafellodd ychydig o'r ciwcymbyr a'u rholio drwy ffyn coctel ac agorodd botel o donig Fever-Tree. Clywodd Awen yn cau drws y stafell wely a dod i lawr y grisiau'n sgafndroed. Tywalltodd ddau fesur helaeth o jin Silent Pool Black Juniper i'r ddau wydr oer, ychwanegu'r tafelli ciwcymbyr, ychydig o aeron gleision a dau giwb o rew. Roedd yn well gan Awen ychwanegu ei thonig ei hun.

Diffoddodd y popty gan adael i'r caserol cig eidion ffrwtian yn dawel i gyfeiliant genod Glan Clwyd. Roedd am gadw Merêd a'r carolau plygain tan nes ymlaen. Y cynllun oedd i ddechrau trafod Castell Deudraeth ar ganol yr ail wydriad o win coch ac yn syth wedi iddo weini'r *tiramisu*. Hwnnw fyddai ei man gwan. Ychydig yn feddw a'i hoff bwdin o'i blaen a Merêd yn canu 'Carol y Blwch' dros y tŷ. Byddai yng nghledr ei law erbyn hynny.

Cododd ei gwydr jin a'i roi yn ei llaw. Dechreuodd dywallt y tonig yn ara deg gan edrych i fyw ei llygaid. Gwyddai fod y Tom Ford oedd ar ei lawes wedi cyrraedd ei ffroenau pan ddwedodd wrthi'n awgrymog: 'Dudwch chi pryd, Miss.'

Cododd Awen ei haeliau a'i chlustiau. Chlywodd hi erioed mohono'n ei galw'n 'Miss' o'r blaen ac edrychodd arno yn union fel yr edrychodd arno'r tro cynta hwnnw pan welodd hi o'n canu 'Elen Fwyn' yn Eisteddfod Pandy Tudur. Safodd yno o'i blaen yn tywallt y gwin coch yn araf i'w gwydryn, y golau bach yn wincio y tu ôl iddo ar y goeden hardd, arogl caserol cig eidion a Tom Ford yn llenwi ei ffroenau, carolau Gilmor yn ei chlustiau a'r gwres yn lapio amdani fel cwrlid melfed trwchus. Teimlai fel dynes newydd pan sylweddolodd fod ei chwpan yn llawn.

Ystumiodd arno fel athrawes yn galw plentyn tuag ati i dderbyn cerydd, a gofyn iddo'n felfedaidd, 'Pryd ti isio tynnu 'nghracyr i 'ngwas i? Rŵan ... 'ta wedyn?'

Parlwr Cae Haidd

'Ti'm o ddifri w't ti, Carys. Ti'm yn trio deud wrtha fi bod gin ti *ddwy* fyharan dyd?'

Dwy botel o win yn ddiweddarach ac roedd Non yn dal i fwynhau gweld ei ffrind yn trio dyfalu be oedd dirgelwch defaid Cae Melyn. Roedd Carys wedi dangos iddi'r ymchwil a wnaeth ar hyrddod oedd yn hyrddio hyrddod, ac fel y gallai rhai fynd ar gefn beth bynnag oedd yn symud a'r lleill yn ymwrthod yn llwyr â'r defaid ond byth a hefyd yn mynd ar gefna'i gilydd.

'Ond meddylia pa mor anlwcus o'n i'n ca'l dwy o'r un anian!'

'Ond ma nhw 'di bod ar gefn rei o'r defaid hefyd, yn do? Felly ti 'di ca'l o leia un sy'n fodlon chwara'r ddwy ffor.'

'Dwi'm yn hollol siŵr o hynny chwaith,' atebodd Carys.

'Be ti'n feddwl?' holodd Non gan wenu.

''Nes i'm deud wrtha chdi? Oedd cefna ryw dair o'r defaid yn wyrdd! Dwi rioed 'di defnyddio gwyrdd ar 'y nefaid yn 'y mywyd!'

'Gwyrdd?' Brwydrodd Non i beidio chwerthin allan yn uchel.

'Yr unig un sy rioed 'di defnyddio gwyrdd rownd ffor 'ma 'di Gari Bryn Ucha.'

'Ti'n meddwl mai un o'i fyheryn o sy 'di ffeindio'i ffor i Gae Melyn?'

'Dyna feddylish i gynta. Ffonish i o i ofyn a dalld mai coch mae o 'di'i ddefnyddio leni. Felly pwy, medda chdi, sy 'di bod ar gefn fy nefaid i? Santa Clos?'

'Os mai gwyrdd ydyn nhw, beryg mai'r Grinch fuo acw'n hel 'i draed?'

Methodd Non â dal dim rhagor a ffrwydrodd ei chwerthiniad dros y parlwr.

'Dydi o'm yn achos chwerthin, Non. Mae o jesd â 'ngyrru i'n dwl-lal.'

'Biti na fasa chdi'n medru gweld yr ochor ddigri i hyn, Carys. Achos o fama, 'de, mae o wir yn hilêriys, i chdi ga'l dalld.'

'Wel, tydi o ddim yn "hilêriys" o gwbwl o'r ochor yma i'r ffens, mi dduda i hynna wrtha chdi rŵan.'

Methai Carys â deall sut na fasa Non yn gallu gweld ei hochr hi i betha erbyn hyn. Fu cynnal Cae Haidd ddim yn hawdd iddi o gwbwl. Yn enwedig wrth i'w mam heneiddio ac yn gallu gneud llai a llai o'r gwaith trwm. Roedd gweld ei ffrind yn cael yr holl beth mor ofnadwy o ddigri yn codi ei gwrychyn.

Estynnodd Non ei ffôn o'i phoced ôl. Roedd newydd dderbyn neges. Gwenodd.

'Be?' holodd Carys.

'Newyddion da o Lety'r Bugail.'

Dangosodd Non ei ffôn i Carys a darllenodd hithau'r neges â thair calon werdd, oren a melyn wrth gwt honno eto:

> Y ddynes o Lety'r Bugail – She say YES! 💚🧡💛

'A be ma hynna i fod i feddwl?' gofynnodd Carys yn reit ffwr bwt.

'Meurig yn cadarnhau eu bod yn derbyn y gwahoddiad i Gastell Deudraeth.'

Ddaeth fawr o ymateb gan Carys. Roedd golwg fwy dryslyd na blin arni erbyn hyn.

'Ti'm yn falch?' holodd Non.

Thrafferthodd hi ddim i ateb ei ffrind am sbel. Roedd yn rhy brysur yn meddwl ac yn graddol ffurfio cwestiynau'n ei phen. Edrychodd ar ei ffôn ei hun gan iddi dderbyn yr un neges â Non gan Meurig.

''Di Meurig fel arfar yn anfon calonna wrth anfon negeseuon?'

Gwenodd Non.

'Yndi siŵr, bob tro,' meddai, a'r wên yn lledu. 'Rei gwyrdd, orinj a melyn bob tro.'

'Ydi'r lliwia 'ma i fod i ...'

Tawodd ar ganol ei brawddeg a chlywodd Non y geiniog yn syrthio'n glewt i flwch prosesu Carys Cae Haidd. Gwyrdd ac oren! Wel yr hen ast! Hi oedd wedi bod wrthi'n rhoi'r lliwia ar gefn y defaid. Non ... a *Meurig*? Cofiodd fod y calonnau a anfonodd Non iddi'n gynharach wedi codi rhyw fath o amheuaeth gan nad oedd Non yn ddynes emojis. *Wrth gwrs! Gwyrdd a blydi orinj!*

'Be uffar sgin melyn i neud efo fo 'ta?' gofynnodd.

'Be? Fedri di ddim gweithio honna allan chwaith, *Cae Haidd?*' meddai, gan roi pwyslais go amlwg ar y 'cae' y tro hwn.

Ond doedd hi byth yn defnyddio melyn. *Be oedd haru'r hogan?* meddyliodd. Methai weld y cysylltiad rhwng y lliwiau ar gefn ei defaid a'i hyrddod yng Nghae Mel ...

Mwynhaodd Non weld yr ail geiniog yn disgyn hyd yn oed yn well na'r gynta. Os oedd modd cael cymysgfa o siom, gwylltineb a difyrrwch ar wyneb rhywun yna mi roedd o yno'n blaen ar wyneb Carys y noson honno.

'Fedra i'm coelio mai chdi nath hyn i mi.'

'Fi *a* Meurig ti'n feddwl.'

''Di o'm yn ffyni – ddim o gwbwl, chwaith.'

'Doedd *Awen* ddim yn gweld y *gwpan* yn fawr o jôc chwaith, cofia – yn y dechra. Ond ma hi heno'n saff iti.'

'Dyna pam nathoch chi o? Jesd i dalu'r pwyth yn ôl?'

'Llygad am lygad, fel ma nhw'n 'i ddeud yn Pisgah,' atebodd Non a chodi ei gwydr fel petai am gynnig llwnc destun. Ni ategwyd yr ystum gan Carys, ond dechreuodd y wên fach leia rioed ledu'n araf dros ei gwyneb. Yna, *mi* gododd ei gwydryn i gynnig llwnc destun.

'Llygad am lygad,' cynigiodd Non.

'Dant am blydi dant!' meddai Carys ar ei hôl.

Y Tyllgoed

Roedd Deio Llwyd Owain wedi cysgu drwy dri larwm cyn iddo ddechrau stwyrian a rhoi'r golau ymlaen. Gwyddai ei bod yn ddydd Sadwrn ond doedd o ddim yn cofio ei fod yn casglu Llion a Nia y tu allan i'r Amgueddfa Genedlaethol am un ar ddeg. Dim ond yn raddol y syrthiodd darnau ei ddyletswyddau Sadyrnol i'w lle. *Shit!* Byddai Siwan yn gandryll efo fo pe bai'n hwyr eto fyth. *Shit!*

Yna, wrth i wirionedd ei bresennol sgubo gwe ei freuddwydion o'r neilltu, neidiodd o'i wely a'i gur pen yn bloeddio arno ei fod angen cymryd mwy o bwyll ar ôl noson allan staff Ysgol Pant y Creigiau – yn enwedig eu dathliad Nadolig. Pam? O! Pam oedd yn rhaid iddo fod yr ola i alw tacsi bob gafael ar achlysuron o'r fath? Nid fo oedd yr unig un o blith y staff oedd wedi ysgaru ac yn gofalu am eu plant ar benwythnosau. Roedd amgueddfeydd, cylch sglefrio, Techniquest a chyffelyb atyniadau'r brifddinas yn frith o dadau ysgaredig efo'u plant bob Sadwrn a Sul.

Archebodd dacsi. Doedd o ddim ffit i yrru am ddiwrnod o leia. Cawod. Trôns a throwsus amdano. Dwy sleisen o ham wedi eu rholio a thri tomato wedi eu tafellu y tu mewn iddynt. Lot o halan a phupur a *mayo*. Sana a sgidia. Llond gwydr peint o lefrith. Cachiad. Crys glân. Tri Ferrero Rocher a thri arall ym mhoced ei gôt. Bachu'r ddwy amlen oedd yn gorwedd ar y llawr wrth y drws ffrynt. Waled. Ffôn. Allweddi. A tharo rhech anferth cyn agor y drws. Gallai ddal y gweddill i mewn nes cyrraedd yr amgueddfa. Cael a chael fyddai hi i fod yno mewn pryd.

***

Llythyr yn ei wahodd i fod ar bwyllgor canolog cerdd dant yr Eisteddfod Genedlaethol oedd y cyntaf. *Dim diolch*, meddyliodd. *Llusgo o un pen y wlad i'r llall yn dewis darnau gosod a'r un ddima o gostau nac unrhyw fath o byrcan am 'i neud o. Mae oes y llafur cariad drosodd, diolch yn fawr.* Roedd yr ail yn fwy trwchus. Amlen frown wedi ei selio'n dew â thâp selo brown go lydan. Roedd yr anfonwr wedi recordio'r cludiant. *Tybad be sy'n hwn, felly?*

Agorodd yr amlen â'i allweddi gan fod y tâp mor gyndyn o ildio i'w ymdrechion i'w rwygo. Dim ond amlen gyffredin oedd hi. *Be goblyn sy mor bwysig i fynd i'w lapio fel tasa'r Crown Jewels tu mewn?* meddyliodd. Yna fe syrthiodd pâr o *gufflinks* i'w law a daeth fflach ohono'n gorwedd ar lawr ryw stafall ffrynt yn rwla'n staenadau Bacardi drosto a chnocio'i ben yn erbyn bwrdd coffi i'w gof. Roedd yna bwt o lythyr y tu fewn i'r pecyn hefyd:

Annwyl Deio,

Wedi pendroni'n hir cyn gneud hyn ond mi ddois i'r penderfyniad mai gwell fyddai eu hanfon yn ôl iti yn hytrach na'u bod nhw yma'n hel llwch. Dwi'm yn ama'u bod nhw'n rhai drud hefyd — ac o bosib yn anrheg gan rywun?

Feddylis ddwywaith cyn mentro gneud rhag ofn i rywun arall gael gafael ar hwn ac y byddai hynny falla'n dy roi di mewn sefyllfa anodd. Dwi'm yn gwbod — ond — miwe — dyma nhw.

Petha'm yn grêt ar ôl yr WGD :-(Ath y jôc efo'r gwpan tits up ond wna i ddim bôrio chdi efo'r manylion.

So — gobeithio na fydd hwn yn glanio'n y dulo anghywir ac y bydd y cyffincs yn dy gyrraedd di'n saff.

Cym' bwyll,

Carys x

ON — Rhag ofn bo chdi'm yn cofio — fi ydi'r un nath fwrtho dy bopa di ar ôl i chdi hed-bytio'r bwr coffi yn Abes. Cx

Plygodd y llythyr a'r amlen yn frysiog a'u stwffio i'w boced tin ynghŷd â'r *cufflinks*. Neidiodd allan o'r tacsi a rhedeg i fyny grisiau'r amgueddfa fesul dwy ris – tan iddo golli ei rhythm a baglu'n glewt o flaen ei wraig a'i blant oedd yn ei ddisgwyl ar dop y grisiau.

'Idiot,' meddai Siwan dan ei gwynt a chwarddodd Llion a Nia wrth i Deio fustachu'n ôl ar ei draed. Ei ben yn drybowndian a'i sgyfaint yn cwffio am ragor o awyr.

'Gest di noson gynnar, 'ta?' holodd ei gyn wraig yn goeglyd.

'Ddim yn rhy ddrwg,' atebodd, heb arddeliad o fath yn byd.

'Dad! Ti'n gwbod faint o ddeinasoriaid oedd yna i'w cael yng Nghymru?' gofynnodd Llion yn llawn cynnwrf.

'Ym. Na wn i, cofia.' Methai Deio feddwl am unrhyw rif heb sôn am fedru cynnig un a fyddai'n swnio'n weddol gall.

'Gesa, 'te,' mynnodd Nia.

'Cant?' cynigiodd Deio, a thorrodd y ddau blentyn allan i chwerthin yn iach. Roedd ganddyn nhw feddwl y byd o'u tad ac yn llwyr anymwybodol o'i gyflwr a'i hanes o'r noson cynt. Roeddan nhw hefyd wedi hen arfer ei gyfarfod mewn gwahanol leoliadau ac wedi addasu erbyn hyn i bob trefniant afreolaidd a ddaethai i'w rhan.

'Paid siarad yn dwp, Dadi,' meddai Nia. 'Dim ond pump o'dd i'w ga'l'.

'O, reit. Heb ddarganfod y gweddill ma nhw, siŵr gin i. Tydyn nhw ddim 'di chwilio yng Ngodre'r Garth eto 'nôl be dwi 'di ddalld.'

Ai slap i mi oedd honna i fod, meddyliodd Siwan. *Neu dynnu coes y plant? Mymryn o'r ddau, falla.*

'Ddoist di ddim â'r car, dwi'n gweld?' holodd ei wraig.

'Na. Tacsi'n haws na bustachu i chwilio am le parcio dydi.'

'Dyna d'esgus di?' Rowliodd Siwan y cês bach i gyfeiriad Deio.

'Dwn i'm be ti'n mynd i neud efo hwn tra ti'n crwydro'r honglad 'na, felly.'

'Ga i 'i adal o'n y dderbynfa, siŵr gin i.'

'Bob lwc efo hynny.'

'Dad! Gawn ni fynd nawr, plis?' erfyniodd Llion.

'Wela i chi fory 'ta, iawn blant? Sws i Mam.'

Gafaelodd Deio yn handlan y cês a'i dynnu tuag ato. *Grêt*, meddyliodd. Roedd un o'i olwynion yn woblo'n wirion. Doedd o ddim yn mynd i fod yn fora rhy dda yn trio llusgo hwn ar ei ôl drwy goridorau'r Amgueddfa Genedlaethol efo'r *hangover* rhyfedda a dau o blant wrth ei gwt.

'Rŵan 'ta,' meddai Siwan, 'byddwch yn blant mor ddrwg ag y gallwch chi i Dad, a chofiwch swnian arno fo drw'r dydd.'

Torrodd hynny beth ar y tensiwn rhwng y ddau a dyna'r tro cynta i Siwan wenu arno ers iddo ddod allan o'r tacsi.

'Gw' lyc,' meddai, a cherdded yn ôl i lawr y grisiau at ei char, lle roedd digonedd o lefydd parcio i'w gweld.

Llion oedd wedi swnian am gael mynd i'r amgueddfa. Roedd wedi gweld hysbysebion ar faneri'n stremp hyd y ddinas fod arddangosfa arbennig ar ddeinosoriaid o Gymru yno, a bod yna replica newydd wedi ei ddadorchuddio oedd yn cael ei alw'n Pendraig. Roedd yn methu byw yn ei groen.

'Ma Pendraig o'r cyfnod Triasic, sdi, Dad. *A'r* Pantydraco a'r Aenicmaspina. Mond y Paceydon a'r Dracoraptor sy'n dod o gyfnod y Jurasic.

'Y "Dracoraptor" ddudist di?'

'Ia,' meddai Llion.

'Dwi'n cofio hwnnw'n iawn.'

'Wyt ti, Dadi?' holodd Nia'n llawn amheuaeth.

'Ydw'n tad. Oedd o 'run dosbarth â fi'n 'rysgol, sdi – hen uffar drwg,' meddai Deio, gan lusgo'r cês i mewn i'r adeilad rhwysgfawr a golwg y diawl arno.

'Dowch,' meddai dros ei ysgwydd, 'fedra i ddim disgwl i'w weld o rŵan!' Dilynodd y plant dan chwerthin.

'Sgwn i os neith o fy nabod i wedi'r *holl* flynyddoedd?' meddai'n llawn cynnwrf.

'O'ch chi'n ffrindie gore?' ymunodd Nia'n y byrfyfyrio.

'O, oeddan, sdi,' atebodd Deio. 'Oedd Rex a finna'n rhannu'r un ddesg yn yr ysgol bach tan oeddan ni'n Blwyddyn Pedwar.'

'Beth ddigwyddodd wedyn 'te, Dadi? Gwmpoch chi mas?' holodd Llion yn dechrau deall y gêm.

'Na, tyfu nath o sdi, Lli. Nes buo'n rhaid iddo fo ga'l desg iddo fo'i hun yn diwadd. A phan aethon ni i'r ysgol uwchradd, mi fuo'n rhaid iddo fo ga'l dosbarth 'i hun!'

Roedd bob penwythnos yn un antur ryfedd yn ei gwmni a gwyddai Deio'n iawn fod gan ei blant feddwl y byd ohono. *Diolch byth amdanyn nhw*, meddyliodd.

Sgwâr Llanfeudwy

Doedd sgwâr Llanfeudwy ddim *yn* sgwâr mewn gwirionedd; ddim fel y sgwariau arferol a geid mewn pentrefi dipyn mwy nobl na'r Llan. Tri deg o dai oedd yno i gyd, a saith o'r rheiny yn dai haf neu'n *air b&b* felltith. Roedd hi'n wyrth fod y Ship yn dal â'i drysau ar agor. Cnoc arall i Rhodri oedd deall fod y parti cerdd dant yn bwriadu rhoi'r gorau iddi. Byddai eu nosweithiau ymarfer bob amser yn rhoi mymryn mwy o swmp i'r coffrau; yn enwedig dros fisoedd llwm y gaeaf.

Tair lôn yn cwrdd bron ar ddamwain oedd y 'sgwâr' nad oedd yn sgwâr. Y Ship yn hawlio un pigyn lle roedd y ffyrdd yn cwrdd, a Phisgah'n hawlio'r un gyferbyn; yn dal ei dir yn weddol, ond yn sgrechian allan am lyfiad o baent. Y ddau adeilad wedi syllu ar ei gilydd am dros ganrif, y naill yn herio'r llall pa un a fyddai'n goroesi i'r ganrif nesaf. Tŷ'r ysgol a hawliai'r pigyn arall i'r 'sgwâr' nad oedd yn sgwâr. A doedd tŷ'r ysgol, fel sawl tŷ'r ysgol arall ym Mhen Llŷn, ddim yn dŷ'r ysgol bellach chwaith.

Roedd ysgol y pentre wedi hen gau ei drysau yn Llanfeudwy a Dilys Double Tops oedd yn byw ynddi ers blynyddoedd erbyn hyn. Ei gŵr, Mark Mason, wedi troi'r tŷ a'r ysgol yn annedd fach digon clyfar iddyn nhw a'u plant, Wayne, Sharleen, Kylie a Gwrtheyrn ap Fadryn.

Adeiladwr hunangyflogedig oedd Mark a ddaeth i'r Ship un noson i gynrychioli tîm y Crown, Pwllheli mewn twrnamaint darts. Rhyfeddodd at ddouble tops Dilys ac yn Llanfeudwy mae o wedi bod byth ers hynny. Cododd silffoedd arbennig yn Nhŷ'r Ysgol i'r llu tlysau mae'r ddau yn dal i'w hennill yn cynrychioli'r Ship yn y Gwynedd Superleague. Cawsant dröedigaeth wleidyddol pan ymunodd Dilys â Genod Colmon ac ailddarganfod ei Chymreictod. Fu Mark yntau fawr o dro yn dilyn yr un llwybr, a chyn pen dim mi baentiodd 'Cofiwch Dryweryn' ar ddau dalcen Tŷ'r Ysgol. Pan ddaeth y Steddfod i Foduan mi aeth ati i baentio gweddill y tŷ yn goch, gwyn a gwyrdd, ac er na phasiodd yr un eisteddfodwr drwy'r Llan bryd hynny mae'r lliwiau'n dal yno'n graddol felynu'n yr haul.

Yn y Ship yr oedd y genod wedi ymgynnull i aros i Barry Bib-bîb i fib-bibio pan fyddai wedi cyrraedd i'w hebrwng i Gastell Deudraeth. Roedd Non wedi trefnu i gyfarfod awr o flaen Barry gan eu bod angen cynnal cyfarfod brys cyn i'r penwythnos gychwyn 'go iawn'. Roedd hefyd yn esgus i bawb arall ddechrau llymeitian cyn cyrraedd y pentref Eidalaidd ar gyrion Eifionydd. Yn ôl ei haddewid iddi ei hun, chyffyrddai Non yr un dropyn nes y byddai pawb wedi cael eu goriad i'w hystafelloedd a phawb yn hapus ac yn llawen. A beth bynnag, roedd ganddi'r cofnodion i'w cadw.

Roeddan nhw eisoes wedi penderfynu eu bod am gario mlaen fel parti, ac os byddai'n rhaid, byddent yn chwilio am arweinydd newydd ar ôl y penwythnos yng Nghastell Deudraeth. Roedd ambell enw eisoes wedi eu cynnig ond roedd pawb yn gytûn na fydden nhw ddim patsh ar Awen Mai a bod angen mynd ôl owt dros y penwythnos i roi amser da iddi mewn hanner gobaith y newidiai ei meddwl.

'Tawel' oedd Nadoligau'r rhan fwyaf ohonyn nhw wedi bod, ond bu'n achos dathlu yng Nghae Haidd gan i'r myheryn gael ail wynt ganol Rhagfyr ar ôl iddi gynhesu tipyn. Piciodd Non draw dros y flwyddyn newydd a bu'n rhaid cario Anti Meirwen i'w gwely ymhell cyn hanner nos ar ôl iddi ddechrau cael blas ar win cartre Non. Ysgaw Cae Haidd oedd yn cael y bai ac nid y burum. Symudodd Meirwen ddim o'i gwely am dridia ond pan ddaeth ati ei hun doedd hi ddim yr un ddynas a mynnodd brynu tair potel o win sgawen Non i fynd adre efo hi.

***

'Felly, dwi isio i chi drin Awen fel brenhines dros y penwythnos 'ma, iawn?' Safai Non ar ei thraed a syllodd Rhodri arni'n hiraethus o du ôl i'r bar. Roedd hon yn uffar o ddynas unwaith oedd hi'n cael mymryn o wynt yn 'i hwylia, meddyliodd. 'Neb i ymgreinio iddi ac erfyn arni i newid 'i meddwl. Dim dyna sgin i. Dalld? Lot o hwyl a dim dechra hen ddadla. Dangos iddi be ma hi'n golli a'n bod ni'n meddwl y byd ohoni.'

Cytunai pawb, a Dilys Double Tops yn trio llowcio gweddill ei pheint ar ei thalcen. Oedd 'na jans go lew y gallai wasgu un bach arall i mewn cyn i Bib-bîb gyrraedd. Edrychodd Non ar Carys. Ei thro hi oedd cymryd yr awenau rŵan.

'Fel ddudodd Non, peidiwch â gneud ryw hen lol hefo hi na Meurig, ne mi welan drwyddan ni'n syth. Diolch ichi i gyd am 'ych cyfraniada i brynu'r anrheg i Awen am bob dim ma hi wedi'i neud. Dach isio'i weld o?'

Cytunodd pawb yn awchus. Roedd yna hen edrych ymlaen wedi bod. Nodiodd Non ar Rhodri, ac ar ei chiw fe gododd y ffrâm i fyny o du ôl i'r bar ac ynddo sampler gydag englyn arno:

Awen

Ei halaw ddaw o'i haelwyd – o'r delyn
 A'r dwylo bach diwyd,
Hi yw'n llais drwy'r dyddiau llwyd,
Hi yw Awen ein bywyd.

Roedd Rhiannon Prysor a Meirwen wedi gweithio fel lladd nadroedd i orffen y sampler mewn pryd. Arno roedd llun o dŷ a gardd yn llawn saffrwm a chennin Pedr yn fframio'r englyn.

Cafwyd cymeradwyaeth frwd i'r sampler a diolchodd Second Linda i Carys a Non am eu holl waith yn trefnu a chadw petha i fynd: 'Rydwym ni'n diolchgar mawr ichi, Non a Garys, am eich hoch waith galed gyda Barti Colomen. Now we'n edryc ymlaen yn arŵ am y party.'

Daeth sŵn cyfarwydd y 'bib-bîb' o'r tu allan i'r dafarn a chododd pawb ar eu traed fel un, ar wahân i Dilys Double

Tops, oedd yn benderfynol o beidio gwastraffu defnyn o'i hail beint.

O fewn llai na munud roedd y dafarn yn hollol wag. Yna rhedodd Non yn ei hôl, wedi anghofio'i chofnodion. Brasgamodd allan a galwodd Rhodri ar ei hôl.

'Dach chi isio'r llun 'ma 'ta be?'

'*Shit*!' meddai, gan ruthro'n ei hôl i gymryd y sampler gan Rhodri.

'Mi fyddai hynna 'di rhoi'r dampar ar betha'n bydda?' meddai wrthi.

'Bydda, diolch iti,' meddai Non.

'Mwynhewch 'ych hunan!' galwodd Rhodri ar ei hôl.

'Mi 'nawn!' bloeddiodd hithau dros ei hysgwydd.

Aeth allan gyda'r sampler a'i chofnodion, yn teimlo fymryn yn drist yn ei adael yno'i hun yn ei dafarn wag. *Hen fasdyn creulon ydi mis Ionawr pan w't ti dy hun.* Ond doedd ganddi ddim amser i adael i betha felly ei phoeni heno a hitha wedi edrych ymlaen gymaint am fod yng nghwmni'r genod.

'Peidiwch â mynd hebdda fi, cofia Non!' galwodd Dilys o'r toiledau.

Roedd Carys wrthi'n cyfri'r pennau pan gyrhaeddodd Non efo'r sampler dan ei braich.

'Ti 'di anghofio rwbath?' gofynnodd Non.

'*Shit*! Sori!' oedd ymateb Carys, gan mai hi oedd fod i ofalu am yr anrheg.

'Ma 'na un ar goll,' riportiodd Carys.

'Dilys Double Tops ar 'i gorsedd,' atebodd Non, gan roi'r sampler yn saff ar y silff uwch ei phen a lapio'i sgarff o'i gwmpas i'w arbed rhag tolcio. Dechreuodd y genod ganu.

Mae Dilys wedi meddwi, meddan nhw,
Mae Dilys wedi meddwi, meddan nhw,
Mae Dilys wedi meddwi,
Mae Dilys wedi meddwi,
Mae Dilys wedi meddwi, meddan nhw.

Daeth Double Tops allan o'r Ship a'i gwydryn yn dal ar ei hanner. Roedd wedi gofyn i Rhodri am un plastig i arbed unrhyw wastraff a thalodd am ddau gan o Gordons jin a thonig iddo hefyd. Byddai hynny'n ei chadw i fynd nes y cyrhaeddai Gastell Deudraeth o leia. Roedd y bỳs yn dal i ganu pan esgynnodd hithau i mewn a'i gwynt yn ei dwrn.

'Ma Dilys yn cael cachiad, medda fi,' tarodd Tesni Tu Chwith.

'Ma Dilys yn cael cachiad, medda ni,' ymunodd pawb arall ond Helen Traed Oer. Fyddai Helen byth yn gallu deud y gair 'cachiad' dros ei chrogi – hyd yn oed tasach chi'n talu iddi am neud. Cochodd at ei chlustiau tra canai'r gweddill ar dop eu lleisiau.

Eisteddodd Dilys yn y sedd flaen gyferbyn â Carys a Non. Roedd angen dwy sedd ar Dilys bob amser mewn lle mor gyfyng – yr un reit y tu ôl i Barry Bib-bîb fyddai ei sedd hi bob tro. Wrth daro'i thin arni dechreuodd hithau ganu:

'A hwnnw wedi drewi, medda hi!'

Daeth bloedd o chwerthin gan weddill y bỳs a phawb yn ymuno'n y byrdwn. Pawb ond Helen Traed Oer unwaith eto, oedd â'i dwylo'n cuddio'i bochau gwritgoch erbyn hyn, ond yn mwynhau bob nodyn 'run pryd.

'Reit, 'dan ni i gyd yma,' meddai Carys wrth Barry. 'Awê!'

'Reit iw âr,' meddai Barry, gan ychwanegu'n dawel o dan y canu. 'Ydi'r pry cop yn mynd i fod yn hogan ddrwg eto heno, dybad?'

Rhoddodd wên awgrymog ar Gae Haidd a rhoi'r bỳs yn ei gêr. Syllodd Carys arno am eiliad yn rhy hir yn methu deud dim. *Sud ffwc oedd hwn yn gwbod?* meddyliodd, cyn eistedd yn ei sedd efo Non.

Safodd Rhodri tu allan i'r dafarn yn cynnau ei fygyn yn edrych ar y bỳs yn rhygnu i fyny'r lôn i gyfeiliant sŵn y canu a'r chwerthin.

I'r pant y rhed y dŵr, meddyliodd. Ella 'sa'n well i mi feddwl am ga'l coedan yn y Ship Dolig nesa – os na fydd hi 'di sincio erbyn hynny. Llanwodd ei sgyfaint o'r ddrag olaf a throi'n ôl i'w dafarn wag, gan adael cwmwl o fwg i ddiflannu y tu allan i'w ddrws.

***

'Stop the bus, I want to wee wee,' canodd Dilys ar dop ei llais fel yr oeddan nhw'n cyrraedd Cricieth.

'Ti ddim o ddifri?' holodd Barry.

'Wel, ydw siŵr Dduw, ne 'swn i'm yn gofyn, yn na 'swn, y lembo!'

Doedd yr un o'r ddau doiled cyhoeddus yng Nghricieth ar agor ac erbyn hynny roedd mwy o'r Colmoniaid yn croesi eu coesau. Unwaith mae rhywun yn dechrau amau ei fod o isio mynd yna mae'r corff yn gallu gneud y petha rhyfedda i bledran pawb. Mae o'n union fel dylyfu gên; mond i un arall neud o'n yr ymarferion a bydd pawb wrthi o fewn dim. Byddai hynny'n mynd dan groen Awen ar adegau. Ac mae meddwl am bi-pî yn cael union yr un effaith ar rai. Falla bod yna dwtsh o'r ddafad ynan ni i gyd yn y diwedd.

'Fedrwch chi ddal am chydig eto, genod?' holodd Non. Ond roedd Dilys yn ei dyblau erbyn hynny a bron â mynd i ffatan. Doedd 'na'm byw na marw nad oedd yn rhaid iddi gael gneud dŵr. Gwyddai Barry am le bach clyfar y gallai barcio ynddo'n ddidrafferth rhwng Criciaeth a Phentrefelin a thynnodd i mewn iddo ar ei union. Byddai rhai yn parcio dros nos yma yn yr haf yn eu *motorhomes* a hynny'n arbed unrhyw gostau i'r ffernols cybyddlyd. Ond yng nghanol twll gaea fel hyn, doedd yna ddim enaid byw yn agos i'r lle.

Swatiodd y genod i guddio y tu ôl i'r bỳs a dechreuodd y naill ar ôl y llall ddyfrio'r pafin i gyfeiliant yr hisian arferol sydd ond i'w glywed pan fydd dynes yn plygu i bi-pi. Does gan sŵn dyn yn piso ddim hanner gymaint o ruth iddo am ryw reswm. Am ei fod yn syrthio o le uwch falla? Gallai'r rhai mwyaf ystwyth o blith y dyfrhawyr edrych yn ôl ar Gastell Criciaeth tra oedden nhw'n gwagio'u pledrennau mewn ocheneidiau o ryddhad. Lle caech chi well golygfa i ryddhau eich hunain o beint neu ddau?

'Ni 'ta'r Saeson gododd nacw, dwch?' holodd Carys wrth edmygu'r olygfa.

'Ni,' atebodd Sian Armon, oedd yn dal methu cychwyn yn iawn am ryw reswm. 'A ni losgodd o hefyd,' ychwanegodd.

'Nefi! Pam 'sa ni 'di gneud peth mor wirion?' holodd Tesni Tu Chwith.

'Gymodd y Saeson o drosodd pan drechon nhw Llywelyn ein Llyw Olaf yn y bymthegfed ganrif,' eglurodd Sian. 'Wedyn mi ymosododd Owain Glyndŵr ar y lle a'i losgi fo'n ulw.'

'Wel, eitha gwaith â nhw dduda i,' ychwanegodd Non.

'Nacw oedd y tŷ ha' cynta i Meibion Glyndŵr 'i losgi felly, ia?' dyfalodd Carys. *'Nice one*, Owain.'

Cododd Dilys ei nicyrs gan ddeud mai honna oedd y bisiad fwya diwylliedig iddi ei chael erioed. Dilynodd Tesni hi'n ôl am y bŷs gan neud yn siŵr nad oeddan nhw'n mynd yn rhy uchel-ael wrth biso. 'Dyma'r unig amsar y bydda i'n gwarafun na ches i bidlan,' meddai, wrth rannu hancesi papur a *sanitizer* i'r genod oedd yn un rhes o benolau'n cyrcydu o'i blaen.

'Dach chi'n siŵr y medrwch chi ddal yn y cefn 'na?' gofynnodd Barry i Traed Oer, na wyddai lle i roi ei gwyneb erbyn hynny gan fod y bŷs wedi ei amgylchynu â merched canol oed oedd yn rhannu rhyddhad a hwyl ar yr un pryd.

'Medra tad,' atebodd Helen, oedd bron â byrstio isio mynd ei hun erbyn hynny, ond byddai'n well ganddi farw na mynd allan i ymuno'n y ffowntan ryfedda a welodd Eifionydd erioed.

Y Penty

Wyddai Awen ddim o'r blaen mai 'penty' oedd y gair Cymraeg am *penthouse*, ond roedd wrth ei bodd yn cael ei ddweud. Roedd yn llithro mor rhwydd ar y wefus wrth iddi ei ynganu. 'Yn y *penty* 'dan ni'n aros, wyddoch chi.' 'Ma nhw wedi'n rhoi ni yn y *penty* am y penwythnos.' 'Oedd y *penty*'n ddigon o ryfeddod.' A byddai'n bownd o wthio'r geiriau 'gwraig wadd' i mewn bob cyfle gâi hi hefyd.

Ac mi *roedd* o'n 'ddigon o ryfeddod'. Digon o le iddi osod bob un o'i ffrogiau allan i bendilio dros pa un fyddai'n ei ddewis i gyflwyno'i haraith. Roedd wedi penderfynu darllen ei *speech* gan na fyddai ganddi obaith ei dysgu ar ei chof. Er y gallai gofio nodau cannoedd o ddarnau erbyn hyn o Beethoven i Rachmaninoff ac o Chopin i Roxanna Panufnik, ni allai yn ei byw â chofio geiriau os nad oedd alaw iddyn nhw.

Meurig oedd wedi sgwennu pob sill o'r araith iddi, a hithau'n rhoi sêl ei bendith arni fesul paragraff. Gwyddai ei gŵr na fyddai'n rhaid perswadio gormod ar Awen i gynnwys tri lliw fel penawdau wrth gyflwyno'i haraith.

Dwedodd wrthi fod pawb yn hoff o araith sydd wedi ei rhannu'n dri phen – fel yr hen hoelion wyth slawer dydd.

'O, Meurig, am syniad bach hyfryd,' oedd ei hymateb cyntaf ac felly fe wyddai na fyddai'n rhaid iddo weithio'n rhy galed i'w pherswadio wedi hynny. Dwedodd mai'r tri lliw yr oedd o wedi eu dewis oedd gwyrdd, melyn ac oren.

'Pam ddim coch, gwyn a gwyrdd, Meurig?' holodd.

'Rhy amlwg, Awen bach,' meddai. 'Fydda dechra araith yn deud mai coch, gwyn a gwyrdd fydd y tri phenawd ddim yn mynd i lawr yn dda hefo'r genod. Braidd yn amlwg, ydi o ddim?'

''Nes i'm styriad hynny,' meddai Awen. 'Ond rŵan 'ych bod chi'n 'i ddeud o, ma 'na ryw dinc o'r hen draw yn 'i gylch o'n toes?'

Roedd hi'n lôn bost bob cam wedyn i Meurig fynd ati i sgwennu araith oedd yn foddfa o wladgarwch, dedwyddwch a cherddoriaeth. Er mai jôc fewnol rhyngddo fo a Non oedd hi mewn gwirionedd, fe roddodd y lliwiau ryw fath o fan cychwyn i'w orchwyl.

Daeth y 'melyn' i'r araith o furiau heulog Llety'r Bugail. Yno, o fewn ei thŷ, yr oedd tarddiad ffynnon ei holl awen greadigol. Tasgai'r 'gwyrdd' o'u gardd a'r tirwedd o'i chwmpas ac o edrych draw ar yr Ynys Werdd ei hun. A'r 'oren' oedd oren y saffrwm a ddeuai o dan ei ffenest yn y dyddiau oedd o'u blaenau. Un o hoff liwiau Awen. Ond yn fwy na dim, wrth gwrs, lliw mwclis Genod Colmon. Byddai hynny'n bownd o gyrraedd clo teilwng i'w haraith – a deigryn dramatig i lygad Awen.

Unwaith yr oedd ganddi ffrâm i'w haraith gallai Awen fyr fyfyrio hynny ag a ddymunai wedi hynny. Yr hyn *na* wyddai hi, wrth gwrs, oedd y byddai Non a Meurig yn edrych ar Carys bob tro y cyfeirid at unrhyw liw i weld pa wawr o goch a ddeuai i'w gruddiau wrth i'r araith fynd rhagddi.

Ond ei wir berwyl heno oedd creu cymod a chael Awen i weld fod Genod Colmon yn fwy na dim ond Parti Cerdd Dant iddi. Roedd o hefyd yn nythfa i'w chreadigrwydd. Yn ddihangfa. Yn ffordd o fyw. Roedd gan Meurig ddirgel ffyrdd i gael Awen i feirioli a dod at ei choed.

'Ah!' meddai Awen pan welodd y sieri cyfarch oedd yn eu haros yn y penty. Roedd hi'n hoff iawn o gyffyrddiadau bach felly. Ac yn fwy hoff fyth o'i sieri.

Bar Castell Deudraeth

Eisteddodd Non o flaen tanllwyth o dân yn sipian ei phroseco cynta'r noson. Roedd ganddi dipyn o waith dal i fyny efo'r genod oedd eisoes wedi yfed yn y Ship ac ar y bỳs ac mae'n siŵr eu bod wrthi'n dadbacio rŵan gyda'u gwin (a'u sieris) yn eu stafelloedd.

Wedi i bawb gael eu stafell aeth Non yn syth am gawod sydyn a newid er mwyn bod y gyntaf yn y bar i archebu ei phroseco. Hen draddodiad nad oedd yn bwriadu ei ollwng fyth. Daeth y gweinydd â'r botel iddi mewn bwced o rew a thywalltodd wydriad iddi. Ddim cweit digon, efallai. Ond beth oedd ots; roedd y botel befriog o'i blaen yn llawn addewid am noson dda.

Teimlodd ei hun yn dechrau ymlacio'n llwyr am y tro cyntaf ers sbelan go lew. Pawb wedi cael ei oriad, Awen wedi gwirioni efo'i 'phenty' a Carys wedi maddau iddi am jôc y myheryn. Rhoddodd ei thraed i fyny ar stôl a chododd ei gwydr i'r telynor dall marmor a fu'n dal silff ben tân Castell Deudraeth yn ei le ers amser maith.

'Blwyddyn Newydd Dda i chdi, John,' meddai wrtho, ac yfodd y gwydriad ar ei thalcen. Tywalltodd wydryn arall, mwy sylweddol yr eildro a meddwl: *Be arall oedd 'i angan ar hogan mewn bywyd na bod yma efo llond gwlad o ffrindia a phenwythnos cyfan i ymlacio a mwynhau?*

Ychydig a wyddai Non ar y pryd y byddai hi'n cael newyddion cyn diwedd y nos a fyddai'n dod â newid llwyr i'w chymuned fechan o ffrindiau, ac na fyddai bywyd byth yr un fath ar ôl heno.

***

Cyrhaeddodd y genod i lawr i'r bar fesul un a chyn pen dim roedd gan Non gylch o wydrau proseco o'i chwmpas. Hwn oedd cyfle pawb arall o'r parti i ddiolch iddi am yr holl waith trefnu a wnâi drwy'r flwyddyn i gadw pawb mewn trefn. 'Be ti isio'i yfad?' 'Be gymi di?' 'Be ti'n ga'l?' 'Gymi di un bach arall?' A chyn pen dim roedd hi wedi ei hamgylchynu â phrosecos am y gwelech chi.

Cofiodd Non mai yn un o'u partïon Dolig y cafodd ei bedyddio yn 'Non Events'. Cae Haidd ddaru hynny, mi ellwch fentro. Codwyd y gwydrau unwaith eto a chynigiodd Double Tops lwnc destun i: 'Non Events!'

'Non Events!'

Gwyddai Non y byddai Awen am wneud 'entrans' ac felly fe geisiodd hysio'r genod gorau y medrai hi o'r bar i'r stafell fwyta. Tasg amhosib, gan fod pawb yn edmygu ffrogiau ei gilydd ac yn aros i gael eu diodydd gan y barman druan oedd wedi ei luchio braidd â'r fath archebion egsotig. Ond lle roedd Carys? Doedd dim golwg ohoni yn unman. Roedd hi'n dal i ddadbacio pan adawodd Non y stafell ac wedi dechra hitio'r sieri'r un pryd. Fel arfer, hi fyddai un o'r rhai cyntaf i lawr – be goblyn fedrai fod wedi ei chadw mor hir?

Bwyty Castell Deudraeth

Cafwyd yr alwad i fynd drwodd i'r stafell fwyta a setlodd pawb ond y straglars i lawr. Pawb wedi eu siarsio i roi coblyn o gymeradwyaeth i Awen a Meurig pan fydden nhw'n cyrraedd. Gwyddai Non y byddai Awen yn edrych fel tywysoges pan gyrhaeddai, ond hyd yn oed tasa hi mewn sach roedd pawb i ddeud ei bod yn edrych yn syfrdanol.

'Ga i ddeud "stunning", caf Non? Achos 'na i byth gofio'r gair arall 'na ddudis di,' gofynnodd Dilys Double Tops.

Cyrhaeddodd y gweddill o'r bar fesul dwy a thair a chymryd eu seddau, a daeth dwy weinyddes â gweddill y coctels a archebwyd i'r bwrdd. Cyrhaeddodd y botel siampên *Don Pérignon* a archebwyd yn arbennig i Awen a Meurig a'i gosod ar ben y bwrdd. Gofynnodd eu prif weinydd iddynt a oedd pawb wedi cael eu diodydd, a daeth cacoffoni o ymatebion i gydsynio fod y diodydd i gyd wedi cyrraedd.

Roedd Non eisoes wedi archebu peint o Brath y Brython i Carys, ond lle uffar ddiawl oedd hi? meddyliodd.

'Lle ma'ch diod *chi*, Helen?' holodd Tesni.

'Heb benderfynu be dwi am ga'l eto,' atebodd Helen Traed Oer. 'Dwi'n iawn ar y dŵr am rŵan, diolch.'

'Tria beth o hwn!' mynnodd Dilys Double Tops, gan lenwi gwydr gwin gwag Helen â rhyw wirodyn siocled go amheus o'i handbag. At y *top up* nes ymlaen y bwriadodd Dilys yfed gwaddod ei anrhegion Dolig, ond doedd Helen Traed Oer ddim yn mynd i gael y cyfryw draed heno o bob noson.

'Diolch, Dilys,' meddai Helen gyda brwdfrydedd plentyn wedi cael anrheg ciami.

Fel arfer, byddai Non wedi neidio i'r adwy a gwarchod Helen rhag cyffwrdd unrhyw beth a gynigid iddi gan Dilys; byddai'n well ganddi ei yfed drosti na gweld y graduras yn brwydro efo'i stumog a'i chydwybod i drio plesio Dilys. Ond roedd yn dal i gadw golwg ar y bar yn disgwyl i'w ffrind gyrraedd fel nad oedd ei llygaid barcud mor braff ag arfer. *Lle uffar y gallai hi fod?*

Cyn iddi gael amser i anfon neges, cyrhaeddodd Awen a Meurig i fonllef o gymeradwyaeth. Cymerodd Awen arni nad oedd hi'n disgwyl y fath groeso. Edrychai fel tywysoges fach berffaith yn ei ffrog berlog a shrỳg oedd yn cydasio i'r dim â gweddill ei rigowt. Gwisgai'r diara leia rioed yn ei gwallt nad oedd yn rhwysgfawr o gwbwl, ond yn ddigon i roi awra dywysogaidd fel gwawl angel o gylch ei phen.

Yn ôl y gorchymyn, cafodd gymeradwyaeth yr un mor dywysogaidd â'i hedrychiad. Roedd y curo dwylo mor frwdfrydig, a'r wraig a'r gŵr gwadd yn edrych mor drawiadol, nes peri i weddill y bwyty ymuno'n y clapio.

Cyrhaeddodd Awen ei sedd fel petai hi'n cerdded ar gwmwl. Roedd yn cael ei chario ar don o lawenydd a sylw, a'r genod yn gymysg o chwerthin a chrio.

Second Linda oedd y gyntaf ar ei thraed ac felly hi gafodd y blaen ar bawb gyda'i chyfarchiad.

'O, Awyn,' meddai, 'rydyc ci'n edryc yn syffranol!'

Ar ganol y cymeradwyo, sylwodd Non fod ganddi neges gan Carys. Edrychodd arno'n syth.

> Sieri di troi arna i. Dal yn y geudy. 💩

Suddodd ei chalon. Heno o bob noson. Nid yn unig roedd hi'n mynd i golli'r holl ddathlu, ond Carys hefyd oedd i fod i gyflwyno'r araith i drio rhoi rhyw lun o gyfle iddynt berswadio Awen i newid ei meddwl a dychwelyd i arwain y parti. Roedd ei habsenoldeb erbyn hyn yn gwbwl amlwg i bawb.

''Di Carys yn ocê?' holodd Sian Armon, o weld fod 'na un sedd wag o hyd wrth y bwrdd.

Os oedd un aelod o'r parti a'i thraed yn solat ar y ddaear, yna Sian Armon, eu cyfeilyddes, oedd honno. Gwyddai'n union pryd i leisio'i barn a phryd i gau ei cheg. Weithiau gallai Awen fynd ar goll yn ei chreadigrwydd ei hun fel na chlywai fod y côr wedi dechrau cyfansoddi wrth i'r ymarferion gynhesu. Sian fyddai'r un i ddeud os oeddan nhw wedi dechrau canu *G-sharp* yn lle'r un naturiol yn y fan a'r fan, neu'n dechrau rhoi gwerth cwafer ar gychwyn ambell frawddeg yn lle hanner cwafer. Byddai unrhyw aelod arall yn bownd o sathru cyrn eu harweinyddes os meiddient ei chywiro. Ond roedd gan Sian ffordd o ddeud nad oedd yn swnio fel petai hi'n pwyntio bys at neb. Mond deud ei deud yn syml a dirodres. Roedd ganddi glust fel rasal na fedrai neb ei chwestiynu.

'Wbath 'di troi arni, medda hi,' atebodd Non.

Edrychodd ar yr araith yr oedd hi a Carys wedi ei pharatoi a mynd yn chwys oer drosti yn meddwl falla y byddai'n rhaid iddi hi ei hun gamu i'r adwy a siarad yn ei lle. Roedd hi eisoes wedi gorffen ei photel gyntaf o'r proseco ac roedd un arall ar y ffordd. Allai hi byth â sefyll ar ei thraed a deud gair, heb sôn am drio darllen y gerdd yr oedd Rhiannon Prysor wedi ei llunio'n arbennig ar gyfer yr achlysur. Cofiodd yn sydyn am ei cham gwag gyda'i 'Chok Wan' yn y sioe ffasiwn a thecstiodd Carys yn syth yn ei hôl.

> Ti'n dŵad i lawr, ta be?

Daeth yr ateb yn ôl ar droad post sgwarnog (hytrach na phost malwan):

> Be.

Be goblyn ma hynna fod i feddwl? dyfalai Non. Oedd 'be' i fod i olygu nad oedd hi wedi deall y cwestiwn? Neu a oedd y 'be' yn cyfeirio at y 'be' yn ei neges hi i Carys?

> Be ti'n feddwl "Be"???

Ddaeth dim ateb y tro yma gan fod Carys wedi ei baglu hi am y tŷ bach i chwydu ei pherfedd allan unwaith eto. Methai Non â byw yn ei chroen erbyn hyn gan y byddai gofyn iddi sefyll i fyny cyn bo hir i groesawu'r gwahoddedigion ac i gychwyn y dathliadau go iawn. Yn ei hawr o gyfyngder, trodd at Sian Armon a gofyn iddi dan ei gwynt: 'Gwranda Sian, os na neith Carys droi fyny nei di ffafr masif i fi?'

'Ydi hi mor wael â hynna?' holodd Sian.

'Beryg 'i bod hi,' atebodd Non. 'Mi rown ni ryw bum munud iddi ac os na ddaw hi, nei di ddarllan hon ar ôl i mi ddeud gair?'

'Gnaf, siŵr iawn,' meddai Sian, a phasiodd Non gopi o gerdd Rhiannon iddi gael golwg arni.

Gwyddai Non ei bod wedi rhoi'r gerdd mewn dwylo da gan fod Sian yn adroddwraig o fri hefyd – un o'r genod 'ma sy'n dda am bob dim ac yn gofyn am beltan am fod mor berffaith. Hi fyddai'n cyflwyno'r caneuon ym mhob cyngerdd, ac os oeddan nhw'n cynnal noson gyfan o adloniant eu hunain ac angen llenwi mymryn ar y rhaglen, fe lefarai ambell i gerdd hefyd. Doedd gan y genod fawr i'w ddeud wrth y busnes llefaru 'ma fel y cyfryw, ond pan ddeuai galw ar Sian i roi eitem, roedd hynny'n dra gwahanol. Byddai ei dehongliadau'n cyffwrdd bob tro.

***

> Dechreuwch hebdda i

daeth y neges –

> Ella ddo i lawr wdn x.

Holodd Meurig dan ei wynt lle roedd Carys. Roedd Non wedi sicrhau ei bod hi'n eistedd drws nesa i Meurig fel y gallent drafod unrhyw dacteg pe bai'n rhaid. Ceisiodd egluro wrtho'n reit sydyn y byddai Carys, o bosib, yn ymuno'n nes ymlaen. Pasiodd yntau'r neges i Awen, oedd yn dal yn reidio ar don o lawenydd a swigod siampên ac i weld yn ddigon bodlon ei byd.

Daeth y prif weinydd yn ei ôl a gofyn a oedd hi'n iawn iddo ddechrau gweini'r dechreufwyd. Gwirionodd Second Linda ar y gair a thyngu llw na fyddai hi'n deud *starters* byth eto tra byddai hi byw. Rhoddodd Non y nòd iddo fod hynny'n *champion*. Doedd dim pwynt oedi rhagor neu fe âi'n berfeddion arnynt yn gorffen bwyta.

Erbyn hynny, roedd Dilys ar lwgu a thywalltodd wydryn helaeth arall o'r diod siocled iddi ei hun. Sylwodd fod gwydr Helen Traed Oer bron yn wag.

'Gymwch chi un arall, Helen?' gofynnodd Dilys.

'Ew, na ffliw mi,' atebodd hithau, yn gwbod ei bod wedi dechrau ffwndro mymryn ar ei geiriau ond na wyddai hi'n union pa rai.

Ail-lanwodd Dilys ei gwydr beth bynnag, a Helen yn rhyw hanner protestio, ond dim digon i stopio Dilys rhag tywallt fel ag y mynnai.

Aeth Second Linda o gwmpas pawb yn gofyn i bob un a oeddan nhw wedi mwynhau eu 'dechreufwyd' er mwyn serio'r gair ar ei chof am byth. Byddai'n bownd o'i ddefnyddio yn swper Gŵyl Dewi Merched y Wawr 'mhen y mis.

'Ewch i ofyn am *seconds*, Linda!' gwaeddodd Tesni Tu Chwith. Chwarddodd y rhan fwyaf ond methodd Dilys weld y jôc.

Curodd Non ei gwydr â'i llwy bwdin i gael mymryn o dawelwch. Roedd pawb i weld wedi gorffen eu 'dechreufwyd' erbyn hynny.

'Genod,' meddai, '... a Meurig!' A chafwyd ychydig o gymeradwyaeth i Meurig. Digon i Non setlo rhyw fymryn ar ei thraed. Croesawodd pawb i'r wledd ac eglurodd fod Carys wedi anfon ymddiheuriad y byddai ychydig yn hwyr yn cyrraedd. 'Wbath 'di codi' oedd yr unig eglurhad a gynigiodd.

'Alun Bryn Gwynt oedd o?' galwodd Double Tops, a daeth pwcs bach o chwerthin o gwmpas y bwrdd. Ond hoeliodd Non ddyrtan sydyn i Dilys ar draws y bwrdd oedd yn ddigon i atgoffa'r gweddill 'run pryd eu bod wedi cytuno i gadw bob dim yn chwaethus nes y byddai Awen a Meurig wedi mynd i'w gwlâu.

Aeth yn ei blaen i ddeud ychydig eiriau i groesawu eu gwraig wadd i'w parti Dolig blynyddol. 'Pwy geuthan ni well?' gofynnodd. 'Ia, wir,' ategodd y stafell. 'Tydi hon yn anrhydedd i ni?' gofynnodd. 'Ydi wir,' ategodd y stafell. ''Dan ni *mor* falch i chi weld 'ych ffordd yn glir i ddod aton ni, Awen,' dwedodd. 'Ydan wir,' ategodd y stafell, fel un.

Roedd popeth yn mynd yn dda er iddi sylwi o gornel ei llygad fod Helen Traed Oer wedi dechra ryw sniffian crio. Braidd rhy fuan, meddyliodd Non, ond roedd yn ychwanegu at y naws chwerw felys yr oedd Meurig a hithau wedi obeithio amdano. Yna, pan oedd ar fin cyflwyno Sian i ddarllen y gerdd, fe gofiodd yn sydyn nad oedd y sampler ganddi. *Lle ddiawl ma'r samplar? O ... My God! Lle ma'r shittin samplar?*

Cododd Sian ar ei thraed a chyfarch Awen a Meurig yn ddidwyll iawn. Rhyfedd fel y gall ambell un hawlio sylw yn syth dim ond wrth godi ar eu traed a deud ychydig bach iawn o eiriau. Un felly oedd Sian. Dwedodd mor od oedd y deufis dwytha wedi bod heb fedru mynychu'r un ymarfer efo'r parti.

'Colli'ch arweiniad chi, Awen. A'ch ffordd unigryw chi o gyflwyno geiria ac alawon i ni heb i ni sylweddoli gymaint 'dan ni'n 'i ddysgu gynnoch chi.'

Lapiodd Awen bob sill o'i chyflwyniad. A tasa hi'n fodlon cyfadda, roedd hi hefyd yn eitha hoff o gael ei galw'n 'chi'. Roedd yn dangos parch a chwrteisi. Rhoddai Sian urddas i'r noson ac er bod Non ag un llygad ar ei ffôn roedd hefyd yn diolch i'r didduw mai Sian oedd wrthi'n parablu tra oedd hithau'n trio trwsio sefyllfa oedd yn dechrau datgymalu'n ddarnau wrth y funud.

> Lle ma'r ffcn samplar?

anfonodd. A daeth dim cysur pan ddaeth yr ymateb.

> Shit?

Shit? meddyliodd Non. *Be goblyn mae 'shit' yn da?*

Tra oedd Sian yn cyflwyno'r gerdd cafodd gyfle i feddwl beth fyddai'n rhaid iddi neud nesaf, a sut y byddai modd iddi gadw urddas y noson fel y trefnwyd a chadw petha'n rhedeg yn esmwyth ar yr un pryd.

Ceisiodd gofio lle roedd hi wedi gweld y sampler ddwytha a daeth darlun clir iddi ohoni'n ei roi ar silff yn y bỳs uwchben Barry Bib-bîb. Doedd bosib fod Carys wedi ei anghofio'r eildro wedi iddi addo cymryd cyfrifoldeb amdano.

> Ddoist di â fo 'ddar y bỳs?

anfonodd un neges arall, yn gwbod yn iawn beth fyddai'r ateb – ac fe ddaeth.

> Shit! Shit!

Hyn i gyd yn mynd ymlaen tra llefarai Sian yn hamddenol a hynod deimladwy'r gerdd a roddwyd iddi ryw bum munud ynghynt.

'Mae awel Porth Colmon heno
Yn un ag alawon ein cân.
Yn suo ei chynganeddion
I guriadau'r tonnau mân.
A ninnau ar y lan yn llu'n
Hiraethu am y dyddiau fu.

Mae'r Eifl yn chwarae eu pibau,
A'u harmonïau coeth,
A'u chwiban yn uwch pan gwynfana
Rhwng brigau y deri noeth.
A ninnau'r genod ar y lan
Yn ysu am gael chwarae'n rhan.

Mae'r gân o Lety'r Bugail
Yn atsain dros Golmon o hyd,
A'i chyfalawon mirain
Yn herio'r beirniaid mud.
A ninnau'n dal â'r freuddwyd ffôl
Y daw y dyddiau hynny'n ôl.

Mae'r alaw yn ddistaw bellach,
Tawelodd pibau'r gwynt.
Ac ni ddaw cyfalawon
ein Hawen ni, fel cynt.
Ond dathlwn heno'n gwmni cu,
A chofiwn am y gân a fu.'

Gwenodd Sian ar bawb drwy ennyd hir o dawelwch.
Roedd hyd yn oed gweddill y gwesteion ar y byrddau eraill

wedi distewi; fel petaen nhw wedi synhwyro drama'r funud a gafwyd. Yna dechreuodd y sniffian a'r sychu dagrau. Pasiodd Meurig napcyn i Awen iddi hithau gael sychu ei thrwyn.

'Ydi 'masgara i 'di rhedag?' gofynnodd i'w gŵr.

'Nacdi, 'nghariad i,' atebodd yntau, gan sychu'r deigryn oedd yn rhedeg i lawr ei grudd.

'Dwi jesd yn picio allan i jecio rwbath,' sibrydodd Non yng nghlust Meurig. ''Nôl mewn chwinciad.' A nodiodd ar y prif weinydd i ddechrau gweini'r prif gwrs wrth iddi ruthro allan i weld a oedd modd achub y noson cyn iddi droi'n draed moch go iawn.

Derbynfa Castell Deudraeth

'Helô, Castell Deudraeth. Medwen yn siarad, Medwen *speaking*, sut fedra i'ch helpu chi, *how can I help you?*' holodd Medwen, tra rhedodd Non i mewn a phwyso botwm y llfft ryw ddeg o weithiau fel cnocell y coed ar asid.

'Iawn, mi ro' i chi drwadd i'r gwesty rŵan. Daliwch y lein. Diolch am gysylltu. Traa, tra, traaa.'

Rhoddodd y ffôn i lawr a sylwi fod yna hogan ganol oed tu allan i'r llfft mewn dipyn o stad.

'Dach chi'n iawn?' holodd Medwen o du ôl ei desg.

'Ydi'ch llfft chi'n gweithio?' holodd Non, ar binna.

'Ydi, dwi'n meddwl,' atebodd Medwen. 'Mae o 'di bod yn iawn drw dydd, beth bynnag.'

'Hir pob aros,' meddai Non yn neidio o un droed i'r llall a rhwng dau feddwl i gymryd y grisiau ai peidio. *Falla byddai hynny'n gynt*, meddyliodd.

Arhosodd am ryw funud arall cyn cychwyn gynted ag y medrai yn ei ffrog laes a'i rhwystrai rhag neidio ddwy ris ar y tro. Melltithiodd ei hun am wisgo ffrog mor ddiawledig o dynn a barai iddi faglu bob yn ail cam. Gwenodd Medwen iddi ei hun wrth ateb ei ffôn a chyfarch y darpar gwsmer nesaf.

'Helô, Castell Deudraeth. Medwen yn siarad, Medwen *speaking...*'

Fel roedd Non yn diflannu rownd cornel y set gyntaf o risiau a oedd yn cylchu'r lifft i stafell rhif naw ar yr ail lawr, fe gyrhaeddodd yr esgynnydd y dderbynfa a rhedodd Carys allan a'i gwynt yn ei dwrn. Er ei bod yn dal yn ei throwsus du arferol, roedd hi wedi mentro rhoi blows oren sidan amdani oedd â'r mymryn lleia o secwins ar ei chyffsen.

'*Hold the line a moment, please,*' meddai Medwen wrth y galwr. 'Oeddach chi'n chwilio am hogan gwallt melyn mewn ffrog hir werdd?'

'Oeddwn,' meddai Carys.

'Ma hi newydd fynd i fyny grisia i chwilio amdanach chi, dwi'n meddwl.'

'*Shit!*' meddai Carys gan wthio botwm y lifft fel cnocell ar fwy o asid na'r un o'i blaen hi. Ond roedd y lifft eisoes wedi dechrau esgyn yn ei ôl.

'Dwi'n meddwl bydda'n well i chi gymyd y grisia,' awgrymodd Medwen. 'Dwi'm yn meddwl bydd hi wedi mynd yn bell iawn.'

Wrth y Bwrdd Bwyd

Roedd pawb oedd o gwmpas y bwrdd erbyn hyn yn tyrchu i mewn i'w prif gwrs ac yn mwynhau bob cegiad. Cymerodd Dilys Double Tops damaid o fara oedd ar ôl yn y fasged i sychu'r gweddillion grefi oedd ar ei phlât a cheisiodd Awen anwybyddu'r hyn oedd yn mynd ymlaen gyferbyn â hi. Doedd hi ddim yn weithred oedd yn gorwedd yn rhy esmwyth ar ei stumog sensitif.

Roedd Sian, yn ei doethineb, wedi gofyn i'r gweinydd gadw bwyd Carys a Non yn gynnes a'r stori oedd nad oedd Carys yn teimlo'n rhy grêt ond y byddai hi, gobeithio, yn ymuno â nhw'n nes ymlaen. Roedd hynny i gyd yn hollol wir wrth gwrs – hanner y gwir. Roedd yr hanner arall yn rhedeg ar ôl ei chynffon ei hun rhwng lloriau'r gwesty.

Daeth ysbaid o dawelwch dros y bwrdd am ennyd. Tawelwch a ddeilliodd o'r ffaith fod pawb yn gwybod mai araith Awen fyddai'n dod cyn y pwdin, ond na ellid gneud hynny heb i Non fod yn bresennol. Saib beichiog fyddai'r thesbiaid wedi ei alw. *Pregnant pause*. Saib yn llawn aros a dim byd yn digwydd. Saib sy'n gneud i rywun ysu am rwbath i'w lenwi. Ac fe ddaeth y llenwad hwnnw o gyfeiriad cwbwl annisgwyl.

'Dwi isio deud wbath,' meddai llais bach gwantan o ben arall y bwrdd, a chododd Helen Traed Oer yn araf ar ei thraed. Daliodd bob un eu hanadl, gan na welwyd Traed Oer ar ei thraed yn dymuno deud sill yn gyhoeddus erioed o'r blaen.

Bedyddiwyd hi'n 'Traed Oer' gan y criw gan iddi addo i Non ryw dro, mewn cyngerdd yng Nghapel y Tabernacl ym Morfa Nefyn (cyn iddo droi yn dŷ ha'), y byddai'n cynnig y diolchiadau am y lluniaeth hyfryd a gafwyd gan chwiorydd y capel. Pan roddwyd y ciw iddi sefyll i fyny fe gododd yn syth gan sibrwd na fedrai hi a diflannodd i'r tŷ bach.

Ond yr un sydd wedi aros yng nghof bob un ohonynt oedd pan oeddan nhw ar lwyfan Eisteddfod Genedlaethol Môn 'nôl yn 2017 pan oedd Helen newydd ymuno â'r parti. Roeddan nhw'n gneud trefniant go gymhleth gan Gareth Glyn o 'Migldi Magldi' a Helen wedi gneud ei hun yn swp sâl yng nghefn y pafiliwn. Fel roeddan nhw'n sefyll yn eu rhesi yn barod i fynd ymlaen i'r llwyfan penderfynodd Helen nad oedd hi am gymryd rhan.

'Sori, Awen, fedra i'm 'i neud o,' meddai, a throi 'nôl tua'r babell ymgynnull. Galwyd gweddill y parti i'r llwyfan a safodd Awen o'u blaenau wedi ei lluchio braidd gan y ddrama yn yr esgyll. Rhoddodd nòd i'r dyn bach wrth y piano oedd yn rhoi'r nodyn agoriadol i'r parti, ond wyddai hi ddim yn iawn lle roedd hi erbyn hynny. Gan nad oedd ganddi hi ei hun fawr o brofiad y tu cefn iddi ar y pryd teimlodd ryw gryndod dieithr yn ei phenagliniau na theimlodd hi erioed ynddynt o'r blaen.

'Ffeind a difyr ydyw gweled,
Migldi, magldi, hei now now ...'

Canodd y côr, ond digon sigledig oedd eu harweinyddes yn sefyll o'u blaenau ar ei stiletos pigfain. Roedd Awen yn ymwybodol y byddai godre'i sgert bletiog yn amlygu ei chryndod annisgwyl ac fel tasa hynny ddim yn ddigon, pan drodd i ddod â'r altos i mewn ar yr ail linell roedd Helen Traed Oer yn ei hôl ar y llwyfan!

Afraid deud mai i lawr 'rallt yr aeth petha o'r fan honno mlaen. Roedd yn drefniant digon heriol fel ag yr oedd hi heb ryw hen lol fel hyn. Roedd eu 'migldis' yn 'magldis' a'u 'magldis' yn 'migldis', a dyn a ŵyr be'n union a ganwyd ar y gair olaf, ond yn sicr doedd o ddim yr un cywir – na'r nodyn chwaith.

Safodd y parti'n syfrdan ar ddiwedd eu datganiad heb symud gewyn, fel petaen nhw wedi eu rhewi mewn amser. Gan i bethau ddod i ben mor flêr, wyddai'r gynulleidfa ddim yn iawn pryd i ddechrau cymeradwyo. Edrychodd Awen ar ei pharti ac edrychodd y parti yn ôl ar Awen mewn llonyddwch llwyr. Allan o drugaredd fe ddechreuodd un o'r beirniaid gymeradwyo a dilynodd y gynulleidfa ond yn dal ddim yn siŵr iawn beth oedd wedi digwydd. Gadawodd rhai o'r aelodau i'r chwith a rhai i'r dde – a rhai i'r chwith ac wedyn i'r dde, a'r gweddill i'r dde ac wedyn i'r chwith.

'Be ddoth dros 'ych pen chi, Helen bach?' gofynnodd Sian Armon yn garedig iddi.

'Traed oer, Sian,' atebodd, yn welw fel y galchen. 'Es i i'r ochor arall i'r llwyfan yn difaru f'enaid ac yn meddwl falla 'swn i'n gallu'ch gwatsiad chi o fanno. Feiddiwn i'm aros 'rochor lle ma'r arweinydd yn sefyll achos oedd y parti nesa'n aros yn un rhes yno ac mi oeddan nhw'n sbio'n wirion arna i. Wyddwn i'm lle i roi 'ngwynab.'

'Ond be nath i chi ailgysidro, 'ta?'

''Nes i ddim. Pan oedd Awen yn disgwl i'r dyn bach roi'r nodyn ddoth 'na ddynas ata fi a gofyn pam nad o'n i'n mynd ymlaen.'

'A be ddudsoch chi?'

'Dim byd. Fedrwn i'm deud gair o 'mhen. Oedd yn haws gin i fynd ar y llwyfan a'ch joinio chi na trio egluro be o'n i'n da yno'n sefyll fel cloman rwym.'

'Traed cynnas ges di felly, 'de Helen,' meddai Cae Haidd a gneud B lein am y bar efo gweddill y genod.

'Rhowch o i lawr i ysgol brofiad, Helen. Dwi'n siŵr bydd Awen yn dalld,' meddai Sian, gan hebrwng ei chyfaill i babell Merched y Wawr am goffi a sleisan o Fictoria sbynj na wnaeth gyfiawnder â hi ar gownt ei stumog – ddoth hi ddim ati 'i hun tan ar ôl y Cadeirio.

Dyddiau cynnar y Colmoniaid oedd y rheiny a dyma nhw, heno, yn wynebu eu cyfnod mwyaf ansicr o ddigon yn eu hanes. Ac wele hi, Helen, yr aelod mwyaf distadl o blith genethod Colmon, yn sefyll ar ei thraed yn cyhoeddi ei bod isio 'deud wbath'.

Roedd pawb mor syfrdan, ond dim ond Dilys a wyddai fod Helen, erbyn hynny, wedi cael y ffasiwn flas ar y gwirodyn siocled nes ei bod wedi gwagio hanner y botel.

'Sbîtsh,' medda hi wedyn, 'dwi isio gneu sbîtsh.'

Roedd clustiau pawb yn hongian ar y tawelwch. Safodd Helen, hithau'n fud am sbel cyn rhigian ddwywaith. Yr ail yn ddyfnach na'r cynta.

'Awem,' meddai, 'dach chi'n edrath yn ... shdyning.'

Ceisiodd pawb neud ryw swˆn bach poléit o gytuno. Dechreuodd ambell un glapio yn y gobaith y byddai hynny'n ddigon i ddod â'r araith fer i ben. Ond arhosodd Helen yn sigledig ar ei thraed a rhigian unwaith eto. Un go hir y tro yma a rhyw fymryn o chwalu gwynt ar ei diwedd hi.

'Je'shio deud bo gynnoch chi fynadd Job efo ni 'di bod. A dwi je'shio chi wbod bo chi ... a'r genod ... yn meddwi – na *meddwl* ... (hic) ... dach chi'n meddwl lot i fi. Deu' gwir, dwi'm yn gwbo be 'swn i'n neud hebddach chi.'

Daeth mwy o gymeradwyaeth y tro hwn ac ambell i 'da iawn, Helen,' a churo'r bwrdd â'u dwylo. Gafaelodd Meurig yn llaw ei wraig.

'Gwbo bo fi 'di bod ar y cryrion ... creirion.' Anadlodd i drio cael ei gwynt ati a sadio ei hun a rhwbiodd Dilys ei braich yn dyner gan sibrwd, 'Da iawn chdi, boi, caria mlaen.'

'Dwi'n gwbod bo fi 'di bod ar y cyrion e's y cychwyn. Hogan felly fush i rioed. Dwi'm yn geffyl blaen ... ogan rhes gefn dwi 'di bod rioed. Ond dwi'n hapus iawn yn y rhes gefn 'na. Ma bob nos Sul yn pracdus côr yn ddihangman i fi. A dwi jesd 'di colli pawb gymaint e's yr Wˆyl Cerdd Dant a ... wel ... dwi jesd i'm ishio i ni sdopio. A dwi'n gyted bo chi'n gadal ni, Awen ... caru chi i gyd gymaint a ...'

Erbyn hynny roedd y rhigian wedi hen fynd a Helen yn brwydro i gadw'r dagrau 'nôl. Ond doedd yr un llygad sych arall o gwmpas y bwrdd.

Cododd ei gwydr gwag oedd yn staen siocled drosto.

'I Awen!' meddai.

'I Awen!' meddai pawb yn un côr. Neu 'un parti' o leia.

Un parti – namyn dwy.

Stafell 9 y noson honno

Tra oedd Helen yn graddol droi'n arwres o gwmpas y bwrdd crwn y byddai'r Brenin Arthur ei hun wedi rhoi sêl ei fendith arno, roedd Carys a Non yn eistedd ar eu gwely yn stafell rhif naw – y ddwy mewn dipyn o gyflwr ac yn beio'i gilydd am eu blerwch.

'Wath ti heb â thrio 'meio i, Carys. Chdi oedd i fod yng ngofal y dam peth.'

'Ond chdi ddoth â fo ar y bỳs, 'de?' taerodd y llall.

'Am dy fod di wedi 'i adal o yn y Ship, dyna i ti pam mai fi ddoth â fo ar y bali bỳs.'

'Wyddwn i ddim lle oedda chdi 'di roi o, Non!'

''Nes di'm meddwl bod gin i ddigon ar 'y mhlât heb orfod meddwl am y blydi samplar ar ben bob dim arall?'

Ma hwnna'n bwynt digon teg, meddyliodd Carys. Wedi'r cwbwl, o Gae Haidd y daeth y samplar i'r Ship, gan mai

Carys fu'n gofalu amdano o'r cychwyn. Ei hewyrth oedd wedi llunio'r englyn, ei mam a'i modryb oedd wedi gneud y gwaith brodio a hi oedd wedi gofalu am ei fframio a dod â fo i'r Ship. Dau beint o Brath y Brython oedd wedi dylu ei chyfrifoldeb, ac oni bai am Rhodri Peips mi fyddai'r sampler yn dal yn y Ship.

'*Shit*!' oedd yr unig ymateb y medrai Carys ei gynnig erbyn hyn. Gair handi iawn pan mae hi'n mynd yn fain ar rywun. Roedd y bai, yn bennaf, *yn* syrthio ar ei sgwydda hi, fe wyddai hynny'n iawn. Ond roedd rhywbeth arall yn pwyso arni hefyd. Rhywbeth na allai hi rannu hyd yn oed efo Non.

'O leia dwi'n teimlo dipyn bach gwell,' meddai.

'*Good*,' atebodd Non, 'achos no wê dwi'n mynd yn ôl i lawr ar ben fy hun, 'uda i hynny wrtha chdi rŵan.'

'Ond be nawn ni? Fedran ni'm rhoid dim byd iddi, siŵr ddyn. Rhaid i ni roid rwbath!'

'Fatha be? *Kitchen roll*?'

'Be am y bloda 'na ar sìl ffenast?'

'Callia nei di, ma nhw'n dechra gwywo, i ddechra.'

'Potal o siampên, 'ta?'

'Carys!' meddai Non, fel tasa'i ffrind wedi darganfod gwaelod yr enfys. 'Ti'n blydi *genius*!'

Doedd gan y parti fawr o arian ar ôl yn eu coffrau wedi iddyn nhw dalu am y bỳs, costau Awen a Meurig, y Dom Pérignon, yn ogystal â chostau fframio'r sampler, felly bu'n rhaid i'r ddwy dyrchu'n ddyfn i'w pocedi eu hunain i dalu am yr ail Dom Pérignon. Fe gâi Awen y sampler ryw dro arall. Esgus iddyn nhw alw eto i Lety'r Bugail tasa'n rhaid iddyn nhw fynd yno i ymgreinio unwaith yn rhagor.

Daeth neges gan Sian i'r ddwy ar grŵp WhatsApp y côr.

> Lle dach chi? Ydach chi am i mi gyflwyno Awen ta dach chi ar ych ffor?

Atebodd Non y neges yn deud wrthi am drio cadw pawb yn swît am ryw bum munud eto a'u bod ar eu ffordd.

Arhosodd yr un o'r ddwy am y lifft ond roedd Carys dipyn cynt na Non i'r bar i archebu'r botel, a chafodd air efo'r rheolwr i ofyn iddo a oedd modd gneud dipyn o ffys o'r siampên gan ei fod yn achlysur arbennig iawn.

''Sa chi'n licio i mi 'i rhoi hi mewn seloffen a rhuban ichi?'

'O, ia, 'sa hynny'n berffaith, diolch,' atebodd Carys, gan roi ochenaid fechan o ryddhad o gael y fath wasanaeth. Datrysiad o nunlla. *Ma 'na dduw wedi'r cwbwl,* meddyliodd.

'A 'sa chi'n licio i mi glymu ryw ddwy neu dair tegeirian hefo'r botal?' gofynnodd cyn mynd.

'Tegeirian?' holodd Carys yn sbio'n wirion arno. 'I be 'swn isio'r rheiny?'

'Meddwl 'sa nhw'n ychwanegu ryw fymryn at yr achlysur oeddwn i,' meddai. 'Wedi cyrraedd yn ffres pnawn 'ma, fel mae'n digwydd.'

Ar hynny, cyrhaeddodd Non, jesd mewn pryd i achub y sefyllfa.

'Mae o'n gofyn os ydan ni isio dwy neu dair tegeirian hefo'r botal,' eglurodd Carys, gan guddio'i gwyneb yn llwyr oddi wrth y rheolwr fel y gallai neud llygaid croes ar Non i gyfleu fod y dyn yn amlwg o'i go.

'Argo, sgynnoch chi rei?' holodd Non.

'Be?' dychrynodd Carys yn meddwl fod ei ffrind ar fin ei cholli hi hefyd.

'Oes tad,' meddai yntau, ddim cweit yn deall dryswch Cae Haidd. 'Newydd gyrraedd pnawn 'ma.'

''Sa hynny'n ffantastig,' meddai Non, a diflannodd y rheolwr i'r gegin ar ei union.

'Tegeirian?' holodd Carys pan oedd o allan o'u clyw. 'I be ddiawl 'dan ni isio'r rheiny yma?'

'*Orchids*, Carys. Y blodyn tegeirian – dim y parti cerdd dant!'

Aeth Non ar ei hunion i'r stafell fwyta gan adael ei ffrind yn sefyll yn y bar yn teimlo'n rêl lemon.

Bwrdd 12

Pan gyrhaeddodd Non yn ôl i'w lle wrth y bwrdd roedd pawb i'w weld mewn hwylia da, ond roedd golwg y diawl ar Awen Mai. Roedd ei masgara wedi rhedeg a'i llygaid yn goch a thybiai Non fod ei thiara ar ryw fymryn o sgi-wiff hefyd.

'Dach chi'ch dau'n ocê?' holodd Non, a chydig o gonsýrn yn ei llais.

''Dan ni'n *champion*, diolch Non,' atebodd Meurig; ei hun wedi dechrau llacio'i dei a'i leferydd erbyn hynny. Rhoddodd winc slei arni hefyd, i adael iddi wybod fod ei wraig yn dechrau simsanu i'r cyfeiriad iawn. Eglurodd fod yr hyn yr oedd Helen wedi ei ddeud wedi mynd yn syth i'w chalon.

Helen? meddyliodd. *Be uffar allsa Helen Traed Oer fod wedi'i ddeud i newid petha? Fedsa honno ddim deud bŵ wrth llgodan.* Ychydig a wyddai.

Symudodd i sedd wag Carys fel y gallai fod wrth ymyl Sian Armon i'w holi ymhellach. *Be goblyn allai fod wedi digwydd tra o'n i allan yn chwilio am sampler a phrynu siampên?* A chafodd y stori'n llawn gan eu cyfeilyddes sobor.

Edrychodd mewn difrif ar Helen, oedd yn eistedd yno gyferbyn â hi yn rholio chwerthin efo Dilys ac yn siarad ar dop ei llais. Y ddistawaf o blith merched dynion wedi chwarae ei rhan yn berffaith. Dilys Double Tops a Helen Traed Oer. Wel, wel, pwy fasa'n meddwl?

'Sym' dy din,' meddai Cae Haidd pan gyrhaeddodd y bwrdd i fonllef o gymeradwyaeth ac ambell sylw at y flows a'r bling ar y llewys. Er ei bod wedi maddau i Meurig a Non am chwarae jôc mor wael arni, doedd hi ddim yn barod cweit eto i eistedd rhwng y ddau. *Mae gan bawb 'i deimladau*, meddyliodd.

'Licio'r oren,' meddai Meurig wrthi'n lled-ddidwyll.

Shit! meddyliodd Carys. Ddaru hi ddim meddwl am y lliw. *Ddaw 'na ddiwadd ar y blydi tynnu coes 'ma?*

***

Fel yr oedd Non ar fin cyflwyno Awen fe esgusododd y wraig wadd ei hun o'r bwrdd a mynd i'r toiled. Bu'n yfed dŵr ers ryw hanner awr ac roedd yn rhaid iddi gael mynd i'r tŷ bach cyn cyflwyno'i haraith.

Tra oedd Awen allan o'r stafell fe aeth y tom toms o gwmpas y bwrdd i atgoffa pawb fod y gwrandawiad i fod yn un astud a'r gymeradwyaeth yn fyddarol.

Pan ddychwelodd Awen o'r tŷ bach roedd ei thiara'n syth, ei masgara wedi ei gymoni, ei gwridwr yn berffaith a'i minlliw'n sgleinio wedi iddynt gael haen arall o Chanel Rouge Coco Gloss. Eisteddodd, a safodd Non ar ei thraed.

Cafwyd cyflwyniad byr ond hynod ganmoliaethus gan Non i'r wraig wadd. Bu llawer o borthi ac amenio hefyd wrth iddi restru holl orchestion eu cyn-arweinydd o'i llwyddiant yn Llangollen pan oedd yn blentyn i'r holl wobrau a gafodd pan oedd hi'n astudio'n y coleg. Glynodd yn llwyr at yr hyn oedd ar ei phapur wrth ei chyflwyno a phob sill wedi ei redeg heibio Meurig i'w fireinio gan y meistr geiriau ei hun. Bu'n ddigon cynnil yn ei hawgrym fod eiddigedd a chythraul canu'n dew yn y 'Gymru Fach' a chafodd gymeradwyaeth pan gymharodd eiddigedd i wrtaith. 'Dwi'n siŵr mai dyna sut ma toman gompost Meurig mor enwog. Maen nhw wedi ca'l lot o gachu'n ddiweddar.' Gwenodd Non ar Meurig gan mai ei awgrym o oedd iddi wneud y gymhariaeth. A chydiodd y syniad o droi cachu fel eiddigedd yn wrtaith yn nychymyg Non – a gweddill ei chynulleidfa hefyd.

Pan gododd Awen roedd y stafell fwyta wedi hen wagio, felly cafodd y genod y lle i gyd iddyn nhw'u hunain.

Aeth drwy ei haraith fel rhuban a phob cyfeiriad at y melyn, oren a'r gwyrdd yn ychwanegu at ddifyrrwch Meurig a Non yn gweld yr ergydion olaf o dalu'r pwyth yn ôl yn cael eu gwerthfawrogi gan Gae Haidd, er mai dim ond ryw hanner gwên a gaed ganddi. Roedd rhywbeth yn amlwg yn pwyso ar feddwl ei ffrind, meddyliodd Non. Ac nid miri'r sampler oedd o chwaith.

Synnodd Meurig nad oedd Awen yn ehangu ychydig mewn ambell fan yn ei haraith. Ond doedd ganddi ddim math o fwriad o wneud hynny'n amlwg. Gwyddai fod yna grand piano yn y stafell fwyta yng Nghastell Deudraeth ac wedi i'w haraith ddod i ben ac iddi dderbyn ei chymeradwyaeth, aeth i sefyll wrth y piano.

'I chi dwi 'di sgwennu hon, genod,' meddai. 'A dwi wedi 'i galw hi'n "Colmon".'

Clywyd ambell un yn dal eu gwynt. Rhywrai'n rhoi eu llaw ar eu calonnau. Eraill yn sychu deigryn wrth i Awen eistedd yn araf ar y stôl a'r rheolwr yn codi'r caead iddi a thynnu'r shrỳg oddi ar ei hysgwyddau. (Y cyfan wedi'i drefnu ymlaen llaw yn gyfrinachol.) Distawodd y stafell.

Yn araf bach, adeiladodd Awen ar batrwm o nodau ac, o'u hailadrodd gyda gwahanol ddeinameg a rhythmau, datblygodd yn alaw hudolus. Weithiai fe drosglwyddai'r alaw i'r llaw chwith gan adael y llaw dde yn rhydd i esblygu ar sylfaen yr alaw wreiddiol a oedd bellach yn cynnig llinell fas i'r alaw newydd.

Wrth i'r darn fynd yn ei flaen gallech daeru eich bod yn clywed adlais o 'Llongau Caernarfon' ac 'Yma o Hyd' yn llechu rhwng y nodau. Ond doedd yna'r un glust yn y stafell na fedrai nabod 'Llety'r Bugail' pan lithrodd yn slei gan raddol feddiannu'r darn.

Gwrandawodd Meurig yn syfrdan; doedd o ddim wedi clywed nodyn o'r darn o'r blaen. Pryd a lle yn y byd mawr y bu Awen yn cyfansoddi ac ymarfer y fath gampwaith? Gwefreiddiwyd y genod. Llesmeiriwyd y dorf, a oedd bellach wedi dychwelyd o'r bar a'r gegin ac o'r tŷ bach a'r cyntedd yn ôl i'r stafell fwyta. Y staff, y gwesteion, y parti a'r gŵr yn un yn eu hedmygedd o ddawn ryfeddol Awen Mai.

Drwy'r gymeradwyaeth fe gyrhaeddodd y siampên a'r tegeirianau, y cofleidio a'r dagrau, ac fe dybiech na fyddai modd gwella dim ar sgript o'r fath nes i Medwen gyrraedd o'r dderbynfa a'i gwynt yn ei dwrn.

'Sori sdyrbio chi,' medda hi.

'Be sy, Medwen?' holodd y rheolwr.

'Newydd weld nodyn gin Teifion oedd ar y shifft o 'mlaen

i'n deud bod 'ych dreifar bỳs chi 'di dŵad â hwn i mewn.' Daliodd fag plastig Aldi i fyny i bawb ei weld. 'Oeddach chi 'di adal o ar y rac yn y bỳs medda fo. 'Di o'n bwysig?'

'Y *sample*!' meddai Second Linda dros bob man.

'Wel, *fuck me pink and call me Rosie*,' meddai Non yn ddistaw.

'Neu, *fuck me orange and call me mummy*, 'de Non,' sibrydodd Carys wrthi.

'Be ti'n feddwl *"mummy"*?' holodd Non yn ddryslyd.

'Dwi'n meddwl 'mod i'n disgwl,' meddai Carys Cae Haidd.

Stafell 9 y bore wedyn

Gorweddodd Non yn ei gwely'n gwrando ar Carys yn taflu i fyny yn y tŷ bach. Llifodd yr atgofion o'r noson cynt i gyd yn ôl iddi. Y da a'r drwg. Da yn bennaf. Er gwaetha'r panig a'r dryswch fe aeth popeth yn weddol esmwyth. Dim ond dan y dŵr mae'r alarch yn gweithio fel slecs. A diolch byth na welodd pawb fod y dŵr, ambell waith, wedi bod yn ddigon mwdlyd. Ond cafodd yr alarch ei hun (Awen Mai) gadw'i hurddas a'i 'swanio' hi i'w stafell wely yn oriau mân y bore a'i thiara yn dal yn weddol yn ei le. Aeth ymaith i sŵn canmol na fu erioed ei fath, a Meurig â llond ei hafflau o anrhegion.

'Oes yna ryw arwydd o simsanu arni, Meurig?' holodd Non yn slei, cyn i Awen droi at ei gŵr a deud wrtho ei bod wedi archebu CD ddiweddara Only Men Aloud.

'Oes, ryw fymryn,' meddai cyn troi am ei wely. 'Ond tydi hi'm cweit yn u bedol eto, ma arna i ofn, Non.'

Hynny fyddai wedi llenwi ei chwpan i'r ymylon, ond o leia doedd neb wedi troi'r drol – ac os na ddeuai Awen yn ei hôl, o leia fe gafodd *send off* nad anghofiai hi amdano, fyth.

Daeth Carys allan o'r stafell molchi a golwg digon llegach arni. Er iddi fethu yfed 'run defnyn ar ôl y sieri, roedd yn edrych fel petai hi wedi yfed y bar cyfan yn sych. Syrthiodd yn glewtan ar y gwely nes bod Non yn bownsio ar y pen arall iddo.

'Gest di wbod rwbath gin Meurig?' holodd Carys.

'Dim byd o werth,' meddai Non.

'Sgin i'm math o fynadd pacio,' meddai Carys, bron â llithro'n ôl at Huwcyn Cwsg; fel petai bob owns o egni wedi ei sugno ohoni. *Sut goblyn fedra i wynebu'r tymor wyna a finna fel cadach llestri?* meddyliodd. '*Shit*, 'de,' sibrydodd, yn fwy i glust ei chlustog nag i glust ei ffrind. Ond tarodd y post cywir, serch hynny – a chlywodd y pared.

'Awn ni heibio Port i brynu prawf i chdi ar ffor adra, iawn?' cynigiodd Non.

'Be, o flaen pawb arall? Callia nei di, Non? Dwi'm isio i'r byd a'i frawd wbod, sdi.'

Tawelwch.

'Eniwe – dwi'n gwbod yn barod go iawn,' cyfaddefodd Carys.

'Sud?' saethodd Non.

Mudandod.

'Ti 'di gneud un yn barod, do?' holodd ymhellach.

Saib arall cyn i Carys ateb yn ddyfnach i'r clustog.

'Dau.'

'Positif?'

'Blydi reit.'

Daeth siffrwd rhywbeth yn cael ei wthio dan ddrws y stafell. *Llythyr?* Agorodd Non yr amlen. Bil. Am bum cant a hanner o bunnau. Cyfanswm costau'r bar, y siampên a'r tegeirianau.

'Be 'di o?' holodd Carys.

'Ti'm isio gwbod,' meddai Non. Roedd gan ei ffrind ddigon i boeni amdano ar hyn o bryd heb fynd i golli cwsg dros chydig bunnoedd. Pump cant a hanner ohonyn nhw i fod yn gysact. Awtsh!

Festri Pisgah

Wedi'r siom o ddeall nad oedd unrhyw newydd wedi dod o Lety'r Bugail bu'n rhaid symud ymlaen â'r trefniadau i gynnal y cyfweliadau. Cytunwyd mai Non Events, Carys Cae Haidd a Sian Armon oedd i fod yno'n y festri ar bnawn dydd Sadwrn oer ganol mis Chwefror yng Nghapel Pisgah.

Cyrhaeddodd Non yn fuan er mwyn trio gneud i'r festri edrych ychydig yn fwy ffurfiol ar gyfer y cyfweliadau. Rhoddodd deganau'r cylch meithrin o'r golwg, lluchio'r blodau oedd wedi bod yno'n gwywo ers yr Hen Galan, a chlirio'r piano o'r toreth copïau traphlith gan ei dystio'n reit ffyrnig i gael gwared â'r olion bysedd a staenadau ambell fŷg o de.

Chwalodd ton o dristwch drosti wrth sylweddoli mai'r hyn yr oedd hi'n ei wneud mewn gwirionedd oedd gwaredu'r lle o olion hen atgofion. Roedd hyd yn oed arlliw o hiraeth yn yr arogl polish oedd yn hongian yn yr awyr.

Daliodd ei gafael mewn un darn bach o bapur a'i roi yn ei phoced. Fedrai hi ddim yn ei byw â meddwl ei luchio gyda'r gweddill o'r papurach diangen a gasglodd. Nodyn gan Awen iddi ei hun i'w hatgoffa o ambell beth: 1) *Altos angen cynnal y nodau hir i'w llawn werth.* 2) *Tyneru'r ail bennill fwy eto.* 3) *Cofia ddeud pa mor dda ydyn nhw.*

Wedi didol un neu ddau o'r dyrnaid o geisiadau a dderbyniwyd am gyfarwyddwr cerdd y parti, cytunwyd mai dim ond dau oedd wirioneddol yn werth eu hystyried. Anwybyddwyd un ar yr edrychiad cyntaf gan i'r darpar ymgeisydd nodi mai ei henw a'i chyfeiriad oedd Alwen Hoff, Bwthyn Unig, Aberdaron, Gwyneth, LL01 11YN. A phan ddarllenodd Non beth oedd yr ymgeisydd wedi ei nodi fel ei rheswm pennaf dros wneud y cais fe aeth ffurflen 'Alwen Hoff' yn syth i'r bin sbwriel cyn darllen gair ymhellach. Yr unig beth a nodwyd ganddi oedd ei bod 'wedi arbenigo mewn dysgu pobol sut i ganu mewn tiwn'.

Daeth cais arall o Nutford; dynes yn ei saithdegau oedd yn trefnu'n arbennig ar gyfer partïon bychain ac yn fodlon teithio i unrhyw ran o ogledd Cymru. Gallai Bella Balloon gynnig amrywiaeth o wahanol atyniadau i siwtio bob poced, o wneud anifeiliaid allan o swigod i gestyll bownsio, ac o fwyta tân i ddawnswyr ar stilts. Gallech hefyd holi am gyfrinair arbennig i gael mynediad i weld rhagor o fanylion petaech chi'n chwilio am fwy o *adult entertainment* ar ei gwefan. *I can also belly dance should ever the need arise.*

Felly 'dwy yn unig oedd yn y ras' mewn gwirionedd, a chytunwyd ei bod yn werth rhoi cyfle i'r ddwy.

Roedd Non wedi paratoi tri chopi o'r ffurflenni cais i'r panel ac wedi gneud tri chopi o'r tri chwestiwn yr oeddynt wedi cytuno i'w gofyn i'r ddwy. Doedd fiw gofyn unrhyw beth mympwyol yn ôl y canllawiau, gan sicrhau cysondeb hyd at orau eu gallu. Non fyddai'n croesawu, cyflwyno a chofnodi, Sian i holi'r elfen gerddorol a Carys i ddiolch ac i gloi.

***

Cyrhaeddodd Cae Haidd ychydig yn gynt gan ei bod yn dal i fyw mewn gobaith y byddai yna ryw newydd wedi dod o Lety'r Bugail. Doedd hi ddim yn rhy hwyr i'r gwynt droi ac roedd yn grediniol na fedrai Awen eu gadael o ddifrif.

'Wel?' oedd y peth cynta ofynnodd hi pan gyrhaeddodd, gan ddod â mwy na chwa o awyr oer o gyfeiriad Tre'r Ceiri i'w chanlyn.

'Cau'r drws ar d'ôl yn gynta ia, Carys?' meddai Non, gan gadw'r pentwr copïau yr oedd hi eisoes wedi eu casglu'n dwt o ben y piano.

'Dim byd o Lety'r Bugail?' gofynnodd.

'Carys bach, wath ni heb ddim. Os na symudwn ni'n y'n blaena, beryg bydd 'na rei 'di rhoi'r ffidil yn y to a mynd i rwla arall. Nia Pant Oer 'di joinio Côr y Morfa'n barod.'

'Duw, pryd welis di honno mewn practis ddwytha? Doedd hi'm yn dŵad debyg i ddim ers dwn i'm pa bryd. Gwynt teg ar ôl y gloman, dduda i.'

'Mewn tymar dda eto bora 'ma, dwi'n gweld.'

'Ti'n lwcus 'mod i yma o gwbwl, i chdi ga'l dalld.'

'Ti isio siarad?'

'Dwi isio chwdu. Jesd ... sgin i'm byd ar ôl *i* chwdu ond 'y mherfadd.'

'Ti 'di meddwl be ti am neud?'

Eisteddodd Carys ar y stôl biano, sef y man mwya cyfforddus i roi'ch pen ôl yn festri Pisgah; roedd Awen Mai wedi gneud yn siŵr o hynny flynyddoedd yn ôl pan archebodd stôl newydd iddi ei hun (ar ei chost ei hun, wrth gwrs). Edrychodd Non ar ei ffrind a thosturiodd. Carys o bawb. Yr hogan noblia a'r mwyaf annibynnol iddi ei nabod erioed yn eistedd ar stôl biano yn edrych fel tasa hi ddim yn gwbod be i neud nesa. Sodrodd Carys ei dwy benelin yn drwm ar y nodau a rhoi ei phen yn ei phlu i sŵn disgord go amhersain.

'Lwc ar y diawl fod Yncl Meirion draw acw ar hyn o bryd yn helpu hefo'r wyna ne dwn i'm sud fyswn i'n 'mdopi.'

'Ti 'di deud wrth dy fam?' holodd ei ffrind.

'Ffycsêcs, Non. 'Sa'n ddigon amdani.'

'Sud gwyddost di?' cwestiynodd Non. Fe wyddai'n iawn am hyd a lled Rhiannon Prysor, ac er ei bod yn gapelwraig selog roedd hi hefyd yn ferch ffarm o'r crud ac ymhell o fod yn troedio llwybrau rhy gul.

'Ond ti'n benderfynol o'i gadw o?'

'Dwi'm isio gŵr. Fedra i'm gweld fy hun efo'r un dyn am weddill 'y mywyd a dwi rioed 'di gweld fy hun yn cerddad i sêt fawr Pisgah hefo net cyrtans ar 'y mhen yn gaddo bob math o rwtsh i'r un boi am weddill 'y mywyd. Ond dwi wastad wedi meddwl 'mod i isio babi. Hwn 'di 'nghyfla i.'

'Wel, ti'm yn mynd i fedru 'i gadw fo i chdi dy hun lot hirach, w't ti? Mae o'n mynd i ddŵad allan rywbryd, dydi.'

'O'n i'n meddwl siŵr 'mod i'n mynd i'w chwdu o allan hefo 'mrecwast bora 'ma.'

Ar hynny, cyrhaeddodd Sian â llond 'i haffla o de, coffi, bisgedi, llefrith a siwgwr. Er mai dyna oedd y trefniant roedd Non wedi dod â rhai hefyd – rhag ofn. Arfer blynyddoedd o wisgo'r belt a'r bresys ar bob achlysur.

Sioned Annwyl oedd yr ymgeisydd cyntaf ac fe gyrhaeddodd ar amser i'r eiliad, ac wedi mynd drwy'r croesawu a'r mân siarad agoriadol, aed drwy'r tri chwestiwn fesul un: *a) Dudwch rywfaint am eich profiad o arwain hyd yma. b) Oes yna unrhyw ddarn fasach chi'n ei ddewis yn arbennig ar gyfer y parti? c) Lle fasach chi'n anelu i'w gyrraedd efo'r parti ymhen ryw bum mlynedd?*

Pan osodwyd y cwestiwn cyntaf i Sioned fe ymddangosodd talpiau coch ar ei gwddw a'i brest ac aeth i edrych fel tasa hi ddim yn siŵr iawn lle roedd hi.

'Dach chi'n deud yn fan hyn 'ych bod chi wedi gneud dipyn o waith yn y gymuned. Falla medrwch chi ehangu ryw fymryn ar hynny, Sioned?'

Llyncodd Sioned Annwyl ei phoer ac erbyn hyn roedd y talpiau cochni ar ei gwddw wedi mynd yn un patsyn drosti. Dechreuodd anadlu'n ddyfn a gwenu ar y panel o'i blaen yn ymbilgar.

''Swn i'n ca'l dropyn o ddŵr gynnoch chi?'

'Cewch, siŵr iawn,' meddai Sian, er bod yna gwpan o ddŵr eisoes wedi ei gosod ar y bwrdd o'i blaen. Estynnodd Sian y gwpan fymryn yn nes at yr ymgeisydd gan ofyn os licia hi gymryd ryw bum munud bach i gael ei gwynt ati.

Hanner awr yn ddiweddarach ac roedd Sioned yn dal yn y tŷ bach. Aeth Non ati a gofyn os hoffai ddod yn ei hôl ar ôl i'r ymgeisydd arall neud ei chyfweliad hi, a chytunodd yn syth bin. Dwedodd y byddai'n dychwelyd erbyn hanner awr wedi tri gan ymddiheuro'n llaes i'r tair ac na wyddai beth oedd wedi dod drosti. Baglodd y tair i ddeud wrthi am beidio â phoeni a bod y math yma o beth yn digwydd i'r gorau ar adegau.

Teimlent yn fwy gobeithiol am yr ymgeisydd nesaf. Roedd Ceri Llugwy wedi graddio'n y Coleg Brenhinol yn y flwyddyn 2003 ac wedi ennill sawl gwobr am gyfansoddi, ac er na ddaeth Sian o hyd i unrhyw fanylion pellach am y gwobrau hynny roedd digon o ystadegau eraill am ei medrusrwydd yn britho'r braslun o'i gyrfa.

Pan gerddodd Ceri Llugwy i mewn i'r festri edrychodd y tair yn hurt ar ei gilydd. Dyn oedd Mr Llugwy. Dyn mewn siwt smart a chrys gwyn gyda'r ddau fotwm top ar agor i arddangos lliw haul go ddrud yr olwg oedd yn gneud i'w ddannedd gwynion edrych fel rhes o berlau pan wenodd wên lydan ar y tair gegrwth, a llanwyd y festri ag arogl Creed Sauvage mewn un anadliad.

'Croeso atan ni, Mr Llugwy,' meddai Non, a bu bron iddi â chynnig yr arweinyddiaeth, Capel Pisgah a'r piano iddo ar yr un gwynt. Ond ddwedodd Carys yr un gair ar y cychwyn. Safodd yn ei hôl am sbel gan fod yr arogl melys yn ei llethu braidd, a tasa hi ddim mor oer mi fyddai hi wedi agor yr union ffenest y byddai Awen yn arfer ei hagor am resymau tebyg.

Gofynnodd Sian y cwestiwn agoriadol a phrin y cafodd gyfle i orffen ei brawddeg nad oedd Ceri Llugwy wedi ei gipio o'i dwylo a chychwyn ar ei druth am Mendelssohn, Pergolesi a Qu Xixian ac fel yr hoffai arbrofi mwy gydag arddulliau a thechnegau a fyddai'n ymestyn sain y côr i ddarganfod *repertoire* newydd. 'Does dim byd gwaeth i gôr nag aros yn yr un hen rigol, yn nagoes?' meddai.

Erbyn diwedd y cyfweliad roedd Ceri wedi neidio ar y stôl biano ac yn mynd â nhw drwy ymarferion na chlywsant eu tebyg erioed o'r blaen. Aeth drwy sesiwn anadlu gan afael ym mol Sian i weld os oedd hi'n anadlu i'r lle iawn. Gwaeddodd arni i wthio'i bol allan ymhellach a gwnaeth yr un fath gyda Non. '*Push!*' gwaeddodd. 'Mwy! Pellach!' Cyn iddo gael symud ymlaen at Carys roedd Cae Haidd wedi eistedd yn ôl yn ei sedd a gwrthod gneud dim byd pellach â'r dyn. Doedd yna ddim unrhyw ffordd yr oedd o'n mynd i gael cyffwrdd â'i bol hi, diolch yn fawr iawn. Bu'n rhaid i Sian ofyn y cwestiwn ola yn lle Carys gan ei bod yn amlwg wedi cau'r bleinds a chloi'r drws ar y dyn ers sbel.

Wedi iddo ateb y cwestiwn ola yr un mor ymfflamychol yn deud fod angen sbio ymhellach na Chymru fach wrth edrych i'r dyfodol, gofynnodd Non i Ceri a oedd ganddo fo unrhyw beth i'w ofyn iddyn nhw cyn dod â'r cyfweliad i ben.

'Mond un cwestiwn bach,' meddai Ceri Llugwy. 'Mi welwch oddi wrth fy CV fod gen i niferoedd o dystebau i'm henw. Fyddech chi felly'n ystyried cynnig mwy o ffi a chostau i mi am neud y gwaith?'

'Nefar!' meddai Carys heb sylweddoli ei bod wedi ei ddeud yn uchel.

Edrychodd y dyn yn wirion arni. Tan y funud honno roedd wedi meddwl yn siŵr fod y swydd eisoes yn cael ei rhoi ar blât casgliad Capel Pisgah iddo.

'Be dach chi'n feddwl, "Nefar"?' holodd.

Cyn i Carys gael cyfle i ddeud rhagor roedd Non wedi neidio i'r adwy i drio achub y sefyllfa. Cael gwared ohono cyn gynted ag y bo modd oedd ei bwriad hithau hefyd ond ddim cweit mor swta â Cae Haidd. 'Dim arian,' cynigiodd Non. "Dan ni'n mynd drw amsar digon calad ar hyn o bryd. Tydi pobol ddim yn dod i gyngherdda fel ag yr oeddan nhw a digon anodd ydi hi i ga'l nawdd dyddia yma hefyd ... a ... wel ... ia ... Fel'na ma hi, ma arna i ofn Mr ... ym ... Llugwy.'

'Iawn, iawn 'ta,' meddai, heb syniad be i'w ddeud nesa. 'Wel, mi gadáwn ni hi'n fanna, 'ta. Ac os byth newidiwch chi'ch meddwl, ma fy manylion i gynnoch chi, yn tydyn. Da boch chi.'

Er y byddai Non wedi licio deud 'diolch' neu o leia 'ta ta' wrth i'r dyn ymadael, ddaeth dim byd allan o'i genau. *Mi lwyddodd Sian i ddeud rwbath, ond fyddai neb wedi ei ddeall hyd yn oed tasa ganddoch chi'r awydd i neud.*

'Carys!' meddai Non, wedi i Ceri Llugwy fynd gan adael drws festri Pisgah yn llydan ar agor a rhoi clep ar ddrws ei gar.

'Mond deud be oedd ar 'ych meddylia chitha'ch dwy 'nes i,' meddai Carys.

Edrychodd Non a Sian ar ei gilydd heb wybod yn iawn pam. Ond wrth ddal llygaid y naill a'r llall gwyddai'r ddwy ohonynt nad oedd Carys Cae Haidd yn deud yr un gair o gelwydd. 'A dwi'm yn meddwl y gwelwn ni liw tin yr hogan bach Sioned 'na byth eto chwaith. Dach chi?' ychwanegodd Cae Haidd.

'Na,' atebodd y ddwy arall fel un, a'u cydsymud yn berffaith.

''Nôl i'r dechra felly, ia?' holodd Non. *'Do not pass go. Do not collect two hundred pounds.'*

Fel yr oedd injan car Ceri Llugwy yn diflannu i fyny'r allt yn llawer rhy gyflym nag y dylai, sylwodd Non ei bod wedi derbyn neges gan Meurig. Cafodd gip sydyn arno tra oedd Carys a Sian yn rhoi petha 'nôl yn eu lle ar gyfer y bore wedyn i'r cylch meithrin.

> Ydach chi wedi bod ar y gweplyfr heddiw?

Gardd Llety'r Bugail

Hyd yn oed ddechrau mis Chwefror, yn llygad yr haul, gallai ambell fan cysgodol yn Llety'r Bugail roi rhagflas o wanwyn, dim ond i chi ffeindio'r union fan iawn. Yno, yn ei chôt aeaf ddu, y safai Awen yn edrych ar y saffrwm cyntaf yn mentro dangos dipyn o'i liwiau. Yn ddigon swil i gychwyn, fel tasa fo'n eich profocio chi na tydi o ddim am aros ac na thynnith o ei gôt yn llwyr; ei bod hi braidd yn rhy gynnar i hynny. Ac yna, y diwrnod wedyn, byddai yno yn ei ysblander oren, melyn a phiws. Y mymryn blodyn bach yma'n hawlio sylw gan weddill yr ardd.

Yng nghanol yr oerfel, roedd gwynder y lili wen fach fel petai hi wedi cytuno i asio â phatrwm lliw ei thymor. Roedd hi hefyd wedi ei gneud o rymusach deunydd na'r saffrwm ac yn plygu ei phen i'w mochel ei hun rhag yr hen wragedd a'u ffyn, a oedd yn ffyrnigo fesul blwyddyn bellach.

Ond deuai'r saffrwm yn ei liwiau powld i ganol oerfel y gaea. Ac fel tasa hynny ddim yn arddangos digon o'i ddewrder, roedd ei wisg o'r defnydd meina'n bod; fel papur sidan tenau, yn union fel y merched ifanc sy'n mentro allan i barti gefn gaea heb ddigon amdanynt. Eu botwm boliau'n y golwg ac yn simsanu mynd yn eu sodlau uchel. I goroni'r cyfan, fe dry'r saffrwm ei wyneb tua'r nen i herio'r elfennau bob yn un. 'Dowch wragedd! Dowch ffyn!' byddai'n ei floeddio ar ei drwmped efydd; fel y Brenin Llŷr ynghanol y storm: *'Blow winds, and crack your cheeks! Rage! Blow!'*

Meurig fyddai'n deud hynny am y saffrwm. Y ddrama gynta iddo fynd ag Awen i'w gweld yn y Royal Exchange ym Manceinion. Y brenin balch sy'n gneud y camgymeriad gwaethaf oll drwy fethu gwahaniaethu rhwng gweniaith a chariad.

Ond pe sathrech chi'r saffrwm, yn wahanol i'r brenin hen, byddai hynny'n ddigon amdano – am y flwyddyn honno beth bynnag. Fe giliai yn ei ôl i'r pridd i lyfu ei ddoluriau ac i guddio'i gleisiau rhag y byd. Fyddai ganddo ddim o'r nerth i dwtio'i wisg a chodi yn ei ôl fel y gallai ambell flodyn arall. Dianc yn ôl i'w groth i chwilio am nerth i fentro allan eto y flwyddyn ganlynol a wnâi.

Tybiai Awen ei bod yn debyg iawn i'r saffrwm. Yn llawn awyddfryd i ddod â lliw i fywydau llwydion. Doedd dim byd a'i cadwai yn ôl rhag arddangos ei ddoniau. Ond deallai ei fregusrwydd i'r dim hefyd. Mor rhwydd oedd ei frifo.

Â'r haul ar fin clwydo, daeth Meurig â phaned allan i'w wraig, a syllodd y ddau draw tua Llanddwyn, yr Iwerydd a Thre'r Ceiri. Yr heli'n llawn ceiniogau gloywon yn tincial ar wyneb y dŵr.

Lapiodd Awen ei bysedd am ei chwpan a theimlodd y coffi poeth yn ei chynhesu fesul llymaid. Doedd Meurig ddim angen gofyn i'w wraig p'run ai te neu goffi oedd hi ffansi bellach.

'Be sgin ti i'w ddeud?' holodd Awen, gan ddal i dremio tua'r gorllewin.

Gallai hithau ddarllen meddwl ei gŵr fel llyfr hefyd. Ai'r ffordd yr edrychodd arni a barodd iddi wybod hynny? Neu'r oslef yn ei lais pan ddwedodd o 'panad' wrth roi'r gwpan yn ei llaw? Ddown ni byth i wybod hynny. Cyd-ddeall cwpwl sydd wedi treulio blynyddoedd dan yr unto ydi peth felly, a does a wnelo neb arall ddim ag o. Eu busnes nhw ydi hynny. Neb arall.

Edrychodd y ddau ar weddillion haul yn diflannu mewn swildod o gopa'r Garn Fawr a suddodd pob un ceiniog mewn amrantiad i ddyfnderoedd yr eigion gan adael yr un ddimai goch y delyn ar y lan. Eto i gyd, fe ddaliai'r saffrwm i befrio o'u border fel petai'r heulwen wedi treiddio i'w betalau.

Roedd Meurig wedi paratoi lle perffaith iddyn nhw eleni. Lle na fyddai'n bosib i neb eu mathru. Tyfent rhwng dau wrych *camellia japonica* a gynigai gysgod iddynt rhag y gath a'r ddrycin.

'Isio i ti weld wbath ydw i,' meddai Meurig. Erbyn hynny roedd goleuadau Niwbwrch, Brynsiencyn ac Aberffraw yn wincio arnynt o bell a'r llymaid haul wedi diflannu o'r Garn Fawr.

Dychwelodd y ddau i'r tŷ a gallai Awen weld y mymryn lleiaf o densiwn yn ysgwyddau ei gŵr. Tybed oedd yr hyn a oedd ganddo i'w ddangos iddi'n newydd drwg?

Agorodd Meurig gaead y gliniadur.

'Ydi hwn yn mynd i f'ypsetio i, Meurig?' holodd Awen.

'Lasa neud,' atebodd.

'O, pam ti'n 'i ddangos o i mi, 'ta? Ti'n gwbod yn iawn bod yn gas gin i'r hen betha 'ma.'

'Neith o'm dy lorio di, Aws. Ti'n well peth na hynny.'

A hithau newydd weld drych o'i bregusrwydd yn swatio yng nghysgod y *camellia japonica*, doedd hi ddim mor siŵr a oedd hi'n barod am hyn. Doedd Meurig ddim wedi ei galw hi'n 'Aws' ers sbelan go lew chwaith. *Wnaeth o hynny'n fwriadol?* holodd ei hun. Roedd yn gweithio'n bendant. Roedd o yno i'w gwarchod. Fyddai o byth yn gneud hyn oni bai ei fod yn gwybod fod angen iddo neud.

Trodd Meurig y gliniadur i'w chyfeiriad a sylwodd Awen ar restr o negeseuon amrywiol ar y sgrin.

> Awen Mai di rhoi'r ffidil yn y to efo'r Colmons!

> Gweld dim bai arni.

> Na finna!

> Grawnwin surion?

> Bosib.

> Neu gollwraig sâl?

> Dipyn o'r ddau falla?

> Hulpan wirion.

> Gwynt teg ar 'u hola nhw dduda i.

> Ma nhw'n chwilio am arweinydd newydd meddan nhw.

> Oes na rywun igon gwallgo i drio?

> Watch this space! 😜😜😜

Pwy yn ei iawn bwyll fasa'n sgwennu'r ffasiwn bethau? meddyliodd Awen. *Pwy sy efo digon o amsar (a gwenwyn) ar 'u dwylo i fynd ati i neud peth fel hyn?* Ond erbyn iddi agor ei cheg, nid dyna ddaeth allan o'i genau chwaith.

'Ti'n medru'u hatab nhw?' oedd ei chwestiwn syml.

'Be ti'n feddwl?' holodd yntau.

'Meurig!' ebychodd Awen. 'I feddwl dy fod di'r dyn hefo mwy rhwng 'i ddwy glust na'r giwad yna i gyd hefo'i gilydd, oedd hwnna'n gwestiwn bach digri iawn.'

'Ty'd i mi ofyn un arall yn 'i le o, 'ta,' meddai Meurig. 'W't ti *am* i mi atab o?'

'Ydw,' atebodd ar ei ben. *Pam dylwn i gymryd fy sathru?* meddyliodd. *Pam dylia rhywun fedru mynd ar yr hen betha 'ma i ddeud beth fyw fyd fynnan nhw?*

'A be 'sa ti'n licio i mi ddeud?'

Edrychodd Awen allan ar ei hoff olygfa ac aeth i'w man hapus unwaith eto. Yr Eifl. Ei dihangfa hi a Meurig ar sawl achlysur. Chaech chi ddim cystal 'llesmeiriol baent' yn unman nag ar ambell lethr yn y fan acw pan ddeuai eu tymor. Chaech chi ddim gwell golygfa dros Benrhyn Llŷn, Ynys Llanddwyn a mynyddoedd Wiclo nag a gaech chi o gopa

Tre'r Ceiri. A doedd yna ddim dyfnach lliw ar rug y mynydd, hyd yn oed ar yr Wyddfa ei hun, nag a gaech chi ar Fynydd Gwaith. Ac i feddwl y buo na Sais i fyny yna unwaith ac ailfedyddio 'Yr Eifl' yn 'The Rivals'. Oni wyddai'r llwdwn mai am fod y pantiau welwch chi rhwng y copaon yn edrych fel dwy afl y rhoddwyd yr enw arnyn nhw, ac mai'r enw am fwy nag un gafl ydi geifl? *Rivals o ddiawl*, meddyliodd Awen. *Nhw ydi'r 'rivals' – nid y mynyddoedd!*

'Dwi'n siŵr y medri di feddwl am rwbath gwell na fi, Meurig,' meddai Awen.

'Rho syniad imi, ac mi lunia i rwbath iti.'

Bu'n cnoi cil am ychydig yn ceisio meddwl be'n union fyddai'n gneud i giwed o ferched oedd yn anfon negeseuon cyhoeddus dan ffugenwau i wingo'n eu crwyn. Oedd pobol felly mor groen galed fel na fyddai unrhyw ymateb yn eu pigo? *Falla mai peidio ymateb yw'r ffordd orau i'w trin yn y diwedd*, meddyliodd.

'Be ti'n feddwl fydda'n talu'r pwyth yn ôl?'

'Deud nad w't ti'n gadal y genod wedi'r cwbwl, falla?'

'Be?'

'Fasat ti'n styriad deud peth felly?'

Meddyliodd am ychydig, er y gwyddai yn ei chalon ei bod wedi bod yn ysu i gyfaddef hynny ers sbel, roedd ei balchder wedi cau ei cheg yn drap o'r cychwyn. Ac er y bu bron iddi ag ildio i'w hymgais daer yng Nghastell Deudraeth, ni ddaeth y plwc i roi i mewn i'w taerineb.

Roedd wedi methu byw yn ei chroen dros benwythnos y cyfweliadau chwaith, a theimlodd hi rioed gymaint o ryddhad pan glywodd nad oeddan nhw wedi penodi unrhyw un, er bod pedwar wedi ymgeisio. Meurig oedd wedi clywed hynny gan rywun yn rwla. Clywai fwy am hanesion y genod nag Awen ei hun erbyn hyn. *Rhyfedd o fyd*, meddyliodd.

***

Fyddai Meurig byth yn potsian â geiriau ar ei gyfrifiadur yn syth. Papur a phensil oedd y man cychwyn iddo fo bob tro. Unwaith y teimlai fod syniad yn bachu fe âi ar ei liniadur, ond dychwelai i'w bapur a phensil os nad oedd petha'n tycio go iawn. Sgrin i gofnodi, papur i greu. Newidiai o ddim bellach.

Ymhen sbel fe gododd ei ben o'i bapur a mynd ag o at Awen a oedd, erbyn hynny, yn eistedd wrth ei phiano yn ymarfer cyfeiliant unawd 'Y Gleisiad' gan Schubert oedd, eto fyth, yn ddarn prawf yn yr Urdd. Waeth pa mor gyfarwydd oeddech chi â'r cyfeiliant, roedd hi wastad yno i'ch baglu chi yn union fel tynged y brithyll druan yn y gerdd. Clasur o gân, hen sguthan o gyfeiliant.

Safodd Meurig wrth y drws yn gwrando ar ei chwarae meistrolgar. Methodd a maddau i ganu o'r rhan ganol ymlaen; lle mae'r sgotwr yn cymylu'r dyfroedd ac yn llwyddo i fachu ei swper:

'Ar ôl myfyrio a syllu,

Fe saif yn syth!' canodd Meurig yn ei lais telynegol yn disgrifio'r sgotwr yn teimlo'i brae yn cymryd yr abwyd.

'Mae lli yr afon yn tywyllu,

A phan edrychais i'

Y llinnyn oedd yn tynnu,' ymunodd Awen yn y ddrama o ddisgrifio'r dŵr yn cymylu a llinyn ei enwair yn tynhau. Hen felodïau o'u cyfnod carwriaethol yn eu meddiannu.

'Fe'i daliwyd! Fe'i daliwyd ef mor chwim.

A minnau yno'n crynu heb allu gwneuthur dim.'

'Ti'n meddwl fod Schubert wedi gneud y diweddglo 'na'n fwriadol?' holodd Awen, a thinc o dristwch yn ei llais.

'Be ti'n feddwl?' gofynnodd Meurig.

'Dwi wastad yn disgwl i'r alaw agoriadol ddŵad yn 'i hôl, am ryw reswm.'

'Falla bysa hi tasa'r sgodyn yn dianc.'

'O, Meurig, ma hynna mor drist.'

'Alaw'r brithyll ydi'r ddau bennill cynta. Ond y sgotwr sy'n ca'l y gair ola.'

''Nes i rioed feddwl am hynna o'r blaen. A finna wedi'i chwarae hi ganwaith,' meddai Awen, yn gweld y brithyll druan yn cael ei rwydo. Fyddai'r gân byth yr un fath iddi eto.

'Rhybudd i ferched ifanc ydi'r gân go iawn, sdi.'

'Rhybudd?'

'Ia. Dyn ifanc ydi'r sgotwr a'r ferch ifanc ydi'r brithyll. Rhybudd i chi beidio cael eich denu i mewn i rwyd serch heb fod yn siŵr o'ch petha. Peidio rhuthro i mewn pan ma'r dyfroedd 'di cymylu.'

Edrychodd Awen ar y copi unwaith eto a gweld cân oedd mor gyfarwydd iddi drwy lygaid cwbwl newydd.

Gosododd Meurig ei ddrafft o'i ymateb ar y stand biano o flaen y copi o'r 'Gleisiad':

> Mae Awen Mai am ddiolch i gyfranwyr yr edefyn yma i gyd am wneud iddi sylweddoli ei bod wedi difaru ei henaid ei bod wedi gadael Genod Colmon. Ac os ydi Genod Colmon yn clywed ei chri, yna mae Awen Mai yn aros yr alwad: 'Yma wyf inna i fod'!

'Be ti'n feddwl?' gofynnodd Meurig.

Wyddai Awen ddim sut i ymateb. Teimlai ei bod ar groesffordd ac nad oedd ganddi amser i feddwl yn iawn. Roedd yn gas ganddi ruthro i wneud penderfyniad, ond eto gwyddai y byddai oedi pellach yn creu mwy o gyfle i gintachu. Roedd hi bron â thorri ei bol i fynd yn ôl at y genod; wrth gwrs ei bod hi. Ond ai hon oedd y ffordd iawn i'w neud o?

'Be w't ti am i mi neud?' holodd ei gŵr.

Roedd gan Meurig ffordd arbennig efo geiriau ac roedd y mymryn hiwmor ynddo'n ei phlesio. A beth bynnag, mae bob croesffordd yn llefydd rhy beryglus i aros arnyn nhw'n rhy hir heb symud ymlaen.

'Diolch, Meurig. Ti werth y byd.'

Cychwynnodd Meurig yn ôl am ei swyddfa i anfon y neges. Galwodd Awen ar ei ôl.

'Ti'm yn meddwl 'i fod o'n gneud imi swnio fel rhywun chwit chwat, w't ti, Mei?'

'Dim o gwbwl, Awen bach.'

Aeth Meurig at ei gyfrifiadur ac aeth Awen yn ôl at Schubert. Roedd yna fymryn o wahaniaeth yn ei deinameg wrth chwarae'r agoriad y tro yma. Gwenodd iddi ei hun. Diolch byth na chafodd ei bachu pan oedd y dyfroedd wedi cymylu. *Catch of the day*; dyna oedd ganddi – bob dydd.

***

Dychwelodd Meurig cyn bod Awen wedi cyrraedd diwedd y gân a rhyw hanner gwên ar ei wyneb.

'Be sy 'di dy gosi di?' holodd Awen.

'Rywun 'di ca'l y blaen arnan ni,' meddai Meurig, gan ddangos un ymateb ychwanegol i'r edefyn iddi. Deuair yn unig.

> Ffyc off!

'Pwy sy 'di anfon hwnna, 'ta? 'Di o'n deud?'
'Un arall yn sgwennu dan ffugenw.'
'Ia mwn!' cwynodd Awen.
'O leia mae o o dy blaid di, Aws. Cadw dy bart di a'r genod mae o.'
'Pwy ti'n feddwl sy 'di sgwennu fo?'
'Rhywun o'r enw "Aha! Diced!"' atebodd Meurig, gan bwyntio at yr enw i Awen weld yr ebychnodau a'r sillafiad.
'Ffugenw gwirion!'
'Dwi 'di gweld gwaeth,' atebodd Meurig.
'Sgin ti ryw syniad pwy 'di o?'
'Tasat ti'n gneud geiriaduron mi fasat wedi'i weithio fo allan erbyn rŵan.'
'Anagram ydi o?'
'Ia.'
Syllodd Awen yn hir ar yr enw ond tydi meddwl pawb ddim yn gweithio yr un fath, ac nid pawb sy'n hoffi gneud croeseiriau chwaith. Eto i gyd, allai hi ond meddwl am un person yr oedd yn ei nabod fyddai'n ymateb fel ag a wnaed. Ond roedd yn deall anagram yn ddigon da i wybod nad oedd 'Aha! Diced' yn anagram o Carys, waeth o ba ongl yr edrychech chi arno. *Aha! Diced!*?
'Fedra i'm meddwl am neb ond Carys fasa'n anfon ymateb fel'na.'

'Iawn tro cynta,' meddai Meurig.

'Ond sut medrai "Aha! Diced" fod yn anagram o "Carys"?'

'Fedra fo ddim,' meddai yntau ar ei ben, 'ond mi fedrith fod yn anagram o'r lle ma hi'n byw.'

'Cae Haidd?' holodd Awen gan grychu ei thalcen ac edrych arno eto.

'*Exactement, ma chérie*,' meddai ynta yn ei acen Ffrengig orau.

Siambar Carys
Cae Haidd

Petai Carys heb ddiffodd ei ffôn cyn gadael y tŷ byddai wedi gweld ymateb Awen ar y Gweplyfr a byddai hynny wedi codi ei chalon. Ond roedd y negeseuon hurt yr oedd wedi eu darllen drwy'r dydd fel tap yn gollwng wedi ei chynddeiriogi.

Aeth allan i gael un olwg arall ar y defaid. Fel arfer byddai'r adeg yma o'r flwyddyn yn codi ei chalon, waeth beth fyddai'r byd yn ei luchio ati. Y dydd yn mystyn, ŵyn bach a chennin Pedr. Ond yn fwy na dim, yr ymarferion ar gyfer y Steddfod yn cychwyn go iawn.

Ond dim heddiw. Dim iddi hi. Er y gallai weld pen ambell ddaffodil yn ymwthio allan byddai'n bythefnos dda arall cyn i'r rhai cynharaf flodeuo. Dim brefu ŵyn bach hyd yma chwaith. Ac yn bendant doedd yna ddim ymarferion wedi eu cynnal. Roeddan nhw hyd yn oed wedi gorfod canslo dau gyngerdd Dydd Gŵyl Dewi yn y Sarn a Bwlchtocyn am nad oedd ganddyn nhw arweinydd. Doedd ryfedd fod y felan arni.

O leia roedd Sian Armon wedi cynnig dysgu ychydig o ganeuon ysgafn iddyn nhw er mwyn dal ati i gyfarfod. Ond fel y cyfaddefai Sian ei hun, doedd hi ddim yn arweinyddes wrth reddf a byddai'r ymarferion yn troi'n sgyrsiau, a'r sgyrsiau'n troi'n hel atgofion, a rhai o'r atgofion hynny bellach yn eu gneud yn drist yn hytrach na chodi'u hwyliau. Ac erbyn diwedd y sesiwn roedd pawb yn ôl yn yr un hen rigol.

Daeth yn ei hôl i'r tŷ ac roedd ei mam eisoes wedi noswylio. Neidiodd drwy rai o'r sianeli, ond doedd dim yn ei denu i aros ar ei thraed i wylio. Daeth ar draws un rhaglen ar eni babis ac fe wyliodd am ryw bum munud. Er ei bod wedi gweld ugeiniau o raglenni o'r fath, wedi gwylio'r defaid a'r gwartheg yn geni ers blynyddoedd, ac wedi bod yn dyst i bob mathau o bethau'n mynd o'u lle, yn sydyn profodd y teimlad o'r tu mewn iddi yn hytrach nag o'r tu allan. Daeth ton o angerdd fel tswnami drosti a'i boddi mewn môr o gariad.

Fe'i cafodd ei hun ar ei gliniau yn gymysg o gynnwrf a llawenydd a phanig. Roedd yna rywfaint o dristwch yno hefyd, ond gweddillion diwrnod go wael oedd hwnnw mae'n siŵr. Neu falla mai hiraeth am ei thad, na fyddai yma i rannu ei llawenydd, oedd yn gyfrifol. Ond doedd hi ddim wedi ei rannu efo neb ond Non hyd yma – ddim hyd yn oed efo'i mam. Ac roedd hynny'n ei phoeni.

Doedd hi ddim wedi gweddïo ers blynyddoedd meithion; dim ond y rhai hunanol hynny am ganlyniad cystadleuaeth neu etholiad. Fel yr had yn Nameg yr Heuwr fe wyddai fod gan dduw hefyd glust fyddar. Os oedd yna un ddameg y bu iddi ei deall erioed yn yr ysgol Sul slawer dydd, yna Dameg yr Heuwr oedd honno. Roedd wedi gweld drosti ei hun ar sawl achlysur na fyddai hedyn a syrthiai ar dir sych neu i ganol y drain byth yn dwyn ffrwyth. Pam felly y byddai duw yn gwrando ar weddïau gwirion am dlysau cerdd dant ac am fyheryn oedd yn gwrthod mynd ar gefn ei defaid? Drosti hi ei hun y gweddïai bob gafael, a hynny'n llawn amheuaeth os oedd y ffasiwn beth yn bod â duw pa 'run bynnag. Roedd Carys Cae Haidd yn nabod ei hun yn dda. Yn nabod ei theulu a'i ffrindiau hefyd. Ei ffarm a'i milltir sgwâr. Ei gwlad a'i hiaith. Ond roedd hi wastad wedi amau dyn – a duw.

Byddai ei mam bob amser yn ei chywiro fod yna 'D' fawr i 'Duw'. Ond doedd Carys ddim yn nabod ei duw hi'n ddigon da i roi 'D' fawr iddo. *Dim ond i rywun ti'n nabod go iawn ti'n rhoi llythyren fawr wrth ei enw.* Doedd hi rioed wedi enwi yr un o'i hanifeiliaid ar y ffarm chwaith. Buwch oedd buwch a dafad oedd dafad a myharan oedd myharan – beth bynnag oedd ei dueddfryd. Doedd hi ddim yn mynd i gael dadl efo'r un hwrdd am ba ragenw i'w gyfarch. Os cyrhaeddai unrhyw greadur gwlanog Gae Haidd efo pidlan a cheillia, yna myharan fyddai hi.

Hi! Meddyliodd Carys. *Pam uffar dwi'n galw fy myheryn yn 'hi'?* Yr holl flynyddoedd y bu'n ffermio ac roedd hi wastad wedi deud fod ganddi ddwy fyharan. *Does ryfadd fod y creaduriaid bach yn ffwndrus.*

Chwarddodd iddi ei hun wrth feddwl am y fath gymysgwch. Ac yna fe gofiodd pam ei bod ar ei gliniau wrth ei gwely. Rwbath nad oedd hi wedi ei neud ers pan oedd hi'n hogan fach iawn. Y nosweithiau hynny pan blygai wrth erchwyn ei gwely gyda'i mam yn gofyn ar dduw i warchod ei thad hyd nes y deuai hi yno i'r 'nefoedd' i ofalu amdano a bod yn gwmni iddo. Ac yn sicr i'r nefoedd yr aethai ei thad wedi iddo farw. Toedd hi'n ei ddeud bob bore Sul wrth weddïo ar ei thad oedd yn y nefoedd?

Yna, un noson, bu'n rhaid i'w mam dlawd ddeud wrthi nad oedd yna ddyn mewn siwt goch yn dod i lawr y simdde bob gaeaf noethlwm, ac fe ddechreuodd amau bodolaeth bob dim nas trawodd ei llygaid ei hun arno byth ers hynny. Yn Siôn Corn, yn Dylwyth Teg ac yn dduw. Daliodd i fynd i'r capel er mwyn ei mam – a'i thad. Gwyddai y torrai Rhiannon Prysor ei chalon pe na bai Carys yno wrth ei hochr yn morio canu:

'Yn wastad gyda thi
Dymunwn fod fy Nuw,
Yn rhodio gyda thi 'mhob man,
Ac yn dy gwmni'n byw.'

Bob tro y byddai'r sgethwrs yn ledio'r emyn honno fe wasgai Rhiannon law ei merch trwy gydol y canu. Hoff emyn ei thad. Ac yn raddol daeth yn hoff emyn iddi hithau hefyd. Ac felly, yng nghyrion cred ei thad a'i mam y gafaelai hithau, Carys, yn sownd yn ei frethyn brau.

Gollyngai afael arno'n llwyr y tu allan i furiau Pisgah, ond gwyddai lle roedd o bob tro y byddai ei angen arni. A dyna oedd hi'n ei neud heno. Am y tro cynta ers cantoedd roedd hi'n dal ei gafael yn y mymryn breuder hwnnw oedd ganddi'n cuddio yn rwla. Ond nid gweddi hunanol oedd hon.

Roedd hi hefyd yn gweddïo am un bychan, bach arall, nad oedd hi eto'n ei nabod, ond ei bod hi heno wedi ei deimlo'n symud – am y tro cynta, a doedd hi ddim am ollwng ei gafael arno. Roedd hi am ei gadw. Boed drais neu deg, plentyn Cae Haidd fyddai hwn.

Hwn! Meddyliodd. *Pam dwi'n ei fedyddio'n 'hwn' a'r babi heb ei eni eto?* Doedd hi ddim hyd yn oed wedi bod i'r ysbyty i gael sgan heb sôn am gael yr ail un. *Pam fod bob babi yn 'hwn' ac nid yn 'hon'? A myheryn yn hon ac nid yn hwn?*

'Carys bach, ti'n iawn?'

Shit! Meddyliodd, pan glywodd lais Rhiannon Prysor o'r tu allan i'r drws. Aeth pob defosiwn a sancteiddrwydd allan drwy'r ffenest pan sylweddolodd fod ei mam wedi bod yn ei gwylio'n plygu wrth erchwyn ei gwely. *Ers faint buo hi yno, tybed?* Meddyliodd yn siŵr ei bod yn cysgu ers oriau ond roedd yn amlwg wedi codi i fynd i'r tŷ bach a hithau heb ei chlywed.

'Be ti'n da'n fanna ar dy linia?'

'Be dach *chi'n* da i fyny mor hwyr, Mam bach?'

'Codi i bi-pî 'nes i, Carys. Ti'n iawn?'

'Ydw ... meddwl am 'nhad oeddwn i.'

Roedd rhywbeth yn yr edrychiad a ddaeth yn ôl gan Rhiannon Prysor yn deud llawer mwy na hynny wrthi. Roedd ynddo hiraeth a chariad a chydymdeimlad, i gyd yn gymysg yn ei gwên drist. Ond roedd rhywbeth arall ynddo hefyd. Rhyw wahoddiad i ddeud mwy. Drws ar agor. Hen, hen nabod.

'Be?' holodd Carys.

'Be ti'n feddwl "be", 'nghariad i?'

'Pam dach chi'n sbio arna i fel'na, Mam?'

Gadawodd Rhiannon i'r tawelwch siarad drosti. Lledodd ei gwên ac agorodd ei breichiau y mymryn lleia i gynnig gwahoddiad i gysur. Iaith oedd y rhain na allai geiriau eu mynegi byth. Cododd ei hael ychydig yn uwch i agor mwy ar y drws, ac roedd hynny'n ddigon i Carys dderbyn y gwahoddiad fel plentyn oedd wedi syrthio ac angen ei chysuro. Gafaelodd yn dynn yn ei mam ac yno y buon nhw am sbel yn mwynhau'r agosatrwydd newydd. Neu'r agosatrwydd a ddaeth yn ei ôl ar ôl bod i ffwrdd am amser hir.

'Ers pryd dach chi'n gwbod?' sibrydodd Carys yn ddistaw.

''Mhell cyn Dolig, siŵr gin i.'

'Be dach chi'n 'i deimlo?'

'Bob dim ti'n 'i deimlo, 'nghariad i. Dwi'm yn ama 'mod i newydd 'i deimlo fo'n 'y nghicio i, hyd yn oed.'

Nodiodd Carys ei phen yng ngwegil ei mam gan adael i ddeigryn cynnes lifo i lawr ei grudd ac ar wddw Rhiannon. Teimlodd hithau'r deigryn bychan yn symud yn araf i lawr at ei bron a chynhesodd drwyddi. Doedd dim angen deud dim mwy. Roedd popeth yn iawn.

Bar y Ship

'Ti isio hand?' holodd Rhodri Peips pan welodd o Dilys yn bustachu i gael bwndel arall o falŵns oren a du drwy ddrws ffrynt y Ship. Roedd hi wedi cael benthyg fan ei gŵr i fynd i Bwllheli i nôl y balŵns oedd wedi eu llenwi â heliwm. Er y gallent fod wedi prynu caniau o'r nwy yn arbennig at yr achlysur, roedd hi'n llawer llai o strach archebu rhai redi mêd o siop partïon Deilwen's Delights o'r dre. Roedd Deilwen yn hanner chwaer i Dilys ond ddim eto wedi gweld y goleuni, er bod Dilys yn dal i weithio'n galed arni.

'Dach chi'n siŵr bo gynnoch chi ddigon o falŵns, genod?' holodd Rhodri wrth weld ei far yn mynd i edrych mwy fel hysbyseb Tango nag i far tafarn wledig.

'Trio bod yn glyfar w't ti, Peips?' holodd Double Tops, gan rannu'r balŵns i weddill y genod i'w gosod hwnt ac yma hyd y stafell.

'Fedri di byth ga'l digon o falŵns yn y byd 'ma,' ategodd Non. 'Yn enwedig mewn parti i Awen Mai.'

Roedd Mark Mason (gŵr Double Tops) yn ymlafnio ar ben stôl yng nghanol y stafell yn trio cael y *mirror ball* i hongian yn iawn. Roedd angen tri golau sbot yn llewyrchu arni o dri chyfeiriad er mwyn iddi weithio'n berffaith. A fyddai dim byd ond 'perffaith' yn gneud y tro heno. Fu Non fawr o dro'n troi braich Rhodri i gytuno i gael gosod pêl ddrychau ar do'r bar, er gwaetha'r strach a'r anghyfleustra. Roedd arno fwy nag un ffafr iddi ers tro byd.

Plygu'r napcyn a gosod y gwydrau gwin yn eu lle ar y *top table* oedd Carys a Non; yn ddigon pell oddi wrth y gweddill i gael sgwrs fach gyfrinachol.

'Dy fam yn ocê?' holodd Non.

'Oedd Mam yn *champion*,' meddai Carys. 'Fi oedd fatha cadach llestri. Oedd hi 'di dyfalu ers wythnosa medda hi. A ma hi ac Anti Meirwen 'di bod yn grêt ers hynny. Y ddwy 'di torchi'u llewys a chreu rota hefo'r gweision. Yncl Meirion yn dŵad mor amal ag y gallith o. Pawb yn sgwyddo'r baich fel dwn i'm be.'

'Ti am ddeud wrth Awen?'

'Dim heno. Dwi'm isio i ddim byd sdyrbio heno.'

'Chdi w'r ora.'

''Sa fo'n tynnu'r sylw oddi arni *hi* wedyn, yn bysa?'

'Ti'm yn mynd i fedru'i guddiad o'n hir iawn eto cofia, Cae Haidd.'

I ychwanegu at y styrbans, cyrhaeddodd y delyn. Doedd Rhodri Peips ddim yn cofio i delyn fod ar gyfyl y Ship erioed o'r blaen. Ond mi roedd yna dro cynta i bob dim, on'd oedd? Hyd yn oed pla o falŵns, *mirror ball* a thelyn.

Yn dilyn ei thelyn, daeth Telynores Prysor (Anti Meirwen) ac i'w chanlyn hithau y daeth Sian, oedd wedi trefnu, drwy gyfarwyddiadau manwl Non Events, i ddod â'r cerddorion ynghŷd. Er yr holl wario a wnaed i drio perswadio Awen i newid ei meddwl yng Nghastell Deudraeth, roedd y ffaith iddi wneud tro pedol mor ddi-symwth yn ddigon i gyfiawnhau dathliad arall. 'Parti Croeso 'Nôl' fyddai hwn, nid 'Parti Crafu Tin'.

***

Unwaith y gwelodd fod y genod yn dechrau cael eu cefn atynt aeth Rhodri i forol am ei bolish a'i beips. Roedd wedi grwgnach ryw fymryn y byddai'r holl gybôl o feddiannu'r bar am noson gyfan yn amharu rywfaint ar nos Sadwrn ei selogion, ond roedd wrth ei fodd mewn gwirionedd – tasa fo ond yn fodlon cyfadda. Byddai'r hogia'n fwy na pharod i fynd i'r lownj am un noson.

'Sgin ti sgriw dreifar bach, bach, bach, Rhodri?' holodd Mark o ben ei stôl.

'Oes, *ma* gynno fo!' atebodd Non o ben arall y stafell, gyda gwerthfawrogiad unfryd i'w jôc – ar wahân i Mark, oedd yn rhy brysur yn trio cael y dam pêl i orwedd yn sad ar y to. Roedd yn laddar o chwys erbyn hyn ac yn methu'n glir â thynhau'r sgriw olaf a fyddai'n ei sodro'n ei lle.

Aeth Peips i'r selar i chwilio am ei focs twls yn filan am y jôc. Roedd gyda'r gora am wneud hwyl am ben rywun arall, ond dyna wendid Peips erioed; methu cymryd jôc. Câi flas chwerw iawn ar ei ffisig ei hun. Ac felly, pan ddilynodd Non o i lawr i'r selar, doedd o ddim mewn hwyliau rhy dda.

'Sgin ti fwy o wydra gwin yn rwla, Rhods?' gofynnodd.

'Cwpwr y *dining room*,' atebodd yn bwdlyd.

'Be sy?'

'O lle ddoth y "Rhods" 'ma mwya sydyn?'

'Rhods dwi'n d'alw di bob tro.'

'Mond pan ti isio rwbath.'

Ti'n deud hynna wrtha i, w't ti'r penci, sgrechiodd Non yn ei meddwl. *Yn fan hyn! Yn dy ffycin selar damp di lle dalish i chdi'n rhwbio'n erbyn Gwen Caea Llwydion ryw nos Wenar 'lyb pan oedda chdi'n meddwl bod y tŷ yn wag. A dyna'r oll ti'n boeni amdano fo ydi 'mod i 'di gneud jôc fach arall am seis dy beipan di. Fatha hogyn bach 'di gollwng 'i lolipop.'* Er y byddai wedi mwynhau rhoi llais i'r holl feddyliau yna, nid dyna ddudodd hi wrth yr hogyn bach yn 'i siambar sori chwaith: 'Cwpwr *dining room* ddudist di, ia?' gofynnodd i'r pwdyn.

'Ia,' meddai Peips, fel tasa fo'n dal i edrych ar 'i lolipop.

Car Meurig

Caeodd Meurig ddrws y car wedi gneud yn siŵr fod Awen wedi cael ei hun a godre'i sgert hir yn gyfforddus a saff yn y sedd flaen. Yna agorodd ddrws y gyrrwr gan sicrhau nad oedd ei esgidiau *brogue* yntau'n cael eu sarnu chwaith a chymerodd un olwg arall arno'i hun yn y drych, sythu ei dei (oren), cau ei wregys a thanio'r injian.

Roedd ganddyn nhw ryw bum, chwe milltir o waith gyrru draw i Lanfeudwy, a oedd yr ochr arall i'r Eifl. Fedrai Awen ddim byw yn rwla lle nad oedd gennych chi olwg o'r môr, heb sôn am fyw yn rwla lle roedd pawb yng ngheg au ei gilydd byth a hefyd. Roedd yn hoffi'r lled braich hwnnw a gâi yn Llety'r Bugail. Digon pell o bob man ac eto o fewn cyrraedd i bobman hefyd.

'Mor falch dy fod di'n gneud hyn, Aws,' meddai Meurig, gan daro'r trac o Marian Roberts, Brynsiencyn yn canu 'Mae Hiraeth yn y Môr' ymlaen. Un arall o hoff ganeuon Awen, ac un o'i hoff gerddi yntau. Roedd wedi paratoi tri thrac iddyn nhw wrando arnyn nhw ar eu ffordd i'r Ship, a gwyddai y byddai eu hadeiladwaith yn helpu Awen i gerdded dros drothwy'r hen dafarn gydag arddeliad ac yn hollol saff ei bod wedi gneud y peth iawn.

Gorweddodd yn ôl yn ei sedd am dipyn i wrando ar y llais hudolus o Fôn. Edrychai allan i weld 'y môr a'r mynydd maith' gan adael i'r mymryn lleia o'r felan ddod i mewn i'r car i eistedd wrth ei hymyl hyd nes y 'cwyd un olaf ei leferydd ef, a mwynder trist y pellter yn ei lef.' Roedd rhai o'r unawdau Cymraeg a sgrifennwyd gystal, os nad yn well na'r clasuron mwyaf. Cordiau Dilys Elwyn, geiriau T. H. Parry-Williams a llais Marian Roberts. A Meurig wrth ei hochr yn ei siwt a'i ogla da. Biti na fyddai modd rhewi amser. I Awen, pe câi hi ddewis, hon fyddai'r eiliad honno.

'Yma Wyf Inna i Fod' oedd yr ail drac. Roedd hi'n dipyn o ffan o Bwncath ac eisteddodd i fyny'n syth gan y gwyddai y byddai hi a Meurig yn canu ar dop eu lleisiau fel y deuent i ben Pistyll gan edrych drosodd am Borthdinllaen.

Hon oedd Awen ar ei gorau. Yr Awen a ddeuai allan o'i chragen – heb lwyr ddod allan chwaith. Fel y cranc meudwyol hwnnw sy'n dangos digon ohono'i hun ond sy'n dianc yn ôl i'w gragen os oes yna unrhyw berygl o'i gwmpas. Chwarae mig – fel y llanw a'r trai. Daeth Tŷ Coch i'r golwg yn y pellter a dyma ddechrau ei morio hi.

'Mae'n flêr a does 'na'm seren
Heno i mi uwch fy mhen.
Dwi'n geiban ond dwi'n gwbod
Mai yma wyf inna i fod ...'

'Fel'na ma'r gynghanedd ar 'i gora dwi'n meddwl,' meddai Meurig ar ôl diffodd y trac am ennyd i gael sawru'r geiriau. Yn dipyn o gynganeddwr ei hun, fe glywai bob clec yn y cytgan clyfar.

'Cynghanedd?' holodd Awen, nad oedd wedi meddwl am eiliad y byddai'r fath beth yn agos at unrhyw gân ysgafn.

'Ma hi 'di chuddio mor dda, prin ti'n sylwi 'i bod hi yna.'

'Liciwn i 'i deall hi'n well,' meddai Awen ar ôl ailganu'r cytgan iddi ei hun.

'Y gynghanedd?' holodd Meurig.

'Ia. Dwi'n gwbod dy fod di'n gallu 'u hegluro nhw i mi pan dwi'n gosod, ond ges i 'meirniadu am fy nghorfannu yn Aber, yn do?'

'Fedri di wastad fynd ar gwrs gosod w'st di, Aws,' awgrymodd Meurig yn betrus. Roedd hwn yn bwnc sensitif.

'Fedrwn i byth.'

'Pam?'

'Mi fasa fel mynd i ffae'r llewod i mi. Ti'n gwbod hynny. Dwi'n eitha hoff o amball un, ond rho di nhw'n yr un stafell a ma nhw'n troi'n rwbath arall. Sgin i'm llai na'u hofn nhw ar adega felly.'

'Pam na ddoi di i'r dosbarth cynganeddu, 'ta. Fasa hynny'n helpu?'

'Dy ddiléit di ydi hwnnw, Mei. Mae o'n braf i ti ga'l mynd i rwla dy hun weithia, tydi. A ph'run bynnag, dwi'n eitha licio ca'l y tŷ i mi fy hun amball waith.'

'Wel, diolch yn dalpia Mrs Deiniol-Huws.'

'A beth bynnag – dwn i'm p'run fasa gwaetha gin i. Bod yng nghanol ciwad o feirdd neu nyth cacwn o gerdd dantwyr.'

Chwarddodd y ddau a phwysodd Meurig y botwm i chwarae'r gân olaf a llifodd llais Sinatra fel mêl i'w clustiau: 'That's Life'.

Hon oedd eu cân fawr. Hon fyddai'n sgubo'r felan allan drwy'r drws ar bob achlysur lle byddai angen cael gwared arni o'r tŷ. A pha dŷ a fu erioed na fyddai angen ychydig o sgubo'r felan ohono rŵan ac yn y man? Pa sawl un a brofodd rhywun yn cael cic allan o sefyll ar eich breuddwydion?

Deuai ryw ryddhad iddi bob tro y clywai'r geiriau. A phan fyddai hi a Meurig yn cael yr awydd i ymuno â'r hen 'lygaid gleision' yn y cytgan, byddai'n teimlo'r pwysau'n codi oddi ar ei hysgwyddau: *'I pick myself up and get back in the race!'*

A dyna dwi newydd neud, meddyliodd. Roedd hi wedi pigo'i hun i fyny ac ailymuno'n y ras. Yr unig beth oedd yn lluchio'r mymryn lleia o ddŵr oer ar betha oedd fod y darn prawf yn y Genedlaethol i'r parti cerdd dant yn groes acen. Ond fe wynebai'r sialens honno rywbryd eto. Beth bynnag fyddai'r datrysiad, fyddai hi ddim yn mynd yn agos at unrhyw gwrs gosod am bris yn y byd.

Agorodd Meurig y drws iddi a chynnig ei law i'w helpu i ffeindio'i thraed yn ei sodlau uchel. Sadiodd, a cherddodd i mewn i fonllefau o gymeradwyaeth a Non yn sibrwd ymddiheuriad yn ei chlust mai Second Linda oedd wedi dewis y gerddoriaeth. Felly cerddodd y cwpwl i mewn i leisiau Peters and Lee yn canu:

'Welcome home,
Welcome!
Come on in,
And close the door!'

Roedd Awen yn ei hôl lle y dylai hi fod. A thrwy drais neu drwy deg, mi fyddai hi'n arwain y genod i fuddugoliaeth fawr cyn y deuai'r flwyddyn i ben. Addawodd hynny yn ddistaw bach – iddi hi ei hun

Yn hwyrach ym mar y Ship

Yn syth wedi i bawb eistedd, mynnodd Sian eu bod yn canu'n syth bin, cyn i neb ddechrau mynd dros ben llestri. Roedd ganddi hunllef o atgof y gwyddai na fyddai'n cilio hyd byth. Atgof o ragwrandawiad y bu iddyn nhw ganu ynddo ryw dro pan oeddan nhw'n dechrau ffurfio'n barti. Dim ond deuddeg o aelodau oedd ganddyn nhw ar y pryd, ac wedi cyrraedd y maes fe aethon nhw ar eu pennau i'r bar agosaf i fagu digon o blwc i fynd i'r rhagwrandawiad.

Fe fyddai'r rhan fwyaf ohonyn nhw'n taeru du yn wyn efo chi hyd y dydd heddiw nad oeddan nhw'n feddw yn cyrraedd y rhagwrandawiad, ond roedd Sian yn gwybod yn well. Fe wrthododd hi yr ail beint ac felly mae ganddi well atgof o'r profiad.

Yn syth wedi canu fe aeth y deuddeg i eistedd yng nghefn y Pagoda'n reit dawedog ac yn dal mewn dipyn o sioc fod y cyfan drosodd mor sydyn.

'Mi ath hwnna'n uffernol o ffasd, yn do?' meddai Tesni, gan deimlo fod y gynulleidfa hefyd mewn dipyn o ddryswch. Meddyliodd Cae Haidd yn siŵr eu bod wedi creu argraff dda gan fod y beirniaid wedi rhoi mymryn o amser i drafod eu datganiad. A chan fod y rhan fwyaf o'r gynulleidfa hefyd wedi dechrau trafod fe gytunai Non eu bod nhw'n siŵr o fod wedi dal sylw a hwytha'n barti newydd.

'Ond ti'n iawn, Tesni,' meddai, 'oedd o'n teimlo'n ffasd.'

'Dwi'm hyd yn oed yn cofio canu pennill tri,' meddai Tesni'n ei hôl.

'Ddaru ni ddim,' meddai Sian.

'Be?' meddai Dilys, wedi dychryn am 'i hoedal. Hi oedd yr unig un oedd wedi llwyddo i lyncu tri pheint y pnawn hwnnw cyn yr enwog ragwrandawiad. Edrychodd pawb yn wirion ar Sian ond eto'n teimlo ym mêr eu hesgyrn fod yna bosibilrwydd cry ei bod yn deud y gwir.

'Adawon ni bennill pedwar allan hefyd,' eglurodd Sian. 'Dyna pam deimloch chi fod o 'di mynd mor sydyn.'

Rywsut, rywfodd, roedd y parti cyfan (ar wahân i Sian) wedi llwyddo i symud yn esmwyth o bennill dau i bennill pump heb sylwi dim. Doedd ryfedd fod y beirniaid wedi cymryd eu hamser i drafod eu datganiad a bod y murmuron ymhlith y gynulleidfa wedi bod yn dra gwahanol i'r trafod arferol. Roedd y telynorion wedi sylwi'n syth, wrth gwrs, ac wedi synhwyro fod y merched am orffen ar ddiwedd dau gylch o'r gainc yn hytrach na thri. Gwyddai'r beirniaid hefyd fod y parti wedi cael sgid hwch fach anffodus ar ôl yr ail bennill, ac roedd un wedi sgwennu 'wps' ar ddarn o bapur er mwyn i'w chydfeirniad ei weld. A chan fod bob parti arall wedi sylwi hefyd doedd ryfedd fod yna hen drafod wedi bod tra oedd y merched yn gadael y llwyfan a ffeindio'u seddau.

Tydyn nhw ddim yn sôn llawer am y dyddiau hynny erbyn hyn, er y byddai gan Sian ddiddordeb mawr mewn gwybod ai nhw yw'r unig barti erioed yn hanes yr Eisteddfod i beidio cael llwyfan ar ôl rhagwrandawiad. Mae'r feirniadaeth yn dal yn ei meddiant yn rwla.

'Gan na chafwyd dehongliad cyflawn o'r darn gosod ni theimlem ichi gyflawni'r dasg osodedig ac ni allwn felly eich rhoi ar y llwyfan eleni. Ond daliwch ati. Mae gan y parti yma addewid pendant. Diolch am gystadlu.'

Waeth be ddudwch chi, tydi llymeitian a pherfformio ddim yn cymysgu. A phob parch i Genod Colmon, tydyn nhw ddim wedi ailadrodd y digwyddiad bach yna byth ers hynny. A phan ddaeth Awen Mai ar y sîn fe ffurfiolwyd y rheol nad oedd neb i gyffwrdd dropyn cyn cystadlu.

A dyna pam yr oedd y merched rŵan yn ymgynnull yn y gegin yn union fel tasan nhw ar fin mynd i ragwrandawiad cenedlaethol.

'Dwi'n swp sâl,' meddai Double Tops.

'A fi,' eiliodd Helen Traed Oer, oedd yn gweld y drws cefn yn hynod o gyfleus petai'r angen i adael yn mynd yn drech na hi.

''Swn i'n mwrdro peint,' ychwanegodd Dilys.

'Fwrdra i *di*'n gynta,' rhybuddiodd Sian.

Chwaraeodd Anti Meirwen gordiau agoriadol 'Llety'r Bugail' ar y delyn a hynny oedd ciw y genod i gychwyn cerdded i mewn, mor sobor â seintiau Enlli gynt, yn ddwy res dwt, i wynebu Awen a Meurig a'r criw oedd wedi dod yno i gefnogi. Llusgwyd pob copa walltog draw i guro dwylo, yn wŷr ac yn bartneriaid, yn neiniau a theidiau a phlant, y gweinidog a'r cynghorydd lleol. Gwnaeth Carys yn siŵr fod sedd gadw i'w mam wrth ymyl Awen a Meurig yn y pen blaen. Roedd y bar dan ei sang a Rhodri Peips ar ben ei ddigon.

Bu Meurig yn hogi cywydd (byr/syml) yn arbennig ar gyfer yr achlysur ac fe fustachodd Sian i wneud ryw lun o osodiad (byr/syml) hefyd. Nid y safon oedd yn bwysig heno, ond yr achlysur. Roedd y Ship yn llawn egni newydd, ac er na wyddai Wayne, Sharleen, Kylie a Gwrtheyrn ap Fadryn pam yr oeddent i gyd ar ben cadeiriau yn cymeradwyo ffwl pelt mewn crysau T oren, fe aethant ar don yr egni hwnnw gydag arddeliad.

'Gawn ni gopis yn cawn, Sian?' holodd Traed Oer yn daer cyn cytuno i gymryd rhan ac yn dal i weld y drws cefn yn demtasiwn. Ond roeddan nhw yno rŵan, yn ddwy res berffaith. Pawb a'i ran. Pawb a'i ffenest. (Mae pob parti cerdd dant gwerth ei halen yn gwbod pa un yw ei 'ffenest'.) A phawb yn gwenu'n gynnes ar Awen a Meurig. Parhâi Anti Meirwen i chwarae 'Llety'r Bugail' fel tasa hi ar lŵp, ond ar arwydd pen gan Sian fe ddaeth y genod i mewn gyda'u cywydd:

'Heno i ti ar bob tant
Fe eiliwn ni dy foliant.
Yma'n cwrdd yn gwmni cu

Y Genod ddaeth i ganu
Cân yn sisial o'r galon,
Yn rhwydd i glodfori hon.

Down ynghŷd i gyd ar gân
I hogi cerdd i'r hogan.
Awen Mai yma'n ein mysg
A'i gemau oll yn gymysg;
Yn ei gwaith ac yn ei gwên
A'r aur a'r du a'r oren!

O drum Tre'r Ceiri draw
Ar awelon yr alaw,
Daw a'i dwylo ar delyn
I chwarae y tannau tynn,
A deil i'n hysbrydoli
Ein hwyl ar wendon yw hi.

Bu egin Llety'r Bugail
Bob awr yn le heb ei ail
I liwio'i chyfalawon
Ac i roi drwy'r flwyddyn gron
O'i gorau, ac o gariad
At lên, a hefyd at wlad.'

I'r byd cerdd dant, efallai nad hwn oedd un o'r datganiadau hynny a fyddai'n 'mynnu canu'n y cof' – mae'n bosib na fyddai ambell un hyd yn oed yn ei alw'n gerdd dant – nac yn gywydd. Ond i'r rhai a oedd yn y Ship y noson honno, roedd yn ddigwyddiad i'w gofio.

Afraid deud fod y genod wedi heidio am y bar yn syth wedyn i dorri eu syched ac i hwylio ychydig ar don canmoliaeth eu cefnogwyr. Llanwodd Non wydr i Carys o win dialcohol fel na fyddai neb yn holi pam nad oedd Cae Haidd o bawb yn cael ei pheint arferol.

Pylwyd y golau a rhoddwyd y bêl ddrychau i droi nes yr oedd sêr yn troelli o gwmpas y stafell. Cadwodd Mark lygad barcud arni gan fod yna ryw fymryn o simsanrwydd ynddi hi o hyd. Rhoddwyd y peiriant carioci ymlaen a gofynnwyd i Awen a Meurig gyd-feirniadu (Awen i gael y gair olaf tasa 'na anghytuno). Cafodd Carys dipyn o drafferth rhag llowcio peint o gwrw, piciodd Helen Traed Oer adre gan ei bod yn amau nad oedd wedi diffodd y popty cyn dod allan, a chanodd Non ddeuawd efo Second Linda wedi i honno erfyn arni i neud. Doedd 'Ti Friallen Fach ar Lawr' ddim ar y peiriant carioci wrth gwrs, a chytunodd y ddau feirniad na fyddent yn cael eu diarddel am ganu'n ddigyfeiliant. Gwrtheyrn ap Fadryn ddaeth i'r brig gyda'i ddatganiad o 'Yma o Hyd'. Gwyddai pawb mai Second Linda ddeuai'n ail, a chydradd drydydd i Mike am roi'r *mirror ball* i fyny ac i Sharleen am ganu 'You'll Never Walk Alone' gyda chymorth heliwm o'r balŵns. A daeth y noson i ben gyda'r diolchiadau gan Carys.

Cafodd Rhodri Peips ei grybwyll ymysg y detholedig rai am roi'r stafell am ddim i'r genod ac am roi potel o broseco at y raffl. Diolchodd i bawb am ddod a chyfrannu at yr achos. 'Ac os na dach chi 'di rhoi cyfraniad yn barod, yna cofiwch amdanan ni pan fyddwch chi'n pasio'r pisar ar y ffor allan.'

Diolchodd yn arbennig i Sian a Non am drefnu'r noson, i Anti Meirwen am gyfeilio ac i Meurig am y cywydd. Ei chamgymeriad mwyaf oedd dal trem ei mam yn edrych arni mor gariadus. Llanwodd ei llygaid yn syth a diflannodd ei llais yn llwyr. Wyddai hi ddim tan yr eiliad honno fod ei hormonau'n gallu chwarae mig mor ddiawledig ar ei hemosiynau. Aeth y stafell mor dawel â'r bedd. Daliodd ei llaw allan i Awen ymuno efo hi a dechreuodd pawb gymeradwyo i ddangos cefnogaeth. Dychwelodd ei llais, ond yn wantan iawn.

'Diolch, Awen,' meddai'n dawel. 'Am bob dim. Diolch am ddŵad yn ôl aton ni. Diolch am fod yn chdi. Am dy gerddoriaeth, am dy ddawn ac am dy egwyddorion. Dal ati i fod yn chdi. Ti'n sbesial. A rŵan bo chdi'n ôl ... Genod! ... Y Genedlaethol amdani!'

Tynnodd y lle i lawr ac edrychodd Awen ar Meurig yn gymysg o lawenydd a chonsýrn. Wyddai Awen ddim ar y pryd fod Meurig eisoes wedi anfon neges at y Gymdeithas Cerdd Dant yn holi am gwrs gosod. Er bod Awen wedi deud yn bendant na fedrai hi fynd i ffae llewod y byd cerdd dant, credai Meurig ei fod wedi dod o hyd i ateb ar wefan y Gymdeithas:

'Noder hefyd fod y Gymdeithas yn fodlon ystyried ceisiadau gan griw neu gymuned sy'n awyddus i gynnal cyfres o weithdai gosod yn eu hardaloedd eu hunain. Byddai'r Gymdeithas yn fodlon talu am gostau tiwtor i redeg y gweithdai a chostau llogi adeilad/ystafell addas i gynnal y gweithdai.'

Be gaech chi well? Trefnu cwrs lleol lle na fyddech chi'n teimlo'ch bod chi'n alltud ar y cyrion. Eich criw chi o'ch cwmpas a chyfle i ddefnyddio'r arbenigwr i'ch dibenion eich hun. Fyddai Non ddim chwinciad yn trefnu'r holl beth.

Pan ddistawodd y gynulleidfa edrychodd Carys allan ar y criw ac ailffeindio'i thraed. Llanwodd ei sgyfaint ag aer a llanwodd ei hun â chynhesrwydd y rhai oedd o'i chwmpas. Gwasgodd Awen ei llaw a gofyn, 'Ti'n ocê?' Nodiodd Carys arni a gollwng ei llaw a throi yn ôl at y gynulleidfa.

'Dwi jesd isio deud un peth arall cyn 'ych gadal chi, achos dwi'n hollol nacyrd a dwi isio 'mhanad. Dwi'm yn ama fod 'na rei ohonach chi'n gwbod yn barod. Ac fel dudodd Non gynna, fedra i ddim 'i gadw fo oddi wrthach chi llawar hirach eto.'

''Nes i ama yng Nghasdall Deudraeth!' medda Dilys Double Tops.

'A chyn i Dilys ga'l y blaen arna i mi dduda i wrthach chi'n syth bod Mam yn mynd i fod yn Nain!'

Llanwyd y bar gan gymysgwch o sioc a llawenydd, anghrediniaeth a chynnwrf. Daeth hyd yn oed tîm darts y dynion i mewn o'r lownj i'w llongyfarch.

Methodd Awen Mai â gollwng ei llaw gan edrych arni mewn rhyfeddod newydd. Pa mor wahanol y gallai dwy ffrind fod? Hogan ffarm yn byw yng nghanol baw gwartheg ac yn mynd i gael babi a hithau heb ŵr i dendio arni. Fedrai hi ddim dychmygu cael ei hun yn y fath sefyllfa. Ond wedyn, nid Carys Cae Haidd mo'i henw hi chwaith.

Ar ganol y miri a'r dathlu gofynnodd Dilys Double Tops am dawelwch. Gan na fedrai Gwrtheyrn ap Fadryn yfed y botel win yr oedd wedi ei hennill yn y gystadleuaeth garioci mi oedd ganddo fo 'request' i'r parti. Cafwyd ymateb digon brwdfrydig i'r cais.

'Be 'sa ti'n licio iddyn nhw neud felly, 'ngwas i?' holodd Rhiannon Prysor.

'Canu "Yma o Hyd" efo gwynt y balŵns!'

Sut fedrach chi wrthod hogyn bach oedd wedi ennill gwobr na fedrai ei mwynhau ac a oedd yn gariad o'i gorun i'w sawdl? Dwedodd Carys falla byddai'n well iddi hi beidio'i risgio os nad oedd gwahaniaeth gan y gweddill.

Daeth y noson i ben gyda Dafydd Iwan yn troi'n *backing vocal* i Genod Colmon yn canu fel criw y *Muppet Show*. Trodd pawb am adre ac arhosodd y genod ar ôl i glirio llestri'r bwffe tra oedd Sharleen a Kylie'n mwrdro gweddill y creision a Wayne yn llenwi ei wydr yn slei efo gweddillion potel o win yr oedd wedi ei ffeindio'n hanner llawn. Wyddai o ddim mai gwin dialcohol Carys oedd o'n ei yfed a bu'n brolio am wythnosau gyda'i ffrindiau'n yr ysgol sut y bu iddo feddwi'n dwll yn y Ship ar noson y parti.

Printiodd Rhodri'r elw a wnaeth o'r bar y noson honno a gwenodd iddo'i hun. Sylwodd fod Non yn edrych arno a gwyddai hithau'n iawn beth oedd yn mynd drwy'i feddwl.

'Noson dda, doedd?' meddai wrthi.

'Oedd, doedd,' atebodd Non.

'Fydd raid chi neud hyn yn amlach. Noson joli iawn.'

Cychwynnodd Non am allan i helpu Meirwen a Sian i gael y delyn i'r car. Yna trodd yn ei hôl at ei chyn gariad a deud, 'Tasa chdi'n chwarae dy gardia'n iawn, mi fedrat neud ffortiwn efo'r lle 'ma.'

Ond cyn i Peips gael cyfle i ymateb rhoddodd Non dro arall ar ei sawdl a dilyn y gweddill o'r genod oedd yn dal i fwynhau briwsion o sgyrsiau y tu allan ar y sgwâr – nad oedd yn sgwâr.

Pontcanna

Eisteddodd Deio efo'i *triple shot espresso* a thair bisged biscoff yn ei hoff sedd yng nghaffi'r Ground Bakery. Roedd ganddo gyfarfod 'anffurfiol' efo Hywyn Llŷr, Cyfarwyddwr Cwmni Teledu Canna, am un ar ddeg i drafod ryw syniad oedd gan Hywyn ar y gweill. Er nad oedd yn bwriadu dangos gormod o awyddfryd i Hywyn, roedd ei du mewn yn drybola cymysg o nerfau a chyffro ar yr un pryd. Ai hwn fyddai'r bore lle cynigid rhywbeth mwy na phyndit cerdd dant neu ddoethinebwr cerddorol achlysurol ar raglenni S4C iddo? Ai ei gyfaill a'i gyd-faswr yng Nghôr Mwyn Elái fyddai'n rhoi'r tocyn rhyddid iddo o hualau coridorau'r ysgol?

Pan ddihangodd i Gaerdydd o'i berfeddwlad a oedd eisoes wedi colli ei pherfedd, roedd yn meddwl y byddai'r cynigion i ddianc o'i swydd dysgu wedi dod iddo cyn diwedd ei flwyddyn gyntaf. Ac yntau yn ei bedwardegau (lled-gynnar) tybiodd y byddai cymdeithasu yn y fan a'r fan, yn canu yng nghôr ryw Doh Roi Mî, ac yn ennill Tlws y Cerddor yn yr Urdd wedi bod yn ddigon o ysgogiad i rywun i'w gipio i goridorau dipyn difyrrach na rhai Ysgol Gymraeg Pant y Creigiau. Ond yno yr oedd yn dal i rygnu arni i drio denu disgyblion oedd yn cyfathrebu llai a llai bob dydd ac yn cael eu hudo i astudio'r gwyddorau, yn hytrach na dewis Cerdd fel pwnc TGAU a Lefel A. Â'i adran yn crebachu fesul tymor oherwydd diffyg adnoddau a staff, roedd wedi colli bob archwaeth at ei bwnc a'i swydd. Aeth galwedigaeth yn job o waith, ac aeth chwilio am ddihangfa yn waith llawn amser iddo.

Yn y Ground Bakery ym Mhontcanna oedd o, ac nid yn yr un newydd yng Nghanton. Mae'n bwysig fod gan rywun yr amser iawn a'r lle iawn yn ei feddwl wrth drafod petha felly yn y brifddinas. Mae bod yn y lle iawn ar yr amser iawn wedi ei naddu yn ddwfn i seici y Cymry Cymraeg yno erbyn hyn ac roedd angen i chi gael y wybodaeth ddiweddara ynglŷn â hynny'n gyson. Doedd y lle a'r amser oedd yn iawn ryw chwe mis yn ôl ddim o anghenraid y lle a'r amser iawn i fod ynddo erbyn heddiw. Fe newidiai'r lleoliadau fel rhod yn troi.

Cyrhaeddodd Deio ryw chwarter awr yn fuan er mwyn iddo gael digon o gyfle i edrych drwy'r *Guardian* a chael ei ffics cynta o'i foreol goffi pan fyddai ganddo ddiwrnod yn rhydd. Roedd hi'n wyliau'r Pasg a Nia a Llion wedi mynd dramor efo Siwan a'r basdyn 'na oedd yn arfar galw'i hun yn ffrind gorau iddo – Guto Sion. Roeddan nhw hyd yn oed yn canu'n yr un côr ac yn dysgu'n yr un ysgol pan symudon nhw i Gaerdydd yn gyntaf. Ddeng mlynedd yn ddiweddarach ac roedd Guto'n gomisiynydd efo S4C, yn canu efo Cantonion Tâf ac wedi symud i fyw efo Siwan.

Byddai'n fodlon cyfaddef mai fo oedd y cyntaf i flotio'i gopi bŵc priodasol, ond roedd yn amau'n gry fod yna ryw hyw-di-dŵ wedi bod yn mynd ymlaen rhwng Guto a Siwan ymhell cyn i'r hwch fynd drwy siop eu perthynas nhw'u dau. Ond gallai adael i'r dŵr hwnnw lifo dan y bont i Aberangof bellach. Y ffaith iddo symud o Gôr Mwyn Elái i ganu efo Cantonion-blydi-Tâf oedd wedi rhoi'r farwol go iawn i'w cyfeillgarwch. Roedd ffeirio partneriaid bron yn ail natur yn y brifddinas bellach, ond roedd ffeirio aelodaeth corau yn fradwriaeth anfaddeuol – a doedd dim maddeuant i'w gael. I rwbio halen i'r briw roedd Siwan hefyd wedi symud atyn nhw i ganu! Nid y byddai aros yng Nghôr Mwyn Elái yn opsiwn a hwythau eu dau wedi gwahanu. Ond Cantonion-ffycin-Tâf? *Ffycsêcs!*

Roedd Deio'n hoff iawn o Bontcanna. Er bod yna sawl llecyn bach dymunol arall yng Nghaerdydd bellach lle roedd clystyrau amrywiol o Gymry Cymraeg wedi setlo a chymunedu, hwn oedd y lle gorau i gael eich gweld o hyd, heb os.

Erbyn iddo orffen ei drydedd Biscoff roedd yn dechrau gwingo rhyw fymryn. Roedd Hywyn o leia ddeng munud yn hwyr erbyn hynny a doedd amynedd ddim yn un o rinweddau mawr Deio. Yn wir, i'r gwrthwyneb; roedd yn casáu gorfod aros am unrhyw un oedd yn hwyr. Edrychodd ar y dyddiadur ar ei ffôn i weld os *oedd* o yn y lle iawn ar yr amser iawn.

Fel yr oedd yn gneud hynny, cyrhaeddodd Hywyn â'i wynt yn ei ddwrn gan ymddiheuro ei fod yn hwyr.

'Dim problem, siŵr. Be gymi di?' gofynnodd Deio, ond ar yr un pryd yn teimlo mai Hywyn ddylai gynnig paned iddo fo gan y gallai *o* fynd â'r bil yn syth yn ôl i'w swyddfa i hawlio'i dreuliau.

'Na, ishte, fi sydd â hwn. Beth ti moyn?' mynnodd Hywyn.
'O, iawn. Gyma i *gappuccino* os gweli di'n dda.'
'Dim probs. Mawr neu bach?'
'Mawr os ca i.'
'Ti moyn rwbeth i fyta? Wy'n ca'l y *sour cherry and chrysanthemum pastry*.'
'Waw! Be 'di'r rheiny?'
'Ma nhw'n *bloody beautiful*. Ti moyn un?'
'Duw ia, pam lai. Dria i rwbath unwaith.'
''Na beth glywes i!' chwarddodd Hywyn a mynd i archebu wrth y cownter.

Oedd honna'n slap 'ta jesd jôc fach ysgafn? holodd Deio iddo'i hun. Penderfynodd nad oedd yn werth gori arni. O leia roedd yn cael brecwast am ddim. Byddai'n arbed iddo neud cinio iddo'i hun, dibynnu ar faint y deisen. Roedd yn mynd allan am gyrri heno efo'i fêts beth bynnag. A falla y byddai ganddo achos dathlu os oedd syniad Hywyn yr hyn a obeithiai y byddai. Canodd ei ffôn ac edrychodd i weld pwy oedd yn ceisio cael gafael arno. *Menna Wyn. Be oedd honno isio'r adag yma o'r dydd?*

'Haia, sud w't *ti* erstalwm?' holodd, gan droi ei swyn ymlaen yn syth, mor naturiol â rhoi haen o siocled ar ben *cappuccino*.
'Sgin ti bum munud?'
Blydi hel! meddyliodd, *ma hon yn symud yn gyflym!*
'Be?' holodd yn chwilfrydig.
'Am sgwrs, 'lly.'
'O ... ia siŵr.'
'Isio gofyn ffafr i chdi ydw i. Sgin ti amsar?'
Hyn yn argoeli'n dda, meddyliodd. *Cinio am ddim, napan, noson allan efo'r hogia a rhywun i gadw'r gwely'n gynnas.*

Roedd gan Menna Wyn a Deio berthynas ddigwlwm, ddi-lol ers blynyddoedd a doedd o ddim wedi ei gweld hi ers sbel.

'Lawr yng Nghaerdydd w't ti?'

'Naci, adra. Isio chdi neud wbath i mi dwi.'

Ah! Felly ma'i dalld hi. Fedar hynny aros, 'ta, meddyliodd.

'Fedra i dy ffonio di 'nôl yn munud? Dwi mewn cyfarfod ar hyn o bryd, yli.'

'Ia, iawn, dim brys mawr. Anfona i decst i chdi efo'r dyddiada a'r manylion i chdi ga'l cnoi cil dros y cynnig.'

Dyna'r unig draffarth efo bod yn foi sengl oedd yn dal i fwynhau lledaenu 'i hadau gwylltion yn ganol oed (ifanc) meddyliodd; *roedd modd camddeall ambell 'gynnig' weithia, yn ogystal â chael mwy nag un cynnig ar yr un pryd. Ydi pawb yn fy sefyllfa i'n 'i cha'l hi yr un mor anodd i jyglo'r holl gynigion 'ma? Oedd bywyd gymaint yn haws pan o'n i'n briod a jesd yn ca'l amball i fflingsan?*

Dychwelodd Hywyn o'r cownter ac roedd Deian yn falch fod ei ffrind wedi ei glywed yn trafod cynnig gan rywun arall ar ei ffôn. Roedd yn dda rhoi'r argraff ei fod yn boblogaidd.

'Ia, iawn. Diolch Menna. Mi wna i be fedra i i chdi os dwi'n rhydd, yli. Briliant. Hwyl am rŵan. Tra, tra, tra ...'

'Sori am hynna,' meddai Deio, gan deimlo ychydig yn siomedig fod y *sour cherry and chrysanthemum pastry* yn swnio'n llawer gwell peth na'i hedrychiad. Ond roedd yna jwg bychan o hufen ffres ar ymyl y plât a lasai roi deimensiwn arall i'r arlwy. Eisteddodd yn ôl efo'i goffi gan ymatal rhag cythru i'r deisen, er ei fod ar ei gythlwng. Doedd hynny ddim cweit y peth i'w neud yng nghyffiniau Pontcanna.

'Diolch am hyn, Deio. 'Wi'n gwerthfawrogi dy amser di a hithe'n wylie.'

'Dim problem. Oedd gin i fora'n rhydd beth bynnag, fel mae'n digwydd.'

'Moyn dy gyngor di o'n i, a gweud y gwir.'

Suddodd calon Deio'n syth pan glywodd y gair 'cyngor'. *Ydi hwn wedi'n llusgo fi'r holl ffor i fama a fynta ar ei wylia jesd er mwyn ca'l ffycin cyngor? Wel, y coc oen bach. Fasa fo 'di medru gofyn hynna ar ôl practis côr nos Ferchar, siŵr Dduw. Ne ffonio! Pam ffwc na 'sa fo 'di ffonio? Twat.*

'Ia, iawn. *Fire away*, Hyw. Be sy, 'lly?' holodd, heb arlliw o'r hyn oedd newydd wibio drwy'i feddwl yn ei lais.

'O, sdim byd yn bod o gwbwl. Ca'l y syniad 'ma 'nes i.'

Syniad? Roedd hynna'n swnio'n fwy addawol.

'Am gyngerdd.'

Shit.

'Yng Nghanolfan y Mileniwm.'

Dim cweit mor shit.

'Mil o leisie.'

Dim cweit mor wreiddiol.

'Cyngerdd Gŵyl Dewi masif.'

Ddim yn wreiddiol o gwbwl.

'Reit ... ia?'

'Nyg y't ti'n meddwl bydde hwnna'n gwd?'

'I'r Sianel, 'lly?'

'Wel, ie. Meddwl o'n i fod 'da ti lot o gysylltiade 'da core o bob math a byddet ti'n gwd i ga'l *on board* i ddychre meddwl shwt bydde hwnna'n pano mas i fod yn sbesial.'

On board. Oedd hwnna'n swnio'n well. Ond paid ag egseitio gormod, Deio, Mond consat ydio ar hyn o bryd. Ond ella'i fod o'n fan cychwyn. Jesd rho dy draed yn dŵr i weld pa mor gynnas 'di o.

'A be 'sa ti isio i *mi* neud?'

'Wel, lluchio syniade boity, ti'n 'bod. Datblygu'r syniad ym mhellach. Ma'r sîn gorawl yng Nghymru'n uffernol o fywiog ar hyn o bryd, on'd yw hi? Meddwl iwso 'ny i neud rwbeth sy'n wynieth mas o fe. 'Sa i'n siŵr iawn beth. Ti yw'r ffycin cerddor, myn, nyge fi. Beth ti'n meddwl?'

Cyniga rwbath go iawn imi'r basdad teit. Paid â jesd isda'n fanna'n danglo carotsan o 'mlaen i'n trio 'ngha'l i i symud heb addo bygyr ôl. Rêl blydi S4C; crafu am syniada ac wedyn denig efo nhw'n smalio mai nhw feddyliodd amdanyn nhw'n y lle cynta.

'Dwi'n meddwl bod 'na sgôp yna, oes. Jesd, wel, be'n *union* 'sa chdi isio i *mi* neud?'

Dwi'm yn mynd i ffycin gofyn eto. Deutha fi'r twat. Be ti'n gynnig i mi?

'Ni'n gneud bach o *brainstorming* cyn bod y bloc ceisiade nesa'n myn' miwn. Fyddet ti'n folon cydwitho 'da ni?'

Oedd hwnna'n gynnig go iawn? Neu oedd o'n union fatha'r Urdd a'r Steddfod yn disgwl bob uffar o bob dim am ddim? Tu'laen, Hywyn!

Gadawa gap bach yn y sgwrs, Deio. Jesd rhag ofn ddudith o fwy.

Ond gadawodd Hywyn i'w gwestiwn hongian am sbel yn hwy.

Na, ffyc ôl. Mae o'n gadal y gap yna'n fwriadol. Cont! Be ti'n mynd i ddeud rŵan, Deio?

'Oedd gin ti ryw syniad o amsar i neud o?'

'Ma dou fis 'da ni cyn bydd rhaid cwpla fe. Fyddet ti'n folon cymryd y risg?'

Risg? Be ffwc 'di hyn? Roedd ei gwestiwn nesa gymaint yn haws.

'Risg?'

'Ie, ti'n gwbod, gadel dy swydd a dod i witho i ni am

gwpwl o fisodd?'

Bingo! O'r ffycin diwadd! Yesssss! We have lift off. Mi fyta i'r sour cherry and chrysanthemum pastry 'na rŵan hyd yn oed tasa hi'n blasau fatha cachu Camilla Parker ffycin Bôls ar ôl ca'l vindaloo! Ond paid â rhuthro, Huws. Ara deg ma dal iâr.

'Blydi hel, Hywyn! O'n i'm yn disgwl honna.'

Wel, oeddwn, mi oeddwn i, ond, dal 'nôl am dipyn bach eto, Deio. Falla medri di ga'l gwell dîl os nei di'm rhuthro i mewn.

'Wel, ti wostod wedi gweud y byddet ti'n rhoi unrhyw beth am adel dy swydd yn yr ysgol, yn do fe?'

Do. Do. Dwi jesd â marw isio rhoi ffwc o snog i chdi, Hywyn, ond dal dy ddŵr, 'dan ni'n chwarae gêm yn fama rŵan, cofia. Be ti'n feddwl o hyn?

'Do, dwi'n gwbod, ond am ddau fis o waith? 'Sa raid i mi feddwl am hynna 'de, Hyw.'

'Reit. Ocê. Dim probs.'

Shit! O'n i'm 'di meddwl iddo fo ddeud hynna chwaith. Dim dyna o'n i isio iddo fo ddeud. Cwic! Meddylia am rwbath.

'Dwi'm isio swnio'n anniolchgar na'm byd, a fyswn i wrth 'y modd yn cerddad i mewn i stafall y prifathro fory a gofyn iddo fo agor yr handcyffs 'ma jesd ...'

'Wy'n diall ...'

'Y plant 'di o'n fwy na dim, fel ti'n gwbod. Unwaith ddeua'r ddau fis 'na i ben, be uffar neuthwn i wedyn, 'de?'

Go on, Hywyn. Be 'nei di o honna? Oedd hynna'm yn bad, nagoedd? Be di dy come back di tro 'ma, 'ta boi?

'Gad i fi ga'l gair 'da'r cwmni. Weda i wrthyn nhw beth yw dy bryderon di.'

Shit eto. Ia. Ddim yn bad o atab ond lle ma hynna'n d'adal di? Dwi'n dal yn mynd o 'ma heb sicrwydd o ddim byd fel hyn, yn dydw? Fydd y gacan 'na ddim cystal â fasa hi 'di bod tasa gin i rwbath yn y bag. Ond dwi'm yn mynd o 'ma'n waglaw chwaith. Oedd hynna'm yn bad am un bora, Deio. Ffycinel! Ti'n socian o chwys rŵan. Shit arall. Mae o 'di dechra dangos dan dy geseilia di. Ma ryw goc oen yn rwla 'di troi'r gwres i fyny a ti'm math o isio'r deisan 'na mwya sydyn.

Erbyn hyn roedd Hywyn wedi gorffen ei goffi a'i deisen ac yn edrych ar ei watsh. Oedd hi'n gymaint â hynny o'r gloch? Esgusododd ei hun a chododd ar ei draed a deud y byddai'n cysylltu eto'n fuan. Doedd ganddyn nhw ddim cyfarfod cwmni llawn tan ar ôl y Pasg. Byddai'n cysylltu'n syth wedyn i weld beth fu'r ymateb ond byddai'n gweld Deio'n yr ymarfer côr beth bynnag. Cododd ar ei draed i ysgwyd llaw, a chan mai dyna'r peth i'w wneud ym Mhontcanna cododd Deio i ffarwelio â'i ffrind. Roedd ei law yn chwyslyd a gwyddai ei fod yn gadael patshyn tamp ar ei sedd wrth iddo godi ar ei draed hefyd.

''Sa'n grêt ca'l cydweithio hefo chdi ar y syniad 'ma, Hyw. Gobeithio medrwch chi weithio rwbath allan.'

Oedd honna'n swnio'n ocê, tybad? O'n i'n crafu gormod? Swnio'n desbret? Oes 'na rywun arall ma nhw'n styriad ar gyfar y gwaith?

''Na i 'ngore, ti'n gwbod 'naf fi. Gwitho'n ffor rownd ambell un falle, ond ...*we have ways.*'

'A diolch am y banad a'r ym ... hon ...' Pwyntiodd at y gacen gan ei fod wedi anghofio'i henw erbyn hynny.

'Joia.'

'Iawn, wela i di'n côr.'

'Hwyl.'

'Ia, hwyl.'

Eisteddodd yn ei ôl a theimlo'r gwlybaniaeth yn oer wrth i'r drws agor a gadael y gwres allan o'r caffi – a chydig o'r gwynt o'i hwyliau yntau hefyd. A ddylai fod wedi neidio at y cynnig a chymryd y siawns y byddai cynigion eraill yn bownd o ddilyn? Oedd o wedi gadael digon o arwydd i Hywyn ei fod yn awyddus iawn i neud y gwaith?

Digon siomedig oedd y deisen, ond mi wnaeth yr hufen fyd o wahaniaeth. Gallasai'n hawdd fod wedi gadael ei hanner hi ar ôl ond ddaru o ddim. Hen fyrraeth ddiawl na fedrai yn ei fyw â chael gwared ohono. Lenwith dwll a gei sbario gneud cinio oedd yr esgus i gyfiawnhau ei llowcio fel dyn ar ei gythlwng gan sicrhau nad oedd neb yno'n ei nabod. Nid y math yna o gael eich gweld dach chi'n chwilio amdano ym Mhontcanna.

Edrychodd ar ei ffôn. Neges gan Menna Wyn:

> Jesd isio holi os wt ti ar gal i gynnal cwrs yn Llanfeudwy penwythnos nesa. Ebrill 23/24? Eiry Peris wedi gorfod tynnu nôl. Scarlet Fever! Ffi arferol + dwy noson ym Mhlas y Coed + costau. Rho wbod os ti ar gal a gawn ni sgwrs bellach am y manylion.

Oedd o wir isio cynnal cwrs gosod ym mhen pella'r wlad ym mhell o bob man? *Dim rili.* Oedd o isio gwastraffu penwythnos yn trafod corfannu a chyfalawon? *Not.* Oedd o angen yr arian? *Syrt.* Oedd o angen dechrau sefydlu ei hun fel gweithiwr llawrydd? *Bendant.* Oedd o'n ffansïo dwy noson yng ngwesty Plas y Coed + costau llawn? *Pwy fasa'n deud 'na'?*

Anfonodd fawd i fyny heb feddwl unwaith y byddai'r penwythnos hwnnw yn troi ei fywyd ben i waered mewn un gair: 'Chdi'.

Bragdy'r Brython

Yn syth wedi i Meurig anfon y manylion am y cyrsiau gosod i Non fuodd hi fawr o dro'n cael dyrnaid o unigolion eraill i ymuno. O fewn dim roedd Capel Pisgah wedi ei logi ar gyfer penwythnos ola'r gwyliau Pasg a byddai Sian, Carys, Anti Meirwen a Non yn ymuno ag Awen i fynychu'r cwrs ar ran Genod Colmon.

Roedd Awen wedi gneud drafft o osodiad yn barod ac, er mawr ryddhad i Meurig, roedd hi wedi derbyn y syniad o gynnal y cwrs yn Llanfeudwy ond iddi gael sicrwydd na fyddai'r Gymdeithas Cerdd Dant yn anfon unrhyw un fyddai'n debygol o gystadlu'n eu herbyn y flwyddyn honno. Byddai hynny'n sicrhau na ddeuai Lleucu Garmon a'i thebyg ar gyfyl y lle i fachu rhai o'i syniadau.

Er mawr ryddhad i bawb, Eiry Peris oedd yn mynd i ddod draw i arwain y cwrs ar ran y Gymdeithas Cerdd Dant. Doedd yr un o draed Eiry wedi bod yn agos i'r cylch cyfrin cerdd dantaidd oedd yn ofni sathru cyrn ei gilydd o flwyddyn i flwyddyn. Rho di wobr dda i'th fêt, cei wobr ganddi hithau.

Gwyddai pawb yn iawn mai felly'r oedd petha wedi bod ers talwm iawn; os mai chi oedd yn eistedd wrth fwrdd y beirniad un flwyddyn ac yn gwbod mai arweinydd y parti nesa ar y llwyfan fyddai yn eich beirniadu chi y flwyddyn ganlynol, roedd yn well i chi 'ganu pennill go fwyn' iddi hi'n doedd, neu chaech chi ddim *smell* arni pan ddeuai eich tro chi.

Ond roedd hi'n braf bod y tu allan i'r cylch. Caech fod yn rhydd o ragfarn a mân siarad a allai'ch arwain i anialdir y diffyg dychymyg a'r ailadroddus. Fyddai dim rhaid i chi blesio neb ond chi eich hun a'ch parti o aros ar y cyrion.

A dyna y bu Non a Meurig yn ei wneud dros y misoedd dwytha, heb yn wybod iddyn nhw'u hunain hyd yn oed. Roeddan nhw wedi cael Awen a'r parti i ddeall mai plesio'u hunain fyddai'n rhaid iddyn nhw o hyn ymlaen. Nhw fyddai ar eu hennill bob tro – waeth be. Os na allwch chi wella'r system mi allwch chi ddal ati i wella'ch hunain. *Ond shit, mi fyddai'n braf ennill ryw dro, hefyd,* meddyliodd Non.

Rhyw gnoi cil felly yr oedd hi wrth iddi eistedd wrth ei desg yn nerbynfa Bragdy'r Brython cwta wythnos cyn y cwrs gosod. Roedd yn dderbynfa braf, agored. Digon o wydr i adael i'r haul lifo i mewn ond yn wydr â gwawr lwyd ynddo i arbed y lle rhag troi'n grasboeth ganol haf. Roedd ynddi ddwy soffa lliw cae gwenith a haidd a digon o ofod i allu cynnal ambell lansiad ynddo pan ddeuai'r angen.

Cyrhaeddodd Carys, yn ôl y trefniant, erbyn amser paned. Cariai o'i blaen y bol bach twtia welsoch chi rioed. Doedd Non ddim wedi gweld neb yn cario'n debyg iddi. Edrychai fel petai'r lwmpyn bach 'ma wedi bod yno erioed ac nad oedd i'w weld yn amharu dim ar y ffordd yr âi Carys o gwmpas ei gwaith. Fel petai Cae Haidd wedi cael estyniad bach wedi

ei wneud i'w hun. Ac roedd Non eisoes wedi rhoi enw iddo.
'Sut ma Lwmpyn bora 'ma?' gofynnodd wrth roi'r teciall
ymlaen.

'Mae o 'di rhedag dwy farathon yn barod,' meddai Carys,
gan osod ei rhestr 'i'w gwneud' ar y ddesg o'i blaen.

'Te 'ta coffi?' gofynnodd Non.

'Dŵr 'sa'n dda, gin i uffar o sychad.'

'Dŵr poeth?'

'Arglwydd na, gin i ddigon o'r sglyfath hwnnw i neud deg
panad i chdi!'

'Ti isio Gaviscon? Gin i beth yn fama.'

''Di o'n Gaviscon Advance?'

'Nacdi, pam?'

'Llall yn da i ddim i mi. Eniwe, gin i beth yn car os eith hi'n
ddrwg arna i.'

Chwarddodd Non gan lenwi gwydriad o beiriant dŵr
oer y bragdy i'w ffrind, oedd eisoes yn barod efo'i phapur
a'i phensil a thri phenawd ar ei dalen: Ricriwtio. Closio.
Mireinio.

Roedd yna le i un soprano ac un second arall yn y parti ac
roedd Awen wedi deud fod angen cael parti llawn y tro yma.
Doedd wbod be ddigwyddai rhwng rŵan a'r Steddfod, a
wnâi o ddim drwg i gael cwpwl o eilyddion i mewn chwaith.
Doedd dim dal ar Traed Oer a falla na fyddai Carys ei hun
ar gael petai 'Lwmpyn' yn penderfynu cyrraedd yn gynnar.

''Dan ni 'di ca'l gair,' oedd ymateb Carys i hynny. ''Di o no
wê yn symud nes y byddwn ni wedi canu. Dyna 'di'r dîl. Ne
mae o'n ca'l mynd yn ôl i'r lle y doth o.'

''Dan ni'n ca'l gwbod lle oedd fanno, Cae Haidd?'
gofynnodd Dilys iddi ryw noson.

'Nagwyt!' oedd ateb Carys iddi'n syth. 'Ond mi oedd 'i draws fantach o'n werth 'i gweld cofia, Dilys.'

'Ti 'di 'ngholli fi rŵan, Cae Haidd,' atebodd Dilys.

'Golla inna rwbath yn munud os dechreui di holi gormod.'

A dyna fu. Ni holwyd rhagor am y peth. Doedd gan Carys, mae'n amlwg, ddim math o fwriad rhannu mwy o wybodaeth efo gweddill y parti, ac fe wyddai'r parti yn union lle roeddan nhw'n sefyll ar y mater. Ond gallai pawb neud syms. Roedd naw mis union rhwng yr Ŵyl Cerdd Dant a'r Steddfod, ac roedd dipyn o ddyfalu'n mynd ymlaen o hyd.

Roedd Carys eisoes wedi ffonio'r efeilliaid, Cadi a Glwys Rhys o'r Morfa, oedd wedi dod yn ail ddwywaith ar y ddeuawd cerdd dant yn yr Urdd. Cytunodd y ddwy i ddysgu'r darn cyn dod adre o'r coleg dros wyliau'r haf a chael ambell sesiwn ar zoom fel y byddai'r dehongliad yn setlo. *Winner, winner, chicken dinner*! meddai Double Tops. 'Newyddion gwyll ... GWYLL!' meddai Second Linda.

Ond y newyddion gorau o ddigon oedd fod Donna Ednyfed wedi dangos diddordeb. Newydd symud i'r cyffinia oedd Donna ac yn *mezzo* soprano bach digon handi. Byddai'n gaffaeliad i'r seconds, heb os.

'Rhoswn ni i weld be ddudith Donna felly, ia?' holodd Carys.

'Dwi bron yn siŵr y gneith hi,' meddai Non.

'Ac ma'r twins wedi cytuno i fod yn eilyddion bob yn ail os 'dan ni dros y niferoedd. A tasa hi'n mynd yn sgrech arnan ni mi fedran ni wastad roid un yn y rhagwrandawiad a'r llall ar y llwyfan. *Two for the price of one*, fel 'sa Dilys yn 'i ddeud.'

'Iawn,' meddai Non. '"Closio". Gest di unrhyw syniada?'

'O'n i'm yn siŵr iawn lle i ddechra.'

'Na fi chwaith. Awen oedd yn cîn iawn i gadw hwn i mewn, 'de. Felly ma well i ni neud rwbath am y peth, dydi.'

'Fatha be? Fel arfar ma'r cwmnïa mawr 'ma'n mynd i ffwr am benwythnos i rwla i fondio, dydyn. Fedran ni'm gofyn i'r genod wario fel'na siŵr dduw. Meddylia siarad 'sa 'na.'

'Fasa wahaniath? Ydi o wir ots be ma partïon erill yn 'i feddwl ohonan ni? Unwaith ti 'nôl adra o Steddfod weli di'm lliw yr un ohonyn nhw am fisoedd wedyn. Ac eniwe, o'n i'n meddwl y'n bod ni mond yn mynd i blesio'n hunan o hyn ymlaen.'

'Ond tydan ni'm yn graig o arian chwaith nacdan, Non? Dim Cantonion Tâf ydi'n henwa ni, cofia.'

'Beth bynnag, dwi 'di ca'l un brenwéf.'

'Be?' holodd Carys.

''Nes i ffonio ffrind i mi'n Torth Frith ddoe i weld os oedd gini hi ryw syniad am y math yma o beth.'

'Torth Frith?'

'Ia. Ti'm 'di clŵad amdanyn nhw? Cwmni theatr bach o ochra Felinheli 'na. Ma nhw wrthi ers blynyddoedd.'

'A be ddudon nhw?'

'Ma *nhw*'n cynnal gweithdai closio medda hi. Os 'dan ni isio, 'lly.'

'Pa fath o beth?'

'Ddaru hi'm deud. Fatha'r petha ma nhw'n neud mewn theatr i gnesu fyny a ballu ma siŵr, 'de.'

'Dwi'm yn mynd i neud petha wiyrd, 'de. No wê.'

'Pam ti'n meddwl 'u bod nhw'n mynd i fod yn wiyrd?'

'Actorion 'dyn nhw'n 'de. Be ti'n ddisgwl *ond* wiyrd.'

'Sgin *ti* rwbath gwell i'w gynnig?'

'Be am i bawb ddŵad acw i hel gwair? 'Sa hynny'n closio ni'n saff ti.'

'Malu cachu ti rŵan, Cae Haidd. Ac eniwe, ti'n gwbod yn iawn bod Awen yn ca'l clwy gwair. Fasa hi'm yn dŵad ar cyfyl.'

'Fedri di holi'r petha Torth Frith 'na pa fath o giamocs ma nhw'n neud? Dwi'm yn trystio actorion. Rioed wedi a dwi'm yn bwriadu gneud chwaith.'

'Mond dwrnod fasa fo, Carys.'

'A ma 'na lot fedrith ddigwydd mewn dwrnod, Non.'

'Be uffar sgin ti'n erbyn actorion, 'lly?'

'Fus i efo un unwaith. Flynyddoedd yn ôl pan o'n i'n gneud y cwrs 'na'n Glynllifon. Es i hefo fo i ryw gìg yn G'narfon ac aros noson yn 'i fflat o. Erbyn bora oedd o 'di mynd heb ddeud ta-ta na'm byd. Welish i'm lliw 'i din o byth wedyn.'

'Dim fel'na ti'n licio dy ddynion? *No strings*, medda chdi.'

Meddyliodd Carys yn ddwys am hyn. *Ai felly'n wir dwi'n teimlo bellach? Oes 'na ryw newid wedi dod drosda i ers imi ddechra teimlo'r bywyd bach newydd 'ma'n cicio tu mewn imi? Cicio er mwyn denig mae o? Ne gicio er mwyn dŵad allan i ngweld i? I weld 'i fam? I ngharu i? Fydda i, yn fam sengl, yn ddigon iddo fo?*

Gwyddai erbyn hyn mai mab oedd hi'n mynd i'w gael, ond doedd hi ddim wedi deud hynny wrth neb hyd yma. Ei chyfrinach hi a Lwmpyn fyddai hynny am dipyn eto.

'*Dim fel'na ti'n licio dy ddynion?*' Roedd cwestiwn Non wedi ei lluchio braidd. *Ai'r profiad unig 'na ges i'n cysgu efo'r actor hwnnw flynyddoedd yn ôl barodd imi deimlo fel hyn at ddynion? Ydi'r profiadau cynnar o garu a chreu perthynas yn llywio gweddill 'ych llwybr carwriaethol?* Cododd i nôl rhagor o ddŵr.

'Be am dy strings *di*, Non. 'Di'r rheiny'n sownd yn rwla?'

Doedd hi'm 'di bwriadu swnio mor dan din. Trio taro'r bêl yn ôl yn ysgafn er mwyn osgoi ateb y cwestiwn ddaru hi, ond teimlai fymryn o surni ynddo wedi iddi ei ddeud yn uchel.

Cymerodd Non arni ei bod yn gneud dipyn o nodiadau, ond roedd y tawelwch yn siarad ar eu traws. *Ydi'n perthynas ni'n newid yn ara bach? Ydi Lwmpyn wedi dod rhyngthan ni mewn rhyw ffordd?* Feddyliodd Carys erioed y byddai unrhyw beth yn newid cyfeillgarwch ei ffrind a hithau. A rŵan dyma hen gwenc yn dechrau codi ei phen heb i'r un o'r ddwy drio.

'Fedrwn ni adal y "mireinio" am dipyn ti'n meddwl?'

Yn amlwg roedd Non wedi dewis peidio ymateb i gwestiwn olaf Carys. Ai rhyw ddealltwriaeth dawel rhwng y ddwy oedd hwn, neu ai Non yn bod yn garedig gyda dynes oedd yn bustachu i gadw'i hormonau rhag bwrw tin dros ben yn llwyr oedd o? Beth bynnag ei chymhelliad, fe deimlodd Carys eu chwaeroliaeth yn codi'n uwch na'r mân gecru.

'Medran, dwi'n siŵr,' atebodd Carys, yn teimlo'r mymryn tensiwn yn datod.

'Trio deud bydd hi angan mwy o ymroddiad gynnon ni'n nes at Steddfod oedd hi, ma siŵr i ti.'

'Ddudwn ni nawn ni dynhau'r amserlen drw mis Gorffennaf. Gweld be ddudith hi i hynny.'

'Gwd. Wel, dyna hynna 'di neud.'

Roedd awgrym ar wynt Non fod eu cyfarfod ar ben a'i bod hi angen mynd ymlaen â'i gwaith.

'Waw!' meddai Carys yn sydyn gan afael yn ei bol.

'Ti'n iawn?' gofynnodd Non.

'Oedd honna'n uffar o gic!'

Cododd Non ar ei thraed pan welodd fod ei ffrind wedi mynd yn reit welw. Llanwodd Carys ei ffroenau ac edrychodd

Non arni'n prosesu'r berthynas newydd yma oedd yn mynd ymlaen rhwng y ddau.

'Ga i deimlo fo?' gofynnodd Non.

'Wrth gwrs. Dos laen, 'ta.'

Rhoddodd Non ei llaw yn ysgafn ar fol Carys a'i gadael yno am ychydig. Edrychodd y ddwy ar ei gilydd a gwenu. Roedd hon yn berthynas newydd rhwng y ddwy. Ar wahân i'r meddygon, doedd neb arall wedi cyffwrdd ym mol Carys tan rŵan.

'O! Fy ngwlad!' gwaeddodd Non, wedi gwirioni'n lân. Roedd yn gic a hanner a chwarddodd y ddwy a chofleidio.

'God, ti'n ddewr, Carys.'

'Ti'n meddwl?' holodd Carys.

'A ti'n neud y peth iawn. Dwi'n gwbod bo chdi.'

'Yndw, dydw. Dw inna'n gwbod hefyd.'

Roedd yna fowns yn ei chamau wrth iddi hi a Lwmpyn ddychwelyd i'r car. Cododd Non ei llaw arni drwy'r ffenest anferth cyn rhedeg i ateb ei ffôn oedd yn canu ar ei desg.

'Haia, Non?' meddai'r llais o'r pen arall.

'Helô?'

'Menna sy 'ma. O'r Gymdeithas Cerdd Dant.'

'O, haia. Ydi bob dim yn iawn?'

'Ydyn tad. Mond ffonio o'n i i ddeud bod Eiry Peris wedi ca'l *glandular fever*, ma arna i ofn.'

'O, na!' ebychodd Non.

'Ond 'dan ni wedi ca'l rywun i ddŵad i fyny yn 'i lle hi, os 'di hynny'n ocê? Dwi'm yn meddwl y byddwch chi'n siomedig.'

'O, wel, ia iawn. Rywun 'dan ni'n nabod?'

'Deio Llwyd Owain.'

Fedrai Non ddim meddwl am eiriau fyddai'n addas i'w hateb ar wahân i 'Ffwcin el, na, no wê,' ond gwyddai na wnaethai'r rheiny'r tro ar achlysur fel hyn.

'Deio Llwyd Owain o Gaerdydd,' ceisiodd Menna ymhelaethu, gan feddwl nad oedd Non wedi clywed yn iawn.

'Ia, ia, wn i pwy 'di o,' atebodd Non, gan drio peidio dangos gormod o banig yn ei llais.

'Chewch chi neb gwell ar y groes acen,' ceisiodd Menna swnio fel tasan nhw'n cael bargen yn hytrach na phegan.

'Ia, na, dwi'n siŵr,' herciodd Non.

'Ydi o'n iawn i mi gadarnhau hynny hefo fo, felly?'

NAAAACDI! Ffycinel, na, no wê. Ti'm yn dalld, y gloman wirion? Be oedd ar dy ffycin ben di'n ca'l syniad mor blydi gwallgo?

'Ydi'n tad, ia, di-fai,' atebodd, er gwaetha'r rhegfeydd oedd yn sgrechian arni yn ei phen.

'O grêt. Mi ffonia i o rŵan i roi'r manylion iddo fo, 'ta. Ma Eiry Peris yn ymddiheuro'n arw, ond mi fyddwch wrth 'ych bodda hefo Deio, gewch chi weld.'

'Dwi'n siŵr byddwn ni.'

'Ffoniwch os bydd 'na rwbath. A phob lwc ichi i gyd!'

'Diolch. Tra, tra, tra, tra.'

'Da boch chi.'

'Trra.'

Wel y shit in the bambox!

Parlwr Llety'r Bugail

Deuai mis Ebrill â chymysgedd o deimladau i Lety'r Bugail. Rhai petha sy'n rhy drist i'w rhannu mewn stori fel hon. Digon yw deud fod Meurig ac Awen wedi cael eu siâr o golledion dros y blynyddoedd ond bod y ddau wedi llwyddo, yn eu tro, i gario baich y naill a'r llall.

Ond fe ddeuai hefyd â'i gynnwrf a'i newid gêr. Wedi troi'r clociau doedd dim rhaid edrych allan am ddyddiau'n mystyn; roeddan nhw *wedi* ymestyn hen ddigon bellach i chi dreulio orig neu ddwy wedi gorffen gwaith yn dal i fwynhau'r diwetydd yn llygad yr haul.

Âi Meurig allan i'r ardd am sbel ar ôl swper wrth i hithau eistedd wrth ei phiano yn ymarfer ambell ddarn ac yn mireinio'r syniadau y bu'n gweithio arnynt dros y gaea. Mae rhywun yn gweld ac yn clywed petha'n dra gwahanol pan mae'r pridd yn cynhesu a'r ddaear fel tasa hi ar fin esgor unwaith eto.

'Eiddigedd' fyddai Meurig yn galw ei wrtaith bellach. 'Sbia,' fydda fo'n 'i ddeud wrth Awen pan ddechreuai gymysgu peth o'i domen dail ddiweddara i'r pridd. 'Sbia be sy'n digwydd pan w't ti'n gadal i hen sothach diangen i bydru. Ti'n 'i roi o 'nôl yn y pridd a ma dy floda di'n codi uwch 'i ben o, yli.'

Edrych dros y darn gosod unwaith eto yr oedd hi, gan feddwl gneud ychydig o nodiadau cyn mynychu'r cwrs dros y penwythnos. Chafodd hi erioed o'r blaen gwpled cynta cerdd oedd yn 'siarad' gymaint efo hi â'r darn gosod ar gyfer y parti y flwyddyn honno. 'Afallon' gan Cynan oedd y geiriau i'w gosod. Gorweddent yn esmwyth o'u darllen yn uchel ar guriad chwech wyth.

'Rhy hir yr ymdrechais yn erbyn y byd,
Mae 'mreuddwyd yn chwilfriw a'm gobaith yn fud.'

Fel yma'n union y teimlai hithau ychydig fisoedd ynghynt; ei breuddwydion i gyd yn chwilfriw ac yn teimlo ei bod ar ei phen ei hun bach yn ceisio gwingo yn erbyn y byd.

Yr un bardd yn union ddwedodd y carai 'brynu bwthyn unig' pan fyddai 'bob beirniadaeth drosodd'. Onid oedd y dyn yn lleisio'r union deimladau ag a deimlai hithau? *Cerddi y medrwch chi uniaethu efo nhw ydi'r rhai gorau bob gafael. Fedrwch chi byth osod geiriau nad ydach chi ddim yn eu deall. Tydi'r rheiny byth yn 'canu' beth bynnag.* Gallai Awen uniaethu'n llwyr â holl ddihangfa'r gerdd 'Afallon'.

'Am hynny rwy'n myned yng nghuriad y rhwyf
I Ynys Afallon i wella fy nghlwyf.'

Sawl gwaith y teimlodd hi fel dianc i ryw Ynys Afallon

o'r blaen? *Sawl un ohonan ni sy wedi ysu am 'droi'n alltud' a denig o'r hen wlad fach gul 'ma sy'n gallu'ch mygu chi'n gorn ar adega?*

Daeth yn ei hôl o'i synfyfyrio a dechrau chwarae â rhythmau'r geiriau unwaith eto. Yn taro'r mydr â'i llaw ar dop y piano wrth ddeud y geiriau'n uchel a hwythau'n mynnu syrthio i guriad chwech wyth bob gafael. Ond sut aflwydd oedd hynny'n mynd i ffitio ar gainc oedd yn dri pedwar? Ceisiodd osod nodau ei chyfalaw uwchben bariau'r gainc ar ei phapur erwydd er mwyn cael rhyw lun o siâp i betha. Ond methai'n glir â chyfeilio a chanu ar yr un pryd. Teimlai fel ei bod yn trio ffitio chwart i bot peint. Cyrhaeddai diwedd y gainc ac roedd ganddi wastad ryw ddau neu dri gair ar ôl i'w canu.

Clywodd Meurig yn dod i'r tŷ o'i arddio a galwodd arno o'r parlwr i ofyn iddo ddod i'w helpu. Golchodd yntau ei ddwylo cyn mentro i'r parlwr difrycheulyd gan sgwrio bob dafnyn o'i 'eiddigedd' o dan ei ewinedd a'i wylio'n cael ei sugno lawr y sinc, lle y dylai eiddigedd fynd.

Dysgodd Awen ei chyfalaw iddo'n sydyn a fu Meurig fawr o dro'n meistroli'r pennill cyntaf yn hen ddigon da i roi tro arni yn erbyn y gainc.

'Ty'd i mewn ar ôl cyfri i ddeg 'ta, iawn?' meddai Awen. 'Gymwn ni hi'n reit ara i gychwyn.'

Cyfrodd Meurig i ddeg a dechrau canu'r union nodau yr oedd Awen wedi eu cyfansoddi, ond o fewn ychydig guriadau roedd y ddau wedi colli ei gilydd yn llwyr. Ceisiai Awen gyflymu i ddal Meurig i fyny a cheisiai Meurig arafu er mwyn dilyn Awen.

Cyfrinach y groes acen ydi *fod* y gainc a'r gyfalaw, bob yn hyn a hyn, *yn* colli ei gilydd. Bob yn ail far, tydi'r geiriau a'r gainc ddim cweit yn gorffwys ar yr un acen, ac yn yr union fan honno mae'r cyfeilydd a'r datgeinydd amhrofiadol yn mynd i ryw fymryn o gors gerddorol, ac o fewn dim maen nhw mewn tir diffaith. Fel car yn llithro ar rew pan mae'n sglefrio i un cyfeiriad a'r ffordd yn mynd i gyfeiriad arall.

'Paid â chwerthin, Meurig. 'Di o'm yn ddigri!' arthiodd Awen, ond yn rhyw hanner gwenu ei hun ar yr un pryd.

'Awen bach, dwi'n swnio fatha cwrcath 'di ca'l 'i sbaddu.'

'Dwi'n siŵr ma chdi sy'n mynd rhy gyflym.'

'Reit. Driwn ni fo hefo fi'n canu hefo'r metronóm, iawn? A chei ditha osod dy dempo di fel gweli di ora.'

Does dim yn ddigrifach na rhywun sy'n trio canu ond ddim yn siŵr p'run ai ydi o'n iawn ai peidio. Nad eich gwaetha fe ddaw ryw dremolo bach rŵan ac yn y man pan nad yw'r llais yn siŵr ai i fyny neu i lawr y dylai fynd. Ac os daw'r awydd i chwerthin i'w ganlyn yna gallai fynd yn ffradach, a waeth i chi roi'r gorau iddi ddim.

Awen ddechreuodd chwerthin gynta pan dreion nhw hi efo'r metronóm, ac fe wyddai mai hi oedd yn colli'r ras gerddorol y tro hwnnw. Pwl arall o chwerthin a dechreuodd rechan unwaith eto, a dyna pryd yr aeth hi'n rhemp ar y ddau. Caeodd gaead y piano a gorwedd arno'n swp sâl a chollodd reolaeth lwyr ar ei phledren. Rhedodd am y tŷ bach a gorweddodd Meurig ar y llawr yn dal ei ochrau mewn poen ofnadwy o bleserus.

Pan ddychwelodd Awen i'r parlwr roedd Meurig yn dal i orwedd ar y llawr yn trio cael ei wynt ato. Peth mor braf ydi chwerthin. Yna synhwyrodd fod Awen wedi sobri a daeth yntau at ei goed yn araf; fel tasa'r machlud wedi mynd â'r miri efo fo dros y gorwel.

'Be sy?' holodd Meurig, pan welodd fod y gwynt wedi mynd o'i hwyliau'n llwyr.

'Pam ma hwn yn ca'l y gora arna i, dwad? Dwi 'di gneud bob arholiad cerdd sy'n mynd a dwi'n ca'l 'y maglu efo mymryn o ryw blincin croes acen!'

'Dyna pam dach chi 'di trefnu'r cwrs 'ma 'de, Awen bach. I dy roi di ar ben ffor. Unwaith byddi di wedi'i ddeall o'n iawn mi ddaw'n ail natur i chdi.'

'Ti'n meddwl?'

'Dwi'n gwbod.'

Daeth neges ar ffonau'r ddau ohonynt yn union 'run pryd. WhatsApp Genod Colmon. Teimlai Meurig yn freintiedig iawn yn cael bod yn rhan o grŵp WhatsApp y genod. Doedd Awen ddim yn berson negeseuon ffôn a WhatsApp, Twitter/X a'r gweplyfr. Meurig oedd yng ngofal yr rheiny i gyd. Ac oni bai ei fod arno fyddai Awen ddim yn clywed na darllen hanner y negeseuon a ddeuai i mewn. Neges gan Carys oedd o:

> Methu dod i'r Cwrs Gosod wedi'r cwbwl. Dwi'm yn teimlo'n rhy dda. Pob lwc i bawb. Edrach ymlaen i glywed y gosodiad, Awen. Dwi'n siŵr bydd o'n wuuuuuch fel arfar. Cofion o Gae Haidd. (Dipio defaid wsos nesa! Gobeithio bydda i'n well erbyn hynny 🐑)

Suddodd calon Awen. O holl aelodau'r parti, roedd yn gredinol mai Carys fyddai wedi bod fwya o gymorth iddi ar ôl y cwrs. Roedd gan Cae Haidd frith gof o groes acennu pan oedd hi'n fengach, ond bod y sgil wedi rhydu ganddi ers tro byd. Byddai Carys wedi ei bigo i fyny yn well na'r un ohonyn nhw.

'Fedri di fynd draw i drio'i pherswadio hi, Meurig?'

'Medraf. Ond dwi'm yn gwbod faint elwach fydda i o fynd chwaith, 'de.'

'Pam ti'n deud hynny?'

'Meddwl mai esgus ydi'r anhwyldar ydw i.'

'Esgus? Be ti'n feddwl, "esgus"? Tydi Carys byth yn gneud esgus am ddim byd. Siarad plaen fuo'i phetha hi rioed.'

'Ti'n llygad dy le. Ond nid tro 'ma, dwi'm yn meddwl.'

'Pam ddim tro 'ma?'

Oedoedd Meurig cyn ateb. 'Ti 'di meddwl rioed pam nad ydi hi wedi deud wrth neb pwy 'di tad y babi?'

'Wel, fedra i feddwl am nifar o resyma pam na fasa hi isio deud. Fedri di ddim?'

'Falla.'

'Meurig, paid â bod mor cryptig. Dim gneud croesair w't ti rŵan sdi. Be?'

'Faint ti'n feddwl ma Carys di fynd erbyn hyn?'

Dwn i'm. Ryw chwe mis, siŵr gin i. Pam?

'A lle oeddan ni ryw chwe mis yn ôl?'

'Meurig, ti'n gwbod nad ydwi'n dda am betha fel hyn. Pam na ddudi di'n blaen, ddyn?'

'Tua dechra mis Tachwedd, 'ta? Lle oeddan ni bryd hynny?'

'Be? Yn yr Ŵyl Cerdd Dant?'

'Cywir!'

'Be? Ti'n meddwl mai yn yr Ŵyl ddaru hi feichiogi?'

'Y noson yn y gwesty.'

'Wel, dydi o'm yn chdi, gobeithio!'

Chwarddodd Meurig yn uchel. 'Wel, gan na 'nes i adal dy ochor di drw'r nos mi fasa wedi bod yn anodd iawn i mi neud peth felly'n bydda.'

'Ond toedd na'm llawar o ddynion erill yno?'

'Cywir.'

'O. Em. Jî!' ebychodd Awen.

'Wel?'

'Barry Bib-bîb!'

Chwarddodd Meurig yn uwch ar y syniad a gwylltiodd Awen mewn rhwystredigaeth. 'Meurig! Pam *ffwc* na ddudi di?'

Dychrynodd Awen yn fwy nag y dychrynodd ei gŵr. Doedd hi ddim wedi rhegi ers ei dyddiau coleg.

'Sori, Meurig. Dwn i'm o lle ddoth hwnna.'

'Mae o'n digwydd i'r gora, Awen bach.'

'Ia, ond, dwi'm 'di ... hynny ydi, 'nes i rioed feddwl byswn i, wel – y byswn i o bawb yn ... ws'di.'

'Dwi'n gwbod. Anghofia fo. Fydda i'n tyrchu'r petha rhyfedda allan o'r 'rar 'ma weithia'n ddigon annisgwl. Mi ddown i'r wynab heb i ti wbod. Cowbois plastig, bagia crisps, darna o boteli a thameidia o Lego. Mi chwydith yr hen ddaear 'ma bob matha o drugaredda weithia. Sothach sy ddim digon da i droi'n wrtaith. Talpia o geriach na tydi hi'm math o'u hangan. A doeddat *ti* ddim angan y rheg 'na tu mewn i ti chwaith, yli, felly mi ddoth o 'na. Ti'n well allan hebddo fo. Gad o fod lle mae o.'

'Argoledig. O lle ddoth hynna i gyd gin ti rŵan? Lle ti'n meddwl am yr holl betha 'ma?'

'Yn 'rar. Dwi 'di deud wrthat ti ganwaith, Awen. Os ti isio deall petha'n well, rho dy ddulo mewn pridd. Dyna ddudodd

Doctor Jones wrtha i flynyddoedd yn ôl pan ddois i adra o'r coleg; pwysa gwaith wedi fy llethu. Cyngor gora ges i. "Rho dy ddulo mewn pridd, Meurig" medda fo. A dyna pryd dechreuis i arddio. Mi wellis drwydda i o fewn dim.'

'Felly, allan yn y 'rar y gweithis di allan pwy 'di tad babi Carys?'

'Digon posib.'

'Deud wrtha i, 'ta. Ti'n gwbod na sonia i air wrth neb.'

'Wel, pwy arall oedd yn y gwesty y noson honno, Awen? Blaw amdana i a'r dreifar bỳs?'

'O, doedd 'na neb arall ond y rheolwr a ...'

'A phwy, Aws?'

'O, fy Ngwalia Wen! Sud bus i mor ara deg?'

'Doeddat ti ddim yn dda iawn am neud syms yn 'rysgol medda chdi.'

'Deio Llwyd Owain!'

'Fyswn i'n licio deud: "Iawn tro cynta, Mrs Deiniol-Huws" ond 'nes di mo hynny'n naddo?'

'Tri chynnig i Gymro!' meddai Awen, yn ceisio cyfiawnhau ei harafwch meddwl.

'Ges di fwy na thri dwi'n siŵr.'

'Pedwar i Gymraes, 'ta.'

Gwenodd y ddau ac eisteddodd Awen yn ôl wrth ei phiano i brosesu'r holl wybodaeth. Meddyliodd – os bu dau berson ar y ddaear 'ma oedd yn croes acennu, yna Carys Cae Haidd a Deio Llwyd Owain oedd y rheiny.

'Wel, wel, wel. Deio Llwyd. Pwy fasa 'di dyfalu?'

'Dipyn go lew erbyn hyn, ddudwn i.'

'Ti'n meddwl?'

'Cwestiwn mawr wrth gwrs ydi ...'

'Be? Be 'di'r cwestiwn mawr?'

'Neith Deio Llwyd Owain 'i hun ddyfalu?'

'Os na fydd Carys yno, fydd ginno fo'm rheswm i ama dim byd, yn na fydd?'

'Falla'i bod hi wedi deud wrtho fo'n barod, wrth gwrs.'

'Yli chdi'n newid y stori eto.'

'Codi bob carrag ydw i, Awen.'

'Yli chdi'n ôl yn dy 'rar eto.'

'Sy'n f'atgoffa i. 'Nes i'm rhoi dŵr i fynawyd y bugail yn y tŷ gwydr.'

'Be 'di'r rheiny'n Gymraeg?'

'*Geraniums*.' Ac allan â Meurig unwaith eto i'r ardd.

Wedi dyfrio'i blanhigion yn y tŷ gwydr, aeth yn syth ar ei gyfrifiadur a bwydo cwestiwn iddo oedd wedi pwyso ar ei feddwl ers sbel. Pwysai'n drymach ar ôl derbyn y neges a gawsai gan Carys. Byddai'n rhaid iddo alw i'w gweld o fewn y dyddiau nesa.

Capel Pisgah

Gan fod hanner ohonynt bellach wedi datrys y rhythmau croes acen drwy glapio curiadau'r gainc yn erbyn rhythmau'r gyfalaw fe fu Deio'n didol ei ddisgyblion ar gyfer sesiwn y prynhawn. 'Mae o fel trio canu ar Zoom' oedd sylw un o'r straglars, a chytunai pawb yn unfrydol ei bod yn gymhariaeth deg.

Erbyn diwedd y bore roedd Awen yn ysu am gael trio'i phennill cyntaf, fel plentyn wedi cael tegan newydd a ddim yn cael mynd allan i chwarae efo fo. *Amynedd piau hi*, meddai wrthi ei hun. Ond roedd ar dân am gael rhoi cychwyn arni.

Roedd Non wedi trefnu eu bod i gyd yn mynd i'r Ship am ginio ac er nad oedd yr un o'r ddwy wedi deud gair wrth y naill na'r llall am Deio Llwyd Owain, fe fu Awen a Non yn ei ll'gadu drwy amser cinio'n gweithio 'i swyn ar rai o'r genod. Gwelai'r ddwy yn iawn beth oedd wedi hudo Carys i'w we. Gallent hyd yn oed weld y ddau yn gneud cwpwl digon dymunol. Ond yn eu byw, fedrai'r un o'r ddwy weld Deio Llwyd yng Nghae Haidd, ac yn sicr fedrai'r un ohonynt weld Cae Haidd yn mynd i Gaerdydd dros ei chrogi.

Aeth Awen, Nia a Meirwen drwodd i'r capel i edrych yn fanylach ar osodiad Awen. Roedd hi a Non wedi dysgu'r rhan alto a'r soprano. Carys oedd i fod i ganu'r rhan ganol ond llwyddodd Awen i addasu ychydig i greu llinell denor i Meurig a gallai hithau ganu rhan y second am y pnawn hwnnw.

'Efengyl Tangnefedd' oedd y gainc ac roedd Anti Meirwen wedi bod yn ymarfer yn solat ers iddi gael y gwahoddiad i ddod ar y cwrs. Ac roedd hithau, fel sawl un arall, wedi syrthio'n llwyr dan gyfaredd yr 'hogyn bach o Gaerdydd'.

'Gawsoch chi stafall go lew ganddyn nhw ym Mhlas y Coed, Mr ab Owain?' holodd gan diwnio'i thelyn ar gyfer y sesiwn pnawn.

'Do, diolch ichi, Meirwen,' atebodd Deio'n edrych unwaith eto dros osodiad Awen.

'Lle crand ydi o'n 'te?'

'Ydi mae o. Neud i chi deimlo fel Lord.'

'Dim na fuo'r un o 'nhraed i yno, cofiwch. Ond mi fuodd hen fodryb i mi'n gweini tymor ne ddau yno pan oedd hi'n hogan ifanc. Mam fydda'n arfar deud hynny wrtha i, nid 'mod i'n cofio'r fodryb o gwbwl, 'te. Ond mi fydda Mam yn arfar dysgu "Mi fûm yn gweini tymor" i Rhiannon a finna pan oeddan ni'n genod bach. Wrth gwrs, Cynan sgwennodd y rhan fwyaf o'r penillion yna 'chi, a wyddoch chi be, mi fydda 'na amball feirniad yn tynnu marc neu ddau oddi arnan ni am nad oeddan nhw'n 'i styriad hi'n alaw werin go iawn. Toes isio gras hefo amball feirniad, Mr ab Owain, be dach chi'n feddwl?'

'Wel ... oes, siŵr gin i.'

'Sgwennodd Cynan dipyn o benillion i nifar o ganeuon

gwerin 'chi. A tasa fo'm 'di gneud fasan nhw fawr o betha erbyn heddiw'n na fasan? 'Na chi "Farwnad yr Hedydd" er enghraifft ... ia ... honno.'

Cafodd Meirwen gip ar Awen yn edrych ar ei watsh a dyna pryd y sylweddolodd ei bod yn malu lot gormod o awyr.

'O! Maddeuwch i mi,' meddai, 'cariwch chi mlaen. Peidiwch â chymyd sylw ohona i o gwbwl, mi fydda i yma pan fyddwch chi f'angan i.'

Gwnaeth siâp ceg 'sori' ar Awen ac estynnodd bapur newydd o'i bag er mwyn pasio amser. Mae telynorion wedi hen arfer disgwyl eu tro ymhell ar ôl gorffen tiwnio.

Erbyn hyn roedd Meurig wedi cyrraedd a Deio wedi mynd drwodd i'r festri efo'r rhelyw o'r grŵp. Dysgodd bennill groes acen iddynt a'u cael i gydganu gyda thrac o leisiau arno i'w cynorthwyo. Heriodd hwy, wedi magu mwy o hyder, i geisio canu gyda thrac telyn yn unig. Yna aeth yn ôl i'r capel at y lleill.

Eisteddodd wrth y piano drydan a mynd drwy'r harmonïau a'r corfannu gyda'i dri 'canwr'. Roedd ambell ebwch a roddai'n dangos yn amlwg ei fod yn gwerthfawrogi clyfrwch y gosod a'r awgrymiadau bychain mewn ambell ddisgord fod yr osodwraig wedi deall y 'freuddwyd chwilfriw' a pham y deuai'r lleisiau'n unsain i ganu 'curiad y rhwyf'. Roedd yn eitha dagreuol fel y deuent at y diweddglo a'r cyfan a allai ddeud oedd: 'Briliant ... wir. Ti 'di deall hi, Awen. Ardderchog.'

Gwasgodd Meurig law ei wraig. Roedd yntau wedi deall ei gweledigaeth am y tro cyntaf a chwarddodd iddo'i hun. 'Nid fel'na oedd hi'n swnio'n Llety'r Bugail ryw chydig ddyddia 'nôl, mi dduda i hynna wrthach chi rŵan, Deio.'

'Iawn 'ta, rown ni dro arni hefo'r gainc?'

Rhyfedd fel mae iwfforia weithiau'n gallu anweddu'n ddim mewn eiliad. Profiad felly oedd o i'r tri chanwr wrth iddynt droi at y delyn a gweld nad edrych ar ei phapur newydd oedd Meirwen wedi'r cwbwl. Patrwm gwau oedd y 'papur', a bellach roedd hi wrthi'n troelli'r gwlân gwyn ar weill mawr gwyrdd ac yn clic clacian ffwl pelt i drio gorffen rhes.

'W'chi be, Awen,' medda hi, 'ges i groen gŵydd drosta i'n gwrando arnach chi rŵan. Dach chi 'di taro'r hoelan ar 'i phen hefo honna. Fydd 'na'm curo arnach chi hefo hi. Fedra i'ch gweld chi'n mynd â hi, ddim dowt. Be dach chi'n ddeud, Mr ab Owain?'

'Gosodiad tan gamp, ydi.'

Fedrai'r un o'r tri arall ddeud gair. Dim ond syllu ar Meirwen wrthi'n gwau gan obeithio i'r nefoedd na fyddai neb arall yn holi dim am y peth.

'Fydda i hefo chi rŵan, mond gorffan y rhes 'ma. Dau funud.'

Ac aeth yn ei blaen i orffen y rhes tra oedd y pedwar arall yn ymgynnull o gwmpas y delyn. Edrychent mewn mudandod ar Anti Meirwen yn cadw'r gwau yn ei bag yn ofalus a thynnu'r delyn tuag ati gan wirio fod y pedalau yn y cyweirnod cywir.

'Dwi'n mynd i fod yn hen fodryb cyn bo hir, dach chi'n gweld. Ma 'na hen edrach ymlaen 'cw.'

Dyna hi, meddyliodd Meurig, *mae hanner cath allan o'r cŵd yn barod*. Rhywbeth yn debyg aeth drwy feddyliau'r ddwy arall ond ddywedwyd yr un gair. Dalient eu gwynt yn y gobaith y byddai eu sylw yn troi cyn hir at y canu ac yr anghofid yn llwyr am unrhyw fabi unwaith y byddai'r gosodiad yn ôl ar y gweill a dim y bali gwlân. Daeth ebwch o ryddhad pan glywyd cordiau agoriadol y gainc yn llenwi'r capel.

Mae acwsteg capeli'n well i gerdd dant nag unrhyw eglwys. Mae acwsteg eglwysi'n rhy wlyb o beth mwdril. Ond mae sain telyn mewn capel yn berffaith. Yn enwedig capel gwag. Dyna'r drafferth efo cynulleidfa weithia. Mae'r atsain hyd yn oed yn well pan nad oes pobol yno'n gwrando – dim ond Duw, wrth gwrs. Unwaith y dowch chi â phobol i mewn yn eu cotiau a'u siwmperi yn tagu ac yn gwingo ac yn sibrwd, tydi'r canu ddim yn swnio cweit yr un fath ag yr oedd o yn yr ymarfer. Ond mae angen bygwth tân uffern ar y rheiny ddaw â fferins efo nhw – yn enwedig fferins mewn bagiau plastig swnllyd a phapur lapio mwy swnllyd fyth amdanyn nhw. Rhad arnyn nhw! Nhw â'u fferins ddiawl!

Cafwyd ambell gam gwag wrth gychwyn yr her o briodi'r gainc a'r gyfalaw ond roedd Deio'n hen law ar y lletchwithdod yma a gwyddai'n union sut i'w harwain drwy'r dieithrwch. Roedd wedi amau falla na fyddai ambell gord yn y gosodiad yn gorwedd yn hollol esmwyth ar y gainc – ond i'r gwrthwyneb; deuai bob arlliw o anghytgord â haen newydd o ystyr i'r dehongliad.

Siwrne tuag *at* wella yw'r gerdd. Fesul cwpled ac fesul pennill y deuai'r gosodiad â ni yn raddol at y gwellhad. Felly y mordwyai'r gosodiad yn araf, ac i guriad y rhwyfau, tuag at y mendio. Fel pob siwrne tuag at wellhad, mae angen teimlo'r boen ar adegau. Ac roedd hynny i'w glywed yn y gyfalaw. Deuai pob llais â'i stori ei hun ar adegau gwahanol. Nid y sopranos yn unig a gâi'r briod alaw drwy'r darn. Cilient weithiau i niwl o leisiau cefndirol gan adael i'r ddau lais arall gael eu rhan yn y stori yn eu tro a rhoi'r neges fod pawb ohonom yn chwilio am ein Hafallon ein hunain. 'Nid dy Afallon di yw fy Afallon i' – dyna oedd ganddi, meddyliodd Deio.

Daeth y sesiwn i ben gyda pherfformiad llawn i'r gweddill o'r criw. Diolchwyd i Deio am ei arweiniad a dymunodd yntau'n dda i'r parti. Roedd yn edrych ymlaen i glywed y gwaith gorffenedig a byddai'n cadw ei lygaid a'i glustiau'n agored o hyn tan hynny.

Diolchodd i Meirwen am ei chymorth a dwedodd hithau ei bod wedi bod yn bleser gwrando arno drwy'r dydd. Pawb yn gadael ar nodyn uchel 'nes i Deio droi 'nôl a dymuno'n dda i'r 'hen fodryb' pan ddeuai'r amser.

'O, diolch i chi Mr ab Owain,' meddai Meirwen, a daliodd y gweddill eu hanadl. ''Dan ni i gyd methu disgwl erbyn hyn wrth gwrs, er nad ydi o'n cyrradd tan fis Awst, mi 'dan ni wrthi fel lladd nadroedd yn trio ca'l bob dim yn barod. Ma Carys wedi troi'r stafall gefn yn feithrinfa iddo fo'n barod, wyddoch chi.'

Nid cath welodd Meurig yn dod allan o'r cwd yr eildro ond cathod. Rhesi ohonyn nhw – yn sgrialu dros ei gilydd allan o fag llaw Anti Meirwen a hithau'n sylweddoli dim eu bod nhw yno'n y lle cynta.

'Carys?' holodd Deio'n ofalus.

'Ia. Cae Haidd. Dwi'n siŵr bysach chi'n 'i nabod hi tasach chi'n 'i gweld hi. Ma hi'n canu ers pan oedd hi'n ddim o beth. A ma hi hefo chi'n y parti o'r cychwyn un un, tydi Non?'

'Ydi, ydi, Anti Meirwen,' meddai Non yn dila.

'Hi oedd i fod yma pnawn 'ma hefo ni, dach chi'n gweld. Ond tydi'm yn dda. Ffliw *medda hi*, ond dwi'n ama ma 'i thraed hi ydi o fwya.'

'Traed?' holodd Deio'n dal i drio ymwrthod â be oedd ei du mewn, yn rwla, eisoes yn ei wbod. *Dim. Naci. Na, no wê, Deio. Nathon ni'm … a hyd yn oed tasan ni … ffyc … na … shit!*

'Traed rywun yn dechra chwyddo ar ôl chwe mis, dach chi'n gweld. Union fel 'nes i. Tydi rhei'm yn 'i ga'l o, ond ma'n rhedag yn y'n teulu ni ers erioed, am wn i. Mam 'run fath yn union; a Nain o'i blaen hi, gryduras. Ond ma Carys yn dal ar gefn y tracdor 'na, dydi o'm otsh faint arthiwn ni arni. A fel tasa hynny'm digon, ma hi'n dipio defaid bora Llun! Gredwch chi ffasiwn beth?

'Diolch i chi, Deio. Am bob dim,' torrodd Non ar ei thraws. 'Ma hwnna wedi bod werth bob munud o'n hamsar ni.'

'Ydi, mae o,' ategodd Awen, 'ac yn agoriad llygad i *mi*, a bod yn onasd.'

'Union fel reidio beic,' meddai Deio. Sylweddolodd reit sydyn falla nad dyna'r gymhariaeth ora i'w gneud dan yr amgylchiadau. Ffarweliodd yn gyflym â'r gweddill a dechrau hel ei betha'n reit ffrwcslyd.

'Siŵr na rhoswch chi am banad?' gofynnodd Meirwen, fel tasa hi'n gneud ati i ymestyn ei ddryswch.

'Fyswn i wrth fy modd,' meddai wrthi, 'ond well i mi 'i throi hi am y gwesty, dwi'n meddwl. Toman o waith marcio i'w neud cyn bora Llun. Manteisio ar chydig o lonyddwch.'

'Chi ŵ'r ora,' meddai hithau'n siomedig nad oedd cyfla i'w holi dim rhagor. Ymadawodd gydag un 'Taraaa' arall i bawb a'i gneud hi'n syth am ei gar a dechrau anadlu'n ddwfn cyn tanio'r injian a throi am Blas y Coed i gnoi cil dros betha.

Plas y Coed

Yr unig fai a allai Deio feddwl amdano ynglŷn â Phlas y Coed oedd ei fod fymryn ymhellach tua Phen Draw Llŷn na Llanfeudwy hyd yn oed. Byddai hynny'n ychwanegu ryw chwarter awr arall ar ei siwrne yn ôl y bore canlynol. Ond roedd popeth arall am y lle yn ticio bob bocs yn ei farn o, gan gynnwys y gwely anferth pedwar poster oedd yr un maint â'i stafell wely yn y fflat yng Nghaerdydd.

Tynnodd ei esgidiau a gorwedd yn ôl ar ei wely yn trio'i orau i roi'r pigyn bach a fynnai gnocio ar ei feddwl o'r neilltu. Ond roedd y diawl peth fel cur pen na fynnai adael llonydd iddo.

Fedrai o'm bod yn fi, siŵr Dduw, neu mi fyddai wedi cysylltu'n gynt, meddyliodd. *Be 'di'r siawns mai fi 'di'r tad? Nemor ddim. Wel ... na ... tydi hynna'm yn wir, Deio.*

Ond wedyn, hyd yn oed os mai chdi ydi'r tad, tydi hi'm isio i chdi wbod hynny ma raid, ne' mi fasa hi wedi cysylltu efo chdi cyn heddiw, yn basa? Yn basa, Deio? Tydi hi'm isio i chdi wbod dim amdano fo, felly rho fo o dy feddwl.

Callia, sut fedri di roi peth mor fawr o dy feddwl?

W't ti isio gwbod os mai chdi 'di'r tad? Ydi be ti'n wbod rŵan wedi effeithio arna chdi mewn unrhyw fodd?

Wel, ydi siŵr iawn! Ne' fasa chdi i lawr yn y bar 'na erbyn hyn efo gwydr mawr o win coch yn archebu bwyd. Sgin ti'm math o stumog. Sgin ti'm math o awydd bwyd. Wrth gwrs 'i fod o wedi deud arna chdi.

Ac yntau'n hel meddyliau fel hyn mi ddychrynodd drwy'i din ac allan pan glywodd ffôn ei stafell yn canu. Roedd o eisoes wedi deud wrthyn nhw yn y dderbynfa y byddai i lawr mewn ryw awr i gael swper. Be oedd hyn, felly? Cododd y derbynydd yn betrus.

'Helô, Sara sy 'ma o'r dderbynfa.'

'Helô, Sara.' Ceisiodd swnio'n hollol normal ond roedd ei galon yn rhisio'n ei frest.

'Mae gen i Miss Roberts yma hefo fi'n y dderbynfa yn gofyn os oes modd iddi gael gair hefo chi.'

'Wela i.'

Miss Roberts? Pwy? Roberts oedd 'i chyfenw hi? Shit! Hi sy 'na?

'Ma hi'n deud na chymrith hi fawr o'ch amsar chi a ma'ch ffôn symudol chi ganddi hi hefyd, medda hi.'

Shit. O, blydi hel! Sut bus di mor flêr, Deio?

Gwylltiodd yn gacwn efo fo'i hun a rhoddodd ei law yn reddfol yn ei boced i chwilio am ei ffôn. *Pam ffwc ti'n gneud hyn? Ti'n gwbod nad ydi o'n dy ffycin bocad di. Siarada. Deud wbath!*

'Ia, wrth gwrs, wrth gwrs,' bwnglerodd i mewn i'r ffôn, ddim yn siŵr iawn be i feddwl.

''Sa chi'n licio i mi hebrwng Miss Roberts i fyny neu ydach chi am ei chyfarfod hi'n y dderbynfa?'

Be? Dwi'm yn gwbod. Pam dach chi'n gofyn hynna i mi? Fedrai hi'm gneud 'i meddwl 'i hun i fyny? Ond shit. Os ydi hi isio siarad am 'betha', yna dwi'm isio gneud hynny yng ngŵydd pawb mewn derbynfa felly ella basa'n well – ym: 'Dudwch wrthi am ddŵad i fyny newch chi, Sara. Diolch.'

Ffyc ... shit! Be dwi'n mynd i neud? Sgidia! Well imi roi 'yn sgidia 'nôl ymlaen. Dwi'm isio iddi 'ngweld i yn nhraed fy sana, pwy bynnag sy 'na. Pwy ydi hi, beth bynnag? Dwi'm yn cofio cyfenw dim un ohonyn nhw. Be os mai Carys 'i hun ydi hi? Roberts oedd honno, dybad? 'Ta Lewis? Ty'd, Deio. Ti'm 'di cymryd bywyd neb, jesd 'di gneud un – ella. Ella ddim. Cnoc ar drws. Shit arall! Sdopia ddeud shit bob munud achos ti reit yn 'i ganol o ar hyn o bryd. Shiiiiit!

'Dŵad rŵan!' galwodd, gan wasgu chwistrelliad o'i *cologne* i'r awyr rhag ofn fod y straen wedi peri iddo chwysu mwy na'r arfer. Anadlodd yn ddyfn ac agorodd y drws.

'O!' meddai, yn methu celu ei ryddhad. 'Non, chdi sy 'na. Ty'd i mewn.'

'Diolch,' meddai, a chamu i'r stafell foethus a sylweddoli fod yna rai mannau ym Mhen Llŷn oedd yn gwbwl ddieithr iddi. Er mai hi oedd wedi archebu'r stafell i Deio, fuodd hi erioed i mewn ym Mhlas y Coed o'r blaen.

Diolchodd Deio i Sara a chau'r drws ar ei hôl.

'Stedda,' meddai wrth Non. 'Tydw i'n ben rwdan?'

Gwyddai'n syth ar wyneb Non nad wedi dod yma'n unswydd i ddychwelyd ei ffôn yr oedd hi. Fel yn ei orffennol gwyllt, daeth cymaint o atgofion yn ôl iddo am y tro cynta iddo ddod yn dad. Dysgodd mai gwell oedd mynd i lygad y ffynnon yn syth.

'Fi 'di'r tad, dwi'n cymyd?'

'Chdi ... ia.'

Eisteddodd Deio'n sypyn ar ei wely. Ei amheuon i gyd yn yr un gair bach – 'chdi'.

'Ma hi'n eitha siŵr o'i phetha,' ychwanegodd Non.

'Reit.'

Ddwedwyd fawr ddim am sbel wedyn. Roedd angen amser i'r llwch setlo go iawn cyn i'r un o'r ddau fentro deud rhagor. Non ddaeth i'r adwy.

'Tydi hi'm yn gwbod 'mod i yma, gyda llaw.'

'O?' Crychodd Deio'i dalcen mewn penbleth.

'O'n i'n gweld dy fod di'n dechra ama petha pan oedd Anti Meirwen yn paldaruo a fus i rioed wedi bod isio i lawr agor a'm llyncu i gymaint ag yr o'n i gynna.'

'Pam nad oedd hi isio deud wrtha fi 'i hun?'

'Pa mor dda ti'n 'i nabod hi?'

Teimlai Deio ei fod ar brawf. Ai wedi dod yma i roi llond pen iddo oedd hi? *Pa mor dda ddyliach chi nabod hogan cyn cysgu efo hi? Os ydi'r ddau ohonach chi'n pisd gachu ac yn amlwg yn ffansïo'ch gilydd a dim byd yn 'ych clymu chi i neb arall, ydi o ots? Ydi noson flêr o garu rwtsh-ratsh ddim yn iawn os nad ydach chi'n nabod 'ych gilydd yn dda, felly, nac'di? Pwy ddiawl arall oedd yn mynd i ddiodda os oeddach chi mond yn cael dipyn o hwyl?*

Y babi'n un.

Mi wyddai'n iawn ei fod wedi gneud camgymeriad. Gwbod i'r dim pa mor anghyfrifol oedd o wedi bod. Y ddau ohonyn nhw wedi bod. Lle oedd y sgwrs yn mynd i fynd nesa, tybad?

'*Tydan* ni'm yn nabod y'n gilydd yn dda.'

'Wela i.'

'Nath *hi*'m deud hynna wrtha chdi?'

'Tydi hi ddim wedi deud fawr o'm byd. Fi ddyfalodd mai chdi oedd y tad. Ma dipyn ohonan ni 'di gneud. Ond does 'na neb yn trafod y peth.'

'Ydi hi wedi deud *rwbath*?'

'Mond 'i bod hi am gadw'r babi ... doed a ddêl.'

'Reit.'

'A 'dan ni i gyd yn hapus drosti. Dim dyna pam ddois i yma.'

'O?'

'Mi fasa hi'n fy lladd i tasa hi'n gwbod 'mod i'n gneud hyn. Dwi'm isio iddi hi wbod 'mod i 'di bod ar gyfyl fama, ne mi fydd 'y nghroen i ar y parad 'na cyn i ti ddeud Nanhoron.'

'Pam dois di yma 'ta?'

'O d'achos di. Gin ti hawl i wbod. Unwaith oedd yr hedyn bach 'na o amheuaeth wedi'i blannu'n dy ben di, oeddat ti angan gwbod mai chdi blannodd yr hedyn gwreiddiol hefyd. Sori am 'i ddeud o mor flêr.'

'Na, mi ddudis di o'n dda iawn. Fedrwn i'm bod wedi'i ddeud o'n well fy hun.'

Daeth neges arall drwodd i ffôn Deio ond roedd y saib yn rhy feichiog iddo feiddio edrych arno. Doedd dim ffordd allan i'r un o'r ddau. Oedd yna ffordd ymlaen? Achos yn sicr doedd yna ddim ffordd yn ôl.

'Well i mi 'i throi hi dwi'n meddwl, Deio.'

'Croeso i ti aros am swpar.'

'Dim diolch. Wedi gaddo gneud shifft yn y Ship heno. Rhodri'n mynd allan ar noson fwch.'

'Bwch?'

'Stag.'

'A Rhodri?'

'Y bwch. Ond dim yr un sy'n priodi.'

'Wela i.'

'Bwch arall 'di o. Y bwch go iawn.'

'Wn i'n union sut mae o'n teimlo.'

'Mwynha dy bryd bwyd. A diolch am heddiw. Ma Awen yn teimlo lot yn well am betha rŵan.'

''Nes i fwynhau. Go iawn. Ma gini hi chwip o osodiad yn fanna.'

'Cytuno. Gawn ni weld, 'de. Peth arall fydd o i *ni* drio'i ddysgu fo.'

Cychwynnodd Non yn ôl am y drws yn dal i fethu credu'r fath grandrwydd. Mor agos at rai o bentrefi tlotaf y deyrnas. Pwy oedd â'r fath gyfoeth i allu ei berchnogi o rŵan? Agorodd Deio'r drws iddi. 'Diolch am ddŵad draw i ddeud. Doedd o ddim be o'n i *isio*'i glŵad, ond mi oedd o be o'n i *angan* 'i glŵad.'

'Falla na chlywi di ddim byd pellach am y peth. Ond os mai fel arall fydd petha, gawn ni plis anghofio fod y noson yma wedi digwydd o gwbwl?'

'Wrth gwrs. Dwi'n dalld.'

'Diolch.'

Chaeodd Deio mo'r drws am sbel. Roedd yr hyn oedd newydd ddod i mewn ac allan o'i stafell yn ormod iddo allu cau'r drws arno'n syth. Fe'i gadawai ar agor am sbel.

Cae Haidd

Pan gyrhaeddodd Meurig iard Cae Haidd roedd Carys ar ei ffôn efo'r cwmni gwasanaeth dipio defaid. Byddent yn cyrraedd fore Iau ac roedd angen giang o weithwyr arni am y ddeuddydd y byddent yn trochi. Byddai'r cwmni ei hun yn anfon dau o'u dynion ond roedd angen mwy na hynny arni i gael y maen i'r wal.

Sylwodd ar y car difrycheulyd yn troi i mewn i Gae Haidd a methai'n lân â deall sut y gall ceir rhai pobol edrych mor berffaith, waeth pryd y gwelwch chi nhw – y tu fewn *a'r* tu allan. Welodd hi erioed lychyn ar gar Awen chwaith, ac fe ogleuai fel car newydd sbon danlli bob tro yr aech i mewn iddo. Ac er nad oedd math o wahaniaeth gan Meurig ddod â'i gar drwy'r mwd a'r baw i'r iard heddiw, pe gwelech chi'r un car yn dychwelyd fory fe fyddai yr un mor lân ag yr oedd y funud honno. *Tybed a oes ganddo beiriant golchi car yn llechu yng nghefnau Llety'r Bugail?* meddyliodd Carys.

Ac wedi iddo ddod allan o'r car, roedd ei grys a'i dei, ei drowsus a'i sanau a'i sgidiau yr un mor lân a thrwsiadus. Be oedd ei gyfrinach?

'Nefi wen! O'n i'm yn disgwl 'ych gweld chi yma heddiw,' meddai Carys ar ôl gorffen gneud ei threfniadau efo dyn y dipiwr.

'Ti'n iawn?' holodd Meurig fel tasa 'na ddim byd yn bod.

'Be dwi 'di neud i haeddu'r fath fraint, felly?'

'Digwydd pasio heibio o'n i. Awen 'di gofyn i mi bicio draw i weld os oeddat ti'n well.'

'Mi ath mor sydyn ag y doth o'n diwadd. Mam 'di bod yn tendio arna i.'

'Dwi'n falch o glŵad.'

'Finna 'fyd. Gorfod dipio'r holl ddefaid 'ma dydd Iau eto. Blincin clafr 'ma'n boen yn 'u tina nhw a finna.'

'Ti'm yn 'i neud o dy hun w't ti, Carys?'

'Nacdw siŵr. Gin Huws Pritchard ddau foi'n dŵad o'r cwmni dip, ac ma Yncl Mei a Gari Bryn Ucha'n dŵad hefyd.'

'Felly fydd dim rhaid i chdi fod ar 'u cyfyl?'

'O bydd siŵr. Raid ca'l pump yma, o leia.'

Dyna'n union oedd Meurig wedi ei ofni. Gwyddai'n iawn fod Carys yn anwybyddu bob cyngor a rhybudd a roir i famau beichiog am fod yng nghanol mamogiaid; heb sôn am fod yn eu canol ar ddiwrnod dipio.

Gwyddai fod pwysau aruthrol arni i gynnal y ffarm a chadw petha i fynd. Roedd yn gneud yn rhyfeddol. Ond oedd yna rywun o'i chwmpas allai ei chynghori o safbwynt ei iechyd a'i diogelwch hi a'r plentyn yn ei chroth? Oedd Rhiannon Prysor hithau'n rhoi ei phen yn y tywod er mwyn cael y ddeupen llinyn ynghyd? Oedd pawb wedi mynd i weld Carys fel yr arwres a allai oresgyn popeth? Mae gan bawb ei welltyn olaf; ac roedd Meurig yn benderfynol o drio cymryd y gwelltyn hwnnw oddi arni.

'Mi fedra *i* ddŵad draw yma, os helpith hynny.'

'Chi? I ganol y cachu 'ma?' Chwarddodd Carys yn iach am ben y syniad.

''Nes i rioed ddeud wrthat ti imi ga'l fy ngeni a'm magu ar ffarm?'

'Chi? Mab ffarm?' Edrychodd arno mewn syndod.

'Ti angan yr help, Carys. Ma Mark a Dilys ar *stand by* dydd Iau a dydd Gwenar hefyd, tasat ti angan mwy o ddulo.'

Nefi, meddyliodd Carys. *Ma hwn yn swnio fel rhyw fath o gynllwyn. Ydyn nhw 'di bod yn siarad amdana i'n 'y nghefn i ne rwbath?*

'Ers pryd ma hyn 'di bod yn mynd ymlaen 'lly, Meurig?'

'Be'n mynd ymlaen?'

'Y trefnu 'ma? Be dach chi 'di bod yn 'i drafod?'

Mi ddowch i'r un man yn diwadd ond i chi drafod. Siarad neith ddatrys problema'n y diwadd, nid rhoi baw dan y carped a gobeithio'r anghofith pawb amdano. Ac mi ddaeth y ddau mor dwt â chrys a thei Meurig at eu testun. Doedd dim angen isbenawdau na dim. Roedd y ddau, fel basan nhw'n 'i ddeud yng Nghae Haidd, wedi dalld y dalldings.

'Chdi, Carys. 'Dan ni wedi bod yn dy drafod di.'

'Pwy? Chdi ac Awen?'

'Ymysg erill, ia.'

'Erill!? Pwy? Trafod be?'

Teimlai Meurig fod amddiffynfeydd Carys i gyd ar i fyny a'i bod fymryn yn anghyfforddus â'r sefyllfa. Doedd dim amdani ond y gwir plaen. Dyna'r unig ffordd yng Nghae Haidd, yn amlwg.

'Dy fod di'n dipio.'

'Sgin i'm dewis, Meurig. Ma'r clafr yn dew yma.'

'Ti'n gwbod be sgin i, Carys. Ti'n rhoi dy hun mewn peryg.'

'Be sy â nelo hynny â neb arall?'

'Ti'n rhoi'r ddau ohonach chi mewn peryg.'

'Dwi'n ddiolchgar i chi am feddwl amdana i, Meurig, ond dwi'n hogan fawr rŵan. 'Igon tebol i edrach ar ôl fy hun. Gymwch chi banad?'

Cychwynnodd Carys am y tŷ â gwahoddiad digon ffwr-â-hi am lymaid yn hongian rhwng y ddau. Ond doedd Meurig ddim yn barod i roi'r ffidil yn y to eto chwaith.

'Dim diolch iti, Carys. Ond cofia bod y cynnig yna os newidi di dy feddwl.'

'Mi 'naf. Diolch.'

'Mi ath y cwrs croes acen yn dda iawn, gyda llaw.'

'O'n i'n clŵad.'

'O?'

'Non ddudodd. Deud 'ych bod chi 'di medru canu'r gosodiad drwyddo fo, medda hi.'

'Do, mi ddaru ni.'

Tynnodd Carys ei ffôn o'i phoced. Roedd wedi derbyn neges gan rywun.

'Fi oedd hwnna, gyda llaw,' meddai Meurig.

'O?'

'Maddeua i mi'n busnesu, Carys. Ond dwi'n meddwl dylat ti ddarllan y ffeithia.'

'Ffeithia?'

'Y peryglon o fod yn agos i famogiaid, geni lloi, cemegau dipio.'

'Dim fi fydd y cynta na'r ola. Ac fel ddudish i, dwi'n ddigon tebol.'

'Dwi'n gwbod dy fod di. Nid hynny oedd gin i o gwbwl, a dwi'n gobeithio dy fod yn deall nad busnesa ydan ni. Dy weld di'n cario gymaint o bwysa ydan ni. Felly mi ddaethon at y'n gilydd i drio gweld sut y medran ni, fel ffrindia, fod o ryw help i ti. Ma wir ddrwg gin i os ti'n meddwl y'n bod ni wedi bod yn bowld. Dy les di oedd gin bawb mewn golwg.'

Cychwynnodd Meurig am ei gar gan dderbyn nad oedd newid i fod. Roedd wedi gneud beth y gallai ei neud a theimlodd fel plentyn unwaith eto. Daeth atgof yn ôl iddo o fynd â siwmperi ar ôl ei fam yn anrheg i hen wreigan go dlawd ryw dro. Roedd wedi bod yn aeaf oer a thybiodd yn siŵr y byddai'r hen wraig yn falch ohonynt. Cnociodd y drws a rhoi'r bag iddi gan egluro mai anrheg gan ei fam oeddan nhw. 'Wel dos di â nhw yn ôl i dy fam,' meddai hi wrtho, 'a deud di wrthi nad ydw isio'i blydi helusen hi!' A thaflodd y bag siwmperi yn ôl i'w wyneb a chlep ar y drws.

Rhoddodd yntau glep i ddrws ei gar a'r goriad yn y taniwr a chychwyn yr injan. Roedd Carys yn dal i sefyll wrth y ddôr gefn a'i chefn ato yn pwyso ar y wal, ac fe daerai Meurig ei bod yn crynu. Crymai ei chefn fwyfwy, a'i chorff yn ysgwyd drwyddi. Fe gymerodd sbel iddo sylweddoli mai llefain y glaw oedd hi. Rhedodd allan o'r car a gafael amdani. Roedd fel plentyn yn ei freichiau. Plentyn bach yn crynu fel deilen. Yna peidiodd y crynu. Safodd yn syth. Anadlodd. Ond methodd edrych i lygaid Meurig.

'Dwi'n casáu ffycin crio.'

'Neith o'm drwg. Welodd neb ond fi.'

Chwarddodd Carys chwerthiniad fach wantan a sychu ei thrwyn yn swnllyd.

'Pathetic, 'de?'

'Nacdi ddim.'

'Dwi'n gwbod mai chi sy'n iawn, Meurig, ond fedra i'm peidio gweithio, siŵr dduw. Rhaid i mi fod yma'n does.'

'Dwi'm yn deud hynny. Wrth gwrs bydd rhaid i ti fod yma. Chdi sy'n nabod dy ffarm. Cwbwl dwi'n neud ydi cynnig chydig o help i chdi dros y cyfnod anodd 'ma.'

'Casáu gofyn am help.'

'Fel rhan fwya ohonan ni. Does 'na neb yn licio mynd ar ofyn rywun arall os fedrwn ni beidio. Ond gad i ni helpu efo'r wyna a'r dipio o leia. Ddo i draw fory i weithio amserlen allan efo chdi. Ac unwaith cawn ni rota'n 'i lle roith gyfla i chdi bicio draw i Lety'r Bugail weithia i feistroli'r groes acen 'na.'

Dechreuodd cwlwm o'r tu mewn iddi lacio a phwysau'n codi oddi ar ei hysgwyddau. Wyddai hi ddim eu bod nhw yno hyd yn oed. Teimlodd yn ysgafnach yn syth ac fe aeth ei hanadliad nesaf gymaint yn is na'r un o'i flaen.

''Di'r banad na'n dal ar ga'l?' gofynnodd Meurig gan wenu.

Tacsi i'r Tywyllwch

Neidiodd Deio i mewn i'r tacsi a setlo'n y sedd gefn yn wên o glust i glust: 'Nighthawks please, mate,' a gwnaeth ei hun yn gyfforddus yn y sedd gefn a thynnodd ei ffôn o'i boced i anfon neges i Hywyn. Byddai ryw ddeng munud yn hwyr yn cyrraedd gan fod Siwan wedi ei ffonio fel roedd ar fin gadael yn holi tybed os gallai gymryd y plant dros benwythnos ola'r Steddfod. *Wythnos y steddfod, ffycsêcs,* meddyliodd. *Ydi hi'n gneud ati i fod yn lletchwith, 'ta be? Gan ei bod hitha wedi ymuno â Chantonion Canna a chan fod y Steddfod yn y brifddinas mi oedd y ffycars yn amlwg yn tynnu pob gewyn allan o'r blew i chwipio'r prif wobrau corawl i gyd.*

Gwyddai Deio'n iawn mai rhwbio halen i'r briw oedd y ffaith i'r ddau symud i Gantonion Canna wedi iddyn nhw wahanu. Â Chaerdydd yn dodwy corau fel ieir batri, a oedd rhaid i'r ddau fod wedi symud i Gontonion Canna?

Roedd yna fymryn o gyth rhwng y rhan fwyaf o gorau yng Nghymru fach ond roedd y cythraul ei hun yn llywydd anrhydeddus ar y ddau gôr yma. A rŵan roedd Siwan yn gofyn iddo warchod y plant ar yr union benwythnos y byddai'r corau'n mynd benben â'i gilydd yn y Steddfod.

'O'n i'n meddwl bod dy fam yn dŵad i lawr i aros hefo chi wsos Steddfod?' oedd ei gynnig cynta at ddatrysiad.

'Ma hi'n mynd adra ar y nos Wenar, sori. A beth bynnag, chdi gytunodd i'w ca'l nhw bob penwythnos felly 'nes i gymyd yn ganiataol mai hefo chdi y byddan nhw.'

Ast! Ma hi wedi pasio'r byc reit yn 'i ôl a sgin i'm math o atab i'r sguthan.

Canodd y tacsi ei gorn am y trydydd tro a bu'n rhaid iddo ddod â'r sgwrs i ben heb allu meddwl am gynnig arall.

'Gad o hefo fi 'ta,' oedd yr unig beth y gallai feddwl amdano ar y pryd. Byddai'n rhaid iddo gael mwy o amser i weitho'i ffordd allan o hynna. Colli nos Sadwrn ola'r Steddfod? Fyddai hyd yn oed tri archdderwydd a Robin McBryde efo'i gleddyf ddim yn gallu ei gadw rhag colli allan ar hynny, siŵr ddyn.

Daeth bawd Hywyn i fyny ar ei ffôn a sylwodd fod ganddo neges arall. Gan Non:

> Ffonia fi.

Galwodd hi'n ôl yn syth.

'Haia, Deio.'

'Haia. Ydi bob dim yn ocê?'

'Jesd isio gadal ti wbod fod Carys wedi ca'l 'i rhuthro i'r sbyty.'

'Carys? Be ddigwyddodd?'
'Cic gin un o'r blincin gwarthaig. Wedi torri'i choes.'
''Di'r babi'n iawn?'
'Ydi'n ôl be ddalldish i.'
Rhoddodd Deio ochenaid o ryddhad. Ac roedd Non yn falch o'i chlywed.
'Pryd ddigwyddodd o?'
'Bora 'ma, wrth drio'u ca'l nhw i mewn i'r tryc.'
Bu Deio'n trio rhoi'r cyfan o'i feddwl wedi iddo ddod 'nôl i Gaerdydd ar ôl y cwrs gosod. Derbyniodd nad oedd gan Carys unrhyw fath o fwriad o'i gynnwys yn y berthynas. Ond nid yn rhwydd iawn y medrwch chi roi o'ch meddwl fod yna ran ohonach chi rŵan yn tyfu fesul dydd ym mhen arall y wlad. Plentyn. Eich plentyn chi.
'Reit – well mi fynd. 'Nes i addo rhoi galwad iddi tua'r saith 'ma.'
'Cofia fi ... Na, fasa'n well ti beidio gneud hynny'n basa?'
'Mi adawa i i chdi wbod sut bydd hi, ocê.'
'Ia, g'na hynny, os medri di.'
'Hwyl.'
'Diolch iti, Non. Gwerthfawrogi bo chdi 'di gneud hyn.'
'Dwi'n falch. Hwyl.'
Talodd am y tacsi ac aeth allan i'r glaw.
'Thanks, *mate*,' meddai, a chau'r drws.
'Croeso,' meddai'r dyn tacsi, ond chlywodd Deio mo hynny'n cael ei ddeud.

Bar y Ship

'Dwi jesd yn mynd allan i neud galwad ffôn sydyn, iawn Peips?'

Mi fasa'n dda gan Rhodri tasa Non, o bawb, yn rhoi'r gorau i'w alw'n 'Peips'. Doedd o ddim yn llysenw oedd wrth ei fodd o bell ffordd. Gallai swnio'n iawn ar wefla ambell un. Doedd o ddim yn disgwyl dim gwell gan Gae Haidd a'i chiwed, ac mi oedd o wedi hen arfer clŵad rhai o'r hogia'n 'i gyfarch felly erbyn hyn. Ond teimlai fod Non yn ei ddeud o er mwyn cadw'i phellter ac roedd hynny'n dal i'w flino.

Ond o leia roedd hi wedi parhau i ddod i neud dipyn o waith achlysurol iddo y tu ôl i'r bar ryw ddwywaith, dair yr wythnos. Er gwaetha'r ffrwgwd rhyngddyn nhw, ddaru hi rioed godi ei phac a mynd yn llwyr. A oedd hynny'n rhoi rhyw fymryn o obaith iddo o hyd ei bod yn werth iddo ddyfalbarhau? Neu ai angen yr arian oedd ei chymhelliad i ddal ati?

'Mynd i ffonio Cae Haidd w't ti?'

'Ia.'

''Di'n mynd i fod yn ocê, ti'n meddwl?'

'Dduda i wrtha chdi pan ddoi 'nôl,' meddai Non, a mynd drwodd i'r cyntedd wrth estyn am ei ffôn.

Cododd Barry Bib-bîb o'i gornel gyda'i wydr gwag. ''Di meddwi oedd hi'n saff ti,' meddai. Llowciodd y gegiad olaf o'i beint cyntaf cyn sodro'i wydr yn glewt ar y bar.

'Ti'n meddwl, Barry?' meddai Rhodri, gan gymryd y gwydr a'i ail-lenwi iddo'n reddfol.

Tri pheint fyddai cwota Bib-bîb pan na fyddai ar shifft nos. Cyrhaeddai am hanner awr wedi chwech ar y dot a byddai swper yn ei ddisgwyl ar y bwrdd am hanner awr wedi wyth pan gyrhaeddai adre – nid bob amser ar y dot. Ham ac wy fyddai ar y fwydlen heno, a'i ffefryn, *queen of puddings*, i ddilyn. Dyna fyddai ei gyfarchiad i'w fam bob amser pan gyrhaeddai adre o'r Ship. 'Sud ma 'Nghwîn-o-pwdins i heno, 'ta?' a rhoddai sws fawr ar ei thalcen. Roedd yna ddau Barry Bib-bîb mewn gwirionedd; yr un a welai ei fam a'r un a welai gweddill y byd. Roedd yr haul yn gwenu'n wastadol drwy dwll tin Barry yng ngolwg ei fam. Ond fel lwmp o'r peth a ddeuai allan drwy'i dwll tin go iawn y byddai pawb arall yn ei nabod.

'Methu dal 'i chwrw.'

'Wyddos di ddim? Tydi'm 'di yfad diferyn ers Dolig, sdi,' meddai Rhodri i'w roi yn y pictiwr.

'Be wyddos di be ma hi'n 'i neud adra?'

'Dim mwy nag w't ti, Barry.'

'Sgin ti syniad pwy 'di tad y sbrog?'

'Nagoes. Dwi'm 'di holi.'

'Ro i fet i ti na'r boi canu telyn 'na o Gaerdydd ydi o.'

Roedd Non wedi gweld Barry wrth y bar ac fe oedodd yn bwrpasol yn y cefndir er mwyn osgoi ei falu awyr nosweithiol. Dyna'r anfantais fwya o fod y tu ôl i far pan gaech rywun mor ddiflas â Bari Bib-bîb yn eich cornelu chi. Doedd unman i ddianc. Gallech ei osgoi os oedd y bar yn brysur a rhywun arall angen ei syrfio, ond ar ambell noson dawel, wlyb, fe sodrai ei hun ar un o'r stolion a thrio cynnal sgwrs am unrhyw bwnc dan haul.

Ond cododd ei chlustiau pan sylweddolodd ei fod yn trafod ei ffrind gorau. A bu bron iddi gael y myll pan glywodd be oedd ganddo i'w ddeud. *Lle ddiawl y cafodd o afael ar honna? Alla i roi taw ar y basdyn?*

'Wydda ti hynna?' holodd Rhodri hi o'r tu ôl i'r bar.

'Gwbod be?' gofynnodd Non, er mwyn rhoi curiad neu ddau iddi feddwl sut fyddai'r ffordd ora i ymateb.

'Mai'r boi Deio 'na oedd i fyny 'ma wsos dwytha oedd tad babi Cae Haidd?'

'Lle clywis di stori felly?' gofynnodd Non, yn methu celu ei thymer.

'Barry 'ma oedd yn deud jesd rŵan,' meddai Rhodri'n ddiniwed.

'Nid clŵad stori 'nes i, boi. 'I chlŵad hi'n 'i *neud* o 'nes i. O'n i yno pan oedd o ar 'i chefn hi, yli.'

'Pwy?'

'Y boi canu penillion 'na, 'de. Hwnnw sy ar y teli'n meddwl 'i fod o'n gwbod bob ffwc o bob dim am fiwsig.'

Fedrai Non ddim gwingo'i hun allan o hynny. Cofiodd fod Barry Bib-bîb yn dal ar ei draed yn y Kingsbridge hyd yn oed pan oedd hi'n mynd i'w gwely. Felly mae'n rhaid ei fod wedi bod wrth lygad y ffynnon pan oeddan nhw wrthi. Fasa Carys yn drysu tasa hi'n dod i wbod.

''Sa chdi'n clŵad sŵn oedd gynnyn nhw.'

'Dyna sy'n dy droi di mlaen felly ia, Barry?' meddai Non. Dewisodd drywydd gwahanol i'w hamddiffynfa.

'Be ffwc ti'n feddwl?'

'Dyna glywish i. Gwrando ar bobol erill wrthi 'di dy betha di, meddan nhw.'

'Pwy ffwc 'di'r "nhw" 'ma sgin ti, 'lly? Lle ti'n ca'l dy sgandals? *Pisgah Express?*'

Roedd hi'n amlwg wedi tynnu blewyn go fawr o'i drwyn ac yn gweld ei bod wedi ei gael yn ei fan gwan. Dipyn o geg oedd Bib-bîb a fawr o ddim arall. Os byddai rhywun wedi codi ei wrychyn, adre at ei fam y rhedai bob tro i lyfu ei ddoluriau. Un peth oedd tynnu'r blewyn iawn o'i drwyn. Her gwbwl wahanol fyddai rhoi taw arno fo a'i stori am Carys.

Aeth Barry i eistedd yn ôl i'w gornel i regi Non dan ei wynt. *Pwy 'di honna i ffycin awgrymu petha fel'na amdana i? Oedd 'na hen straeon yn mynd o gwmpas y lle a finna'n gwbod dim amdanyn nhw?* Mi oedd wedi rhoi ei gas ar Non ers sbel ac mi oedd o a'i fam wedi amau nad oedd y Genod Colmon 'na'n gneud dim byd ond cario clecs pan oeddan nhw wrthi chwaith. Bob un ohonyn nhw.

'Blydi hel! Oedd honna'n dipyn o stori'n doedd!' meddai Rhodri pan ddaeth Non yn ei hôl i du ôl y bar.

'Lembo!' oedd yr unig ymteb gafodd o ganddi.

''Di o'n deud y gwir, ti'n meddwl?'

Ia. Damia! Oedd. Be fedra i ddeud? Be ddylwn i ddeud? Help!

'Nacdi,' oedd yr unig beth lwyddodd hi i'w dyrchu o rwla, fel plentyn sydd isio taflu i fyny ar stumog wag. Doedd fawr ddim yna i ddod allan. Roedd y bastyn Bib-bîb wedi deud y gwir ac fe'i câi hithau hi'n anodd i wbod sut i roi taw arno.

'Ydi hi wedi deud wrtha chdi pwy 'di'r tad, 'ta?'
'Do.'
Deuai'r atebion unair yn rhwydd. Ond rhowch chi ormod o'r rheiny a buan iawn y collwch chi ffydd y sawl sy'n aros am eich atebion.
'Ti'n ca'l deud wrtha i?'
'Na.'
Shit! Ty'd yn dy flaen, Non, deud wbath callach. Ti isio hwn ar d'ochor di rŵan, cofia.

'Ma hi di gofyn i mi beidio. Ond dim Deio Llwyd Owain ydi o'n bendant, Rhods.'

Rhods! Teimlodd Non fod Peips yn meddalu wrth iddi ei alw'n 'Rhods'. Er cymaint haws fyddai iddi hi ei alw wrth ei enw lled braich, roedd hi angen medru ei drin fel clai ar hyn o bryd. Ac roedd 'Rhods' i'w weld yn gweithio.

Rhods! meddyliodd Rhodri. *Ma hi wedi 'ngalw i'n Rhods. Neith hynna am heno. Gola ym mhen draw'r twnnal. Peidio rhuthro – dyna'r gyfrinach.*

'Typical Barry Bib-bîb, 'de. Rho di fodfadd iddo fo ac mi neith lathan allan ohoni'n gneith,' meddai er mwyn dangos ar ba ochr yr oedd o'n sefyll.

'Fyswn i'm yn coelio stori gin Barry Bib-bîb hyd yn oed tasa fo'n sefyll ar ddau Feibl a thyngu ar fywyd i fam 'i bod hi'n wir.'

Roedd Rhodri'n amheus a fyddai Barry'n mentro tyngu llw am unrhyw beth ar fywyd ei fam i neb – byth. Hi oedd ei ddydd a'i nos, a feiddiai neb ddeud unrhyw air drwg amdani yn ei ŵydd. Roedd wedi ei glymu'n dynn i linyn ei ffedog byth ers pan dorwyd y llinyn bogail rhyngddi hi a'i hunig anedig. Ond doedd Rhodri ddim am fynd yn groes i unrhyw sylw bach na mawr a wnâi Non y noson honno. Roedd wedi ei alw'n 'Rhods', ffycsêcs. Lasai dywallt gwydriad o win iddo'i hun yn y munud. Neu agor potel hyd yn oed, os byddai Non ffansi un hefyd. Siampên falla? *Callia rŵan Rhods, ti'n dechra mynd dros ben llestri. Tu'laen – cŵlia lawr. Deud wbath wrthi.*

'Oedd Cae Haidd yn well?'

'Oedd. Ac ma'r babi'n ocê hefyd, diolch byth.'

'Anlwcus.'

'Oedd, mi oedd hi.'

Ond roedd y stori'n dal yn cael traed ar dafod Barry. Byddai'n rhaid iddi roi taw arno fynta rywsut, a hynny'n reit sydyn.

'Nos dawch!' meddai Non wrth i gwpwl ifanc reit swil adael a diolch iddi wrth fynd. Aeth i glirio'u bwrdd er mwyn cael bod yn nes at y taenwr straeon.

'O's raid i ti chwistrellu'r dam peth 'na uwch 'y mheint i?' cwynodd Barry wrth i Non llnau'r bwrdd â chadach a mymryn o sebon potel.

'Tydw i'm uwch dy beint di!' atebodd Non yn ddiamynedd.

'Nesa peth, dwyt.'

'Mond mymryn o ogla da 'di o. Glirith yr awyr ar ôl dy straeon drewllyd di.'

'Be ti'n drio 'i ddeud?'

'Gadal blas drwg yn y ceg 'nes di.'

'Pryd?'

'Jesd rŵan.'

''Nes i mond deud be glywish i.'

Rhoddodd Non yr hambwrdd platiau gweigion yn ei ôl ar y bwrdd a sefyll uwchben Barry gan luchio cysgod drosto wrth iddi nesu ato. 'Cer di hyd lle 'ma'n lledu straeon fel'na am 'yn ffrind gora i eto ac mi fydd d'enw di'n fwd hyd lle 'ma. Dalld?'

'A sut ti'n bwriadu gneud hynny, 'lly?'

'Nid fi fydd yn gneud, Bib-bîb.'

'Pwy, 'ta?'

'Y ddynas bach 'na es di i'w stafall hi'n Abarystwyth.'

Syllodd Barry arni am eiliad gan godi 'i ael yn rhy sydyn. Yn rhy sydyn o lawer. Fel arfer fyddai ei fynegiant ddim yn newid o'r naill sgwrs i'r llall. Pryd o fwyd neu bryd o dafod ac fe arhosai cyhyra'i wep yn eu hunfan, waeth be fo'i sgwrs. Roedd hynny'n ddigon i Non synhwyro ei bod wedi dechrau ei gornelu.

'Pa ffwcin dynas bach yn Abarystwyth?'

Dyna chdi. Caria mlaen i fatio'n ôl am dipyn. Ond ti'n gwbod fod y trap yn cau amdanat ti, Bib-bîb.

''Sa'm llawar yn ôl. Ma *hi*'n dy gofio *di*'n iawn.'

'Pwy?'

'Second Linda.'

'Pwy?' holodd eto a'i lais draw yn uwch yr eildro.

'Ond y "ffwcin ddynas ddŵad 'na" w't *ti*'n 'i galw hi, os cofia i'n iawn.'

'Dwi'm yn gwbod am bwy ti'n sôn.'

'Mi ddychrynis di hi am 'i hoedal, medda hi.'

'Fedri di'm profi ffyc ôl.'

'Dwi'm yn trio 'i brofi fo.'

'Gair hi'n erbyn f'un i fasa fo enwie.'

'Yn union.'

'Bai hi oedd gadal drws 'i stafall ar agor.'

Bingo! O'n i'n ama basa'r ail beint 'na 'di gneud y tric.

'Felly mi *es* di i mewn?'

Symudodd yr un gewyn o'i fynegiant y tro hwn. Dim un.

''Di meddwi o'n i, 'de.'

'Esgus ciami, Bib-bîb.'

'Gei di goelio be lici di.'

'Sgwn i be fasa dy fam yn 'i ddeud tasa hi'n dŵad i wbod?'

'Cadwa di Mam allan o hyn, dalld.'

'Cadwa di Carys Cae Haidd o dy glwydda di a falla medra i fanijo gneud hynny. Ond os clywa i dy fod di'n dal ati 'de, Bib-bîb, weli di'r un pwdin arall am weddill dy hafa.'

Cododd Barry gan adael ei wydr ar y bwrdd a cherddodd yn syth allan drwy ddrws y bar. Doedd o'n amlwg ddim am fynd am ei drydydd peint heno. Edrychodd Rhodri arno'n mynd gan roi clep go hegar i'r drws ar ei ôl. 'Nefi! Sathru ar 'i gyrn o 'nes di?'

'Nid 'i sathru *nhw* 'nes i, ond 'i ga'l *o* i syrthio.'

'Syrthio?'

'Ar ei fai.'

'O?'

'Gyfaddefodd 'i fod o 'di deud celwydd am Carys.'

'Wel y basdyn dan din.'

'Rhaffu clwydda oedd o. Y pyrfyn bach.'

Aeth Non drwodd i'r gegin efo'r mymryn llestreuach ar ei hambwrdd. *Yes!* Meddyliodd. *Dim yn rhy ddrwg am un noson, Non!*

Dychwelodd i'r bar mewn coblyn o hwyliau da. Daeth chydig rhagor o gwsmeriaid i mewn a chynhesodd yr awyrgylch wedi ymadawiad Barry.

'W's di, Rhods, dwi'm yn ama y cymra i wydriad hefo chdi'n nes mlaen, 'chan,' meddai.

A hundred and eeeeeeighty! meddyliodd 'Rhods'.

Cofia anfon negas at Meurig i dy ffonio di mewn ryw awran yn deud fod Awen isio dy weld di, meddyliodd Non.

Bar y Nighthawks

Mae'n hawdd iawn nabod pobol sydd wedi'ch nabod chi mewn tafarn neu glwb. Mae hi'n grefft bwysig i'w meistroli i lawr yn y ddinas. Y cyfan sy'n rhaid i chi'i neud ydi sganio o gwmpas y stafell bob yn hyn a hyn yn cymryd arnoch eich bod yn chwilio am rywun neu'n aros i ffrind gyrraedd. Mi welwch yn syth os oes yna rywun yn edrych arnoch chi neu'n siarad amdanoch chi. Y grefft ydi i chi beidio edrych yn uniongyrchol i'w llygaid nhw. Mond gwbod eu bod nhw'n edrych arnoch chi. Dyna'r tric. Mae'n dod gydag amser. Chweched synnwyr ydi o mewn gwirionedd.

Tueddai Hywyn i wneud hynny wedi iddo gyrraedd bar neu glwb yn ddi-ffael, a doedd heno ddim yn eithriad. Rhaid i chi sganio'r stafell yn gynta i weld pwy sydd yna. Hwn yw eich cyfle gora i edrych o'ch cwmpas go iawn. Gallwch gymryd eich amser y tro cynta gan mai dyna wna'r rhan fwyaf o bobol yn syth ar ôl cyrraedd rwla. Byddwch wedyn wedi clocio'r wynebau oedd yn syllu i'ch cyfeiriad.

Sylwodd Hywyn fod 'na un neu ddau o actorion yn eistedd ym mhen pella'r bar, ond neb fyddai'n creu argraff petai'n cerdded draw i'w cyfarch, felly thrafferthodd o ddim hyd yn oed i godi llaw. Ond roeddan nhw yn amlwg wedi ei nabod o. Anaml iawn y bydd actorion ddim yn sylwi fod cynhyrchydd yn y stafell.

Cyn iddo gael cyfle i eistedd bron mi fwriodd Hywyn i'r stori ddiweddara'n syth.

'Glywes di fod saith côr cymysg 'di rhoi 'u henwe miwn eleni?'

'Do, ddudodd 'na rywun yn stafall athrawon amsar cinio.'

'Fydd hi'n yffarn o gystadleueth.'

'Ydyn *nhw*'n cystadlu?'

Doedd dim angen enwi Cantonion Tâf mewn sgwrs o'r fath bellach. Dyna oedd y 'nhw' yn ei olygu bron yn ddi-ffael, yn enwedig pe'i dwedid â'r oslef â thro fel cynffon mochyn ar ei ddiwedd.

'Wrth gwrs,' ychwanegodd Hywyn.

'O'n i'n ama.' Gwyddai Deio'n iawn eu bod yn cystadlu, wrth gwrs. Dyna pam oedd Siwan am iddo warchod.

'A ma nhw'n gneud y Rytmus.'

'*Eto*? Ycinel!'

'Gwen glywodd nhw. Digwydd paso festri Horeb nosweth o'r bla'n pan o'n nhw'n ymarfer.'

Digwydd pasio, like fuck. Roedd Gwen a Hywyn bron cyn waethed â'i gilydd.

'O'n nhw'n swno'n dda 'fyd, medde hi.'

'*Shit*, oeddan ma siŵr.' Fedrai Deio ddim gwadu nad

oedd ynta'n gystadleuol hefyd, ond doedd o ddim hanner cynddrwg â Hywyn a Gwen. Dim ond pan ddeuent i'w trafod 'nhw', wrth gwrs.

'Beth bynnag. Newyddion da, Mr Owain. Ma'r cwmni'n cynnig wech mish o gytundeb i ti fel man cychwyn yn lle doi.'

Blydi hel! Oedd hynna'n sydyn. Heb fath o rybudd ac ar ganol trafod cystadleuaeth y côr agored mae o di cynnig gwaith i mi. Happy days.

'Beth ti'n feddwl o 'na? '

Dal yn ôl Deio. Paid â dangos dy fod di wedi gwirioni gormod. Dal yn ôl washi.

'Chwe mis?'

'Ie, wi'n diall nad yw e'n berffeth, ond ma mwy i'w ga'l.

Mwy? Roedd 'na fwy? O, deud mwy 'ta. Paid ag isda'n fan'na'n sbio o dy gwmpas i weld pwy sy'n sbio arna chdi.

'O?'

'Os gelen ni'r comisiwn fe gei di gynnig blwyddyn ychwanegol. Garantîd.'

'Ocê,' atebodd, fel tasa fo'n cnoi cil dros y cynnig yn hytrach na'i dderbyn. Mae 'na lot fawr o ffyrdd i ddeud 'ocê'.

'Beth ti'n feddwl?'

Tu mewn roedd Deio eisoes yn dathlu. Roedd 'na o leia dair bom conffeti newydd ffrwydro'r tu mewn iddo'n barod. Bosib iawn y bydda fo wedi arwyddo'r cytundeb tasa fo o'i flaen o'r funud honno. Ond aeth am un gwth arall i'r cwch i brofi pa mor bell fyddai o'n mynd.

'Dydi o'm yn *ideal* 'de, Hyw. Ma'n uffar o aberth, ond ...'

'"Ond" beth?'

'Dwi'n ca'l 'y nhemptio; paid â 'ngham ddalld i ...'

'Byddet ti'n bownd o ga'l cynnig mwy'n y diwedd, yn bendant.'

'Ti'n meddwl?'

''Da beth sydd 'da *ti* i'w gynnig? Wrth gwrs gelet ti.'

'Ia, ond fasa na'm garantî, yn na 'sa?'

'Sdim garantî i neb yn y jobyn 'ma.'

'Nagoes, dwi'n dalld.'

'Risg yw hi i bob un o'ni. Ti'n gwbod 'ny'n iawn. Ti angen pwyso 'na'n erbyn beth sydd 'da ti ar hyn o bryd a neud dy benderfyniad dy hunan.'

'Oes, dwi'n gwbod.'

'Yr unig beth weda i yw bod angen i ti roi ateb erbyn dydd Llun.'

'Dydd Llun?'

'Fyddwn ni'n dechre arno fe ddiwedd Gorffennaf er mwyn ca'l e i miwn ddiwedd Medi.'

Gwyddai Deio'n iawn na allai wynebu blwyddyn arall o ailchwydu'r un hen wersi i ddisgyblion oedd yn dangos llai a llai o ddiddordeb yn ei bwnc. Gwyddai hefyd na allai wthio Hywyn fodfedd ymhellach ar y mater. Daliodd ei law allan dan wenu.

'Dîl.'

'Briliant!' meddai Hywyn gan edrych dros ei ysgwydd i weld pwy oedd ymhlith y criw ifanc swnllyd oedd newydd lanio. Rhyw gôr aelwyd, o bosib. Neb o bwys.

Ac efo ffocws Hywyn yn rwla arall, anfonodd Deio neges i Non:

> Unrhyw newydd?

Festri Pisgah (eto)

Safodd Second Linda wrth ymyl y pulpud ar lwyfan bychan y festri yn llawn nerfau ond wedi cynhyrfu drwyddi ar yr un pryd. Roedd wedi anfon ei henw i mewn i'r Llefaru Agored i Ddysgwyr yn Maes D ac wedi methu cysgu'n iawn byth ers iddi lenwi'r ffurflen.

Er na fu hi ar lwyfan ei hun ers iddi chwarae rhan 'Mary, Mother of Baby Jesus' yng nghyngerdd Dolig Ysgol Gynradd Millbrook yn Wigan ar ddiwedd yr wythdegau, aeth yr awydd i gael sefyll ar lwyfan Maes D yn drech na hi ac fe lanwodd y ffurflen yng ngwres y funud a'i hanfon pan oedd hi'n dal mewn llesmair.

Eilydd i ran 'Mary Mother of Baby Jesus' oedd hi'n wreiddiol, ond cafodd y Fair go iawn glwy'r penna'r noson cynt a bu'n rhaid iddi gamu i'r adwy ar fyr rybudd. Roedd yn brofiad trawmatig i'r Linda ifanc gan iddi ollwng y baban

Iesu yn glewt ar ei ben wrth iddi blygu i'w roi yn y preseb. Syrthiodd allan o'i siôl yn noeth lymun gorn i'r llawr, a'r gnoc yn ddigon i ddechrau'r fecanwaith a barodd i'r baban Iesu ddechrau llefain 'I want to wee wee, I want to wee wee' wrth iddo orwedd yn llonydd wrth erchwyn y crud a'i ben ôl yn yr awyr. Roedd Linda wedi dinoethi'r baban bendigaid o flaen y dorf a gwyddai pawb, o ganlyniad i'w blerwch hi, nad oedd ganddo bidlan ac mai hogan o'r enw Tiny Tears oedd y baban Iesu wedi'r cwbwl, un blastig o'i chorun i'w sawdl. Pan ddaeth y côr angylion ymlaen i ganu 'Mary had a baby' doedd Mair ei hun ddim ar gyfyl y stabl; dim ond Joseff oedd yno'n edrych yn syn ar y newydd-anedig yn dal i lefain ei bod hi isio pi-pî.

Aeth Linda ati'n syth i ddysgu geiriau'r darn prawf a chytunodd Sian Armon y byddai'n ei helpu i'w rhoi ar ben ffordd efo'r dehongliad. Hwn oedd eu hymarfer cyntaf ac roedd Linda wedi cynhyrfu'n lân.

'Rwy wedi dysgu un pennill a *corus*,' meddai Linda, yn dal methu credu ei bod hi rŵan yn sefyll ar lwyfan Capel Pisgah ar ei phen ei hun bach yn mynd i lefaru o flaen Sian o bawb.

'Da iawn chi, Linda,' meddai Sian. 'Be am i chi ddeud y pennill cynta 'ta, ia? I ni ga'l gweld sut ma hi'n mynd.'

Cerdd enwog Nantlais i Twmi oedd y darn prawf, ac roedd Linda'n gredinol fod pob sill ohoni wedi ei serio ar ei chof:

'Ar y morfa gwyrdd mae Twmi'n preswylio,
A'i ddrws yn agored i'r cefnfor glas,
Heb ddim i'w ddifyrru yn awr wrth noswylio
Ond y teid yn dod miwn, a'r teid yn mynd mas.'

Edrychodd Sian yn syfrdan ar Linda'n gneud y giamocs rhyfedda i ddehongli bron bob gair o'r pennill. Ond yn rhyfedd ddigon, dewisodd beidio ystumio'r hyn a alwai Linda'n *chorus* – sef llinell olaf y pennill. Roedd yn ddigon o her i ddysgwraig o'r gogledd geisio meistroli'r acen ddieithr a roddai'r mydr hyfryd i ddiwedd bob pennill. Ond i glustiau Sian, yr hyn a debygai iddi glywed Linda'n ei lefaru oedd:

'Only tights in domain, and tights in my arse.'

Methodd Sian – Sian o bawb – â dal ei hun rhag chwerthin dros y festri. Yna fe sobrodd drwyddi pan welodd Linda'n edrych yn syn arni. Roedd Sian wedi gneud yr anfaddeuol yn ei golwg hi ei hun, a hynny o flaen Second Linda o bawb. Roedd wedi chwerthin am ben rhywun oedd yn dysgu'r iaith. Yr un a edmygai fwyaf o holl aelodau'r parti. Cywilyddiodd drosti ei hun.

'Ydi o'n ffordd mae fi'n dweud y *gorus*?'

'Dwi *mor* sori, Linda.'

'Na, mae'n ocê. Dwi ddim yn deach be mae'r *corus* yn dweud, so 'nes i jesd – *made it up*, mewn gwirionedd.'

'Dwi'n meddwl bod gin ti lais arbennig o dda i lefaru, gyda llaw, Linda.' Canolbwyntiodd ar bopeth oedd yn dda am y dehongliad a'i bod wedi llwyddo i ddeud geiriau anodd megis 'difyrru' a 'preswylio' heb ddim trafferth o gwbwl.

'Beth ydw i'n dweud yn y *gorus*, Sian?'

Eglurodd Sian y tristwch chwerw felys sydd yn y gerdd a bod ei 'chorws' fel petai'n adleisio llanw a thrai bywyd pob un ohonan ni.

'Nawr dwi'n deach. Dwi'n deach y cerdd.'

Gwyddai Sian yr union le y byddai hi'n dechrau mireinio dehongliad Linda, ond am heddiw, roedd cael ei maddeuant am chwerthin am ei phen yn bwysicach na dim. Ond doedd Linda ddim yn un i ddal dig beth bynnag. Gwyddai o'r gorau fod unrhyw ddysgwr yn mynd i neud camgymeriadau, a doedd heddiw ddim y tro cyntaf na'r olaf i beth felly ddigwydd. Ond ysai am gael gwybod beth oedd wedi peri i Sian chwerthin dros y lle.

'Beth oeddwn i wedi'i ddweud yn rong, Sian?'

Oedodd Sian cyn egluro.

'Bydd fi dim yn flin. A mae chi'n dysgu o *mistakes* chi.'

Roedd hynny'n wir wrth gwrs. Does neb yn dysgu reidio beic heb ddisgyn yn gynta.

'Oedd be ddudsoch chi'n swnio'n ddigri i 'nghlust i, Linda.'

'Beth oedd ti'n meddwl o'n i wedi'i dweud?'

'Wel, oedd o'n swnio i mi eich bod chi wedi deud "only tights in domain, and tights in my arse".'

A dyna oedd y sbardun i'r ddwy golli rheolaeth lwyr ar y wers. Roedd y teid wedi mynd mas yn llwyr erbyn hynny a daeth y wers i ben. Roeddan nhw'n chwerthin gymaint fel na ddaru nhw sylwi fod hogan ifanc wedi cerdded i mewn yn gwisgo dyngarîs llac a'i gwallt gwyrdd a melyn wedi ei glymu'n gocyn ar ei phen.

'Sgiwshiwch fi ond – dwi'n y lle iawn ydw?'

'Bethan dach chi?'

'Ia ... Cwmni Torth Frith.'

'Y gweithdy?'

'Ia. Parti Colmon?'

'Ia, ia. Ma 'na fwy ohonan ni ar y ffor, peidiwch â poeni. Ni sy 'di cyrradd yn fuan i ymarfar – ym – llefaru.'

'Wela i. Swnio'n ddarn digri iawn.'

'Ia, wel ... dydi o'm i *fod* yn ddigri ond ...'

'Fi sy'n dysgu Cymraeg ac roedd fi fod i dweud "Teid yn mynd mas" a 'nes i dweud "tights in my arse"!'

A dyna sut y bu hi am hanner awr dda wedi hynny. Fesul un a dwy fe gyrhaeddai'r gweddill ar gyfer y gweithdy ac fe ailadroddai Linda a Sian y stori a deuai ton arall o chwerthin i lenwi'r festri. A neb yn mwynhau ei hun yn fwy na Second Linda. Roedd yn seren y sesiwn cyn i Bethan roi cychwyn arni hyd yn oed.

***

Aeth y gweithdy'n arbennig o dda a phawb wedi mwynhau sesiynau o ymestyn a chynhesu, byr-fyfyrio ar amrywiol themâu ac fe ddarllenodd bob un eu hoff ddarn o farddoniaeth i weddill y criw. Yna, yn sesiwn ola'r bore, gosododd pawb dri llun yr un o'u perthnasau nad oedd neb arall yn y parti wedi eu gweld o'r blaen; hen luniau teulu. A'r her i'r gweddill oedd i roi bob aelod o'r parti efo'i theulu cywir. Aeth pawb o gwmpas y festri yn edrych yn fanylach ar bryd a gwedd y naill a'r llall gan syllu ar bob wynepryd yn llawer dwysach nag a wnaethant erioed o'r blaen, fel artist yn astudio'i destun.

Deuai hyn â'r genod yn nes at ei gilydd mewn mwy nag un ffordd. Ac roedd rhagor i ddod yn y pnawn pan ofynnodd Bethan iddynt gyfnewid un dilledyn gydag aelod arall o'r parti oedd tua'r un maint â nhw.

Wedi iddi gael cais gan Non i greu diwrnod a fyddai'n closio'r parti, roedd Bethan am i'r sesiwn ola fod yn un hwyliog a chyda mwy fyth o'r elfen o ddarganfod a nabod iddo.

Y cyfarwyddyd oedd – wrth i bawb ffeirio eu dilledyn o ddewis – roeddynt i rannu tair ffaith amdanynt eu hunain gyda'u partneriaid; ffaith nad oedd neb arall yn y stafell yn ei wybod amdanynt. Gan eu bod yn gymuned glòs o ferched, meddyliodd pawb i gychwyn y byddai hynny'n ormod i'w ofyn. Ond fel yr âi'r awr ginio'n ei blaen, buan y newidiodd eu cân.

Aeth Dilys Double Tops ar ei hunion at Carys; byddai gobaith iddi ffeirio ryw bilyn o'r cyfnod pan oedd hi ei hun yn feichiog efo Carys.

Bu'n rhaid gwahanu Cadi a Glwys Rhys gan na fedrai neb ddychmygu, gan gynnwys yr efeilliaid eu hunain, y byddai modd i'r ddwy ddod o hyd i dair ffaith am y naill a fyddai'n gwbwl ddieithr i'r llall. Felly fe bartnerwyd Cadi gydag Awen a Glwys gyda Non. Arhosodd Sian a Linda'n bartneriaid am reswm oedd yn amlwg i bawb bellach.

Partnerwyd Donna Ednyfed gyda Helen Traed Oer. Roedd Non ac Awen yn amau falla byddai swildod Helen yn faen tramgwydd gan fod Donna'n aelod hollol newydd ond roedd y ddwy i weld yn reit hapus yng nghwmni ei gilydd pan oedd pawb yn gwahanu am ginio.

Wedi iddynt ffeirio'u hamrywiol eitemau gallai'r cyplau fynd i unrhyw le wedyn i sgwrsio a rhannu eu cyfrinachau dros ginio. Aeth rhai drwadd i'r capel, aeth rhai am dro, ambell gwpwl i'r dafarn, eraill am sbin yn eu ceir, a phiciodd Double Tops a Carys i Dŷ'r Ysgol am banad a Wagon Wheel. Gan Carys oedd y cyflenwad bisgedi gan iddi ddechrau crefu amdanynt ar ôl dod adre o'r ysbyty.

Cyn iddyn nhw wasgaru dros yr awr ginio fe osododd Bethan sialens fach arall iddyn nhw hefyd, sef i feddwl am un gyfrinach yn arbennig iddi hi.

'Rŵan,' meddai, 'ewch i lawr coridorau'r cof i dyrchu am

rwbath dach chi'ch hun, falla, wedi anghofio amdano ers blynyddoedd maith. A phob lwc!'

Digon yw dweud yn y fan yma i'r sesiwn hwn fod yn llwyddiant ysgubol. Roedd pob un o'r genod wedi rhannu atgofion di-ri â'i gilydd, a hynny wedi esgor ar sgyrsiau hirfaith am bob math o bynciau. Roedd Dilys a Carys wedi tecstio'r grŵp WhatsApp yn gofyn:

> Oes rhaid inni ddŵad yn ôl?

Ond dychwelyd fu'n rhaid wrth gwrs; Carys yn gwisgo smoc Laura Ashley flodeuog a Dilys ar un o faglau Cae Haidd gan nad oedd crys Carys yn cau dros y Double Tops.

Yna bu pob pâr yn rhannu eu chwe 'cyfrinach' gyda gweddill y parti. Yr her wedyn oedd i bawb arall drio dyfalu pa gyfrinach oedd yn eiddo i ba un o bob pâr. Rhyfeddai pawb at rai o'r straeon, ac yn fwy fyth at ba mor wael yr oeddan nhw am ddyfalu pwy oedd berchen ar ba stori. Roedd Bethan wedi taro'r hoelen ar ei phen a bu cryn drafod am wythnosau wedyn am y sgyrsiau a'r atgofion a rannwyd. Ond er cymaint y trafod, bu'n rhaid torri petha'n eu blas er mwyn dod â'r sesiwn i ben.

'Iawn, 'ta. Dwi am ffarwelio hefo chi yn sŵn y dyrnaid o gyfrinachau ddoth i'm llaw i'n bersonol ar ôl i chi fod yn sgwrsio. Y rheiny na *fyddwn* ni'n trio dyfalu pwy sy berchen arnyn nhw. Ma pawb fuo'n ddigon dewr i rannu'r rhain wedi gneud hynny ar sail cyfrinachedd. Mae 'na bump wedi mentro. Amball un wedi 'nghyffwrdd i. Amball un wedi gneud i mi wenu. Amball un wedi gneud i mi feddwl. Ac ma un ohonyn nhw am i chi wbod fod yna fwy nag un yma heddiw sy'n feichiog.'

Cafwyd ton o ddistawrwydd a thon arall o fân ebychiadau a wynebau'n troi i edrych ar ei gilydd heb fedru deud dim byd.

'Ma gan un arall yma datŵ o ddraig goch ar ei phen-ôl.'

Chwerthin y tro hwn. Dros bob man. Ond drwy'r chwerthin roedd pob copa walltog ohonynt yn dal i drio dyfalu pwy goblyn yn eu plith a allai fod yn feichiog?

Bwriadai Bethan adael yn gyflym ar ôl gorffen darllen y cyfan o'r cyfrinachau. Roedd tair i fynd.

'Ma 'na un yma sy mewn cariad â dyn priod.'

Betia i fyddan nhw i gyd yn meddwl mai fi 'di honna, meddyliodd pawb oedd yn sengl.

Well iddo fo beidio bod yn nacw, meddyliodd pawb oedd yn briod.

Gwenodd Awen iddi ei hun a meddwl gyda balchder: *Fi oedd honna.*

'Ac yn olaf,' meddai Bethan, 'ac mi fydda i'n 'ych gadal chi'n syth wedi darllan hwn er mwyn i chi ga'l gorffan y sesiwn yng nghwmni'ch gilydd yn rhoi'r byd yn ei le. Ond, am heddiw beth bynnag, peidiwch â thrio dyfalu pwy sy 'di bod yn ddigon dewr i sgwennu'r rhein. Gnewch hynny adra – ar eich pen eich hun; ac mi welwch y byddwch chi wedi meddwl yn fanwl am bob un o'ch aeloda cyn mynd i'ch gwely heno. Ac mi fyddwch hyd yn oed yn glosiach tîm yn y bora.

Felly dyma hi'r gyfrinach sy wedi deffro 'nghywreinrwydd i fwya. Dwn i'm pam, achos does gin i ddim syniad caneri pwy 'di'r person ma hi'n grybwyll yn y gyfrinach. Ond dyma hi i chi – dwi'n gyfnither gyfa i Lleucu Garmon.'

Ac allan â Bethan heb ddeud gair ymhellach a gadael llond festri o gerdd dantwyr pybyr yn gegrwth. Pawb yn edrych yn syn ar ei gilydd, gan gynnwys awdur y geiriau ei hun, wrth gwrs. Roedd hi'n dipyn o actores, mae'n amlwg.

Capel Bethania

Roedd 'na hwyliau arbennig o dda ar Deio ar ddiwedd eu hymarfer ar gyfer cystadleuaeth y côr cymysg yn y Steddfod – a hynny am sawl rheswm.

Yn gyntaf, roedd ei fam wedi cytuno y deuai i lawr yn unswydd i warchod y plant dros benwythnos ola'r ŵyl. Gan fod y fflat yn rhy fach i gysgu'r pedwar ohonyn nhw, byddai'n rhaid iddo fo symud allan. Golygai hyn y strach o orfod pacio'i fag a gadael ei fflat a'i deulu am y penwythnos cyfan, talu am stafell mewn gwesty ac a *fyddai'n ei ryddhau i fwynhau diwrnodau ola'r Steddfod fel dyn cwbwl rydd. Y fath aberth,* meddyliodd dan wenu.

Yr ail reswm dros deimlo mor dda oedd fod y côr wedi cael ymarfer ardderchog heno, ac roedd yn edrych ymlaen am ei lymaid a'i ryddid newydd – sef ei drydydd rheswm dros ei hwyliau da. Roedd yn ddiwedd tymor yr ysgol ac yntau'n ddyn rhydd yng ngwir ystyr y gair. Teimlai fel llencyn deunaw oed unwaith eto a gallai ddeud wrth bawb rŵan mai 'cerddor llawrydd' oedd o ac nid athro cerdd. Byddai hynny'n swnio dipyn yn well pan fyddai'n taro ar sgwrs ag unrhyw un yn y cylchoedd oedd yn cyfri.

Clywsai hefyd, ar sïon y morwydd, fod yna ffrae fewnol wedi bod o fewn Cantonion Tâf. *Tybad oedd 'na wirionadd i'r stori na fyddan nhw'n cystadlu'n y Steddfod eleni wedi'r cwbwl?* pendronodd. *'Sa hynny'n braf am un flwyddyn yn bydda; cael sbario heipio'n gilydd i fyny'n wirion nes i ni neud y'n hunan yn sâl cyn y canlyniad. I'r fath radda weithia nes bod rhywun yn gofyn iddo fo'i hun, pam ffwc 'dan ni'n gneud hyn?*

I ychwanegu at ei dymer dda, roedd hefyd wedi cael nifer o wahoddiadau i drafod y cystadlu ar y teledu yn ogystal â gwahoddiad i gynnal sesiwn ym mhabell Encôr yn trafod hynt a helynt y Rhuban Glas a'r Tywyn Roberts a pham yr oedd rhai o'r hen wynebau bellach yn cadw draw o'r gystadleuaeth. Ai'r rheswm oedd fod y lleisiau ifanc oedd wedi eu hyfforddi yn y colegau cerdd wedi dechrau heijacio'r gystadleuaeth? Byddai'r cyfryngau wrth eu boddau. Roedd yn argoeli'n dda am eisteddfod ffraegar arall.

Ond lle uffar oedd Hywyn? Gwastraffu nos Wener oedd peth fel hyn. Doedd o mond wedi mynd i'r tŷ bach, lle ddiawl oedd o'n llusgo'i draed? Wastio amsar yfed da.

Daeth ei ffrind allan o'r ymarfer a golwg dipyn bach yn ddryslyd arno ac yn syllu i fyw llygaid Deio.

'Be sy?' gofynnodd.

'Ti 'di clywed fod stori'n mynd o gwmpas byti ti?'

'Amdana i?' holodd y cerddor llawrydd oedd wedi bod mewn hwyliau uffernol o dda tan yr union eiliad honno.

'Pam na fyddet ti wedi gweud?'
'Am be ti'n fwydro, Hywyn? Pa stori?'
'Dy fod di'n mynd i fod yn dad eto.'

A sut ffwc gyrhaeddodd honna Gaerdydd mor uffernol o sydyn, dudwch i mi?

Cyntedd Cae Haidd

Un o'r sïon mawr sy'n dal ym mrig y morwydd eisteddfodawl ydi'r honiad nad yw corau'r gogledd hanner cystal am gefnogi eisteddfodau'r de ag ydi corau'r de am ddod i gefnogi'r gogledd. Pwysleisir mai si yn unig yw hon ac nad oes neb o'r cyfryngau eto wedi gweld unrhyw arlliw o gig ar ei hasgwrn. Amser a ddengys.

Ond nid felly'r Colmoniaid. Doedd affliw o wahaniaeth ganddyn nhw tasa'r Steddfod yn cael ei chynnal ar y lleuad, a bod ganddynt y modd o fynd yno, fe aent heb feddwl ddwywaith. Waeth beth fyddai'r darn gosod na'r gainc; fe osodai Awen eiriau 'tebot bychan ydwyf' iddi os byddai'n golygu y caent fynd i'r Steddfod i gystadlu.

Dyna pam yr oedd Carys yn hel ei phetha'n y cyntedd yn aros i Meurig ac Awen ei phigo i fyny am un o'r gloch, gan wbod i sicrwydd y byddent yno ar amser.

'Garis di'r cês 'na i lawr grisia dy hun?' holodd Rhiannon Prysor.

'Mam! Dwi 'di cario dipyn trymach petha na hwn, yn do?'

'Ond newydd ddŵad oddi ar dy fagla w't ti, hogan. Fyddi di'n d'ôl arnyn nhw cyn i ti fynd drw'r drws 'na os na chymi di bwyll.'

Daeth Anti Meirwen drwadd efo amlen iddi yn ei llaw.

'Wbath bach i ti at dy gosta,' meddai. 'Ac ma 'na chydig bach dros ben i ti ga'l cyfansoddiada a thestuna'r flwyddyn nesa i mi, os cofi di. Ond paid â mynd i'w halio nhw hyd lle os 'di o'n draffath.'

Doedd yr un o'r ddwy wedi newid byth ers y tro cynta iddi fynd i'r Steddfod i gystadlu. A hithau bellach yn ganol oed ac ar fin bod yn fam ei hun, byddai rhai petha'n aros yr un fath tra byddai'r ddwy yma'n dal â'u dwy droed ar yr hen ddaear 'ma.

Ers ei damwain bu Cae Haidd yn un ffatri o weithwyr yn mynd a dod a phawb yn gneud ei ran fel peiriant diflino. Roedd hyd yn oed Alun Bryn Gwynt wedi bod yn gleniach peth o beth mwdril. Ac roedd Non, o bawb, wedi helpu geni pump o ŵyn bach a dau lo.

Ond Meurig oedd y seren, doedd dim dwywaith am hynny. Gyda chyngor Yncl Mei y tu cefn iddo fe drefnodd y rota gwaith fel cloc a bu'n rhaid i Carys gyfaddef na allai hi fod wedi gneud yn well ei hun, hyd yn oed petai hi'n holliach.

Canodd y corn bron yr un pryd ag yr oedd yr hen gloc mawr yn taro'r awr yn y cyntedd. Mynnodd Anti Meirwen gario'r cês i'r car ac roedd Rhiannon hithau wedi paratoi bag bach – rhag ofn.

'Be 'di hwn, Mam?' holodd Carys. 'Dwi'm angan dau gês.'
'Cês *rhag ofn* 'di o.'
'Rhag ofn be?'
'O, wyddost di ddim, lasa fod yn fabi cynnar.'
'Mam!' chwarddodd Carys a rhoi coflaid hir iddi. Teimlodd Lwmpyn yn symud.

'Ma Meurig 'di deud cei di gadw hwn yn y bŵt os na fydd 'i angan o.'

Bu hen ddymuno'n dda ac Anti Meirwen yn hollol siŵr y byddan nhw'n dod yn ôl efo gwobr y tro yma.

'Os bydd 'ych perfformiad chi rwbath yn debyg i'r hyn dwi 'di'i glŵad, yna fydd 'na neb i'ch cyffwrdd chi.'

Roedd Yncl Mei a dau o'i weision wedi ymgynnull y tu allan i'r giât i fod yn rhan o'r pwyllgor ffarwelio. Pawb yn codi llaw fel petaen nhw'n mynd am flwyddyn. Pawb ond Non, a oedd yn eistedd yn fud yng nghefn y car. Roedd hi'n rhy brysur yn darllen neges ar ei ffôn.

> Gobeithio fod yr ymarferion yn mynd yn dda. Pan gei di funud? Y stori, rwsud, di cyrraedd Cdydd! D.Ll.O.

'Rhywun o bwys?' holodd Carys.

'Na, neb 'sa chdi'n nabod,' atebodd Non, gan anfon un emoji a thri marc cwestiwn i D.Ll.O:

🫣???

Bore dydd Iau ar faes yr Eisteddfod

Os y byddwch chi fyth angen lledaenu stori am y sîn Gymraeg, yna mae maes yr Eisteddfod Genedlaethol yn lle di-fai i neud hynny. Bosib y deuai Caerdydd ei hun yn ail agos a choridorau'r BBC yn drydydd? Agosaf i'r llwyfan ddeuai Caernarfon ac Aberystwyth bob gafael, y ddwy dref yn cystadlu'n galed i wella'u safle'n flynyddol. Ond 'pedwerydd oedd Sam'.

Er hynny, bu'n wythnos eitha tawedog hyd hynny o ystyried ei bod yn fore Iau. Dim byd mwy na diffyg teilyngdod ar y soned a'r stori fer yn destun siarad; a hogyn o Langristiolus wedi llewygu ar ganol y Rhuban Glas Offerynnol wrth chwarae 'Rhyfelgyrch Gwŷr Harlech' ar ei gorn Ffrengig. Doedd hi ddim hyd yn oed wedi bwrw. Yn sicr dim digon i unrhyw newyddiadurwr afael ynddi a thrio taflu dŵr oer ar bethau. Tybed a fyddai'r Fedal Ddrama yn rhoi cyfle i'r fwlturiaid diwylliannol ddod i chwilio am gig ar asgwrn cynnen eto eleni?

Roedd Deio hefyd, hyd yma, wedi llwyddo i gadw'i stori dan y radar. Neu felly y tybiai. Gwnaeth yn siŵr fod Hywyn wedi rhoi gair yng nghlust y sawl oedd wedi rhoi cychwyn ar y stori yn Mwyn Elái a rhoi taw arni'n y fan a'r lle. Ond methai'n glir â deall sut ddiawl oedd y stori wedi cael traed yr holl ffordd i Gaerdydd yn y lle cynta.

Doedd hi ddim yn stori y gallai'r cyfryngau wneud fawr â hi beth bynnag, ond byddai'n fêl ar fysedd ambell un hyd y maes petai hi'n digwydd cydio – yn enwedig ymhlith y sîn cerdd dant a'r corau.

Heglai Deio yn ôl o'r maes yn syth wedi gorffen ei stem ar y teledu bob dydd. Stori gynffon joli oedd yr un am y ffrae o fewn Cantonion Tâf yn y diwedd, felly roedd Goronwy Wyn, arweinydd Mwyn Elái, wedi galw dau ymarfer ychwanegol i'w gôr. Byddai'n gystadleuaeth glòs wedi'r cwbwl. *Shit! Doedd fiw gadael dim yn nwylo ffawd os oedd y 'Contonion' yn eu holau. Let the battle commence!*

Diolch i'r drefn na fedar neb gofnodi'r hyn sy'n mynd drwy feddwl cystadleuwyr am y naill a'r llall ar faes ein gŵyl Genedlaethol, meddyliodd, *neu fe fyddai'n rhyfel cartref arnon ni cyn i chi fedru bloeddio 'Heddwch?' Ni weinid unrhyw gledd wedi'r un seremoni chwaith, a byddai gan ddeiliaid y wisg wen i gyd fygydau pigfain a dau dwll du i'r clan weld drwyddyn nhw. Rhyw betha felly oedd* yn mynd drwy ei feddwl wrth iddo ystyried beth i'w neud efo fo'i hun rhwng ei ddwy stem o waith.

    Yn sicr fyddai dim modd iddo ddianc o'r maes yn rhy gyflym ar y dydd Iau hwnnw, gan fod ganddo'i sesiwn ei hun ym mhabell Encôr yn y bore ac roedd yn byndit ar gystadleuaeth y parti cerdd dant yn hwyr yn y pnawn. Gymaint ag y byddai wedi mwynhau hel ei draed hyd y maes yn y dyddiau fu, doedd ganddo ddim math o stumog i neud hynny'r pnawn arbennig hwnnw. Fe âi am baned i stafell y cyngor yng nghefn y pafiliwn efallai. Lle da i gael eich gweld os buo 'na un erioed. Fe gaech fisgedi am ddim yno hefyd. Hobnobs, gobeithio.

***

Cychwynai rhagbrawf y llefaru i ddysgwyr am wyth o'r gloch ar y bore dydd Iau ac roedd Second Linda yno ar y dot o hanner awr wedi saith. Doedd hi erioed wedi bod ar faes yr Eisteddfod mor fuan yn ei bywyd ac roedd yn brofiad eitha arallfydol iddi; y stondinau i gyd ar gau, a dim ond dyrnaid o bobol hwnt ac yma'n chwilio am baned neu le i fochel rhag y gawod oedd newydd ddyfrio'r maes wedi wythnos weddol sych, tan y bore Iau hwnnw.

    Gan mai ym mhabell Cymdeithasau Dau y byddai'r rhagbrawf yn cael ei gynnal, fe anelodd Linda yn syth am y fan honno yn y gobaith y câi gyfle i ymarfer ar y llwyfan a chynefino â'r acwsteg cyn i neb arall gyrraedd. Ond roedd y drws ar glo ac felly fe aeth am sgowt i ddod o hyd i rwla arall i ymarfer. Doedd pabell Merched y Wawr ddim yn bell iawn a gwnaeth ei ffordd i'r fan honno ar ei hunion.

Fel roedd hi'n nesu am y babell clywodd lais rhywun yn siarad yn uchel, ac wrth ddod yn nes fyth fe feddyliodd yn siŵr ei bod yn nabod y llais. Ond nid y llais *oedd* yn gyfarwydd, ond y geiriau. Geiriau'r gerdd 'Twmi'. Roedd rhywun arall wedi cael y blaen arni ac yn swnio fel petai'n mynd drwy'r darn fel rhuban. Pob un gair yn ei le heb na chamdreigliad na bagliad ar ei gyfyl. Arhosodd yno i wrando hyd y sill olaf. Fedrai hi ddim atal ei hun – roedd y dynfa i wrando yn ormod. Teimlodd ei stumog yn troi fel *tumble dryer* a chwiliodd am fan cyfagos i chwydu.

***

Am wyth o'r gloch cyrhaeddodd Tesni i agor pabell Mudiad yr Ysgolion Meithrin. Bu'n aros efo'i brawd ym Mhenarth drwy'r wythnos gan iddi gytuno i fod ar ddyletswydd boreol yn y babell o'r dydd Llun tan fore Sadwrn. Roedd hi'n cael tocyn mynediad a thocyn bwyd yn y fargen, a chyda'i phnawniau'n rhydd roedd yn fonws dwbwl iddi. Nid y byddai pawb wedi ymateb i hynny gyda'r un brwdfrydedd, ond roedd wythnos yn y Steddfod i Tesni'n well na gwyliau ar y cyfandir. Os oedd tocynnau a phrydau am ddim yn y fargen yna roedd hi'n ennill bob ffordd. Gallai roi ei thocyn cystadlu i'w brawd ar y dydd Iau a byddai pawb ar eu hennill.

Gan fod ganddynt ragwrandawiad yn Cymdeithasau Un am hanner dydd, roedd Awen wedi galw practis am ddeg yn y babell ymarfer. Byddai'r gystadleuaeth ar y llwyfan am hanner awr wedi tri ac felly fe alwodd ymarfer ychwanegol i bawb am ddau. 'Nôl a mlaen fel io-io fyddai Tesni drwy'r dydd felly, a chafodd pawb a ddeuai o fewn tafliad carreg i'r stondin wybod am ei phrysurdeb i'r manylyn olaf.

Ebychodd pan welodd fod pwy bynnag oedd wedi gneud stem olaf y pnawn cynt wedi gadael dipyn o lanast ar eu holau. Papurau a chreons hyd y llawr ym mhobman a modelau o gestyll a siopau wedi eu datgymalu hyd y lle. Adeiladau eiconig y brifddinas oedd y modelau a gallai'r plant ieuengaf chwarae gyda'r ceir a'r bobol oedd ar ei phalmentydd a'i strydoedd. Ond roedd disgwyl i'r gwirfoddolwyr roi popeth yn ôl yn eu lle ar ddiwedd bob dydd. Melltithiodd pwy bynnag adawodd y fath lanast. *Yr hen betha Caerdydd 'na ma siŵr*, meddyliodd.

Yno ar ei phedwar yn tacluso yr oedd hi pan drawodd Linda ei phen i mewn i'r babell a gofyn a fyddai'n bosib iddi gael un tro bach dros ei darn llefaru. Ac yno y buon nhw ill dwy am ryw hanner awr. Un ddysgwraig yn deud fod 'na 'deid yn dod miwn a theid yn mynd mas' ac un eisteddfodwraig bybyr yn trio ailadeiladu Castell Caerdydd a Chanolfan y Mileniwm cyn naw o'r gloch.

***

Am hanner awr wedi naw roedd Meurig y tu allan i'r babell ymarfer i sicrhau fod enw Genod Colmon i lawr ar gyfer slot o hanner awr y bore hwnnw. Suddodd ei galon pan welodd fod Lleisiau'r Gelynen wedi cael y blaen arno ac wedi bachu'r union amser yr oedd Awen yn awyddus i'w gael, sef am ddeg o'r gloch. Doedd dim amdani felly ond mynd am slot hanner awr wedi deg a rhoi neges ar y grŵp WhatsApp i ledaenu'r wybodaeth. Fyddai Awen ddim yn hapus.

Cael gneud ei hewinedd yn salon y gwesty oedd Awen ac felly fe anfonodd Meurig neges iddi hithau'n deud wrthi am beidio brysio gan fod yr amserlen wedi newid rhyw fymryn. Roedd wedi newid amser ei thacsi iddi hefyd fel nad oedd angen iddi ruthro o gwbwl. Ond ddaru o ddim crybwyll pa barti oedd yn canu o'u blaenau rhag tarfu ar ei horig o faldod.

Edrychodd ar ei fap ac aeth i chwilio am Cymdeithasau Un. *O leia 'dan ni mewn cae y flwyddyn yma*, meddyliodd, *popeth o fewn cyrraedd. Y tro dwytha i'r Steddfod ymweld â'r brifddinas roedd pawb i lawr yn y Bae. Eisteddfod Canolfan y Mileniwm a'r Cyffiniau ddylai'r enw fod wedi bod arni bryd hynny, gan na welodd canol y ddinas yr un macwy yn agos iddi, heb sôn am siopwyr a llymeitwyr.*

Roeddan nhw'n dal i waredu yn Llanfeudwy fod y Steddfod honno wedi bod yn 'Steddfod am ddim'. Byddigions y brifddinas yn cael Steddfod ar blât a phlebs cefn gwlad yn cael plât casgliad yn eu gwep – eto fyth.

> Sgin ti bum munud?

Neges gan Non. Un byr iawn. Doedd hynny ddim yn argoeli'n dda.

***

Am bum munud ar hugain i ddeg roedd Second Linda yn eistedd yn y Caban Coffi efo Sian, wedi dychryn am ei hoedal; roedd wedi cael llwyfan ar y llefaru ac yn crynu fel deilen mewn corwynt. Er iddi gael un llithriad bach rhwng ei 'theids' a'i 'theits', doedd Sian ddim yn meddwl fod unrhyw un wedi sylwi arno.

'Ddaru'r beirniad ddim sgwennu ryw lawar chwaith 'chi, Linda. Hynny wastad yn arwydd da.'

'Ond fachlai mai mewn sioc oedd o.'

'Sioc dda, ma'n amlwg, achos mi gawsoch lwyfan!'

'Hwnna mae'r sioc, Sian. Hwnna *mae'r* sioc.'

Aeth Sian i sefyll yn y ciw am goffi tra oedd Linda'n eistedd wrth y bwrdd yn ceisio anfon neges adre i ddeud ei bod wedi cael llwyfan. Cyrhaeddodd gweddill y genod fesul dwy a thair wedi clywed y newyddion da.

Mae rhai yn colli rhywfaint arnyn nhw'u hunain pan maen nhw'n dathlu buddugoliaeth eisteddfodol. Corau cyfan yn eu hoed a'u hamser yn cael y sderics rhyfedda wedi iddynt ennill ryw bwt o gystadleuaeth. Pobol, yn wir, a ddylai wybod yn well. Ond fe allai rhywun faddau'n llwyr i'r genod y bore hwnnw am wirioni'n lân fod yr hen Second Linda wedi cael llwyfan.

Profiad gwahanol oedd o i'r rheiny oedd yn digwydd bod yno ar y bore arbennig hwnnw am bum munud ar hugain i ddeg. Gorfu iddynt oddef sgrech ar ôl sgrech o ddathlu fel y cyrhaeddai'r Colmoniaid fesul criw.

Merwinai'r sgrechfeydd dipyn yn waeth ar glustiau dwy o ferched a safai'n union y tu ôl i Sian yn y ciw. Meddyliai'n siŵr ei bod yn nabod un ohonyn nhw ond na fedrai yn ei byw â rhoi enw na lle i'r wyneb. Ac fel petai'r sgrechian ddim yn ddigon i grafu dan eu crwyn, fe gymerai Sian archeb coffi bob un o'r genod fel y cyrhaeddent. Clywodd y ferch wrth ei hymyl yn ebychu pan ddaeth y pumed archeb i mewn.

'Faint ffwc o goffi ma hon isio? Fyddwn ni yma drw bora ar y rêt yma.'

Ddeallodd Sian ddim yn union be ddudodd y ddynes wrth

ei hymyl, ond dalltodd ddigon i wbod ei bod yn ei melltithio i'r cymylau dan ei gwynt. Fe nabyddodd y wyneb hefyd fel y newidiai cyhyrau ei gwep yn un mwgwd milain. Ann Ednyfed o Leisiau'r Gelynen oedd y fenyw gandryll oedd ar fin ffrwydro wrth ei hochr.

'Well i ni fynd,' meddai'n swta, ac yn ddigon uchel y tro yma i Sian ddeall bob un gair, 'neu fydd Lleucu methu dalld lle 'dan ni.'

Hyrddiodd y ddwy allan o'r babell yn eu ffrogiau llaes sidanaidd. *Ma nhw wedi ca'l gwisgoedd newydd*, dyfalodd Sian. *Rhai drud yr olwg*. Yn syth wedi iddi fynd fe gododd Non at Sian, hithau wedi dod i'r un casgliad.

'Welist di pwy o'ddan nhw?' holodd Non.

'Do,' meddai Sian. 'Gymodd sbel i mi weithio fo allan ond pan glywish i hi'n berwi wrth 'yn ymyl i, mi nabish i hi'n syth.'

'Welist di'r ffrogia, 'ta?'

'Do.'

'Edrach fwy fatha'u bod nhw mewn opera!'

'Smart cofia,' cydnabyddodd Sian.

'Mi gostiodd rheina geiniog a dima iddyn nhw ma raid, do?'

'Ma nhw ôl owt leni, ma raid.'

''Dan ninna hefyd cofia, Sian. 'Dan ninna hefyd.'

Erbyn hyn roedd Sian wedi cyrraedd blaen y ciw a chanddi 18 o amrywiol archebion o de a choffi. Ers i Awen neud ei thro pedol bu'n rhaid i bawb dyngu llw nad oedd neb i yfed diferyn o alcohol nes byddai'r gystadleuaeth wedi hen ddarfod, ond edrychai bag Double Tops yn fwy beichiog na Chae Haidd ei hun.

'Gwranda,' meddai Non wrth lenwi hambwrdd â'r paneidiau, 'dwi'm yn mynd i fedru dod i Babell Maes D i wrando ar Linda. Dwi isio mynd i Encôr i glŵad ryw ddarlith.'

'Iawn siŵr, fydd 'na ddigon ohonan ni yna i'w chefnogi hi p'run bynnag.'

'Dwi 'di deud "pob lwc" wrthi. Da nath hi, 'de?'

'Dwi mor falch drosdi. Ma hi 'di gweithio'n galad arno fo.'

'O, ffwcinel, dwisio chwydu!' oedd ymateb rhyfedd Non.

Yna, wrth i Sian droi i weld be oedd Non wedi ei weld fe ddalltodd yn iawn be oedd achos ei hysictod. Gwelodd hithau barti cerdd dant yn pasio ffenest y babell goffi ac yn mynd i gyfeiriad y babell ymarfer; eu ffrogiau o amrywiol eiliwiau o biws ac emrallt yn cyhwfan yn yr awel. Pob un wedi sythu eu gwalltiau hirion yn berffaith ac wedi clymu ambell bleth hwnt ac yma a wnâi iddynt edrych fel morynion canoloesol. Hongiai gwregysau llac am eu canol main yn union fel morynion Arthuraidd ac roedd hyder ifanc yn eu hosgo.

Sylwodd hithau, Sian, ar y corws theatrig yn pasio heibio ffenest y babell goffi. Yn wir, fe sylwodd pawb. Roedd hon yn ddelwedd gwbwl newydd i'r sîn a wnaeth i'r ddwy deimlo'u bod wedi tan wisgo ar gyfer yr achlysur.

'Ydyn nhw'm chydig bach dros y top, dwad?' holodd Non.

'Be ti'n deimlo?'

'Teimlo'n swp sâl, a bod yn onasd hefo chdi.'

'Finna 'fyd.'

'Ffyc! *Shit!*'

***

Am ugain munud wedi deg fe gyrhaeddodd Awen y maes. Roedd yr heulwen allan a olygai na fyddai angen ei chôt arni i guddio'i ffrog hufen *A line swing*. Cododd ei gwallt mewn arddull *French pin up* a chyrlen felen berffaith yn gorwedd fel modrwy aur uwch ei thalcen, y cyfan wedi'i glymu'n ei le gan fand sidan oren a pholca dots hufen drosto. Bag llaw a sandalau oren a gydweddai'n berffaith â farnis ei hewinedd hirion.

Dim llawer o ferched all gario'u hunain mewn sodlau uchel ar lawr gwastad heb sôn am faes eisteddfod. Ond roedd Awen wedi ei feistroli i'r manylyn olaf.

Anfonodd neges WhatsApp i ddeud ei bod wrth y fynedfa a daeth Non i'w chwfwr ar ei hunion. Roedd yn awyddus i rybuddio'u harweinydd mai Lleisiau'r Gelynen oedd yn ymarfer o'u blaenau. Soniodd yn gyflym am eu gwisgoedd newydd hefyd ond ddwedodd Awen yr un gair mewn ymateb – roedd yn canolbwyntio gormod ar lle i roi ei thraed erbyn hynny.

Wrth iddynt nesu at y babell gallent glywed y canu'n glir o'r tu allan. Roedd Carys wedi mynd rownd y cefn i glustfeinio ar bob sill a'i phen yn nodio i gyd-fynd â phob curiad o'r gainc.

Gwyddai pawb fod Lleisiau'r Gelynen yn barti da, ac o du allan i'r babell ymarfer fe gytunai pawb fod eu canu a'u gosodiad yn swynol. Ond ai am hynny fyddai'r beirniaid yn chwilio amdano, tybed? Ai swynol yw'r clwy sydd yn enaid y bardd? Ai swynol yw'r gwewyr a'r poen meddwl sy'n ei yrru i fordwyo i'w 'Afallon'?

'Be oeddat ti'n feddwl?' holodd Non.

'Neis,' gwenodd Awen. 'Fel y ffrogia bach del 'na sy amdanyn nhw. Neis.'

***

Am bum munud i un ar ddeg roedd Deio newydd orffen ei *sound check* ym mhabell Encôr ac roedd y lle, fel y bydd eisteddfodwyr yn hoff *iawn* o alw cynulleidfa felly, yn 'gyfforddus lawn'. Be'n union mae hynny i fod i'w olygu, does neb a ŵyr yn iawn.

Edrychodd Deio ar ei watsh, a dyna pryd y daliodd rhywun ei sylw yn y rhes flaen. Roedd tair o ferched canol oed yno'n syllu arno'n wenog mewn ffrogiau go grand, fel petaen nhw'n rhan o ryw basiant neu sioe. Cododd un ohonyn nhw law arno a gwneud siâp ceg 'pob lwc'. Diolchodd yntau a dechreuodd amau ei fod wedi gweld eu gwynebau yn rwla o'r blaen – rhywbryd.

Ar hynny, cyrhaeddodd Meurig a Non â'u gwynt yn eu dwrn yn union fel yr oedd Deio'n rhoi'r nòd i'r technegydd i ddeud ei fod yn barod i gychwyn. Bu'n rhaid i'r ddau eistedd ar un o'r meinciau cefn gan fod pob sedd arall erbyn hynny wedi eu bachu a'r babell bellach yn fwy na 'chyfforddus lawn'.

Yn sydyn, sylwodd Non fod Donna Ednyfed wedi dod i glywed y ddarlith hefyd. Rhagor na hynny roedd hi'n eistedd reit drws nesa i Lleucu Garmon, a chadarnhawyd yr hyn yr oedd Carys a hithau wedi ei amau ers y gweithdai, mai Donna oedd cyfnither Lleucu Garmon.

***

Am un ar ddeg roedd Linda'n goranadlu'n o ddrwg y tu allan i Faes D. Daeth Sian o hyd i fag papur go handi gan neud i Linda anadlu i mewn ac allan o hwnnw am sbel. Roedd wedi darllen yn rwla fod ailanadlu eich anadl eich hun yn gallu lleddfu rhywfaint ar y cyflwr. Cafodd afael ar ddwy gadair gan un o swyddogion Maes D ac eisteddodd y ddwy yno am sbel nes i anadlu Linda ddod ychydig yn fwy cyson.

Gafaelodd Sian yn ei llaw yn dyner a deud wrthi ei bod mor falch ohoni ac mai pobol fel hi yw gwir achubwyr yr iaith. 'Mi fasan ni mewn lle go wael erbyn hyn blaw am bobol fatha chi, Linda.'

Cafodd Linda ei chyffwrdd i'r byw gan eiriau Sian ac aeth yn eithaf dagreuol: 'Oh, Sian, ti'n dweud petha mo' neis i fi.'

'Dwi'n meddwl bob gair, Linda bach. Ti'n seran.'

'Neith ti un *favour* i fi *though*?'

'Wrth gwrs y gwna i. Be 'sa chi'n licio?'

'Neith ti galw fi'n "chdi"?'

Chwarddodd Sian a chytunodd ar ei hunion. Wrth gwrs y gwnâi hi. Er na wyddai hi be'n union oedd y gwahaniaeth rhwng ei 'chi' a'i 'chditha'. 'Dwi'n hoffi sŵn "chdi". A fi'n sylwi mae ti'n *real* ffrind i pawb ti'n galw'n "chdi".'

Daeth swyddog allan i'w hysbysu y byddai cystadleuaeth y llefaru unigol yn cychwyn 'mhen pum munud ac mai Linda fyddai'r ail i lefaru.

Cododd Linda'r bag i'w cheg yn syth a dechrau anadlu ffwl pelt unwaith eto. Gwasgodd Sian ei llaw a siarad yn dawel yn ei chlust. 'Gwranda, Linda. Ti'n mynd i fod yn ffantastig. Dwi'n gwbod. Jesd nad w't *ti*'n gwbod hynny eto.'

'Ond Sian. Dwi mor *nervous*.'

'Da iawn.'

'Beth?' Methai Linda'n glir â deall sut y gallai bod yn nerfus fod yn rhinwedd.

'Ma'n profi dy fod di'n malio. Dy fod di wir yn caru'r hyn

ti'n 'i neud a dy fod di isio'i neud o hyd ora dy allu. Dyna pam 'dan ni i gyd yma go iawn. I ymfalchïo'n ein diwylliant ni. Dathlu'n Cymreictod. A rhoi plesar i filoedd o bobol erill 'run pryd.'

Arafodd yr anadlu a llwyddodd Linda i roi gwên fach wantan yn ôl i Sian.

'Dos â dipyn bach o'r nerfau yna ar y llwyfan hefo chdi a chymysga fo hefo'r cynnwrf 'na sy'n dy enaid di a'r balchder sy'n dy galon. Ti'n gwbod y darn tu ôl ymlaen. Ma'r gwaith calad wedi'i neud. Fydd y genod i gyd allan yna'n chwyddo hefo balchder dy fod di'n un ohonan ni. *Chdi*, Linda. Ti'n un ohonan ni.'

Daeth cymeradwyaeth o'r babell. Roedd y llefarwraig gyntaf wedi gorffen ei datganiad. Cerddodd Second Linda i'r llwyfan a chododd Sian y bag papur i'w cheg ac anadlu ffwl pelt.

***

Am ugain munud i hanner dydd daeth darlith Deio i ben i gymeradwyaeth werthfawrogol. Digon siomedig fu'r drafodaeth ar gŵyn yr hen sdejars, serch hynny. *Colli cyfle*, meddyliodd Deio. *Rêl Cymry. Pan ddaw 'na gyfla i drafod unrhyw gynnen go iawn, 'dan ni'n jibio bob tro. Hil o hen gachwrs ydan ni'n y bôn.*

Gan nad oedd neb am fachu yn abwyd y gynnen honno fe agorodd y llawr i unrhyw gwestiwn arall am gerddoriaeth yn yr Eisteddfod. Cododd Lleucu Garmon ei llaw.

'Ia?' holodd Deio'n hollol anymwybodol mai o enau'r Wenhwyfar ganoloesol yma y tarddodd yr holl straeon amdano i lawr yng Nghaerdydd. Cododd Lleucu ar ei thraed. Ffeindiodd ei chyfle a neidiodd arno.

'Ydach chi'n meddwl, Mr Owain, fod barn y beirniaid answyddogol ar y cyfryngau yn cael mwy o sylw na'r beirniaid swyddogol erbyn hyn?'

Daeth murmuron o gytundeb o'r gynulleidfa ac ambell un yn cymeradwyo. Doedd o ddim wedi disgwyl tro fel hyn yng nghynffon ei sesiwn.

'Wel, dwi rioed wedi meddwl am hynny o'r blaen, a bod yn onast hefo chi,' cyfaddefodd. 'Dyna dach chi'ch hun yn 'i deimlo'n amlwg Miss ...?

'Garmon. Lleucu Garmon. Arweinydd Parti'r Gelynen.'

Ffyc! O'n i'n ama 'mod i'n 'i nabod hi. Ia, siŵr ddyn. Hon sy efo'r parti 'na sy efo bob blewyn a nodyn yn 'i le ond byth yn 'y nghyffwrdd i. Shit! Ma siŵr 'mod i wedi deud rwbath i'r un perwyl yn rwla ryw dro amdani a ma hi 'di gweld 'i chyfla i 'mychanu i'n gyhoeddus. Deud wbath wrthi, Deio, meddai wrtho'i hun!

'Dach chi'n teimlo'n eitha cry am hyn felly, Lleucu?'

'Wel, mi fasa'n braf i bawb gael gwbod sut ddoth y beirniaid *go iawn* i'w penderfyniad, yn basa?'

Ton arall o gytuno brwd. Doedd dim stop arni. Roedd ar ben ei bocs sebon.

''Dan ni, gystadleuwyr, prin yn ca'l gwbod hynny'n y pafiliwn 'i hun yn amal iawn, heb sôn am y gynulleidfa adra.'

'Dwi rioed wedi meddwl am hynny o'r blaen, a diolch i chi am 'i leisio. Mi fydd rhaid i mi feddwl am hwnna. Unrhyw gwestiwn arall?'

Ond doedd Lleucu Garmon ddim am adael i'w hasgwrn fynd mor rhwydd â hynna. 'Dwi'n meddwl fod y Steddfod yn ca'l 'i rheoli gan y cyfrynga ers dalwm iawn.'

Mwy o gymeradwyo a chytuno. Roedd Lleucu Garmon yn cael gwynt yn 'i hwyliau erbyn hyn. 'Tydi beirniad yn traddodi ddim yn gneud teledu da. Gneud Steddfod dda mae beirniadaeth. Gin cynulleidfa sy wedi isda drw'r gystadleuaeth ddiddordeb mewn gwbod y pam a'r sut a'r pwy. 'Di o'm digon sydyn i bobol y cyfrynga, felly ma nhw'n ca'l rywun yn y stiwdio, sy ddim hyd yn oed yn clŵad y perfformiada'n iawn, i roi ryw sylw bachog ar bob un wrth fynd heibio. Be sy'n bod ar glŵad barn y beirniaid 'u hunan o'r llwyfan?'

Teimlai Deio ei fod o'i hun yn cael ei feirniadu yn gyhoeddus erbyn hynny, ac roedd yna nifer yn y gynulleidfa'n amlwg yn cytuno â'r sylw. Penderfynodd amddiffyn gydag ychydig o hiwmor. Gwenodd.

'Dwi'n dechra gwingo'n fy sedd yn fama mwya sydyn, Lleucu. Ffiw! 'Di'n boeth yma, dwch?'

Chwerthiniad o'r gynulleidfa, a theimlodd ei hun yn sadio fymryn. Ond doedd Lleucu ddim wedi gorffen gyda'i hasgwrn eto.

'A wyddoch chi ddim pa ragfarna sy gan feirniad answyddogol, chwaith. 'Dan ni'm yn gwbod pa berthynas sy ganddyn nhw hefo'r sawl sy'n cystadlu. Pwy sy'n nabod pwy?'

Blydi hel! O lle ddoth y rottweiler bach yma mwya sydyn?

Erbyn hyn roedd Non yn pwnio ochr Meurig â'i phenelin yn slei yn methu atal ei hun rhag hisian yn isel rhwng ei dannedd. Â'i thu mewn yn berwi roedd yn rhaid iddi ollwng stêm o rwla. Ac fel y bu'n amau ers sbel, roedd gan Lleisiau'r Gelynen bellach ysbïwraig wedi ei phlannu yng nghanol camp y Colmoniaid.

Roedd Deio mewn cornel go letchwith. Byddai'n trafod y partïon cerdd dant o'r stiwdio yn nes ymlaen ac fe wyddai fod ei gynulleidfa'n gwbod hynny. Roedd yn rhaid cadw i ymosod yn ysgafn.

'Dach chi'n meddwl falla fod hynny'n wir am sawl beirniad swyddogol hefyd, Lleucu?'

'Dwi'm yn gwbod at bwy yn union dach chi'n gyfeirio ato'n fanna, Mr Owain.'

Jesus Christ! Ma hon yn 'y nghâl i o bob cyfeiriad. Pwy ddiawl ma'r sguthan fach yn feddwl ydi hi?

'Neb yn benodol. Ond os sylwch chi, yr un enwa ydan ni mewn gwirionedd, waeth pa ochor i'r camera dach chi'n y'n rhoi ni. Mi fedrwn fod yn feirniad un flwyddyn, *pundit* y flwyddyn wedyn a chystadlu'n hunain y flwyddyn ganlynol. Fel'na ma hi yng Nghymru fach.'

Roedd hyn wedi tawelu rhywfaint ar y gynulleidfa a diolch i'r drefn fe eisteddodd Lleucu Garmon yn ei hôl hefyd. Un yr un mae'n bosib oedd y sgôr – ond beryg mai'r Fadam Garmon fyddai'n ennill tasa hi 'di dŵad i benaltis. Bychan iawn y gwyddai fod yna golofnydd cenedlaethol yn eistedd yn y gynulleidfa yn hongian ar bob gair a ddeuai o'i enau.

***

Am bum munud i hanner dydd roedd Non a Meurig y tu allan i babell Encôr yn aros i Deio ymddangos. Wedi cael ei neges yn y car ar eu ffordd i lawr y diwrnod cynt, roedd trefniant wedi ei neud rhyngddynt iddyn nhw gael sgwrs sydyn yn syth wedi i Deio orffen ei sesiwn foreol.

Pan ddaeth allan o'r babell roedd Deio wedi newid i grys T a siorts, ond roedd yn dal i chwysu chwartiau. Doedd o ddim wedi gweld Non ers y noson honno ym Mhlas y Coed ac roedd cymaint wedi digwydd ers hynny. Ond pam oedd hi wedi llusgo Meurig efo hi i'w weld?

Croesodd Non ato'n syth gan adael Meurig yn sefyll ar ei ben ei hun yn syllu ar Donna'n cerdded gyda Lleucu a'i chiwed i gyfeiriad y rhagwrandawiad. *Pam na fyddan ni wedi'i holi hi'n gynt?* meddyliodd. Ond drannoeth y ffair oedd peth felly wrth gwrs; ôl-ddoethinebu ar ôl codi'r bais. Byddai'n rhaid iddo gael gair efo hi cyn bo hir.

'Be nei di o hynna?' holodd Deio.

'Wel, mi gesd fwy nag un swadan, yn do?'

'Blydi hel, do. O'n i'n ama am funud 'i bod hi'n gwbod am, wel, gwbod bob uffar o bob dim amdana i.'

'Dwi'm yn ama 'i bod hi, Deio. Yn gwbod y blincin stori i gyd.'

'Ond sud? Dwi'm 'di sôn gair wrth neb. Gyda llaw, pam ma Meurig hefo chdi?'

'Mae o'n gyn gyfreithiwr. Rhag ofn.'

''Di *o'n* gwbod?'

Nodiodd Non ei phen.

'Sud?'

'Fo ath yn ôl i'r Kingsbridge i dacluso'r llanast adawsoch chi ar 'ych hola. Saga'r gwpan a ballu.'

'Reit. Ond ...'

'Stori hir, Deio. Ond waeth ti ga'l gwbod rŵan fod 'na dipyn o'ch giamocs chi'n y pasej ar CCTV. Ma Meurig wedi'i weld o i gyd. A mwy, ddudwn i.'

Edrychodd Deio ar Meurig a daliodd y ddau lygaid 'i

gilydd mond am ddigon o amser i roi nòd o gydnabyddiaeth o'r naill i'r llall.

'Falla byddi di angan 'i gyngor o ryw bryd.'

Pingiodd ffôn Non a Meurig ar yr un pryd. Neges WhatsApp arall.

> Linda di ennill y llefaru! 🎉 🔥

Madryn View

Ychwanegodd Shirley Bib-bîb bedwar melynwy wy i'r gymysgedd o lefrith cynnes, menyn, siwgwr, fanila, leim a briwsion bara a'i droelli'n ofalus â'i llwy bren. Eisteddai Barry o flaen y teledu yn gwylio'r rhaglen o'r Steddfod pan ymddangosodd Second Linda ar y sgrin efo clamp o wên ar ei gwyneb a chlamp o dlws yn ei llaw. Ei bochau'n fflamgoch a'i thalcen yn berlau o chwys.

'Un o'r hen betha Colmon 'na 'di honna, dŵad?' holodd Shirley.

'Ia. 'Di ennill wbath ma raid.'

'Be?'

'Tydi'm 'di deud eto.'

Trodd Barry'r sain fymryn yn uwch gan nad oedd clyw Shirley'r hyn oedd o'n arfer bod. Llongyfarchodd y cyflwynydd Linda ar ei gorchest.

'O! Diolch i ti. Rwi mor hapus gallwn cusanu ti.'

'Yli chwerthin yn wirion ma hi,' meddai Barry.

Tarodd Shirley ei Chwîn-o-pwdins yn y popty. Byddai angen hanner awr dda arno cyn ychwanegu'r jam a'r 'meringwe' fel byddai hi'n licio'i alw. Edrychodd Barry'n bwdlyd ar Genod Colmon i gyd yn heidio o gwmpas y 'Linda wirion 'na'. *Gneud ffycin lol am 'im byd*, meddyliodd.

'Dwi'n eisiau diolch yn abrennig i Sian am dysgu fi dweud "teid yn mynd mas". Ar un amser oedd fi'n dweud "tights in my arse"!'

Safodd y cyflwynydd druan yn syfrdan tra oedd gweddill y genod yn glana chwerthin o'i gwmpas. Wyddai Linda druan ddim lle i roi ei gwyneb chwaith pan sylweddolodd hi, yng ngwres ei llwyddiant, be'n union oedd hi wedi ddeud yn fyw ar S4C. Ond roedd yn funud aur o ddarlledu; y genod yn eu dyblau a'r cyflwynydd a Linda'n syllu ar ei gilydd yn hollol fud.

'Gotsan wirion,' meddai Barry dan ei wynt. Roedd yn cael ei dynnu bob sut yn edrych ar y Linda 'na'n 'i chwyddo hi'n 'i thipyn llwyddiant. *Sguthan. Cyfan nath o oedd cnocio ar ddrws 'i stafall hi'r noson honno'n y Kingsbridge. 'I bai hi oedd 'i wadd o i mewn a chynnig panad iddo fo. Be uffar arall oedd hynny ond ffycin open house? Y butan.*

'Honna 'di'r un oeddat ti'n ddeud oedd yn nyrsio ym Mryn Beryl?'

'Ia,' meddai'n swta, yn chwilio am y teclyn i ddiffodd y dam rhaglen. Roedd wedi gweld hen ddigon am un bora.

'Ddaru nhw'm gofyn am fys gin ti tro 'ma, 'ta?' gofynnodd Shirley i'w mab.

'Naddo. Am neud 'u ffordd 'u hunan meddan nhw.'

'Hen betha gwael.'

'Ydyn, ma nhw,' meddai Barry gan ddiffodd y teledu a thaflu'r rimôt at y sgrin. Roedd Genod Colmon wedi sathru ei gyrn fwy nag unwaith, a doedd Barry Bib-bîb ddim yn un i anghofio petha felly ar chwarae bach.

Pnawn dydd Iau ar faes y Steddfod

Am un o'r gloch y pnawn roedd Awen a Meurig yn crwydro'r maes yn trafod Donna Ednyfed. Er bod y ddau wedi ei hamau'n gry o'r cychwyn, ddaru nhw rioed feddwl y byddai hi'n bod mor ddau wynebog. *Tybed oedd hi wedi dangos gosodiad Awen i'r Lleucu Garmon 'na? Ai nhw fu'n rhannu'r stori am Deio a Carys yng Nghaerdydd?*

Doedd gan Awen ddim math o awydd cinio; ei stumog wedi diflannu gyda'r holl ddryswch sydd bob amser yn llwyddo i godi ei hen ben ar gae Steddfod. Blinder, cynnwrf, nerfau a diflastod yn gymysg oll i gyd. Ar adegau fel hyn byddai bob amser yn difaru ei henaid ei bod yn rhan o'r fath jamborî cystadleuol.

Yr hyn a'i cadwai'n bositif oedd fod ganddi hi a'i pharti ddehongliad yr ysai am iddo gael ei glywed gan y byd. Dim ond lle fel hyn, yn anffodus, a allai gynnig llwyfan felly i'w gosodiadau. Teimlai eu bod ar ben eu perfformiad y tro yma ac na fedrai unrhyw beth fynd o'i le oni bai fod daeargryn yn llyncu'r maes.

Yna stopiodd yn stond pan welodd y genod yn un giang swnllyd yn y bar. Gwydrau peint yn eu dwylo ac yn canu ar dop eu lleisiau; Second Linda'n eistedd ar ben y bwrdd picnic a choron blastig ryw Gymdeithas Adeiladu ar ei phen.

'Henffych Linda,
Gweiniwyd llafn y cledd,
Bloeddiodd Genod Colmon
Yn unfryd: Hedd!'

Suddodd ei chalon a cherddodd i ffwrdd gan ddeud wrth Meurig y byddai hi'n y rhagwrandawiad yn gwrando ar y gystadleuaeth ond nad oedd hi am weld yr un o'r genod ar gyfyl y lle yn y cyflwr yna. Roedd yn ail-fyw ei hunllef waethaf ac roedd ei chalon yng ngwaelodion ei sandalau oren. Mor sydyn y daw cwymp i'r sawl sydd â'i ben yn uchel.

Gwnaeth Meurig ei ffordd yn araf am y bar. Byddai hyn yn anodd.

***

Am chwarter wedi un aeth Tesni i newid i gefn ei stondin. Roedd wedi gorffen ei stem am y dydd ac roedd yn edrych ymlaen am gael canu efo'r genod. Dyna fyddai'r uchafbwynt iddi hi bob blwyddyn; cael cymryd rhan. Fedrai hi ddim dychmygu dŵad i'r Eisteddfod heb fod mewn cystadleuaeth o ryw fath.

Paciodd ei chês gyda gweddill ei phethau a'i adael y tu ôl

i un o'r cownteri. Deuai yn ei hôl i'w mofyn ar ei ffordd i'r pafiliwn a rhoddodd gyfarwyddyd pendant i'r criw oedd yng ngofal y stondin yn y pnawn ar yr un gwynt; 'Daliwch i dacluso wrth fynd yn 'ych blaena os medrwch chi, genod, a plis peidiwch â gadal y cwbwl i'r rheiny sy yma ar ddiwadd dydd.'

Cymerodd ddwy Xanax a llymaid o ddŵr a gneud ei ffordd am Cymdeithasau Un. Fedrai hi ddim disgwyl i weld y genod. Pinacl ei hwythnos.

***

Am hanner awr wedi un eisteddai Awen ar ei phen ei hun yn y babell goffi yn ailwampio'i cholur llygaid. Cafodd neges gan Meurig yn deud ei fod ar ei ffordd draw i'w gweld ac am iddi archebu *cappuccino* mawr iddo. Doedd hynny ddim yn argoeli'n dda.

Deuai ambell wyneb cyfarwydd i fyny ati'n achlysurol i ddymuno'n dda iddi hi a'r parti. Allai hi wneud dim byd ond gwenu'n dila arnynt a diolch mor siriol ag y gallai ei fwstro dan yr amgylchiadau.

'Wedi clŵad fod gynnoch chi chwip o osodiad, Awen'; 'Yn croesi'n bysadd y cewch chi dro da arni'; 'Amdani, Awen bach'. Teimlai bob gair cefnogol fel cic yn ei stumog. Wedi'r holl waith, yr holl rybuddio, a'r holl addewidion. I ddim byd ond hyn.

Rhoddodd soser dros y gwpan *cappuccino* i'w gadw rhag y cacwn. Teimlodd y siom yn cronni yn ei stumog. Doedd hi ddim yn synnu fod Dilys wedi cael ei themptio, ond Non! Yr un a roddodd ei gair iddi y byddai'n sicrhau na fyddai'r un dropyn o ddiod meddwol yn mynd heibio gwefus yr un o'r parti cyn y gystadleuaeth.

A Sian! Sian, o bawb! Yr un fyddai ond yn cael rhyw wydriad ar y mwya, hyd yn oed ar *ôl* canu. A rŵan am y gora'n ei slochian hi yn y bar cyn y rhagwrandawiad hyd yn oed. *Be ddoth dros 'u penna nhw?*

A Carys! Fe daerai du yn wyn fod Carys yn eu plith hefyd. Ac oedd, roedd ganddi hithau wydriad o win yn ei llaw. *Be oedd haru'r hogan?*

Cipiodd napcyn papur oddi ar y bwrdd i arbed deigryn oedd yn cronni yng nghornel ei llygad rhag gneud poitsh o'i cholur unwaith eto pan gyrhaeddodd Meurig. Daeth i eistedd wrth ei hymyl a chymryd swig o'i *gappuccino* heb ddeud gair o'i ben. Edrychodd Awen yn hurt arno. Pam nad oedd o'n deud dim byd?

'Wel?' holodd yn ddiamynedd. 'Lle ma nhw?'

'Ddudish i wrthyn nhw am fynd draw i'r rhagwrandawiad i d'aros di.'

'Ti'm o ddifri?'

'Wrth gwrs 'mod i, Awen.'

'Ond ...'

'Ma nhw'n hollol sobor.'

'Be ti'n feddwl "hollol sobor"?'

'Cwrw di-alcohol oedd o. Er mwyn i Linda gael dathlu ei llwyddiant, mi aethon nhw i'r bar i gael "parti smalio bach" – ymarfer hefo hi ar gyfer y dathliad go iawn yn nes ymlaen oeddan nhw.'

'Lle ma nhw rŵan?'

'Tu allan i Cymdeithasau Un yn aros amdana chdi. Ddudish i wrthyn nhw am gadw'u lleisia tan ar ôl y gystadleuaeth.'

'Ddudist di wrthyn nhw 'mod i'n filan?'

'Naddo. Mi welish i'n syth arnyn nhw'u bod nhw mor sobor â Seintiau Enlli. I be 'swn i'n deud unrhyw beth i amharu ar 'u hwyl nhw?'

'Meurig,' meddai Awen yn ddig.

'Be?' holodd Meurig, yn methu deall pam y byddai hi mor flin efo fo.

'Lle cest di'r holl ddoethineb 'ma?'

Gwenodd arni. Roedd hi'r un mor dlws hyd yn oed pan oedd hi'n flin. Cododd y soser ac yfed ei *gappuccino* claear. Roedd o'n licio'i de yn boeth a'i goffi'n llugoer. Tydi pawb ddim yn gwirioni 'run fath.

Daeth rhywun i fyny atynt gan ddeud: 'Ar ein ffor i'r rhagwrandawiad. Edrach ymlaen yn ofnadwy.'

'O, diolch i chi,' meddai Awen. A'r tro yma efo dipyn mwy o arddeliad na'r troeon cynt.

***

Am chwarter i ddau dechreuodd rhai o'r partïon eraill ymgynnull y tu allan i Cymdeithasau Un. Doedd yr un parti cyflawn yno wrth gwrs. Thâl hi ddim i bawb droi i fyny ar amser neu fe fyddai gofyn i chi ganu'n gyntaf. Ond dyna oedd bwriad Awen eleni. Daethai i'r casgliad, fel pawb call, nad oedd cuddio y tu ôl i'r stondinau dros y ffordd er mwyn gohirio'u twrn ddim yn gneud lles i neb yn y byd.

Ond doedd Genod Colmon ddim yno i gyd chwaith. Er bod Awen wedi gofyn i bawb fod yno *cyn* dau, roedd yna un yn dal ar goll. Daliodd Non lygaid Carys pan ddudodd Tesni mai Donna oedd yr un oedd ar goll.

'Sgwn i lle ma hi?' holodd Awen, yn fwy awyddus nag erioed i ganu'n gyntaf.

***

Am ddeng munud i ddau cyrhaeddodd y telynau a lledodd ton o dawelwch drwy'r ymgynulliad gerdd dantaidd y tu allan i Cymdeithasau Un. Dim byd mawr. Dim byd y byddai'r 'teithiwr talog' prin yn sylwi arno. Yr hen ias cyfarwydd hwnnw fod petha ar fin cychwyn efallai. Tawelodd pawb pan gyrhaeddodd y beirniad. Un yn edrych fel tasa hi newydd gerdded allan o John Lewis, a'r llall yn edrych fel tasa hi newydd godi o'i gwely.

'Awn ni i mewn, genod,' meddai Awen. 'Ni sy'n canu ola i fod, ond os na fydd neb arall yma ar amsar, dwi am ofyn gawn ni ganu'n gynta.'

Cytunodd y rhan fwyaf ond fe atgoffodd Non hi nad oedd Donna Ednyfed wedi cyrraedd eto.

'Ma ganddon ni un wrth gefn, yn toes?' meddai Awen heb feddwl ddwywaith. 'Glwys, ti'n fodlon camu i mewn?'

'Ydw tad,' meddai Glwys, oedd i fod i gyfnewid efo'i hefaill ar gyfer y llwyfan.

Ac felly fe aeth y Colmoniaid i mewn i'r rhagwrandawiad ac aeth Awen yn syth at y swyddog rhagbrawf i ddeud wrthi fod Genod Colmon i gyd yma ac yn hollol fodlon i ganu'n gyntaf petai'n rhaid.

Roedd y ddwy feirniad eisoes wrth eu bwrdd yn paratoi eu papurach a'u meddyliau ar gyfer y cystadlu. Sylwodd Linda eu bod yn rhoi ambell nòd neu gyfarchiad lleia rioed i gyfeiriad un neu ddwy o arweinyddion y partïon eraill.

Prin y sylwech arno, gan mor gynnil y câi ei gyflawni. Cod cyfrinachol oedd wedi ei fireinio ers blynyddoedd.

'Mae lot o'r pobol yn nabod ei gilydd yma, Sian,' meddai Linda'n dawel.

'Ydyn, Linda. Ma 'na gylch o ffrindia reit glòs yma bob blwyddyn.'

'Ond pam ma Awen yn eistedd yn y cefn?'

'Dwi'n credu fod yn well ganddi'r cyrion mewn lle fel hyn.'

'Dwi'n deall.'

Hon oedd yr Eisteddfod lle y dechreuodd Linda ei gweld drwy sbectol cwbwl wahanol i'w heisteddfodau blaenorol. Roedd yn enillydd cenedlaethol. Roedd hi'n croesi'r bont yn ara deg. Ac roedd ar fin darganfod nad oedd pen arall y bont bob amser yn lle mor saff ag y tybiai.

'Rydw i'n hoffi Awen,' meddai Linda. Yn falch fod eu harweinydd yn ddynes y cyrion.

'A finna hefyd, Linda,' cytunodd Sian.

'Rwy'n falch ei bod well ganddi eistedd yn y cefn.'

'Neu fel basa Nantlais yn ei roi o,' meddai Sian, '"Mae rhai ar tu fiwn, ac mae rhai ar tu fas"!'

***

Am bum munud i ddau doedd yr un o'r partïon eraill yn gyflawn ac felly fe ofynnwyd i Genod Colmon a fydden nhw'n fodlon canu'n gyntaf. Cytunodd Awen yn syth a rhoddodd arwydd i'r genod ymgynnull y tu allan i gael eu hunain mewn trefn. Unwaith y cafwyd achlust fod y rhagbrawf ar fin cychwyn fe heidiodd y loetrwrs o'r tu allan i fachu sedd.

Wrth i'r Gelynesau ddod 'miwn' a'r Colmoniaid fynd 'mas', fe allech hollti'r awyrgylch â chyllell. Dan amodau arferol fe glywech ambell i 'pob lwc' a 'diolch' yn cael ei rannu rhwng y cystadleuwyr, ond chlywyd yr un ebwch rhwng y naill barti na'r llall wrth iddynt fynd heibio'i gilydd yn y drws.

Carys oedd yr olaf i godi o'i sedd. Roedd ei choesau erbyn hyn wedi chwyddo'n y gwres a theimlodd flinder maes Eisteddfod – sy'n flinder cwbwl wahanol i unrhyw flinder arall – yn ei meddiannu, gorff ac enaid.

Fel yr oedd ar fin gwasgu ei ffordd allan drwy'r drws pwy redodd tuag ati â'i wynt yn ei ddwrn ond Deio Llwyd Owain. Roeddent mor agos at ei gilydd yn y drws cyfyng fel y teimlodd Deio'u boliau'n cyffwrdd.

Rhoddodd amser y gorau i dician yn Cymdeithasau Un. Rhewodd popeth am ddwy neu dair eiliad tra syllai Deio a Carys i lygaid y naill a'r llall. Yna fe ailgychwynnodd y pendil fel petai dim oll wedi digwydd. Ond roedd yna nifer helaeth wedi eu dal yn y foment honno.

***

Am ddau funud i ddau, a'r parti ar fin mynd i mewn, fe gyrhaeddodd Donna Ednyfed yn llawn ffwdan. Doedd hi ddim hyd yn oed yn ei gwisg. Roedd wedi colli ei gwynt yn lân ac yn trio egluro drwy ei dagrau iddi adael ei dillad yng nghefn y babell ymgynnull a bod rhywun wedi un ai eu dwyn neu wedi mynd â nhw mewn camgymeriad. Roedd hi'n amlwg wedi cynhyrfu drwyddi.

'Peidiwch â poeni, Donna. Mae ganddon ni eilydd wrth lwc,' meddai Awen.

'Dwi'n teimlo'n ofnadwy, Awen. Eich gadal chi i lawr fel hyn.'

'Ma bob dim yn iawn. Wir i chi. Mi siaradwn ni wedyn. Well i ni fynd i mewn. Peidiwch poeni – wir – dydi o'm werth o.' Ac aeth y parti'n ei flaen i'w ragwrandawiad.

Safai Meurig o'r neilltu'n gwylio'r cyfan. Dyna ei rôl ar adegau pwysig fel hyn. Bod yno'n gefn i Awen petai ei angen arni. Ond wrth weld Donna'n sefyll ar ei phen ei hun y tu allan i'r babell, er ei holl ddrwgdybiaeth, tosturiodd wrthi. Aeth i fyny ati a'i gwadd i eistedd wrth ei ymyl.

Eisteddodd Deio reit ar bwys y drws. Byddai angen rhuthro i'r stiwdio wedi gneud ei nodiadau i gael ei golur a'i baned. Ond roedd rhywbeth od wedi digwydd i'w du mewn. Roedd ei fol yn llawn cryndod – ac nid ei nerfau oedd wedi peri i'w stumog droi ben i waered.

Am ddau o'r gloch ar ei ben fe roed cychwyn i'r rhagwrandawiad. Wrth annerch y gynulleidfa a chroesawu'r beirniaid fe wnaeth prif swyddog y rhagbrawf y sylw mai hwn, efallai, oedd y rhagbrawf cyntaf yn hanes yr Eisteddfod i gychwyn ar amser. Gwyddai y byddai'n cael ymateb a chafodd hi ddim o'i siomi. Ac roedd yn hynod ddiolchgar, meddai, fod Genod Colmon wedi cytuno i ganu'n gyntaf fel y medrent roi cychwyn arni.

Eglurodd y swyddog y byddai pob parti'n cael ymarfer un pennill yr un er mwyn gosod yr amseriad ac yna'n canu'r darn drwyddo yn syth wedyn.

Safodd Awen o'u blaenau i arwain y telynau i'w hamseriad ac edrychai fel seren o fyd y ffilmiau. Roedd llygaid pawb arni wrth iddi sefyll yno'n arwain bariau cynta'r gainc. Ond unwaith yr agorodd y genod eu cegau, aeth pob man yn dawel.

Tuedd sydd yna i bobol fân siarad ymysg ei gilydd pan fyddai'r partïon yn sefydlu eu tempo, ond roedd pawb wedi eu dal gan y gosodiad o'r nodyn cyntaf. Roedd y genod wedi meistroli'r groes acen fel ei bod yn swnio fel ail natur iddynt. Gallech deimlo sigl y cwch o'r cychwyn wrth i'r ddwy acen groesi ac ailgyrraedd, croesi ac ailgyrraedd; yn union fel cwch yn rhwyfo.

Profai'r gymeradwyaeth fod y gynulleidfa wedi eu plesio yn ogystal â'r beirniad oedd yn edrych fel petai wedi ei thynnu drwy ddrain. Cadwodd y llall ei phen i lawr yn sgwennu ffwl pelt. Edrych ar ei gilydd wnaeth aelodau Lleisiau'r Gelynen a churo'u bysedd yn hytrach na'u dwylo. Gallwch wedyn ymddangos fel petai chi'n cymeradwyo'n frwd, ond tydach chi ddim, mewn gwirionedd, yn cyfrannu smic at sŵn y gymeradwyaeth drwy guro'ch bysedd. Hen, hen dric. Ond allai'r un tric yn llyfr y cythraul canu ei hun ddim gwadu nad oedd Genod Colmon wedi creu argraff yn y rhagwrandawiad y pnawn hwnnw.

Crio'n dawel yn y cefn yr oedd Donna. Wedi ei gwefreiddio gan y canu a'i chywilyddio gan ei chymysgfa ei hun. Wyddai hi ddim yn iawn lle i roi ei gwyneb. Cynigodd Meurig fynd â hi allan am baned, fe gâi glywed y gweddill yn y pafiliwn yn hwyrach ymlaen. Derbyniodd Donna'r gwahoddiad gyda rhyddhad a sleifiodd y ddau allan cyn i'r parti nesaf, Parti'r Aes, fynd i'r llwyfan. Wrth iddo basio Deio ar ei ffordd allan, gofynnodd Meurig iddo: 'Be oeddach chi'n feddwl?'

'Well na be o'n i hyd yn oed 'di ddisgwl,' meddai Deio, 'ac mi o'n i 'di disgwl lot.'

Pwysodd yn ôl yn ei sedd gan edrych dros ei nodiadau. Gwenodd. Doedd o ddim wedi sgwennu 'run gair – dim ond gneud llun o ddyn bach yn gwenu. ☺

Cychwynnodd Parti'r Aes eu perfformiad. Gwyddai bopeth am y rhain. Roeddan nhw'n canu'n yr un côr ag yntau. Roeddan nhw'n yfed efo'i gilydd bob nos Wener. Roeddan nhw'n mynd i fod yn dda. Roeddan nhw'n mynd i fod fymryn yn ymwthgar. Roeddan nhw'n cîn. Doeddan nhw ddim eto wedi talu iddo am y gosodiad.

***

Am hanner awr wedi dau roedd Meurig a Donna'n eistedd yn y babell goffi. Er mai paned o de gafodd y ddau, roedd yna goffi blasus iawn yn y gacen ddewison nhw. Does dim byd gwell na phaned o de a thafell helaeth o sbwnj coffi a *walnuts* i godi ysbryd rhywun.

'Dwn i'm be ddoth dros 'y mhen i'n 'u gadal nhw gefn llwyfan 'na, Meurig. Na wn i wir.'

'Gwrandwch Donna, ddaru chi ddim byd o'i le.'

Cododd Meurig ei damaid olaf o'r sbwnj i'w geg i roi amser iddo feddwl am y ffordd orau i gychwyn y sgwrs y bu'n ysu i'w chael efo Donna ers wythnosau. Hwn oedd ei gyfle. 'Dach chi'n nabod Lleucu Garmon yn reit dda felly, Donna?'

'Pardwn?' Roedd crybwyll yr enw yn amlwg wedi cynhyrfu Donna, braidd. Oedd hynny'n arwydd fod ei amheuon yn iawn?

''Ych gweld chi'n isda hefo hi'n Encôr 'nes i.'

'O, ia siŵr iawn. Toedd y Deio Llwyd 'na'n ddifyr?'

'Oedd, mi roedd o.'

'Lleucu oedd 'di tynnu'n sylw i at y sgwrs, a deud y gwir, ne fyswn i'm 'di sylwi 'i fod o mlaen. Tydi'r hen *Raglen y Dydd* 'na'n anodd i'w dilyn?'

Gŵyr pob cyfreithiwr gwerth ei halen mai wast ar amser llwyr ydi dilyn sgwarnog; ac mae trafod *Rhaglen y Dydd* yn sgwarnog go ddyrys unwaith dach chi wedi cychwyn arni. Daeth â hi yn ôl i lwybrau ei gyfiawnder.

'Ers faint dach chi'n nabod 'ych gilydd felly, Donna? Chi a ...'

'Gwrandwch, Meurig,' torrodd Donna ar ei draws, 'dwi'n gwbod be sy gynnoch chi. Ma Lleucu Garmon a finna'n gneitherod. Wedi nabod y'n gilydd ers pan oeddan ni'n fach iawn. Hi 'di'r unig gneithar fuo gin i rioed a ma'r teulu i gyd yn meddwl y byd ohoni.'

'Ylwch, Donna, doeddwn i ond yn ...'

'Na, plis gadwch imi gario mlaen, os gwelwch yn dda, Meurig. Dach chi'n gweld, ma hyn wedi bod yn pwyso arna i ers misoedd; wel, ers imi ymuno â Genod Colmon, a deud y gwir.'

Arhosodd am eiliad i gymryd ei hanadl. Yn amlwg roedd yn cwffio i ddal y dagrau yn ôl, ond brwydrodd ymlaen gyda'i chyfaddefiad.

'Pan ges i'r gwahoddiad i ymuno â'r parti, mi welish fy nghyfla ac mi 'nes i dderbyn heb feddwl ddwywaith. Mi wyddwn i'n syth mai hwn fasa'r ffordd ora i mi fedru tynnu blewyn o drwyn yr hen jadan.'

'Argo!' ebychodd Meurig, heb feddwl torri ar ei thraws. Drwy'r holl flynyddoedd y bu'n dwrna, welodd o rioed o'r blaen yn ei yrfa unrhyw achos yn troi ar un gair yn unig: *jadan*.

'Mi fu'n gas hefo fi o'r cychwyn, a doedd gin inna ddim digon o asgwrn cefn i amddiffyn fy hun. Ac unwaith y dechreuis i ga'l ryw fymryn o lwyddiant hefo 'nghanu mi waethygodd petha. Ches i'm hyd 'n oed wahoddiad i ymuno hefo'i pharti hi, er 'mod i 'di canu ers pan o'n i'n ddim o beth!'

'Mi ddaru wrthod sbio arna i am gyfnod pan glywodd 'mod i 'di ymuno â'r genod. Ac wedyn mi welodd 'i chyfla, wrth gwrs – mi newidiodd 'i thiwn, mi wahoddodd fi draw am swpar ac mi ges i fy holi'n dwll. Fedra hi'm madda, dach chi'n gweld.'

'Madda?' holodd Meurig.

'Mi welodd fi fel ffynhonnell wybodaeth. Yn fodd o wasgu unrhyw hen stori am y genod ... *ac* am Awen druan.'

'Awen? Ond tydi Awen 'di gneud yr un dim iddi, rioed.'

'Tydi hynny'm yma nac acw, Meurig. Ma Awen yn halan y ddaear. Ond ma cystadleuaeth yn byta Lleucu. Wedi gneud o'r cychwyn. Fedar hi'm colli – waeth be.'

Cododd Meurig i nôl panad arall i'r ddau; y darnau'n dechrau disgyn i'w lle o'r diwedd. Ond gwyddai hefyd fod tipyn mwy i ddod. Roedd cymaint wedi bod yn pwyso ar ei meddwl, a chyn iddo gychwyn i nôl eu paned fe ddwedodd Donna un peth a ddaeth â thro bach arall i'w stori: 'Wyddwn i ddim tan gynna pam y llusgodd hi fi i wrando ar sgwrs Deio Llwyd Owain.'

'Dwi'n meddwl y'n bod ni'n haeddu'r banad arall 'na rŵan, Donna. Dach chi?'

'Fasa'n well gin i wydriad mawr o win, ond mi neith panad i aros, diolch.'

Fel roedd Meurig ar fin ymuno â'r ciw mi gyrhaeddodd Awen o'r rhagwrandawiad. Amseru perffaith am baned a chyfle i Donna ddeud wrth Awen yr hyn oedd Meurig newydd ei glywed ganddi. Mi gadwai weddill ei stori nes y dychwelai Meurig efo'r paneidia.

***

Am chwarter i dri roedd Lleucu Garmon yn ôl yn y babell ymarfer yn mynd drwy lith go filain efo'i pharti am beidio tynnu'r stops i gyd allan yn y rhagwrandawiad.

'Oeddach chi'n gorganu'n y pennill cynta, lleisia unigol yn dal yn sefyll allan, seconds yn fflat yn agoriad pennill dau, dim hanner digon o angerdd yn yr ail bennill, a sopranos top, plis gwatsiwch y noda uchal 'na wrth anelu am yr uchafbwyntia – ma'ch canu chi'n troi'n sgrech. Gollon ni gyfla a dwi'n siomedig – siomedig iawn.'

Er bod Lleucu'n un o'r arweinyddion hynny sy'n dewis canu yn ei pharti ei hun ddaru hi ddim unwaith ddefnyddio'r rhagenw 'ni' wrth fynd drwy'i nodiadau pigog. I'r cyffredin ffraeth oedd yn y rhagwrandawiad, mi fyddent wedi deud fod eu perfformiad yn 'swynol iawn'. Ond roedd Genod Colmon wedi creu argraff reit ar y cychwyn a ddaru neb, wedi hynny, gael union yr un gafael ar y darn. Hynny, mewn gwirionedd, oedd yn corddi y tu mewn i Lleucu Garmon. Ond fyddai hi byth yn cyfaddef hynny, hyd yn oed iddi hi ei hun.

Ond dyna wnaiff unrhyw un sy'n ffyrnig o orawyddus i ennill, waeth beth fydd y gost. Yr 'ennill doed a ddelo' math o ennill. Costied a gostio. Wyau mewn un fasged. Dyna oedd cystadlu i Lleucu Garmon. Ac os cewch chi arweinydd felly, felly'n union y bydd eich aelodau'n meddwl hefyd.

Am hynny, roedd ymhell o roi'r ffidil yn y to. Roedd ganddyn nhw awr eto i sgleinio a chaboli. Er bod ambell un bellach yn cydnabod yn dawel iddyn nhw'u hunain mai rhwng Parti'r Aes a Genod Colmon fyddai hi eleni, doedd Awen a'i chiwed agosaf ddim yn mynd i ildio ar chwarae bach.

'Dowch genod,' meddai Ann Ednyfed, 'fedrwn ni neud hyn!'

Cododd hynny eu hysbryd. A phetaech chi wedi digwydd pasio heibio'r babell ymarfer ar yr union funud honno fe fyddech wedi clywed Meinir Glyn yn taro'r merched i mewn i'w rhyfelgri:

'Pren canmolus, gweddus yw,
A'n henwau yw y GELYNEEEEEN!'

***

Am ddeng munud i dri roedd Deio'n cael ei bowdro yn y caban coluro y tu cefn i stiwdio'r BBC ar y maes. Roedd canu Genod Colmon yn dal i'w suo'n braf wrth iddo eistedd yn y gadair coluro yn teimlo'r brwsh yn mwytho'i groen yn dyner.

Doedd o ddim mor siŵr o'r dryswch rhyfedd arall a deimlai o'i du mewn. Be'n union oedd y gymysgfa ryfedd yma o gynnwrf, ofn a phanig oedd wedi cydio ynddo heb rybudd? Y cyfan oedd o wedi ei wneud mewn gwirionedd oedd eistedd mewn rhagwrandawiad partïon cerdd dant, ond roedd o wedi dod allan i fyd a oedd yn hollol newydd iddo. Ai'r canu oedd wedi ei gario i'r byd arall 'ma? Y geiriau? Y gosodiad? Neu'r ffaith fod ei fab yn swatio yno ar y llwyfan o'i flaen, yntau, ei dad, yn cael ei suo i sŵn cerdd dant ar y groes acen berffeithiaf a glywodd o rioed?

Mab! Sud gwyddos di mai mab fydd o, Deio? Am mai mab oedd o wedi ei weld o bosib? Be 'di hyn? Pam ti 'di mynd yn feddal i gyd mwya sydyn? Am ei fod o mewn cariad falla? Ond cariad efo pwy? Carys? Y babi? Y canu? Neu w't ti wedi dechra dychmygu ryw fywyd arall delfrydol i chdi dy hun lle byddi di wedi rhoid y brifddinas a'i sŵn yn bell o dy ôl. Dyna w't ti wir isio?

Ffyc! Na. Lle dwi 'di mynd? Callia. Ti newydd gychwyn ar swydd sy' wedi rhoi iti'n union be oedda chdi isio. Rhyddid. Statws. Gyrfa newydd. Peth dwytha tisio ydi'r hen ffycin ffordd Gymreig o fyw. Ty'd, Deio. Stopia'r nonsans 'ma. Tydi'r hogan ddim isio chdi'n 'i bywyd beth bynnag. Isio dy fabi di oedd hi. A titha'm isio hual arall i dy glymu di chwaith. Ty'd! Callia ddyn.

'Gawn ni chi'n y stiwdio rŵan, plis Mr Owain?'

'Wrth gwrs,' meddai, gan afael yn ei nodiadau a dilyn y ferch ifanc i'r stiwdio.

Hyn oedd o'n ei hoffi, siŵr dduw. Bod o flaen y camera, bod yn dipyn o seleb, colur, cyfryngau, sylw. Rhyddid.

Rhyddid!

***

Am bum munud i dri roedd Meurig ac Awen yn eistedd yn gwrando mewn anghredinedd llwyr ar Donna'n egluro'n iawn pam y bu iddi golli'r rhagwrandawiad.

Roedd hithau, fel Non a Meurig, wedi dychryn am ei hoedal pan safodd Lleucu ar ei thraed ym Mhabell Encôr a deud be ddaru hi. 'Mi es i yno'n ei chysgod hi am nad o'n i isio'i phechu hi dim mwy nag o'n i wedi'i neud yn barod. Fyswn i wedi rhoi'r byd am fynd i weld Linda'n llefaru, ond wyddoch chi sut ma teuluoedd – cadw'r ddesgil yn wastad a ballu. Dyna ofynnodd Mam i mi drio'i neud. "Tria beidio'i thynnu hi i dy ben, Donna bach" medda hi, jesd fel o'n i'n gadal tŷ.'

'O'n i am fynd adra'n syth wedi'r canlyniad, waeth be fydda'r ddyfarniad. O'n i'm math o isio bod o gwmpas i wynebu 'i dathlu hi – na'i siom. Mi wyddwn na fydda'r un o'r ddau'n betha neis i dystio iddyn nhw. Ma 'na rei felly'n toes? Fedran nhw'm ennill na cholli a chadw'u hurddas 'run pryd.'

Gwnâi hyn synnwyr llwyr i Meurig. Roedd wedi bod yn hoff iawn o Donna ers iddi ymuno â'r parti. Hogan ddibynnol, ymroddgar. Mae pobol dda'n reit hawdd i'w nabod. Ond be'n union felly a barodd iddi golli'r rhagwrandawiad, os nad oedd ei stori wreiddiol yn wir?

Yn syth wedi'r sesiwn yn Encôr, cafodd wahoddiad i fynd am baned efo Lleucu, Ann Ednyfed a Meinir Glyn i Llwyaid. Doedd Lleucu ddim yn hoff o'r 'hen le coffi 'na'. Methodd Donna â maddau i ofyn i'w chyfnither pam oedd hi wedi trio rhoi Deio Llwyd Owain mewn lle mor gas ar ddiwedd ei sesiwn yn Encôr. Dechreuodd y tair ohonyn nhw hen biffian chwerthin gwirion i mewn i'w paneidiau.

'Ti'm yn gwbod?' holodd Ann Ednyfed.

'Gwbod be?' holodd Donna, yn teimlo fod yna rwbath oedd wedi bod yn sgriffinio dan yr wynab ers tro byd.

'Paid â thrio deud wrtha i nad ydach chi'n gwbod mai Deio Llwyd Owain ydi tad babi'r Carys Cae Haidd 'na,' meddai Lleucu, yn mwynhau pob eiliad o'r sioc a ddangosai Donna ar ei gwyneb. 'Peth od na fyddai Genod Colmon, o bawb, wedi gweithio honna allan.'

Ond nid y sioc a dybiasai Lleucu ei bod yn ei weld oedd ar wyneb Donna, ond y sioc y gallai ei chyfnither ostwng mor isel â chael y fath bleser yn taenu straeon am rywun nad oedd â wnelo hi ddim â hi. Wrth gwrs fod rhai o'r genod yn y parti wedi amau ers sbel mai Deio oedd y tad, ond doedd neb wedi gneud unrhyw beth o bwys ohono. Be oedd o i neb arall pwy oedd y tad na'r pam nad oedd Carys am ei enwi. Teimlodd Donna'i hun yn codi berw. Gwyddai na fyddai ei mam am iddi hi a Lleucu groesi, ond doedd ganddi ddim dewis. Rhaid i ddŵr berw godi stêm, a rhaid i stêm ffeindio'i ffordd allan neu mi ffrwydrith.

'Sud w't ti mor siŵr o dy betha, Lleucu?' gofynnodd, er mwyn trio cadw gwres ei theimladau i lawr ryw fymryn.

'Dwi wedi 'i chael hi o lygad y ffynnon, i chdi ga'l dalld,' atebodd, yn dal i fwynhau ei chyfle i weld ei chyfnither yn trio amddiffyn ei thipyn ffrindiau yn 'Genod Comon.'

'Llygad y ffynnon?' holodd Donna. 'Dwi'm yn dy ddalld di.'

'Ti'n gwbod fod Ifan yn gyrru tacsis yng Nghaerdydd?'

Na, wyddai Donna ddim o hynny. Doedd hi ddim wedi gweld Ifan, brawd Lleucu, ers blynyddoedd. Bu'n dipyn o ddafad ddu am sbel, ond mae'n rhaid fod y rhwyg wedi mendio erbyn hyn. Ond beth oedd â wnelo Ifan â stori Deio a Carys?

'Oedd Deio Llwyd yn feddw dwll yn nhacsi Ifan ryw noson ac mi clywodd o'n deud wrth rywun ar ei ffôn am 'i lanast hefo'r Gae Haidd. Ma nhw i gyd yn honco bosd yna, Donna. Ti'm yn gwbod 'i hannar hi.'

A dyna pryd y ffeindiodd y stêm ei ffordd allan yn rhwydd. Fe ddwedodd wrthyn nhw nad oedd affliw o wahaniaeth ganddi hi pwy oedd tad unrhyw fabi, pwy oedd yn cysgu efo pwy, na phwy oedd yn trechu pwy. 'Y cyfan fedra i ddeud wrtha chdi, Lleucu, ydi 'mod i wrth fy modd yn canu hefo'r genod a bod gin i feddwl y byd o bob un ohonyn nhw. A plis, paid byth â gofyn i mi am gael gweld unrhyw osodiad na threfniant sy'n eiddo i Awen Mai byth eto.'

Ar hynny fe gododd Donna ac fe aeth yn syth i'r babell ymgynnull i ffeindio cornel i ddod dros ei hysgytwad. Roedd y stêm wedi troi'n ddagrau a'r gwylltineb wedi troi'n bwl o banig. Wyddai hi ddim lle i droi. A dyna pryd y sylweddolodd pa mor addas ydi geiriau Gerallt Lloyd Owen pan dach chi ar gae steddfod: 'Nid oes inni le i ddianc!'

Roedd y cyfan yn disgyn i'w le i Awen a Meurig. Pob llinyn o'u stori'n clymu'n dwt. Ac i goroni'r cwbwl roedd Awen wedi cael ymateb anhygoel wedi'r rhagwrandawiad. Roedd ei gosod yn amlwg wedi creu argraff ar sawl un. Doedd ond gobeithio fod y beirniaid o'r un farn. Ond roedd Donna druan yn torri ei chalon ac yn methu'n glir â meddwl sut y byddai'n deud wrth weddill y teulu, yn enwedig ei mam, fod Lleucu a hithau wedi ffraeo. Ar faes y Steddfod, o bob man.

Gofynnodd i Awen a oedd ots ganddi pe na byddai hi'n canu eto'n y pnawn. Doedd hi ddim isio bod gefn llwyfan yng nghanol y ffae llewod cystadleuol.

Edrychodd Awen ar ei horiawr. Roedd yn ddeng munud wedi tri! Neidiodd ar ei thraed mewn panig.

'Meurig, sbia faint o'r gloch 'di!'

'Gin ti ddigon o amsar, Awen bach.'

'Ond ddudish i wrth y genod i fynd i gefn llwyfan am dri!'

Cipiodd ei bag a'i chopïau a rhuthrodd allan a Meurig yn galw 'pob lwc' ar ei hôl. Gwnaeth yntau a Donna eu ffordd am y pafiliwn yn hamddenol. Doedd dim brys mewn gwirionedd gan fod y Steddfod yn rhedeg yn hwyr ac roedd y beirniaid wedi newid trefn y partïon yn ôl i'r gwreiddiol, ac felly'r genod fyddai'n canu olaf ar y llwyfan.

Ond un peth ydi brys cefnogwyr, peth arall ydi brys arweinydd. Rhwng stiwardiaid yn eich drysu chi, y cyfryngau'n swnian am bob math o wybodaeth am eich perfformiad, eich parti'n gofyn pob math o gwestiynau dwl ichi, a'r cwmni teledu'n ffilmio bob cam rowch chi, ac yn trefnu i gael eich cyfweld ar yr union adeg y byddai'n well gennych chi fod yn rwla arall – rhwng hynny i gyd – mae'n haws mynd yno'n gynt yn hytrach na'n hwyrach.

Erbyn i Awen gyrraedd roedd hi'n chwarter wedi tri a'r genod ar binna. Doedd dim golwg o Carys na Non, ac roedd Dilys wedi cael neges gan Tesni'n deud ei bod ar ei ffordd ond roedd hynny ddeng munud yn ôl. Aeth Awen hithau i dipyn bach o banig. Teimlodd unwaith eto fod ei gobeithion yn llithro o'i dwylo.

Pan fyddai hi'n gwylio *Strictly* mi fyddai bob amser yn colli amynedd efo'r sawl ddwedai fod y gystadleuaeth wedi bod yn *rollercoaster* iddyn nhw. Ond dyna oedd y dydd Iau hwnnw i Awen. Ac yna, fel na fedrai reid ei ffair ddim mynd dim mymryn yn is, fe gyrhaeddodd Tesni yn goch fel betysen a thamaid o gastell yr un lliw a'i gruddiau yn sownd yn ei garddwrn.

***

Am bedwar o'r gloch roedd Deio'n crynhoi ei farn am y pump parti oedd eisoes wedi canu. Gyda dim ond dau barti'n weddill, holodd Heulen Siencyn beth oedd ei farn yn gyffredinol am safon y gystadleuaeth hyd yma.

'Arbennig' ddaeth allan o'i enau ond *ffwcedig o predictable* aeth drwy'i feddwl.

'Oes rhywun wedi sefyll mas i chi hyd yma?' holodd Heulen.

'Wel, mi ddudwn i fod Parti'r Aes wedi gwella dipyn ar eu perfformiad ers y rhagwrandawiad.'

'Ar y blaen felly, chi'n credu?'

'Teimlo falla'u bod nhw wedi agor allan fymryn yn ormodol tua'r diweddglo. Fel 'nes i sôn yn gynharach, dwi'n nabod y parti yma'n well na'r un arall ...'

'Chi nath y gosodiad iddyn nhw, wrth gwrs.'

'Wel, ia, ond nid i mi ma'r diolch fod hwn yn ddatganiad tu hwnt o aeddfed.'

'Chi'n credu 'u bod nhw ar y blaen, 'te?'

'Hyd yma, ydyn. Ond ma dau barti i ddŵad, wrth gwrs.'

Edrychodd Heulen ar ei nodiadau i neud yn siŵr ei bod yn cael y wybodaeth iawn.

'Ie, wrth gwrs. Lleisiau'r Gelynen sy 'da ni nesa i chi. Enillwyr yr Ŵyl Cerdd Dant y llynedd. Ac yna Genod Colmon i gloi'r gystadleueth. O's gwledd yn ein haros ni wedi'r egwyl 'te, Deio?'

'Wel, oes ddudwn i.'

'Wrth gwrs, mae 'da chi rywfaint o gysylltiad â'r merched yma, o'n do's e?'

Shit! Ffyc! Be ffwc ma hon yn 'i wbod? Be dwi'n mynd i ddeud? Fedri di'm peidio deud dim byd, y twat. Raid ti ddeud rwbath. Peidio â cracio. Cofia bod gin ti yrfa i'w hachub yn fan hyn. Deud rwbath! Deud RWBATH!

'Cysylltiad?' mentrodd holi, a'i lais yn wich.

'Wel, dyna sydd gen i i lawr yn fan hyn.'

Edrychodd Heulen yn fanylach ar ei nodiadau, a Deio'n hongian ar ei saib yn gobeithio *fod* lloriau *yn* agor oddi tanoch chi mewn sefyllfa mor argyfyngus.

'Fuoch chi ddim lan yn Llanfeudwy yn cynnal cwrs gyda nhw'n y gwanwyn?'

O! Diolch i'r ffycin nefoedd. Ma 'na Dduw. Mae o yn gwrando ac mae o'n atab gweddïa.

'O, ia, do, siŵr. Mi 'nes i gynnal cwrs penwythnos hefo nhw ar groes acennu. Do, do. Diolch am f'atgoffa i, Heulen. Ges i benwythnos hyfryd yn 'u cwmni nhw.'

Ffycinel, get out of jail free card, 'ta be?

'Iawn 'te,' meddai Heulen, gan wenu i'r camera. 'Ma dou barti 'da ni ar ôl i ganu. Welwn ni chi ar ôl yr egwyl.'

***

Am dri munud wedi pedwar roedd y rheolwr llwyfan yn galw ar Genod Colmon i ymgynnull ar ochr y llwyfan ac roedd Linda'n dal i drio helpu Tesni i gael Castell Coch yn rhydd o'i garddwrn. Dyna pam y bu hi mor hwyr yn cyrraedd; plentyn bach wedi gollwng pishyn dwybunt i mewn drwy un o dyrrau'r model ym mhabell y Mudiad Meithrin a Tesni wedi trio mynd ar ei ôl – a methu. Gan fod amser yn ei herbyn bu'n rhaid iddi ruthro i'r pafiliwn a thŵr castell yn dal i hongian o'i garddwrn a'r ddwybunt yn dal ynddo.

Gwyddai Nyrs Linda o'r cychwyn nad oedd rhyddhau llaw Tesni'n mynd i fod yn rhwydd gan fod honno, yn ei phanig, wedi rhoi nerth bôn braich i drio gwasgu ei llaw ei hun allan o'r twr. Roedd ei garddwrn wedi chwyddo ac wedi sgriffinio'n o ddrwg, a'r unig ddewis oedd i lifio'r castell. 'Dim dros fy nghrogi' meddai Tesni. 'Wyddoch chi ddim faint ma'r bali castall 'ma 'di gostio i'r Mudiad.' Rhedodd Linda i'r ciwbicl lle roedd y genod yn newid i nôl ei bag pils-a-crîm a chwistrellodd haen go drwchus o Boots Spray Plaster ar yr arddwrn. Byddai'n lleddfu'r boen dros dro a gobeithio hefyd y byddai'n lleihau'r chwydd ar ôl sbel. Ond gan fod y rheolwr llwyfan yn mynnu fod Genod Colmon yn dod i gefn y llwyfan ar unwaith, doedd dim amdani ond i Tesni druan fynd i sefyll i'r ail res a thrio cuddio Castell Coch y gorau medrai.

Er mawr ryddhad i Awen roedd Carys a Non wedi cyrraedd ryw ddeng munud wedi i'r parti cynta fynd i'r llwyfan. O leia roedd ganddi barti cyflawn, waeth beth oedd eu cyflwr.

Eu hesgus dros fod mor ddiawledig o hwyr oedd i Carys gael pigyn uffernol yn ei hochr ar ôl methu maddau i lowcio dwy Wagon Wheel ar ôl y rhagwrandawiad, ac roedd Non wedi mynnu ei bod yn galw heibio'r babell Cymorth Cynta cyn mynd draw i'r pafiliwn. Cymerwyd ei phwysau gwaed a bu un o weithwyr Cymorth Cynta'n tylino'i bol, yn y gobaith y symudai rhyfaint o'r gwynt. Lliniarwyd peth o'i phigyn ac fe lwyddodd y ddwy i gerdded i gefn y pafiliwn. Ond wrth godi o'i sedd ar orchymyn y rheolwr llwyfan fe ddychwelodd y boen ddwywaith gwaeth na'r tro cyntaf.

Daeth Second Linda i'r adwy unwaith eto. Roedd ganddi bacad o Gas-X yn ei bag pils-a-crîm; meddyginiaeth cwbwl saff i ferched beichiog i leddfu poen gwynt. Ond a fyddai'n gweithio mewn da bryd i Carys fedru codi o'i sedd? A fyddai'n rhaid i Awen neidio i'w hesgidiau? Nid alto mohoni, a Carys Cae Haidd oedd angor ei haltos. Byddai'r gweddill ar fôr tymhestlog iawn hebddi.

Clywsant sain melodaidd Lleisiau'r Gelynen yn canu'n y cefndir ac fe aeth gweddill y parti i sefyll i ochr y llwyfan, ond fe arhosodd Linda, Non ac Awen i ofalu am Carys. Dychwelodd y gwrid i'w bochau a dechreuodd wenu a chyhyrau ei gwyneb yn ymlacio wrth i'r boen leddfu. Edrychodd ar y sgrin o'i blaen yn y stafell ymgynnull. Roedd 'Lleisiau'r Gelynion' yn ei morio hi'n siwgwraidd tuag Ynys Afallon, oll yn eu gynau gwyrddion (a phiws).

Erbyn yr adeg hwnnw o'r dydd roedd gwalltiau ambell un wedi colli eu sythder a doedd deunydd y ffrogiau, mwy na'u gwneuthuriad, yn edrych hanner cystal ag yr ymddangosai ben bore. Bocs siocled o edrychiad oedd o'n y diwedd, ac roedd siarsio taer Lleucu Garmon iddynt fynd amdani wedi eu chwipio i ystumio'n ymwthgar ac i liwio mor orfelys fel yr ymddangosent fel petaen nhw'n gneud hwyl am ben eu hunain erbyn y pennill olaf.

'Pasia'r bag chŵd i mi, nei di Non?' meddai Carys.

'Ti'n iawn?' gofynnodd Non

'Canu 'ma sy'n codi cyfog arna i,' meddai Carys a chodi o'i sedd fel tasa 'na ddim byd yn bod.

'Reit! 'Dan ni'n barod, 'ta?' meddai hi'n dalog.

'Teimlo'n well, felly?'

'Perffaith,' meddai Cae Haidd yn llawn hyder fod Genod Colmon yn mynd i wneud strocan ohoni leni. Doedd yr un parti o fewn canllath iddyn nhw'r tro yma. Roedd hyd yn oed rhai o'r partïon eraill wedi deud wrthyn nhw eu bod ymhell ar y blaen, a doedd hynny ddim yn digwydd yn amal mewn rhagwrandawiad cerdd dant – os nad oedd yn dro cynta, hyd yn oed.

Daeth llais y rheolwr llwyfan unwaith yn rhagor yn galw'n daer ar *bawb* o Genod Colmon sy'n bwriadu canu ddod i gefn y llwyfan ar fyrder, os gwelwch yn dda. Clywyd sŵn cymeradwyaeth y gynulleidfa'n y cefndir i Leisiau'r Gelynen, gydag ambell gefnogwr gor frwdfrydig yn sgrechian yn rhy uchel dros weddill y clapio 'cwrtais'.

'Reit 'ta!' meddai Awen, 'bob lwc i chi i gyd; mi fydda i yma'n 'ych aros chi ar Ynys Afallon ac mi fyddwn ni'n mynd ar ein pennau i Bar Williams Parry.'

'Awen! Ti'n blydi seran,' meddai Non.

'*Shit!*' meddai Carys.

'Be sy?' holodd Awen, yn meddwl siŵr fod rhywbeth mawr ar ddigwydd.

'Cachu!' meddai Cae Haidd, wedyn.

'Ti'n iawn, Carys?' gofynnodd Non, yn ofni'r gwaetha.

'Cachu,' meddai hi'r eildro, 'ma raid i mi ga'l cachiad – rŵan!'

Cae Haidd

Edrychodd y ddwy chwaer ar ei gilydd ar ôl i Leisiau'r Gelynen orffen canu. Doedd yr un o'r ddwy wedi deud gair drwy'r holl berfformiad. 'Hen lol,' meddai Meirwen, gan eistedd yn ôl yn ei sedd a thyrchu i'r bocs Lindor Milk Chocolate Truffles am 'un bach arall'.

'Oeddan nhw angan brwsh gwallt newydd, does 'na'm dwywaith am hynny,' meddai Rhiannon.

'Oeddan nhw angan gosodiad newydd hefyd, tasat ti'n gofyn i mi,' meddai Meirwen wrthi.

Roedd y ddwy wedi anfon negeseuon rif y gwlith i Carys ers ymhell cyn y rhagwrandawiad a toedd y gnawas bach ddim wedi ymateb i'r un ohonyn nhw. 'Mwynhau 'i hun ormod, siŵr i ti,' ceisiodd Meirwen dawelu consýrn ei chwaer.

'Wel, gobeithio na tydi hi'm yn mwynhau 'i hun yn ormodol,' meddai Rhiannon. Ond cyn iddi gael cyfle i gwyno dim mwy am ddiffyg ymateb ei merch galwyd Genod Colmon i'r llwyfan a rhoddodd ei stumog dro. Eisteddodd yn ôl ac estynnodd am Lindor arall. Roedd angen cael dau y tro yma, iddi gael sbario symud tan ddiwedd y perfformiad.

'Ydi hon sy'n arwain y Steddfod yn malu awyr braidd gormod, dŵad?' gofynnodd Meirwen.

'A be 'di'r peth oren gwirion 'na am arddwn Tesni? Breichled ryfadd ydi hi 'sa ti'n deud?'

Edrychodd y ddwy yn wirion ar Tesni'n trio cuddio'i 'breichled' tu ôl i genod y rhes flaen. Ond nid o'r blaen y gwelai'r gynulleidfa deledu'r genod yn cerdded i'r llwyfan. Cymerwyd y siot o ochr y llwyfan, a gallai'r gynulleidfa adre weld Tesni'n glir yn ceisio cuddio'i chastell o ŵydd y gynulleidfa.

'Tydi honna'm yn freichled mwy na dw'inna,' meddai Meirwen.

'Mae o'n matsio'u howtffits nhw, cofia,' ychwanegodd Rhiannon, yn trio dyfalu be goblyn allai'r twlpyn oren oedd yn hongian o arddwrn Tesni fod.

'Gobeithio i'r nefoedd nad ydyn nhw'n mynd i neud ryw hen giamocs gwirion.'

'Ti'n meddwl, Meirwen?'

'Amheus gin i. Awen yn gallach peth na hynny, gobeithio.'

'O, be fedra fo fod, 'ta?'

'Plasdar?'

'Fedri di ga'l plasdar-o-paris orinj?'

'Dwn i'm.'

Erbyn hyn roedd y genod i gyd ar y llwyfan yn barod i ganu. Ond sylwodd Rhiannon yn syth nad oedd Carys yno. Mae pob mam gwerth 'i halen yn gallu sganio am eu plant ar lwyfan, hyd yn oed tasan nhw mewn côr o gant, ac fe wyddai'n syth nad oedd ei merch wedi cyrraedd y llwyfan.

'Tydi Carys ddim yna,' meddai. 'O, mam bach, lle fedra hi fod?'

'Ti'n siŵr, Rhiannon?' gofynnodd ei chwaer.

'Ydw, dwi'n deud wrthat ti, tydi Carys ddim ar y llwyfan 'na.'

Daeth saib beichus dros y pafiliwn tra oedd y genod yn sefyll yn eu dwy res yn edrych yn eu blaenau fel delwau. Gwrandawai'r arweinydd ar rywun yn rhoi cyfarwyddyd iddo yn ei declyn clust i ddod i gefn y llwyfan. Diflannodd yntau i'r esgyll a thorrwyd yn ôl i'r stiwdio lle'r eglurodd Heulen Siencyn yn ffwndrus y bydd egwyl fer arall wrth i'r 'problemau technegol' gael eu datrys ar y llwyfan. Edrychai Deio arni'n fud fel petai wedi ei rewi mewn amser ac fe aed i'r hysbysebion heb ragor o fanylion na hynny.

'Ma 'na rwbath yn bod ar Carys. Dyna sydd i ti. Does 'na'm rhyfadd nad oedd hi'n atab y negeseuon ddaru ni anfon.'

'Tria beidio mynd o flaen gofid, Rhiannon bach. Dwi'n siŵr nad ydi o'm byd mawr.'

Tyrchodd Meirwen yn ôl yn y bocs Lindor, ond doedd dim byd ynddo ond papurau lapio gweigion. Ond roedd ganddi focs cyfan o Ferrero Rocher wrth law i'w cadw i fynd hyd nes y deuai'r canlyniad.

Dychwelwyd i'r llwyfan yn syth wedi'r egwyl, gyda throslais gan Heulen yn esbonio fod y nam technegol wedi ei ddatrys. Siot lydan, bell o'r llwyfan a ddarlledwyd, ond doedd dim angen llygad barcud ar unrhyw un i weld aelod olaf Genod Colmon yn dod i'r llwyfan, na chwaith i ddyfalu pam y caffai'r cyfryw aelod gymeradwyaeth gan y dorf.

Collodd Rhiannon ddeigryn o ryddhad ac estynnodd hithau am ddau Ferrero Rocher. Eisteddodd y ddwy yn ôl yn eu seddi a'u calonnau'n ymchwyddo gan falchder.

Madryn View

'Ffyyyyycinel, Mam, sbia tew 'di'r beth Gae Haidd 'na 'di mynd,' meddai Barry Bib-bîb pan welodd o Carys yn camu mlaen i'r llwyfan.

''Di'n beryg bod 'na dwins yna 'da?' meddai Shirley, gan daro'i sbectol ar ei thrwyn er mwyn cael gweld yn well.

''Swn i'm yn synnu mai llo geith hi, o nabod y tad.'

'Pwy dad? Oes 'na dad?'

'Wel, dwi'm yn meddwl mai Iesu Grist arall fydd o, 'de Mam, achos mi dduda i gymaint â hyn wrtha chdi. Tydi'r ffwcin Pisgah 'na rioed 'di gweld tri gŵr doeth na fyrjin ers oes pys.'

Roedd Shirley wrth ei bodd pan fyddai Barry'n mynd drwy'i betha fel hyn. Roedd hi wastad wedi deud fod 'i dalant o'n ca'l 'i wastraffu ar yr hen fysys 'na. Mi fydda'n deud jôcs ac yn dynwarad pobol y pentra ers pan oedd o'n ddim o beth ac yn sefyll ar ben y pwffi'n dynwarad Gari Wilias yn canu fel boi sgowt weithia hefyd. Dim ond ar adegau felly y byddai Shirley'n pitïo na ddeuai neb arall ar gyfyl y tŷ i dystio i'w dalent amlwg.

'Ti'n gwbod pwy 'di o, 'lly, Bar? Y tad?' holodd pan snwyrodd fod gan ei mab stori iddi.

'Paid â deud 'mod i 'di deutha chdi, ocê? Ond un o loua Llŷn 'na ydi o.'

Er y bydda'r rhan fwya o bobol yn dyfarnu fod Llanfeudwy ei hun ym Mhen Llŷn, roedd y Bib-bîbs o'r farn mai dim ond y rhai oedd yn byw ym mhen *draw* Llŷn allai fod yn *Lo* Llŷn.

'Sud gwyddost di?' holodd Shirley ar ei hunion.

'Ma nhw'n deud bod dyn llnau ffenestri'n gwbod *lot* am bobol, tydyn? Ond mi dduda i gymaint â hyn wrtha chdi, 'de Mam, ma dreifars bysys yn gwbod lot *mwy* na nhw.'

Chwarddodd y ddau yn harti a chymerodd Shirley Bib-bîb lwyaid o'r pwdin a'i roi ar soser i'w oeri rhag ofn i'w mab annwyl losgi ei dafod. Petai hi ond yn gwbod fod 'i dafod wedi bod ar dân ers blynyddoedd lawer.

'Dyna chdi, 'ngwas i,' meddai, wrth roi llwyaid o'r pwdin i'w mab i'w flasu. 'Tamad i aros pryd.'

Llowciodd y mymryn pwdin a llyfu'r lwy, a châi Shirley fodd i fyw yn ei wylio'n cael y fath flas ar bwdin ei fam.

Fedrai Barry ddim disgwyl i ddeud wrthi mai Deio Llwyd Owain oedd y tad. Ond roedd yn werth aros nes y dychwelent yn ôl i'r stiwdio er mwyn iddo gael deud 'hwnna ydi o' wrth ei fam pan fyddai yna *glose-up* mawr ohono ar y sgrin. Roedd hi'n troi allan i fod yn noson fach ddifyr iawn yn Madryn View, wedi'r cyfan. Cael dipyn o sgandal am yr 'hen betha Pisgah 'na', a Chwîn-o-pwdins gyda'r gora flasodd o rioed. Doedd dim byd yn well gan Barry na chael dipyn o ddifyrrwch a thamad o bwdin gan ei fam.

Llwyfan y Pafiliwn

O'r nodyn cyntaf yn deg hudwyd y gynulleidfa ar hwyllong y cyfalawon a'u croes acenion tuag at wellhad bythol. Dymuniad unrhyw berfformiwr yw cael pob copa walltog o'r gynulleidfa yng nghledr ei law a dod efo fo ar siwrne ei weledigaeth. Y teimlad yna fod enaid pob un ohonyn nhw wedi ymado â'u sedd ac ymuno efo fo ar y llwyfan. Dyna'r union brofiad a gawsai'r genod y noson honno'n y pafiliwn.

Cafodd pob un eu cario tua'u Hafallon heddychlon. Wel, pawb ond un. Ac nid aelod o Leisiau'r Gelynen oedd honno chwaith. Roedd pob un o'r rheiny'n rhy brysur yn deud wrth Lliwedd Môn, y gyflwynwraig oedd yn cyfweld y perfformwyr yng nghefn y llwyfan, mai hwnna oedd y tro gorau iddyn nhw ei gael ar y darn, ond mai plesio Lleucu oedd eu hunig uchelgais – dim byd arall. Na, nid yr un o'r rheiny a fu'n rhy gyndyn i fentro i'r cwch gyda'r genod. Fe eisteddai honno'n swat y tu ôl i fwrdd y beirniad. Chwiliai am unrhyw nam technegol y gallai bigo arno fel y gallai ei roi yn ei chlorian. Ond fe wyddai ers y rhagwrandawiad nad oedd yna'r un. A hyd yma roedd pob un sill o'u perfformiad yn rhagori ar hwnnw. Craffodd, a chlustfeiniodd am unrhyw arlliw o simsanu – ond doedd dim a allai eu hudo oddi ar lwybr eu siwrne at fuddugoliaeth bellach. Hwylient yn braf i mewn i'r harbwr a'u llong ar fin cyrraedd y lan.

Roedd pob cynneddf o'i mewn yn deud wrth Carys eu bod wedi gneud strocan ohoni. Gwyddai fod eu cwpled olaf yn mynd i dynnu'r lle i lawr. Teimlai fod y gynulleidfa yng nghledrau eu dwylo. Teimlai wres eu hangerdd yn codi. Teimlai ddŵr fel lli'r afon yn rhedeg i lawr ei choesau. Teimlai'n wan. Teimlai'n unig. Teimlai'n fregus. Teimlai ei byd yn symud.

Teimlodd Non, hithau, holl ddrama'r hyn oedd yn digwydd y drws nesa iddi ryw amrant wedi i'r llifddorau agor. A hithau mor ddibynnol ar arweiniad cadarn Carys yn y rhes gefn, fe wyddai'n syth fod rhywbeth mawr o'i le. Er i'w chyfaill barhau i ganu hyd y nodyn olaf, gwytnwch a dycnwch yn unig a'i cadwodd i fynd.

Bu'n ddigon dewr i gadw'r cwch heb suddo, a daeth eu datganiad i ben i sŵn cymeradwyo llawn angerdd. Nid sgrechian cefnogwyr gor frwdfrydig. Nid clapio morloi am floeddio canu ar y nodyn clo er mwyn gwasgu cymeradwyaeth gynnar, fyddarol allan o'r anwybodus; ond am ganu tyner, ystyrlon a roddodd wefr i bawb – ond un. Gyda'i chlust rasal fe wyddai honno fod rhywbeth bychan, bach wedi digwydd tua'r diweddglo. Gwnaeth nodyn o hynny'n gyflym yn ei llyfr nodiadau. Gwyddai y byddai'n rhaid iddi weithio'n galed i ddarbwyllo ei chyd feirniad, oedd yn dal mewn llesmair wrth ei hymyl, fod yna fwy nag un parti a allai fynd â hi y noson honno.

Y stiwdio deledu

Yr unig un arall a sylwodd ar y blip bychan yn y llinell glo oedd Deio Llwyd Owain. Y cyfan a wyddai Heulen Siencyn oedd fod y datganiad wedi codi'r gystadleuaeth i dir uchel iawn reit ar ei chwt, a bod y parti oedd wedi dangos cymaint o addewid dros y blynyddoedd o'r diwedd wedi cyflwyno campwaith.

Doedd fiw iddi hi ei hun ddeud hynny wrth gwrs, ond gwnaeth Deio'n siŵr fod hynny'n cael ei gyfleu yn ei adwaith i gwestiwn Heulen am safon a chynildeb y canu. Yn amlwg wedi ei gwefreiddio ei hun doedd ond yn rhaid i Deio egluro wrthi beth oedd mawredd y dehongliad. Ond gwyddai hefyd am holl isgerrynt cymhleth y byd cerdd dant, ac felly fe ategodd yn ddigon awgrymog ar y diwedd: 'Ond nid fi sy'n eistedd wrth fwrdd y beirniad, wrth gwrs, Heulen. Canys nid fy nghlust i yw eu clust hwy. Ac nid fy meddyliau i yw eu meddyliau hwythau.'

Diolchodd Heulen i Deio am ei sylwadau praff a sbonciodd yntau allan o'i sedd a thynnu ei feicroffon o boced ei siaced a'i heglu hi'n syth i gefn y pafiliwn.

Fe wyddai ym mêr ei esgyrn fod Carys mewn poen gan na thynnodd ei lygaid oddi ar y sgrin hyd nes i'r parti adael y llwyfan. Er bod y rhaglen wedi torri i luniau byw o'r stiwdio erbyn hynny, gallai Deio barhau i weld yr hyn a gâi ei fwydo o'r llwyfan ar sawl sgrin arall yn y stiwdio.

Fel yr oedd Carys ar fin gadael y llwyfan fe ddechreuodd y poenau esgor ac roedd hynny i'w weld yn blaen ar y sgrin fach o'i flaen. Dyblodd i lawr yn ei phoen a bu'n rhaid i Non a Linda ei chynorthwyo i lusgo'i ffordd i'r esgyll. Sylwodd pawb yn y pafiliwn ar y ddrama hefyd, gan gynnwys y ddwy feirniad.

Llamodd Deio allan o'r stiwdio a rhedeg nerth ei draed tua'r pafiliwn lle roedd Lleisiau'r Gelynen i gyd yn sipian eu coffi yn y babell ymgynnull. Yn anymwybodol o'r ddrama oedd yn mynd ymlaen ychydig lathenni oddi wrthynt, fe gododd bob un eu pennau a'u clustiau pan lamodd Deio i mewn a gwibio fel Guto Nyth Brân heibio iddynt i gefn y llwyfan.

Cefn llwyfan yr Eisteddfod Genedlaethol

Rhoddwyd Carys i orwedd yn stafell Meistres y Gwisgoedd a gosodwyd clustog melfed y Goron i bwyso'i phen arno. Cafwyd caniatâd i ddefnyddio dwy wenwisg oedd newydd eu golchi'n lân yn gynfasau a rhwygwyd un arall yn gadachau i sychu'r hylifau a'r chwys a'r gweddill i rwymo'r baban pan ddeuai.

Doedd dim digon o amser i fynd â Carys mewn ambiwlans gan fod y poenau'n dod yn rhy gyson o beth coblyn i ystyried ei symud i unman mwy cyfleus, heb sôn am ysbyty. Roedd ceg y groth wedi ymledu bron i naw centimedr a deuai'r awydd i wthio'n gryf erbyn hynny.

'Trio peidio pwshio eto, Carys, os ti'n gachu,' meddai Linda.

'Gwranda, Linda!' meddai Carys drwy ei phoen, 'di'o ddim yn dod miwn, ma hwn yn ffycin dod mas, ond inni ddalld y'n gilydd!'

Erbyn hyn roedd gosgordd a beirniaid Seremoni'r Fedal Ddrama yn dechrau ymgynnull yng nghefn y pafiliwn a'r ffanfferwyr yn tiwnio'u cyrn. Aeth yn gêm flynyddol bellach i ledaenu straeon dwl ar y maes am y sawl oedd wedi ennill y fedal y flwyddyn honno. Y si y tro yma oedd mai lleian o Ystradgynlais oedd wedi ennill am sgwennu drama am drawswisgwr o'r enw Iestyn Grîs, a oedd mewn perthynas â dynes draws o'r enw Judy's Ysgariad. Tyfai'r stori o ddydd i ddydd a dechreuodd rhai pobol gredu yn yr Iestyn 'ma.

Sleifiodd Deio i mewn ac eistedd y tu ôl i reilings y gwisgoedd gleision. Sodrodd ei hun ar stôl yr Archdderwydd a sylwodd Non arno'n llechu yno'n dawel bach. Cododd fys at ei wefus i stumio nad oedd am i Carys wbod ei fod yno. Deallodd Non yr ystum a rhoddodd nòd fach slei arno. Roedd yn falch o'i weld.

Eisteddodd Meurig ac Awen y tu allan, y ddau ar binnau; wedi anghofio'n llwyr am y gystadleuaeth ac yn gwasgu dwylo'i gilydd bob tro y clywent waedd o'r ochr arall i'r gwahanfur crynedig.

'Dwi'n credu mae ti'n gachu gwthio nawr, Carys,' meddai Linda, a sychodd Non ei thalcen â chlwtyn o wenwisg. Roedd hithau wedi bachu un o'r gwisgoedd gwyrdd i arbed ei dillad gorau a chafodd becyn o fenyg finyl tafladwy gan un o'r glanhawyr. Nid y PPE gorau'n y byd, ond dan yr amgylchiadau roedd Linda a'i chriw yn creu gwyrthiau.

***

Am hanner awr wedi pedwar gofynnodd Linda i Carys beidio â gwthio dim rhagor dim ond pan gâi hi boen esgor.

'Dy fam newydd anfon negas yn gofyn lle w't ti. Ti isio i mi 'i hatab hi?'

'Oes,' meddai Carys.

'Be dduda i wrthi?'

'Deud wrthi 'mod i 'di ennill y Fedal Ddrama!'

Chwarddodd pawb ac yna daeth gwaedd arall y gallech ei chlywed dros dawelwch y siom o'r pafiliwn nad oedd neb yn deilwng eto fyth. Gwaedd uwch adwaedd oedd hon os buo 'na un erioed. Roedd y babi er ei ffordd! Gwasgodd Carys law Non nes ei bod bron yn seitan, a gwasgodd Deio yntau'r Corn Hirlas nes iddo bron a'i chwalu'n shwrwd.

Fuodd hi fawr o dro wedyn nes y clywyd sgrech gysefin hyfryd yn llenwi'r lle a Linda'n gweiddi 'Hogen! Hogen!' dros y lle.

'Ond Linda bach, ma gynno fo bidlan!' meddai Non.

'Ie, hochol, Non! Mae'n hogen! Mae'n hogen!'

Buan iawn y daeth pawb i ddeall mai bachgen a aned, mab a roddwyd, a lledaenodd y neges drwy'r holl bafiliwn. Er siom y Fedal roedd y newyddion wedi cyrraedd clust Meistr y Ddefod ac fe ofynnwyd iddo gyhoeddi i'r genedl fod bachgen wedi ei eni yng nghefn y llwyfan. Er mawr ryddhad i'r gynulleidfa, oedd wedi gweld yr holl ddrama o'r llwyfan yn gynharach, cafwyd mwy o gymeradwyo a dathlu a daeth y seremoni i ben gyda'r Anthem yn cael ei chanu gydag arddeliad.

'Sgin ti enw iddo fo, Carys?' holodd Non.

'Oes siŵr dduw,' meddai Carys dan wenu.

Neidiodd Deio oddi ar ei stôl gan obeithio i'r nefoedd na fyddai'n ei alw'n Deio.

'Be fydd enw go iawn Lwmpyn, 'ta? Ty'd, deud, Cae Haidd,' meddai Non.

'Wel, Twmi, 'de'r gloman wirion. Be arall galwn i o?'

'Gwlad! Gwlad!' canai'r dorf gyda Carys yn anwesu ei Thwmi'n ei breichiau a rhwbio'i wefusau bach pinc â'i bys bach. Yna edrychodd i fyny ar ei 'hangylion', Non, Linda ac Awen, a'i gŵr doeth, Meurig, yn edrych i lawr arni'n llawn balchder.

Yn sydyn, newidiodd mynegiant Carys o gariad a bodlondeb pur i un o sioc anferthol.

'Ffycinel!' medda Carys, wedi dychryn am ei hodel.

'Be sy?' holodd Non yn daer.

'Ma gynno fo ddaint!' meddai Carys Cae Haidd, 'ma gin Twmi ffwcin daint!'

Drannoeth y ffair

Rhaid cau pen pob mwdwl neu fe gwympith y cocyn yn ei ôl i'r llawr wedi'r holl lafur o'i gasglu ynghyd. Felly hefyd gyda stori; mae gofyn clymu pen pob mwdwl fel nad ydynt yn rhedeg yn rhydd, fel iâr heb ben.

Bydd rhai'n holi beth oedd canlyniad y frwydr gerdd dant boethaf a gafwyd erioed. Eraill wedi dyfalu'n barod mai Parti'r Aes aeth â hi a Genod Colmon yn 'ail agos *iawn*'. Felly *mae* hi'n amlach na pheidio yn yr hen fyd cystadlu 'ma. Byddai ambell un wedi cytuno â barn y beirniaid ond y rhan helaethaf wedi anghytuno'n chwyrn. Ond gan i sŵn a strach y geni lenwi cefn y llwyfan, chlywodd neb yn iawn y drafodaeth danllyd a fu rhwng y ddwy gerdd dantwraig yn stafell y beirniaid y noson honno wrth ddod i'r penderfyniad 'rhyfedd' a gafwyd. Digon yw dweud yma nad oes yr un o'r ddwy wedi edrych ar ei gilydd byth ers hynny.

Bydd y rhai praffaf yn bownd o fod yn holi pwy arall o blith y merched oedd yn feichiog. Ambell un, o bosib, wedi dyfalu'n gywir. Ond gan nad yw'r ddarpar fam ei hun wedi yngan gair ymhellach am ei chyflwr wrth yr un adyn byw hyd yma, calla dawo yw hi ar hyn o bryd yn Llanfeudwy. Ond does dim sy'n sicrach nag y daw'r stori honno allan yn y man. Calla dawo ydi hi yno am y tro.

Digon fflat y deffrôdd Deio'n ei westy y bore wedyn hefyd. Cantonion Tâf oedd wedi dod i'r brig wedi gornest go ffyrnig, ac fel petai hynny ddim yn ddigon o waldan iddyn nhw, y trydydd safle ddyfarnwyd i Côr Mwyn Elái. *Ffycin trydydd!* Ond o leia roedd ganddyn nhw'r cysur fod eu rhaglen wedi mynd dri deg eiliad dros amser a'i bod yn hynod debygol y byddent wedi dod i'r brig oni bai am hynny. Neu dyna oedd eu dehongliad nhw o'r canlyniad, beth bynnag ddwedai unrhyw un arall.

Adolygiad digon pethma gafodd o yn *Barn* am ei sgwrs yn Encôr hefyd. Thalwyd fawr o sylw i'w holl waith ymchwil a threuliodd yr adolygydd y rhan fwyaf o'i golofn yn disgrifio sut y cornelwyd y gŵr gwadd i gyfaddef nad oes parch bellach i glorian y beirniaid swyddogol, a bod y sylw i gyd yn mynd i'r cyfryng-gwn sydd yn mynnu fod eu barn hwy'n llawer pwysicach. *Ffycin adolygwyr. Be uffar ma nhw'n 'i wbod?*

A chan fod y gwynt wedi diflannu o'u hwyliau'n llwyr y noson honno, dim ond dyrnaid o aelodau'r côr fu'n ddigon dewr i stumogi bloeddiadau buddugoliaethus Cantonion Tâf ym Mar Williams Parry hefyd. *Diwedd shit i wsos gachu dêr*, meddyliodd.

Pasio'r bar wnaeth yntau wrth adael y pafiliwn hefyd, gan anwybyddu neges Menna Wyn yn gofyn os oedd o'n dal ar y maes. Peth digri 'di siom. Fel ffisig go chwerw, mae rhai'n gallu ei lyncu heb neud stumiau bach na mawr, ac eraill yn gneud y giamocs rhyfedda. Edrych ar sgrîn ei ffôn ddaru

Deio, a gwenu. Roedd Non wedi anfon llun o Twmi Glyn iddo wedi ei rwymo yn ei wenwisg. *Mab a aned* – yn stafell Meistres y Gwisgoedd!

***

Aeth Awen a Meurig ar eu pennau i John Lewis i chwilio am ffrâm i'r dystysgrif. Byddai hon yn un aur. Ac er mai 'ail wobr' oedd ar y dystysgrif, byddai iddi le anrhydeddus ar y wal ym mharlwr Llety'r Bugail.

Byddai rhai, mae'n siŵr, am wybod beth fu hanes Lleisiau'r Gelynen yn yr ornest fawr. 'Dim lwc' fu hi arnyn nhw, er bod un beirniad wedi trio bob ffordd fedrai hi i'w rhoi nhw yn y ffrâm. Ond chafodd hi'm o'i ffordd ddwywaith mewn un gystadleuaeth a bu'n rhaid cael un o swyddogion y Steddfod atyn nhw i setlo'r mater.

Gwelwyd Lleucu Garmon a'i chiwed yn brasgamu eu ffordd tua'r maes parcio ymhell cyn iddyn nhw alw Awen i'r llwyfan i gael ei moment fawr. Aeth Meurig ac Awen â Carys heibio'r ysbyty i neud yn siŵr fod popeth yn iawn ac aeth gweddill y genod ar eu pennau i Bar Williams Parry'n eneidiau hoff cytûn i lawenhau.

Cafodd Awen a Meurig anrheg i Twmi Glyn yn John Lewis hefyd. Dau i fod yn fanwl gywir. Un i fynd ag o yn syth i Gae Haidd ar ôl iddyn nhw gyrraedd adre, a'r llall ar gyfer y bedydd. Ffigwr o ddafad a'i hoen bach mewn arian pur. Un go ddrud. Wedi'r cyfan, mae gofyn i fam a thad bedydd gael rwbath go lew ar gyfer y fath achlysur.

A chafwyd noson arbennig yn y Ship i ddathlu buddugoliaeth Second Linda; pawb yn unfrydol y dylai roi ei henw i mewn ar gyfer Dysgwr y Flwyddyn y tro nesa. Byddai'r Eisteddfod ym Mangor y flwyddyn honno, er bod y Cofis yn wallgo nad i G'narfon y byddai'n mynd. A'r Hyw Gets yn gandryll ei bod yn cael ei chynnal ar gaeau Castell Lord Penrhyn. Fyddai'r un o'u traed yn mynd yn agos i'r lle.

Ond o leia roedd Tesni wedi llwyddo i ddianc o'r Castell Coch a'i dwylaw'n gwbwl rydd. Chlywodd Donna'r un gair gan ei chyfnither am weddill yr haf. Ond, er mawr syndod i bawb, mi aeth hi am wyliau i Sbaen ddiwedd Awst efo Helen Traed Oer. Tybiodd pawb fod y gyfeillgarwch honno wedi tanio yn ystod y gweithdy newid dillad. Ac mae'n bosib iawn iddynt dybio'n gywir.

Aeth Barry a Shirley ddim ar gyfyl y dathliadau'n y Ship, er i bawb o Lanfeudwy gael gwahoddiad. 'I be ffwc 'sa chdi isio dathlu dŵad yn ail, eniwe, 'de Mam?' meddai'r Bib-bîb ei hun.

***

Ddechrau Medi roedd mydylau Cae Haidd wedi eu hen gasglu a Carys yn ei hôl ar gefn ei thractor yn paratoi'r tir ar gyfer y gaeaf. Nain Rhi ac Anti Meirs yn canu 'Tiwn Sol-Ffa' i Twmi Glyn i'w suo i gysgu a'r Curwen Modulator bellach wedi ei ail-lamineiddio ac yn hongian uwch ben ei got.

Galwai Non yn amlach hefyd, gydag anrhegion rif y gwlith i'r babi newydd. Ond ddaru hi ddim cymryd arni mai o'r Tyllgoed y cyrhaeddodd ambell bresant, gan gynnwys y crys pêl-droed Cymru a'r het fwced maint dim. Twmi Glyn wedi ei frodio ar yr het ac ar frest y crys yr oedd y cwpled: 'Er gwaetha pawb a phopeth!'

Ac roedd Genod Colmon 'yma o hyd' hefyd, ac Awen eisoes wedi gosod dau bennill o'r darn prawf i'r Ŵyl Cerdd Dant. Fel basa Rhiannon yn ei ddeud: 'Ma 'na wastad flwyddyn nesa.' Ac fel y byddai Carys yn ei ddeud: 'Dyfal donc a dyrr y G string.'

Ping!